幻影の戦《いくさ》

庵野ゆき

砂《すな》ノ領《りよう》の支配者、イシヌの女王が逝去した。秘術〈万骨《ばんこつ》ノ術《じゆつ》〉の書の在処《ありか》を、次期当主アラーニャと、双子の姉ラクスミィに託して。イシヌの代替わりを、野心的なカラマーハ帝家が見逃すはずはなく、ほどなく帝軍出陣の知らせと、アラーニャに皇帝のもとに嫁すようにという要求が届く。婚姻によってイシヌを乗っ取り、イシヌの女王が持つ治水の権限を手にしたいのだ。一旦は籠城《ろうじよう》を決意したイシヌだったが、帝国側の手段を選ばぬ攻撃に、姉姫ラクスミィは万骨ノ術をその身に収め、自ら敵城に乗りこむ。魔法と策略と陰謀が渦巻く『水使いの森』続編。

登場人物

ラクスミィ（ミイア、ミミ）……イシヌ王家の双子の姉姫
アラーニャ（アリア）……イシヌ王家の双子の妹姫。イシヌの次期当主
女王……砂《すな》ノ領《りょう》の支配者。イシヌの当主
総督……イシヌ公軍の将官。かつての北将
アディティ……イシヌ王家の女官長
〈角《つの》〉……イシヌ王家の密偵
〈蹄《ひづめ》〉……イシヌ王家の密偵
タータ……水蜘蛛族《みずぐもぞく》の彫り手
アナン……水蜘蛛族の舞い手
ナーガ……アナンの息子
ヌィ……ナーガのかもしか馬
ラセルタ……タータの親友。水蜘蛛族の長《おさ》
エラフ……水蜘蛛族の舞い手
ジーハ（残虐王）……火ノ国の国主。カラマーハ帝家の当主

ムアルガン……………カラマーハ帝軍の将官
シャウス……………ジーハ帝の〈お声役〉
モウディン……………カラマーハ帝家の右丞相《うじようしよう》
サンヒータ……………ジーハ帝の世話役

幻影の戦《いくさ》

水使いの森

庵野ゆき

創元推理文庫

DANCE OF ARANEAS

by

Yuki Anno

2020

目次

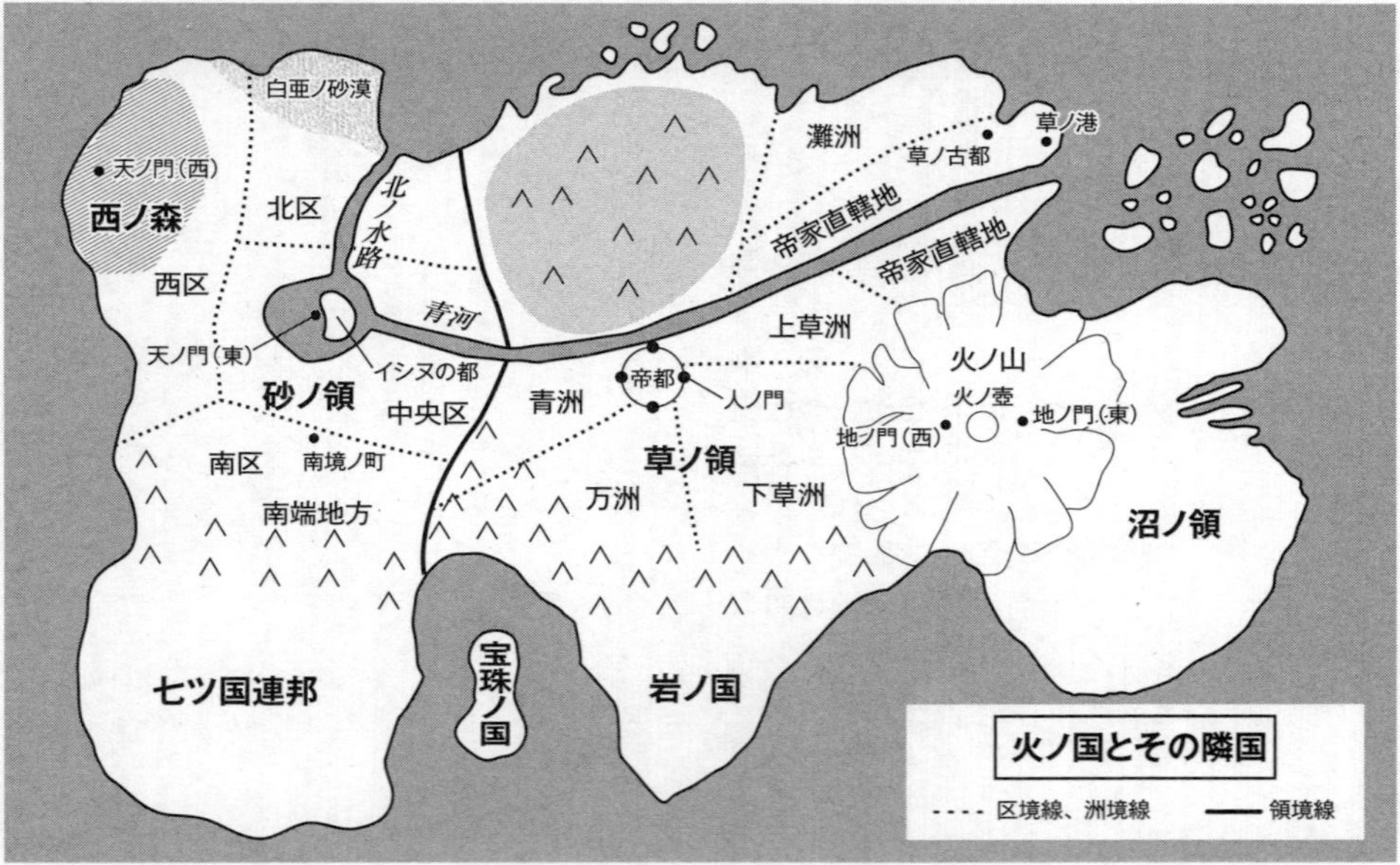
火ノ国とその隣国
白亜ノ砂漠
天ノ門(西)
西ノ森
北区
西区
北ノ水路
青河
天ノ門(東)
イシヌの都
砂ノ領
中央区
南区
南境ノ町
南端地方
七ツ国連邦
宝珠ノ国
青洲
帝都
人ノ門
草ノ領
万洲
下草洲
上草洲
岩ノ国
灘洲
草ノ古都
草ノ港
帝家直轄地
帝家直轄地
火ノ山
火ノ壺
地ノ門(西)
地ノ門(東)
沼ノ領
区境線、洲境線
領境線

幻影の戦《いくさ》

水使いの森

序

――竜脳樹《りゅうのうじゅ》の香が焚かれている。

ナムトは虚《うつ》ろな意識の中で思った。はるか天まで届くという、気高い薫り。その芳《かぐわ》しい煙は神への贈りもの、また死者の魂の道しるべになるという。

自分はもうすぐ、この煙に乗るのだ。

安らかな芳香では隠しきれない死の臭いが己の身から立ち昇るさまを、ナムトははっきりと感じていた。

「ナムト」

美しい女人が一人、死の床にある彼を見下ろしていた。毒により恐ろしく膨れ上がった彼の頬を、慈《いつく》しむように撫でる。ほのかに紅の差した指先の、その柔らかさ。

「ナムト。死して、わらわの糧《かて》となれ」

彼女は死神であった。ナムトの骨を欲しているのだ。万骨《ばんこつ》を負って、彼女は力を得るという。

この世で最も強大な力を討ち果たすために。

ナムトは笑った。この類《たぐ》い稀《まれ》な女人の血肉となり、影のしもべとなる。これ以上の誉《ほま》れがあろうか。望むなら骨と言わず、この醜い身体の最後の一片まで彼女のものだ。連れていけ。そう告げると、死神は頷き、囁《ささや》いた。

「その苦しみも憎しみも何もかも、わらわに預けて逝くがよい」

第一部

序章

緑滴る深い森の、ひときわ高い樹の頂きに、その者はいた。

霧と薄雲に覆われた空が、そこだけ割れたかの如く、鮮やかな紺碧《こんぺき》の被衣《かつぎ》を羽織っている。

この世の謎全てを暴くような怜悧《れいり》な眼差しが、〈火ノ国〉の西の最果てに広がる深い森から、その先に波立つ黄金の砂海に向けられた。熟れた果実のような唇が、ふわりと匂やかに微笑む。

「どう、タータ」と彼女を呼ぶ声がした。

樹の下から尋ねたのは、同じく被衣を羽織る女人ラセルタだった。明るい柿《かき》色の衣が、この実り豊かな森にふさわしい。

「もういいかしら?」

古くからの友の問いかけに、タータが砂丘の群れから森の外れへと目を戻した。じっくりと確かめた後、すうっと笑みを深くする。

「ええ」と、タータが答えた。「いいわ」

それを受けて、ラセルタは一つ頷くと振り返り、ぱんぱんと小気味よく手を鳴らした。

「さ、みんな。よろしくね」

するとわっと華やかな笑い声が上がった。声の主はやはり女たちだ。ふくふくとした頰の少女たち、今が盛りという者たち、この森の大樹の如く、かくしゃくたる老女たち。皆が思い思いの、しかし一様に鮮やかな色の衣を被っており、森に咲き競う花の如しだった。ラセルタの合図に女たちは互いに目配せし合うと、霧に満たされた森の奥に向かって、誘うように手を伸ばした。

高らかな歌声が、森に響き渡る。

すると大地がどろどろと啼《な》いて答えた。樹々を揺らして現れたのは、凄まじい勢いの水だ。女人たちの歌声に引き寄せられて、小石や土を巻き上げながら、樹々の間を駆け抜ける。向かった先は、〈西ノ森〉の外れだ。

黄金の砂と緑の森の境には、祭壇がぽつんと置かれている。流水紋入りの希少な石造りで、四本の柱と丸天蓋《てんがい》、二段の床、長方形の台座から成っていた。その祭壇にはつい先ほどまで、鎖帷子《くさりかたびら》を纏《まと》った兵たちがいたのだが、彼らの姿はもう見られない。台座の上から細い紫煙がゆらゆらと立ち昇るばかりだった。

大波が咆哮《ほうこう》を上げて、祭壇を呑み込んだ。煙がふっと搔き消え、水柱が上がる。とどろきが天地を震わせた。土や砂を含み黒く染まった水が、巨人の手さながらに、祭壇から台座だけを引き剝がすと、渦を巻いて森の中へと戻っていった。

女人たちが歌を止める。すると、荒れ狂う奔流は、ぱんっと泡のように弾けて消えた。後に残されたのは森外れにあったはずの台座だ。分厚い蓋できつく閉じられている。屈強な男十人がかりでも持ち上げられないほど重い蓋だが、女人たちがまた別の旋律を唱えると、風に煽《あお》られる草紙のように、ぺらりと独りでに開いた。

「ラセルタ、早く」

皆にせっつかれながら、ラセルタは台座に歩み寄った。外の世界から手に入れた物を一番に確かめるのは、族長の彼女の役割なのだ。とはいうものの、女人たちは待ちきれない様子で、ラセルタの背中に折り重なるようにして、ほとんど一緒に台座の中を覗き込んだ。

「まあ!」と明るい歓声が上がった。「豪勢《ごうせい》ねぇ!」

中に納められていたのは、染めや刺繡《ししゆう》の美しい反物《たんもの》と、岩塩のぎっちり詰まった陶器の壺の山だった。長らくこの森から出ていない一族にとっては宝の山である。これらは砂漠の支配者であり、一族に深い縁を持つ〈イシヌ王家〉の姫からの贈りものだ。十年前から毎年、乾季の終わりに、こうした品を届けてくれている。

このところ色気よりも食い気のやや勝るラセルタは、森ではなかなか採れない塩の壺にまず目が行った。これを渓流の魚にまぶして炙《あぶ》るだけでも美味《うま》いのだ。しかし娘たちは反物の山を見るなり、目の色を変えた。

「こらっ!」ラセルタは声を張り上げた。「摑《つか》まないの、破れちゃうでしょ! 後でちゃんと、山分けにするから!」

我先にと伸びる手という手を、片っ端からはたいて窘《たしな》めていると。

「あら」

喧騒もどこ吹く風の涼やかな声がした。

振り返れば、友タータが台座から少し離れた大樹の根もとを見つめていた。その唇に浮かぶのは、優しげながら毒々しいほど婀娜《あだ》な笑みだった。

嫌な予感がした。彼女が微笑むときは、大概ろくなことがない。これまでさんざん苦労させられてきたラセルタは、警戒しながら「どうしたの」と歩み寄り、しかし同じく「あらっ」と声を上げた。

タータの目線の先には、根と根の間にぐったりと横たわる、一人の若い男の姿があった。

「ちょっと貴男《あなた》、大丈夫？」と声をかけつつ、頬をぺちぺち叩いてやる。「台座と一緒に引きずり込まれたのね。よく生きていたわねぇ」

イシヌの姫からの贈りものは、イシヌの兵たちが運んでくる。鎖帷子を見る限り、彼もその一人か。兵団が退いて誰もいないことをタータに確かめさせたはずが、見落とすとはまったく友らしくない。わざとではと疑いたくなるほどに――

――と思いつつ友を見上げて、見なければ良かった、とラセルタは思った。タータがまるで獲物を前にした蛇のような目をしていたのだ。その眼差しに射貫かれた若者は蜘蛛《くも》の糸に搦《から》めとられた羽虫さながらだ。恐怖に目を見開きながら、か細い声で呟く。

「み、〈水蜘蛛族《みずぐもぞく》〉……」

彼の呟きにラセルタは溜め息をついた。一昔前、水蜘蛛族は伝説の住人だった。それが今やこんな一兵卒までが、その存在を恐れこそすれ、疑いはしない。外の世界では今、水蜘蛛族に懸賞金がかかっていると聞く。

そこに、台座の中身を一通り確かめた女人たちが集まってきた。

「あら、なかなか可愛いじゃない」

すっかり硬直している若者の顔や身体の具合を、女たちは次々と検《あらた》めていく。

「悪くないわ」「そう？　あたし、〈外の男〉はいらない」「贅沢ねぇ。今日び〈外婿〉は滅多に手に入らないわよ」「そうねぇ。昔はいつでも森の外に出ていたのにね」

若者の頭越しに、女たちは好き勝手に話す。誰が引き取るか議論が白熱する中、ラセルタは友タータを見遣った。何やら目が楽しげにきらめいていて、それがまた不穏だ。

「それで？　どうする気なのよ、タータ」

小声で尋ねれば、「連れていきましょう」と答えが返った。タータが外の人間に関心を示すとすれば、理由はただ一つ――この世の力を操る技〈丹導術《たんどうじゅつ》〉だ。

「彼、祭壇に独り留まって、面白い技を使っていたの」友が密やかに言う。「幻影、とでもいうべきかしら。記憶を語り継ぐ者たちだけが知る、古い古い術……」

では彼を引き込んだのは、やはりわざとか。思わず天を仰ぐラセルタの横で、女たちの話がまとまったようだ。数人の女が、若者に手を差し伸べた。

「さあ、外からやってきた貴男。あたしたちと一緒にいらっしゃい」

第一章

一　王女ラクスミィ

紺碧《こんぺき》の天空、黄金の砂海。

その二色から成る砂漠の大地〈砂《すな》ノ領《りょう》〉は、ほんのわずかな間、朱一色へと塗り替わる。無情な太陽に支配された世界から、月の慈《いつく》しみに満たされた世界へ。常世と常夜、生と死の境界が溶け合った混沌の時。灼熱の陽光を耐え抜いた砂ノ民は、大きな安堵と幾ばくかの恐れとともに、没する日を見送り、来たる夜を迎える。

砂ノ領の都に建つイシヌ王家の居城は今、朱に燃え上がっていた。やがて太陽が揺らめき、砂丘の裏に落ちると、代わりに月明かりと都の灯が城壁を照らし出す。濃紺の夜空を背にすると、城の石壁は本来の、真珠《しんじゅ》の如き柔らかな白さを取り戻すのだった。

幾つもの塔を戴く城の一角、月光の届かぬ中庭を、一つの人影が行く。ほっそりとした線、まろやかな肩と腰の流れ。城壁と同じ色の肌、金糸細工もかくやとばかりに編まれた銅《あかがね》色の髪。暗がりに揺蕩《たゆた》う衣は、匂い立つような薄紅色。イシヌの王女が十八の年に纏《まと》う色である。

重厚な黒玄武岩《げんぶがん》の扉を、王女の手が押した。音もなく開いた扉の向こうには、地下へと続く階段があった。暗闇に向かって王女が何かを囁《ささや》く。ぽぅっと現れたのは蝶のような光が三つ。それらはひらひらと宙を舞い、彼女の足もとを照らし出した。

靴音をこだまさせながら、黄泉《よみ》の世界に届きそうなほど深く下りていくと、今度は花崗岩《かこうがん》の白い扉が現れた。光ノ蝶たちが戸の隙間から漏れる明かりに飛び込み、ふっと消える。王女もまた戸を押し、強い光の中へと足を踏み入れた。

「ラクスミィ殿下。お待ちしておりました」

部屋にいたのは一組の男女だ。声は男のものである。壮年とは思えぬ引き締まった体軀を、冷たい鎖帷子《くさりかたびら》に包み込み、鉄より冷えた眼差しを湛えた砂漠の将だ。若き日は砂ノ領の北側を守護する〈北将〉と呼ばれていたが、今はイシヌ公軍の長〈総督〉を拝命している。イシヌの忠臣中の忠臣である。

総督の傍らに、石の台座があった。そこに仰向けに横たわる女性《にょしょう》は裸体だ。表情こそ安らかながら、頰にも唇にも血が通っていなかった。

王女ラクスミィは迷いなく、壇上の死者へと歩み寄った。日に焼けて浅黒い女の頰を、指の腹で撫でる。かすかな温もりが伝わってきた。

「若いのう」王女は呟く。「今までていっとう若い。わらわとそう変わらぬように見える」

「二十歳となったばかりとか」総督が淡々と答える。

ラクスミィは女の腕をそっと持ち上げ、むくろを念入りに検《あらた》めた。すみやかに運び込まれたため、手足はまだ柔らかい。突然の死だったとみえて、病魔に長く蝕《むしば》まれた痕跡も、目を覆うような傷痕もない。ほとんど生者と変わらぬ美しい身体であった。

総督は一礼し、黙して部屋を辞していった。花崗岩の扉が閉ざされ、鎖帷子の揺れる音が途絶えた頃、ラクスミィは静かに女の腕を置いた。台座を離れ、銀線で織られた花の飾り留めを肩から外すと、薄紅色の衣を摑《つか》み、さあっと一気に取り払う。

現れたのは、なめらかな陶器の如き肢体だ。その肌はしみ一つない乳白に艶めいているが、下腹と背中にだけ、鮮やかな藍色が宿っていた。刺青《いれずみ》である。それは流麗な線を描き、絡まり合って、美しくも複雑な文字の群れを織りなしていた。

この文字を〈比求文字《ひきゅうもじ》〉という。いにしえの時代に生み出された、力を宿す紋様だ。これを書き連ね、俗に〈比求式《ひきゅうしき》〉と呼ばれる丹導術式《たんどうじゅつ》を練れば、この世を巡る力を操ることができる。

しかし、ラクスミィの負う刺青の式は、真逆のものだった。

その名も〈水封じの式〉。彼女の類《たぐ》い稀《まれ》な水使いの才を封じ込める比求式である。

水使いは稀の中のまた稀だ。この世の力の全てを統べると言われ、術士の頂点に立つ者だ。ところがラクスミィは十年前、たったの八歳で、水を操る力を示した。その鬼才が、イシヌの玉座を巡る争いを生み、砂漠に数多《あまた》の血が降りそそいだ。ラクスミィが刺青を負い、水の力を封じねば、さらに多くの血が流れただろう。

幼い王女が己を犠牲にして、戒《いまし》めの刻印を負ったと、母王や妹姫は思っているに違いない。だがラクスミィはこの刺青をくびきと考えていない。水を封じた先にこそ、新たな世界が開かれるのだと、彼女の師は言っていた。いつかその世界を見るのが、彼女の夢だ。

　ラクスミィは薄紅の衣をぞんざいに丸め、壁際の机へと放った。代わりに、机上に畳まれた生成りの帷子を身に着ける。しゃらしゃらと鳴る玉のかんざしを見事な銅色の髪から引き抜くと、これも無造作に紅装束の上に投げ置いた。腕輪も耳飾りも全て取り払い、壁にかけられた革製の巻物へと手を伸ばす。

　巻物の内側には、大小さまざまな鉄の針が並んでいた。そのうち最も長い、女の前腕ほどもある一本を取り外す。灯りにかざして、針先と柄の具合を確かめると、同じく壁にかけられた三連の壺を手に取った。壺の中身はそれぞれ、藍・緑・朱の顔料だ。

　これらは、刺青の彫り道具である。長針は、都の一流の刀鍛冶《かじ》にあつらえさせた。己の手の形に合わせて少しずつ作り変え、今では持ち上げた瞬間手のひらに吸いつくように馴染む。

　一方の顔料はただの色墨だ。あくまでも鍛錬《たんれん》用、効能はない。本物の藍色は、丹導術の力の源〈丹〉を『伝える』働きを持ち、緑は丹を『解き放つ』力を有し、朱には丹を『取り込む』作用がある。だがどれも容易に手に入らない。藍の原料は〈白亜《はくあ》ノ砂《さ》漠《ばく》〉に生える〈聖樹〉の皮だが、その樹を守る〈月影族《つきかげぞく》〉は余所者に枝一つ折ることも許さない。緑は〈光ノ原石〉を砕いた粉だが、この石の鉱脈は限られる。朱に至っては、はるか東にそびえる〈火ノ山〉の、猛毒渦巻く山頂に登り、〈溶岩《ようがん》ノ澱《おり》〉を汲みださねばならない。試し彫りには希少すぎる。

　彫りの準備を終えると、ラクスミィは死者の腹に左手を添えた。厚革の手袋越しに柔らかな弾力が伝わってくる。たわみのない肌には思うがままに色が乗る。彼女の目には既に、刺青の完成図がありありと浮かんでいた。

左の手袋、特に硬い革で守られた親指の上に、長針の胴を載せて支える。針先を死者の肌につけると、点描のように針を動かし、色を落とし始めた。まずは藍色で〈比求文字〉の輪郭《りんかく》を描いていく。これを〈筋彫《すじぼ》り〉という。胴から手足、指の先まで、大河のようにうねる文字で埋め尽くしたら、次は文字の中を三色いずれかで彩っていく。これを〈色乗せ〉という。ひんやりとした地下霊廟にいても額から汗が何粒も滴り落ちたが、それをぬぐう手間すら惜しみ、ラクスミィは彫り続けた。むくろは死の数刻で肉が硬くなり、肌に痣《あざ》が浮き出す。滅多にない極上の身体を、無駄にする気は毛頭なかった。

それから、たっぷり六刻（六時間ほど）。夜が更けた頃、刺青が完成した。

ラクスミィは針を置き、完成した式を確かめた。完璧だった。小柄な女ゆえに彫り幅が少なかったものの、必要な文節は全て収まっている。字の大きさ、形、色の配分、いずれも申し分ない。水の技の初歩ならば苦もなく使えるはずだ。文節の組み合わせ次第では、砂漠のただ中でも、大波を呼び出せるだろう。……あくまでも計算の上の話であるが。この刺青の真髄は、〈分解〉と〈展開〉。長大な水丹式《すいたんしき》を一から練らずに済むように、あらかじめ細かな文節ごとに彫り分けておき、力を操る際には、舞うようにして必要な文節の部分を動かし、もとの術式に組み上げていく。言い換えれば、動かぬ死者にとって、これは何の意味もないものだった。

しかしまた、死者が相手だからこそ、より深く探究できる面もあるのだ。

「赦《ゆる》せよ」ラクスミィは娘に語りかけた。「そなたの全てを見せてもらうぞ」

ラクスミィは瞼《まぶた》を閉じると、囁くように短い一節を謳《うた》い上げた。右の人差し指を差し出し、長い爪を死者の左肩に押し当てる。すると、死者の皮膚が左右綺麗に分かれた。まるで鋭利な刃物で、すぅっと断たれたかのようだった。

死者の左肩から、右肩へ一割。左右の鎖骨《さこつ》のつなぎ目から、みぞおちを通り過ぎ、臍《へそ》を丸く迂回して下腹を越え、かちりと恥骨《ちこつ》に当たるまで、素早く一薙《な》ぎ。浅く断たれた皮膚の切れ目から鮮やかな黄色の脂が覗く。血は少なく、赤黒いものがわずかに滲《にじ》む程度だった。

ラクスミィは爪を差し入れ、黄色の脂ごと皮膚を剝がしていった。露《あら》わになったのは筋肉や腱の流れである。時には肉をも断ち、さらに深いところを走る腱を追う。こうして内と外から観ることで、人体への知を深め、より優れた彫りの入れ方を探し求めるのだ。

娘の首から下の皮膚を全て剝ぎ取ったラクスミィは、心ゆくまで骨肉を検めた後、腑分けに入った。肋骨を切断して胸腔《きょうくう》を開き、腹の筋肉を切り裂いて腹腔を開く。首の内側にぐいっと手を差し込み、咽喉骨《のど》の位置を確かめ、気管と食道を切り離す。それらを摑んで持ち上げつつ臓腑《ぞうふ》と骨の連なりを外していけば、肺ノ腑、心ノ臓、腸《はらわた》、肝《かん》ノ臓、腎《じん》ノ臓、子宮と、全ての内臓がごっそりと一塊に取れるのだ。これらは病魔の専門家である医丹士《いたんし》たちにとって貴重な試料となる。

臓腑を除かれ、ぽっかりと空いた体内に、剝ぎ取った皮を詰める。式を唱えつつ手を当て、割けた骨肉を繋《つな》ぐと、強固な糊つきの細い布で、死者の身体を巻き始めた。秘文《ひぶん》を他者の目に触れさせぬため、また何より、亡骸《なきがら》の誇りを保つために。

生成りの帷子は汗と血を吸い、ずっしりと重くなっていた。それに構わず手を動かし続けていると、花崗岩の扉越しに、階段を下る足音と鎖帷子の揺れる音が聞こえた。

「ラクスミィ殿下」淡々とした声が呼ぶ。

「総督か」王女は答えた。「しばし待て。もうじき、布を巻き終わるゆえ――」

「畏れながら」総督は珍しく言葉を遮《さえぎ》った。「女王陛下がお呼びでござる」

ラクスミィはようやく手を止めた。見えぬと知りつつ、扉の向こうの男を見つめる。

「意識が戻られたのか」

「つい先刻」静かな声は言った。「しかし、長くはもちますまいと御典医《ごてんい》が」

「すぐ参る」

ラクスミィは血染めの帷子を脱ぎ捨て、革手袋を宙に放り、地下霊廟の隣室に駆け込んだ。中にあるのは陶器の大甕《おおがめ》だ。熱を操る火の比求式が施されており、いわば冷めぬ浴槽である。ラクスミィはまとめ髪のまま湯に飛び込むと、橄欖《かんらん》油と灰、塩の練り洗い粉で血糊を落とし、ものの数十拍で湯船を出た。濡れそぼったまま紅装束を被り、銀線の花留め具を引っ摑んで、白の扉を押し開ける。

総督は王女を見るなり、わずかに目を細くした。灯りのためか、腑分け部屋から漂う血腥《ちなまぐさ》さのせいか。と思えば一言、「お召しものが」と呟く。布地が濡れ、身体に張りつくさまが気に入らぬらしい。ラクスミィは、それには答えなかった。

「後を頼む。もう片腕巻くだけじゃ。くれぐれも丁重に葬ってたもれ」

総督は眉根一つ動かさず、黙って一礼した。

ラクスミィは薄紅の裾をたくし上げ、長い階段を休まず駆け上がった。月影も差さぬ常闇の中庭を抜け、城内に入れば、すぐさま女官らに出迎えられた。女王の居室、城の最も高い塔へ赴《おもむ》こうとした時だ。回廊の向こうから、やはり女官を引き連れた娘がもう一人、現れた。

ラクスミィと同じ薄紅色の衣。同じ色の髪に瓜二つの顔。双子の妹アラーニャだ。ただし、こちらは髪を編み下ろしており、肩に光る留め具は金線の蝶だった。

「姉さま」ラクスミィと同じ声音が、数段柔らかな調子で呼んだ。「母さまが」

ラクスミィは頷いてみせた。二人の母であるイシヌの女王は二十日前に倒れて以来、ずっと眠り続けていたのだ。母王はもともと身体が強くなかった。双子の娘を産んでからは、大事を取って、子を新たに生すことはしなかった。養生に努め、王族らしからぬほどに慎ましやかな暮らしぶりだったが、病魔はお構いなしに彼女を襲った。肝ノ病である。

品の良い調度品をしつらえた、小さいながら優美な部屋で、女王は寝具に身を沈めていた。息せき切って走り込んできた王女二人に、澄んだ眼差しを向ける。下の娘アラーニャに微笑みかけた後、上の娘を見遣って、かすれた声で小さく笑った。

「ミイア」と、女王はラクスミィの愛称を呼ぶ。「そなた、また地下にいたな」

弱々しくも楽しげに笑った後、女王はわずかに指先を上げた。それを見て、女官らは一斉《いっせい》に部屋を辞していく。

「愛しい、我が娘たち」

母の温かな瞳に誘われ、姫たちは寝台の脇に跪《ひざまず》いた。伸ばされた手を姉妹揃って包み込む。幼き頃から二人を導いてきた、母の手だ。かつてのしっとりとした柔らかさは失せ、黄褐色の枯れ木のようだった。肝ノ臓が中和するはずの毒素が、肌に浮き出ているのだ。

「そろそろ時が来たようじゃ。不甲斐ない母を、許せ」

アラーニャは、「いいえ、いいえ」と声を震わせた。

「もう少し永らえたかったが」母は吐息のように言う。「代替わりは嵐を呼ぶ。新たな女王が若ければ、尚更のこと。今は時もようない。こたびの嵐は大きいものとなろう。その荒海に、そなたたちを、送り出さねばならぬとは……」

女王は寝台の天蓋《てんがい》を見つめていた。その眼差しは天蓋や塔の屋根を越え、はるかなる天空を眺めているかのようだった。

「娘たちよ。母から一つ、渡しておくものがある」

その声は低く、消え入るように小さい。あるいは部屋の外に漏れぬよう、あえて声を潜めているのかもしれない。一語一句も聞き漏らすまいと、双子の姫は身を乗り出した。

「イシヌの女は、水を統べる者。我が王家は代々、水の技を絶やさず守ってきた。だがイシヌにはもう一つ、密かに伝えられてきた技がある。かつてこの砂の地を平定せし我らが始祖の、超大な力の源となった『秘術』……」

女王はゆっくりと顔を傾けた。闇夜のように果てのない暗さを湛えた瞳が、まず跡取り子のアラーニャ、それから姉姫ラクスミィに向けられた。

「その名は〈万骨ノ術《ばんこつじゅつ》〉」と女王は囁く。「水の技が命を司るものならば、この秘術は死を司るもの。術を保つだけでも、精神と肉体が蝕まれていく、呪いにも等しき技……そう伝えられている。余はこれを使わずに済んだ。……使うに能《あた》わなんだと、言うべきか」

女王の瞳は、ラクスミィを映し続けている。

「そなたたちに授けるのは、術書の在処《ありか》じゃ。……余に、時が残っておって良かった」

娘たちが寄せた耳に、女王は一言一言押し出すようにして、隠し塚の場所を伝えた。全てが終わると、女王は安堵したように、また憂《うれ》えるように瞼を閉じ、寝具に深々と身を沈めた。

「この術を使う日の永久に来ぬことを、母は天より、祈っていようぞ……」

その夜、日の出ずるほんの少し前に、イシヌの女王は逝った。

彼女は決して暗君でなかったが、時代に恵まれなかった。在位中の功績は少なく、イシヌの長い歴史において最も凡庸な君主であったと、後の世は評するだろう。

だがラクスミィは知っている。母がせき止めていた水の、なんと大きく重たかったことか。静かだった水面はほどなく、さざ波立って渦巻き、堰《せき》を切って押し寄せるに違いない。

砂丘の稜線より現れた太陽が、黄金の光の剣をもって夜の帳《とばり》を切り裂いていく。母のいなくなった塔の窓からそのさまを眺めつつ、ラクスミィは誓った。

——我こそ、新たなイシヌの女王の剣とならんと。

二　イシヌの都

イシヌの都は湖の上にある。火ノ国の命を千年潤《うるお》し続ける、巨大な水瓶《みずがめ》だ。次の千年もそうあるよう、これを守るのが、イシヌ王家の務めである。

ラクスミィは湖のほとりで、朝の初々しい光にきらめく水面を眺めていた。穏やかな波音、水鳥たちの鳴き声。波が打ち寄せては砂を攫《さら》って帰る。爪先を濡らす水はきりりと冷たい。

朝一番の強い風が、さあっと湖面を撫でた。風に押され、ひときわ高い波が生まれる。水が白いたてがみを振り立てながら、ラクスミィの膝に絡みつこうと押し寄せてきた。

そこへ響き渡る、柔らかな歌声。

隣に佇《たたず》むアラーニャのものだ。水はたちまちこうべを垂れ、波紋一つなく静まり返ると、己の分を思い出したように、すうっと引いていった。歌い手が歩み出せば、おみ足に触れるのも畏れ多いとばかりに左右に分かれていく。

ラクスミィが二つ三つ瞬《まばた》きする間に、湖の底へと続く、一本の道が誕生していた。

アラーニャが微笑み、姉に腕を伸ばした。ラクスミィはその手を取り、水割りの道へと足を踏み入れた。二人が行き過ぎたところから、道は静かに閉じていく。やがて湖水はゆるやかに渦を巻き、姉妹を周りの大気ごと、繭《まゆ》のようにすっぽりと包み込んだ。

〈水ノ繭〉。それがこの術の名である。

「腕を上げたな、アリア」

ラクスミィは感嘆混じりに、妹の愛称を呼んだ。

イシヌの当主は代々水使い、〈水丹術士《すいたんじゅつし》〉である。母王も毎朝湖底に降りたものだが、紡ぐ繭の形はいつも球体で、大きさも母娘三人が入る程度だった。一方、妹のそれは多彩だ。車のようだったり、家のようだったり。今日は馬だ。馬の首のように長く伸びた大気から、虹色の泡がこぽこぽと水中にこぼれ、たてがみのような筋を成している。繭から解き放たれた泡は、しばらく群れ泳ぐ魚と戯《たわむ》れた後、尾のように集まって、再び繭に融合するのだった。

「驚いた?」と無邪気に笑う妹の目に、憂《うれ》いが差した。「母さまにもお見せしたかった」

「何を言う」と、ラクスミィは微笑み返した。「しかと御覧であろう。天よりな」

アラーニャが頷き、頭上を仰ぐ。ラクスミィもそれに倣う。湖面のきらめきは既に遠いが、水は澄みきっており、光の柱が幾本も水底に降りていた。地上のように明るい湖底をいくことしばし。東西南北に口を開く、巨大な四面の石門が見えてきた。

〈天ノ門〉である。

四面に囲まれた砂地から大量の清水が湧き起こっている。これが湖を成し、〈青河《せいが》〉となり東の地へ流れゆくのだ。乾きと氾濫《はんらん》、田畑の様子と民草《たみくさ》の暮らしを見極めながら天ノ門を操ること、即ちこの〈火ノ国〉の治水がイシヌの当主の務めである。母王が病に倒れて以来、その役目は次期当主に委ねられていた。

アラーニャが首飾りをしゃらりと外した。数珠《じゅず》に、黄金色の円環が通されている。この環を〈天《てん》ノ金環《きんかん》〉という。環の表面に刻まれた式は水ノ繭を紡ぐ援《たす》けをするが、それは実はほんの目眩《めくら》まし。環の内側に刻まれた、天ノ門の鍵となる式こそが、この環の真価だ。

残念なことにその秘密の式は、円環を創ったイシヌの祖以外、誰も見たことがない。円環を割らねば見えず、しかし割れば溶けて読めなくなるよう、周到に仕掛けが施されているのだ。ラクスミィは円環を目にするたび、仕掛けを解いて、中の式を読む術《すべ》はないものかと考える。仕掛けの式すら見えぬので、手の出しようがなく、それがまた悔しい。

「まだ乾季に入ったばかりだけれど」アラーニャが姉へと振り向いた。「もう少し門を開いておくべきかしら」

「それが良かろう」ラクスミィは後押しするように言った。「こたびの雨季は東の草《くさ》ノ領《りよう》でも雨が少なかったと聞く。このままでは干魃《かんばつ》となろう。青河の流れはゆるやかじゃ。この湖から河口までゆうに二月はかかるゆえ、今から水を増やしておかねば乾季の盛りに間に合わぬ」

助言を余さずすくい取るかのように、アラーニャが何度も頷く。環を握る指先は力を込めるあまり、真っ白になっていた。この瞬間の選択が国の命運を分け、民草の運命を決めるのだ。

「分かりました。天ノ門を今少し開きましょう」次期女王は凛然《りんぜん》と述べた後に、ふとまつげを伏せた。「砂ノ民にとって、来たる乾季はつらいものとなりましょうね」

門を開けば青河は太くなり、閉じれば細る。また東に水を引けば、西の水脈は細り、砂ノ領各地の水源が涸《か》れていく。門の開閉は、東西の命を天秤にかけるも等しい行いといえた。

「案ずることはない」ラクスミィはきっぱりと述べた。「天ノ門を開ききるわけではない。町が興《おこ》るような豊かな水源は、それしきでは涸れぬ。民も慣れたものじゃ。乾きの季節を乗りきる術はよう心得ておる」

「『民の力を信じよ』」アラーニャが目を閉じて呟く。「母さまもよく仰っていた」

見開かれた瞳は力強かった。ラクスミィは微笑むと、軽く膝を曲げて会釈してみせた。

門の四つ角には、腰丈ほどの石柱が添えられている。門の石壁と同じく比求式《ひきゅうしき》がびっしりと刻まれているが、天板だけはつるりとしていて、中央に円い窪みが穿《うが》たれていた。天ノ金環がぴったりと納まる大きさである。アラーニャは柱に歩み寄ると、窪みに環をかちりと嵌《は》めた。四半分のさらに三分の一ほど、環を右に回すと、取り外して次の角を目指す。

四つ目の石柱から金環が取り外されるや、門がどろどろと低く唸り出した。砂底が騒めき、湧き水が揺らめき、渦を巻き始める。

アラーニャが高らかに式を唱えた時だった。

清水が昇竜の如く地底から噴き出した。身を攫われそうな勢いだったが、アラーニャの術がからくも間に合った。馬を模していた大気が慌てたふうに集まり、丸く固まる。

「相変わらず危なっかしいのう」ラクスミィは大げさに呆れてみせた。「あらかじめ丸うしておけば良いものを。遊び心もほどほどにせい。巻き添えにされてはたまらぬわ」

繭の形を複雑にすればするほど、式に無駄が生まれて長くなるのだ。

「姉さまはもう少し、無駄を楽しまれたらよろしいのに」アラーニャも大げさに息をついた。

「要らないと思ったら、何でもすぐに捨ててしまわれるのだも――」

妹の言葉はそこで途切れた。何気なく叩いた憎まれ口が何を指すか、気づいたとみえる。

ラクスミィは十年前、妹のために刺青《いれずみ》を負い、水の才を捨てたのだ。

イシヌの当主は末の娘が継ぐと決まっている。ところがそこに、双子の姉姫ラクスミィが、幼くして水使いの力を示した。そんな彼女を見て、イシヌの当主は優れた水使いがなるべきと跡継ぎに押す者が現れ、激しい跡目争いとなったのだ。

幼いラクスミィはやむにやまれず城を飛び出して、砂漠をさまよった。そんな彼女を拾い、〈水封じ〉の刺青を授けたのが、彼女の『師』水蜘蛛族《みずぐもぞく》のタータであった。

タータもまた水丹術士だった。〈物ノ理《ものことわり》〉を深く理解し、この世のあらゆる力に精通し、目にした現象を瞬時に比求式へと書き落とす、〈早読み〉の才を持っていた。〈丹導学《たんどうがく》〉の未知なる世界を見つめる、師タータの熱い眼差しに、ラクスミィは強く焦がれたものだった。

師と同じ世界を見たい。そう思ったからこそ、ラクスミィは自ら望んで水の封印を負った。

要らないから捨てたのではない。必要だから捨てたのだ。

幾度説けば伝わるのだろう。ラクスミィが改めて告げてみても、アラーニャはいつもの如く小首を傾げ、不思議そうな顔をするだけだった。

いつもなら天ノ門を操り終えればすぐ陸《おか》に上がるが、今朝はもう一つすべきことがあった。先ほどは右回りに巡った四つ角を、今度は逆に進む。金環を左右にそれぞれ二回転させ、南東の角を訪れたら完成、のはずであるが。

「はて」ラクスミィは首をひねった。「何も起こらぬな」

「手順を間違えたのかしら」アラーニャも同じく、首をひねる。「もう一度しましょうか」

首肯しようとした時だ。ラクスミィの目が、かすかな違和感を捉えた。

「あんなところに岩場などあったかの」

指し示すと、アラーニャが「まあ」と小さな声を上げた。天ノ門の南東に、小高い岩の丘がある。白砂に突き出す漆黒《しっこく》の岩棚はとても目を引いた。この場を何千回と訪れてきた二人が、これまで一度も気づかなかったとは妙な話だ。術で巧妙に隠されていたに違いない。

歩み寄れば、岩場はさらに奇妙だった。幾百本もの石柱が束になっているのだ。石柱は水晶さながらの見事な六角で、蜂の巣のように隙間なく並んでいる。溶岩が急激に冷やされると、このような景観が生まれるらしいと、ラクスミィはものの本で読んだことがあった。しかし、それもおかしな話だ。溶岩を噴く山は、東の果てにそびえる〈火ノ山〉だけだというのに。

不思議に思いつつ、岩の崩れたところを頼りに登っていけば、頂きに祠《ほこら》が据えられていた。燃えるような朱色に塗られた、小さな家のような形で、両開きの扉に金の輪が下がっている。

姉妹は目配せすると、左右の取っ手をそれぞれ持ち、同時に引き開けた。

現れたのは、一体の女人像だった。炭のように真っ黒な肢体、透きとおった瑠璃《るり》色の咽喉《のど》。

左手に蓮の花、右手に槍を持ち、かすかな微笑みを湛えている。火ノ山の女神イグニの化身像〈はかり得ぬ者《オルガ》〉である。

「なるほどな」ラクスミィは呟いた。「この岩場は、〈火ノ山〉を模しておるわけか」

「かつて、我がイシヌの祖が降臨せし霊山」アラーニャが歌うように続けた。「ではこの祠は、〈地ノ門〉を模しているのですね。山の怒りを鎮め、〈火ノ壺〉から溢れ出る〈山ノ毒〉をせき止めんと、時の王が創造せし封印の門」

二人はしばしオルガ像を眺めた後、その足もとの台座へと視線を落とした。引き出しの中を見れば、巻物が一つ納められていた。

イシヌ王家の秘術〈万骨《ばんこつ》〉の術書である。

気づけば、ラクスミィは書を摑《つか》んでいた。逸《はや》る指で組み紐を外し、巻物を解く。書は比求文字でしたためられていた。絵画の如く変幻自在な古代の文字で、読み解くのは並大抵の知識では足りない。丹導学に深い造詣を持つ者でなければ、一節たりとも理解できぬだろう。

初めの数行に目を通し、ラクスミィは胸の高鳴りを覚えた。読める。イシヌの始祖の、筆の動きに至るまで、手に取るように分かる。貪《むさぼ》るように読み進めて、彼女は思わず声を上げた。

「なんと！　我らが祖に〈万骨ノ術〉を伝授したのは〈月影族《つきかげぞく》〉であったか！」

「月影族？」アラーニャが怪訝《けげん》そうに問う。

「北の〈白亜ノ砂漠〉に棲む民じゃ。その者たちの秘術に、我が師はたいそう惹かれておったものじゃ。もっとも月影族は断じて、師に見せようとせなんだが」

「また、その『お師匠さま』のお話ですのね」

アラーニャが拗《す》ねたような声を出した。双子の二人が離れていたのは、生まれてこのかた、ラクスミィが城を出ていた間だけだ。姉しか知らぬ者の存在がどうしても気に入らぬらしい。

「それよりも姉さま」拗ねた調子のまま、妹は言う。「早く先に進んでくださいな」

「そう急《せ》くな」ラクスミィは相手にしない。「この式が何故要るのか分からぬ。先ほどの部分に組み入れてしまえば、もっと短くなるのではないか？」

「とにかく全て読んでしまいましょうよ」妹はますます不機嫌になった。「考えるのは後からでも構わぬではありませぬか」

――そなたはな。ラクスミィは心の中で答えた。

姉妹の式の読み解き方は全く異なる。ラクスミィの頭の中では、術式を目にした瞬間から、理解と分析、分解と再統合が目まぐるしく始まっている。そのため読む速度はさほど速くないが、読み終わった時には大抵、術を使えるようになっている。

一方のアラーニャはとにもかくにも、記憶力に長けている。見たものをそのまま写すように頭に納め、その後ゆっくりと考えるのだ。一見すると、書をぼんやり眺めているだけなので、幼い頃は『不出来な跡取り子』などと揶揄《やゆ》されがちで、母王も末娘を案じていたようだった。そんなアラーニャがある日突然、雛《ひな》が殻から飛び出すかのように、ぽんっと水を操ってみせたものだから、母も臣も目を白黒させていた。

「姉さまが先に読み始めるからいけないのです。まず、アリアにお渡しくださいな」

確かにそれが道理だ。次期当主のアラーニャが巻物を解くべきだった。つい好奇心に負けて我が出てしまったのだ。しかし夢中で読んでいるものを手放すのも悔しい。

「それよりアリア、〈初閨《はつねや》〉の殿方たちはもう決めておるのか」

姉の言葉に、アラーニャがすうっと身を引いた。そのまま、沈黙している。ちらりと横目で窺《うかが》えば、妹はさもつまらなそうに、爪先で黒岩の角を弾いていた。

「だって、どの方もぴんと来ないのですもの」

つまり一人も選んでいないらしい。即位式まであと一月。選ばれた方にも何かと備えがあるのだから、そろそろ達しを出さねばならぬのだが。

「ぴんと来るも来ぬも」ラクスミィは呆れた。「ただの儀式であろう。そなたの気が向かねば、〈伽女《ときめ》〉たちが出向くだけじゃ」

イシヌの女王は婿王を取らない。婿王とその一族は増長しがちだからだ。そのため夜伽は、跡取り子の父親が分からぬように、幾重もの掟で周到に隠される。閨に選ばれた男たちはお勤めの最中、目を開いてはならず声を発してはならず、女王に自ら触れてもならない。夜伽について他言すれば即刻死罪である。なお、選んだものの女王にその気が失せた場合は、伽女なる女官が主と同じ肌着と香を纏《まと》って、代わりに赴《おもむ》く。

もっともアラーニャは、この習わしそのものが好かないようだ。

ラクスミィは知っている。妹は年頃の娘らしく、一人の男と惹かれ合って結ばれるという、淡い夢を抱いているのだ。それも昔馴染みの男の臣や、夜伽に召し上げられる相手ではなく、自由に恋をしてみたい――そんな彼女に、イシヌの閨は生々しすぎるのだった。

「選ぶのも面倒なら、伽女たちに選ばせたらよいではないか。その方が彼女らも楽しかろう。あるいは叔父上たちに頼んではどうじゃ。すぐさま領中に触れを出していただけようぞ。次の女王はこれこれこういう者を好むゆえ、我こそはと思う者は名乗り出よと――」

「まあ、姉さま！」妹姫の頬は真っ赤だ。「そんなこと、今はどうでもよろしいでしょう！」

若きイシヌの次期当主は姉の手から書の片端をひったくると、するすると全て解き、なんと後ろから読み始めた。アラーニャにとっては、どこから読んでも同じことなのだ。これで書の取り合いは収まり、姉妹は黙々と古文書に没頭した。

それから二刻余り。これより長く湖底に留まると、従者たちが騒ぎ出す。二人は術書を隠し直し、急いで陸を目指した。岸辺では案の定、従者たちが右往左往していたが、湖面が割れて二人の姫が姿を現すと、揃って胸を撫でおろした。水中の主人の身に何が起ころうとも、彼らには追えない。様子を見たければ水使いを呼ばねばならず、これは即ち、イシヌの女を連れて来るということだった。ところがイシヌには今、姉妹の大伯母の他に女がおらず、この大伯母上は齢《よわい》八十に迫ろうという老体である。おいそれと呼び出すわけにもいかないのだ。

皆がにこやかに出迎える中、ただ一人硬い顔の男がいた。叔父上である。母の末弟にあたり、イシヌの臣の家に婿入りしたため普段は城にいないが、女王の死を悼むべく戻ってきたのだ。絵画や詩歌を嗜《たしな》む風流人で、瓜実顔《うりざね》に先端がくるんと曲がった口ひげの、見るからにお茶目な人物なので、幾らしかめ面をしてみせようと姪たちは笑うばかりだった。

「御両人とも、まったくお人の悪い」怒っているにしてはゆったりした口調で、叔父は言う。

「いつもこんなに待たされては、皆の寿命が縮んでしまいます」

「すまぬな」ラクスミィは答えた。「下でつい話し込んでしまっての。次期当主はお困りのようじゃ。どうも気が向かぬので、これはもう叔父上に触れを出していただこうと――」

「姉さま！」

アラーニャが悲鳴に近い声を上げた。再び耳先まで赤くなっている。叔父は初めきょとんとしていたが、すぐに合点したようだ。

「なんと、早く仰ってくだされればよろしいものを」

「違いますったら！」

若き次期女王は声を張り上げたが、ではどうして湖底に長居したかは言わなかった。術書はイシヌの女だけの秘密なのだ。アラーニャは恨めしそうにラクスミィを睨み、繋《つな》いでいた手を振りほどいたかと思うと、一人さっさと駕籠《かご》の中に入り、ぴしゃりと戸を閉めてしまった。

「入れてくれぬのか」

ラクスミィが問いかけても「知りません」とだけ返る。何やら小声で呟いていると思えば、駕籠の戸がみるみる氷結し始めた。水使いはこの世の全ての力を統べる者。戸を凍らせることなど、わけもない。が、なんと大人げのない。

ラクスミィとて、元は水使い。刺青によって水を生み出す技こそ失ったが、世界を巡る力は未だ、彼女の忠実なしもべだ。凍った戸をこじ開けるなど、造作もない。ものの結合を変える土丹術《どたんじゅつ》。熱量を統べる火丹術《かたんじゅつ》。振動や圧を司る風丹術《ふうたんじゅつ》。波動と粒子を操る光丹術《こうたんじゅつ》。その他の、さまざまな領域の術式を、彼女は知っている。やりようは星の数ほどあるが――

「好きにしや」ラクスミィは駕籠に背を向けた。「これ、馬を」

姉姫の命令に、侍従たちが慌てて馬を引く。明るく輝くような月毛だ。どうぞ私めを足場にと跪《ひざまず》く従者をよそに、ラクスミィはひらりと馬上に飛び乗った。いつもは駕籠に乗り、城と浜を直接結ぶ道を戻るが、遠回りして都見物と洒落《しゃれ》込むのも一興か。と独り別れたはずが、何故か隊列ごと駕籠がついてきた。自分が閉め出した割に、離れる気はないらしい。

女王が毎朝訪れる水辺は入江のように奥まっており、神域として、民の立ち入りは固く禁じられている。だが、それ以外の浜は民のものだ。神域から出るや岸は一挙に騒がしくなった。小舟や櫂《かい》、漁の網や釣り道具、魚がいっぱい入った籠などで浜の砂が見えない。そこに、天日干しにしようと魚をせっせと開く女たちや、ぴちぴちと活きのいいものを市場に運ぶ男たちが入り乱れ、さらにおこぼれを頂戴せんと猫やら魚鳶《うおとび》やらが群がるものだから、さながらお祭り騒ぎだった。

目に賑やかなのは小舟だ。皆、思い思いの色に塗られている。厄除けの沙柳《さりゅう》緑をふんだんに使ったもの、桃と黄色で花の盛りを表したもの、支子《くちなし》色と濃紺が鮮やかな砂漠の月夜風のものなどなど。いずれも船首から船尾にかけて、竜骨を真っ赤に塗っている。漁師の家の出の従者によれば、赤染め竜骨は漁船の証で、漁師たちの誇りなのだという。

漁はもっぱら夜に行う。続々と浜に向かう舟から、男たちの歌声がする。陽気な節回しから船乗り唄に聞こえるが、これは比求式だ。今聞こえているのは〈風丹式〉、船乗りたちは力量こそささやかながら風丹術士なのだ。また多くの舟には光丹術士も乗っている。夜闇に沈んだ湖面に光をかざし、魚をおびき寄せるのだ。提灯《ちょうちん》程度の灯りしか作れず、これもたいした技ではないが、舟に火は厳禁。漁師の間ではたいそう重宝されているという。

「〈風《かぜ》ト光《ひかり》ノ民《たみ》〉、か」

ラクスミィは誰にともなく呟いた。火ノ国の興りより前から、この地に生きていた人々だ。今では多くがこうして他の砂ノ民とともに暮らす。風でも光でもない一族と血縁を結び、身も心も溶け込んだ者も少なくない。だが中にはイシヌを侵略者として憎む者もいて、その憎悪が争いを生むこともある。都に住まう穏やかな風ト光ノ民の末裔《まつえい》を目にするたび、ラクスミィは〈南《みなみ》境《ざかい》ノ乱《らん》〉と呼ばれる十年前の凄惨《せいさん》な戦いと、砂漠の塵《ちり》と散った人々を思い出すのだった。

湖の向こうにうねる砂丘の群れを眺めていると、赤染め竜骨のない船がなめらかに横切っていった。こちらは渡し舟だ。イシヌの都は湖上の奇岩に築かれており、対岸との行き来は船が主流だった。橋もあるが、これはいわゆる浮き橋で、湖面に浮かべた舟の上に板を渡したものだから、波に合わせてゆらゆら揺れる。荷が多いと少々難儀である。

都の玄関〈奇岩港《きがんこう》〉は、積み荷を揚げ下ろしする人足たちのかけ声、魚を競る商人らの凌《しの》ぎ合い、初めて見る都に浮き立つ娘たちの笑い声、久しぶりの再会に沸く親類同士の呼び交わしなどで、今日も賑やかだった。さまざまな声が飛び交う中、誰かが「イシヌの姫ぎみだ！」と叫ぶと、視線が一斉《いっせい》に駕籠の隊列へと集まった。

「姫さま！」「姫さま！」「姫さま！」

民の大合唱に、ラクスミィは馬上から微笑み返した。わっと歓声が上がる。さて、彼らは今目にしている姫が、姉の方か妹の方か、分かっているのかいないのか。おそらく誰もたいして気にしていまい。滅多にお目にかかれない雲上人を見た、それだけで今日一日が幸運に思えるものだ。砂ノ民には砂丘のように大きな志を抱く者もいるが、多くは「明日の風向きは読めぬものだ」と言い、「月が昇れば涼しくなるさ」と笑い、さらりと乾いた砂のように軽やかな人生を送る。

港場の喧騒を過ぎ、街道に入った。奇岩の島を巻貝のようにらせんに上がっていく坂道だ。立ち並ぶ家々は珊瑚《さんご》色の土塗で、朝日に柔らかく映える。奇岩の頂上に照り輝くのは幾つもの尖塔《せんとう》を戴くイシヌの居城だ。砂ノ領の城だからと、東方の帝都では〈砂上《さじょう》の楼閣《ろうかく》〉などと揶揄されているようだが、きらめく青の湖と珊瑚色の町を従える優美な城には〈水上殿〉の名こそふさわしい。

アラーニャがすっかり退屈したのか、駕籠の小窓をそろりと開けた。すると駕籠の中の姫に気づいた町人たちが、また合唱する。勘のよい者は「アラーニャさま」と連呼し、子供たちが無邪気に追いかけてくる。アラーニャは朗らかに微笑んで、手を振ってやっていた。

もう少しで城の外門という時だった。

隊列が急に止まる。ラクスミィが「なんぞあったか」と尋ねるまでもなく、従者たちは次々と道を開け、隊列を止めた者の姿が露《あら》わになった。

「アラーニャ殿下、ラクスミィ殿下」氷のように平淡な声が呼ぶ。「お迎えに参りました」

総督である。わざわざ城から降りてくるとは珍しい。火急の事案か。

ラクスミィは妹に視線を送った。アラーニャが承知したというように黙って頷く。すぐさま侍従たちに道を急がせる。城では女官たちが、湯気の立つ足湯の盆、きりりと冷えた朱欒水《ざぼんすい》を差し出して来たが、姉妹はそのいずれも断って高き塔へと登った。亡き母の私室で、今はアラーニャのものとなった、慎ましやかながら美しい居室〈当主ノ間〉である。

立ち聞きされぬようにあえて透かし細工を入れた扉を、総督が閉ざした。数拍じっと気配を探るように扉の外を睨んだ後、双子の姫へと向き直る。

「帝都の〈角《つの》〉より、知らせが届き申した」

前置きなく総督は始めた。その声は低く囁《ささや》くようだったが、氷柱の先のように鋭く響いた。

「カラマーハ帝軍が、この都に向けて出陣したとの由」

国主カラマーハ帝家の遣い。通称〈東ノ大使〉。

その男が水上殿に現れたのは、帝軍出陣の知らせから十日後のことだった。

いよいよか。妹姫とともに朱色の裾を播い取りつつ、〈評定ノ間〉に向かうラクスミィの胸に、そんな一言が浮かんだ。

カラマーハの統べる東域〈草ノ領〉には豊かな穀倉地帯が広がり、不毛の大地〈砂ノ領〉を統べるイシヌ王家とは比較にならないほどの財力と軍力を誇る。片やこの〈火ノ国〉の君主、片や地方の一領主とくれば、この差は至極まっとうだが、イシヌはこと内政に関しては帝家と対等、時に優位に振る舞ってきた。その権威を支えるのが〈天ノ門〉、即ち治水の権限である。帝家の都と領土はイシヌの湖から流れ出る〈青河〉の下流に位置する。東方の富と権力は、西方の女王の加護なくして成り立たぬというわけだ。この奇妙な力のねじれ具合を正そうと、帝家はことあるごとに謀略を巡らせてきた。十年前の〈南境ノ乱〉も表立っては、過激化した風卜光ノ民の末裔の企てとされているが、陰で糸を引いていたのは帝家である。

そんな帝家が、女王の代替わりという潮目を見逃すはずはない。

水上殿の〈評定ノ間〉には三人の叔父、高齢ゆえ滅多に表に出ない大伯母上を始め、文官・武官、女官らに至るまで、家臣が勢ぞろいしていた。アラーニャが壇上の玉座に腰かけると、彼らは一斉にこうべを垂れた。ラクスミィもまた軽く膝を折って会釈すると、玉座の横に据えられた机案に就いた。

家臣一人一人の顔を確かめるように、アラーニャが広間を見渡す。その視線は最後に姉へと向けられた。ラクスミィは一つ頷くと、高らかに命じた。

「大使をこれへ」

広間の大扉が開き、一人の男が現れる。〈東ノ大使〉である。ラクスミィが幼き頃、初めて水を操った時にも居合わせた者だった。あれから、十二年。これほど長きにわたり大役を任されているのだから、帝王の信は篤《あつ》いとみえる。

「お久しゅうございます、アラーニャさま、ラクスミィさま」

臣が騒めいた。大使は跪かず、アラーニャに発言の許しを乞うことも、御機嫌を伺うこともしなかった。なんたる不遜、なんたる無礼。

「弁《わきま》えよ、東の者」ラクスミィは壇上から冷ややかに告げた。「イシヌの当主の御前なるぞ」

「はて、これは異なこと」親しげに微笑んでみせる大使は、やはり膝を折らない。「お二人はまだ喪中《もちゆう》。御即位はまだ先では？」

「喪中と知って押しかけるとは、たいした遣いじゃ」

「佳《よ》き知らせは、早い方がよろしかろうと思いまして」

大使は白々しく言うと、手の中の書状を解いた。そのまま勝手に、口上書を読み上げる。

「イシヌ家が次期当主、アラーニャ姫。喪が明け次第、国主ジーハ大帝陛下に嫁されたし」

一瞬の沈黙。直後、広間に怒号が吹き荒れた。ラクスミィは蠱毒《こどく》に背を這われるようなおぞましさを覚えた。アラーニャの顔からは常の柔らかさが消え失せている。総督は眉根一つ動かさなかったが、その指先が一瞬、腰のものに触れた。

帝家の魂胆は明らかだ。婚姻によってイシヌを乗っ取り、治水の権限を手にしたいのだ。

「お受けいただけましょうな」大使は当然のように言う。「カラマーハとイシヌは祖を等しくする同胞《はらから》。慣習によって東西に隔てられていたものが、ようやく一つに戻るのです。火ノ国の歴史において、最も偉大な帝《みかど》の后《きさき》となる。これ以上の誉《ほま》れがございましょうか」

大使の声は、喧騒の中でも不思議とよく通った。

「アラーニャさまは御正室として迎えられましょう。我が主君は先日、皇后陛下を亡くされたばかりゆえ。御側室は数多《あまた》おられますが、なに。アラーニャさまの美貌をもってすれば必ずや陛下の御寵愛を勝ち取られることでしょう」

汚らわしい。大伯母上がそう叫び、女の臣たちが甲高い声で、それに続いた。男たちは文官武官を問わず気色ばみ、今にも使者に摑みかからんばかりだ。

そこに、総督が音もなく、東ノ大使の前へと歩み出た。冷気すら漂う静かな佇まいに、家臣たちは諌《いさ》められたかのように押し黙る。

「先のお后だが」総督は淡々と問う。「長きにわたる幽閉の末、衰弱死されたとか」

「巷《ちまた》の邪推なり」大使は顔色一つ変えない。「御病弱ゆえ、自室にこもられがちであられたが」

「ジーハ陛下は確か、御年六十であらせられたか」

「あのお方に御年など無意味。今なお精気に満ち溢れておられる」

「今少しお控えになってはどうか」

総督の口調に皮肉が滲《にじ》む。佇まいに、氷刃のような殺気が漂い始めた。

「ことに昨今は、勇み足がすぎるようにお見受けする。昨年、南の〈岩《いわ》ノ国《くに》〉を制圧したのは結構だが、敗残兵の抵抗も収めぬうちに〈宝珠《ほうじゅ》ノ国《くに》〉に侵攻とは如何《いかが》なものか。〈七《なな》ツ国連邦《くにれんぽう》〉の反発は必至であるし、我が国にも人と物の限りはある。いたずらに戦線を延ばせば足を掬《すく》われかねませぬぞ」

大使の目に初めて、苛立ちが浮かんだ。

「砂山の大将が知ったふうな口を利く」

「帝都の〈貴き人々〉は、このような口は利きませぬか」総督は笑う。「では、大使どの。貴殿から言上されたし。真の忠義者の諫言《かんげん》ならば、陛下も耳を傾けられよう」

返答はなかった。

ジーハ帝の血腥《ちなまぐさ》い噂はラクスミィも耳にしている。昨日の寵臣は今日の逆臣。少しでも気に入らぬ相手は、身内でも容赦なく処刑するとか。安易に苦言を呈しては危険なのだろう。

「ときに、『砂山』の進軍は草原と勝手が違うもの」総督の声はどこまでも冷ややかだ。「軍が大きければ大きいほど、安易に領境を越えぬことだ。貴軍の将も十分、御承知であろうが」

大使はしばらく総督の視線を受け止めていたが、終いに自ら目を逸らした。ただその唇から微笑が消えることはついぞなかった。

「では三日だけお待ちしよう。どうか色よいお返事を」

承諾する他あるまいが。悠々と立ち去る大使の背から、そんな声がありありと聞こえた。

招かれざる客が消えるや、そこかしこで息が吐かれた。玉座のアラーニャも、膝の上で固く握った両の拳《こぶし》をほぐすように解いている。ラクスミィだけが閉じられた扉を睨み続けていた。

友好に見せかけているが、これはつまるところ、開戦の触れである。要求を突っぱねれば、帝軍は躊躇《ちゅうちょ》なくイシヌの都に攻め入るだろう。要求を呑んだとしても結果は同じだ。イシヌは帝軍を受け入れざるを得ず、都は結局占拠される。

ひと嵐去って、ことの深刻さがじわじわと身に迫ってきたか、家臣たちがどよめき始めた。ある者は、領中に散る〈イシヌ公軍〉を、ただちに都へ呼び戻すべきだと言う。またある者は、それこそ相手の思うつぼ、帝軍は砂漠を自由に駆け、砂ノ領の町々を支配してしまうと言う。ではなおのこと、都だけは死守せねば、と別の者が主張する。

異論反論が吹き荒れる中、ラクスミィは机案から立ち上がった。

「静まれぃ」鋭く一喝すると、広間が水を打ったように静まり返った。「動じるでない。此度の帝家の動きは予期されたもの。手立ても備えも十分にある。我らイシヌは暴君ジーハの思惑通りにはならぬ」

ラクスミィは足さばきも潔く壇上から降りると、アラーニャに向かって跪いた。

「我らが当主よ」ラクスミィは厳《おごそ》かに呼んだ。「御決断を」

若き当主の瞳が姉の視線を受け止める。そこには天ノ門を操る時と同じく、痛みを内包しつつも揺らぐことのない光が宿っていた。

「帝家に天ノ門は渡せませぬ」決然たる言葉とは裏腹に、アラーニャは柔らかに命じた。「橋を落としなさい。ただちに籠城《ろうじょう》の手配を」

「では改めて聞いておこうぞ」

ラクスミィは口火を切った。籠城の指示を終え、ひとまず評定を閉じた後のことだ。姉妹と総督の三人は、アラーニャの私室〈当主ノ間〉に集まっていた。

「敵の兵数は」

「〈角〉によれば二万弱」

総督は淡々と答えた。〈角〉とは内応者の呼び名である。帝都も一枚岩ではない。ジーハ帝の暴政を疎《うと》んじる者、あるいは国の行く末を危惧する者たちが隠れている。〈角〉はその急先鋒。帝軍の高官で、玉座転覆を実現しうるだけの軍勢を掌握《しょうあく》していた。

「ただし一万弱のうち正規兵は五百に満たず、ほとんどは傭兵雑兵、または他国の捕虜です」

「術士の数は」ラクスミィは重ねて問うた。

「一個小隊に一人二人いる程度とか」

「そういったものなのですか？」

アラーニャが不思議そうに尋ねた。全島に『無敵』の名をとどろかせる帝軍である。熟練の兵士と卓越した術士の集団のはずが、何故そのような寄せ集めなのかと思ったのだろう。

イシヌが抱える公軍は、秀でた術士であること、あるいは兵法兵学に深い造詣を持つことを入団条件に挙げている。しかも戦場に立つまでには、幾年もの厳しい修練と演習を経るのだ。

砂ノ領における『兵』とは即ち、精鋭を意味した。

「帝軍は個人の力量に重きを置きませぬ」総督は言う。「兵の育成よりも、優れた兵器こそが肝要と彼らは考える。極端な話、兵とは武具の持ち手にすぎぬのです。無論、統率のために、多少は訓練いたすが」

「性質《たち》の悪い」ラクスミィは嗤《わら》った。「つまりは、幾らでも穴埋めできるということ。ならば、〈角〉の申した一万も、『ひとまずは』といったところか」

「さよう」総督の声に起伏はない。「我が公軍は総勢五万。うち城内の〈近衛衆《このえしゅう》〉が千。都内の〈内衛衆《ないえしゅう》〉が七千。残りの〈外衛衆《がいえいしゅう》〉は領内警邏《けいら》のため、砂ノ領の各地に散ってござる」

公軍の本来の責務は、砂ノ領の治安維持。都の危機だからといって、領の守りを留守にするわけにはいかない。では、動かせる兵は如何《いか》ほどか。

「各所から集めれば、一万ほどに達するかと」

「とすると、『ひとまず』は帝軍と互角なわけですね」

アラーニャの言葉に、総督は安易に頷かなかった。

「援軍と籠城軍で挟撃いたせば、帝軍の倍の兵力が見込めまする。個々の戦局だけを見れば、勝ち戦も少なからずござろう。しかし戦が長引けば、こちらが不利」

「そうであろうの」ラクスミィは苦笑した。「相手は危うくなれば引けばよい。よしんば負けを喫しても、歩兵を補うて、再び向かうだけじゃ。一方で我が方は、敵に来られるたびに町々を荒らされ、兵站《へいたん》の確保もままならず、いずれ疲弊《ひへい》しよう」

「まあ、それは困りましたね」

アラーニャは彼女なりに、深刻に言ったつもりだろうが、生来のおっとりとした居住まいと柔らかな声音のせいで、緊迫感は乏しかった。

「そう、困ったことじゃ」ラクスミィは妹に調子を合わせた。「守り戦は負け戦。内にこもってばかりでは、どうにもならぬ」

「攻めるべきというわけですね。けれど我が軍は、都から相手を追い払うのに精一杯……」

段取りを慎重になぞるようにアラーニャが呟く。ラクスミィは微笑み、総督に向き直った。

「して、〈蹄《ひづめ》〉はなんと」

〈蹄〉もまたイシヌ王家の密偵である。十年前からカラマーハの宮殿に潜んでいるが、正体は伝令役しか知らない。その用心深さを買われて、帝王の膝もとで動くという大任を託された。〈蹄〉は〈角〉に並ぶ、ジーハ帝の頭上の白刃である。

「〈蹄〉の伝令役が申すには」総督の声はよどみない。「帝への不満は、日に日に高まっておるとのこと。ジーハは内政が不振に陥ると、それを払拭すべく他国に攻め入ることを繰り返してござる。国外から富を得ることで国営の綻びを繕う狙いでござるが、失策の煽《あお》りを受けた地方豪族や文官、ことあるごとに駆り出される帝軍将校たちの鬱積《うっせき》は溜まる一方のよう」

「我らの目論見に同調する者たちは」

「数も備えも十分に。後は正しい時を待つばかりとのこと」

ラクスミィは微笑んだ。

「では、その時を、我らが呼び寄せてやろうぞ」

ジーハ帝は此度の戦で、イシヌ家を取り潰すつもりだ。しかし、彼は気づいていない。その野心が身の破滅を招くであろうことを。

ラクスミィは声を立てて笑った。国の潮目に居合わせる喜び。幼き頃は逃げ出し、身を隠すことで、悪意を遠ざけるしかなかった。だが、今の彼女は強大な敵を迎え討つ知恵と、信頼に足る同志たちを有している。

この荒海を必ずや御し、イシヌを守り通してみせる。そう誓った。

三　水蜘蛛《みずぐも》族《ぞく》のアナン

雲海の隙間から、束の間の光が差し込んだ。

突然の眩しさに驚き、鳥たちが一斉《いっせい》に飛び立つ。枝々がたわみ、樹々が揺れ、葉に溜まった幾万の雫《しずく》が宙へと躍り上がった。雨露は虹色にきらめきながら滝のように降りそそぎ、苔《こけ》むす岩々や網目のように張り巡る清流、それらを抱く大樹の根を叩いた。

その中で、ただ一滴。

大地から天へ一閃《いっせん》の光の如く駆け上がる、小さな水の珠があった。

渦のように空を舞う鳥の群れが、不意に乱れた。飛翔する水の珠に分かたれて、四方八方に散り、霧と雲を纏《まと》う森の奥へ急いで消えていく。雫に穿《うが》たれた数羽だけが、手折られた花房のようにまっすぐ地上へ落ちていった。

つややかな黒と鮮やかな青の羽毛は、だが無残に散ることはなかった。岩にぶつかるという直前、宙を漂う水の盆が彼らを柔らかに受け止めたのだ。水盆は鳥たちを乗せて、するすると樹々の合間を縫い、獲物を咥《くわ》える猟犬のように主人のもとへと駆け寄った。

水を出迎えたのは、異形の男だった。

彼の名はアナン、水蜘蛛族一の〈舞い手〉だ。樹の如く長い四肢、細い首に乗る小振りの頭、すっきりとした目鼻立ち。一族の男にしては珍しく、まっすぐ伸びた美しい背を持つ。浅黒い肌はほとんど衣に覆われ、布手甲《ぬのてっこう》から覗く蜘蛛《くも》の足のような節ばった指が、一張の弓を握っていた。〈水撃ち〉である。風の力で水を放つ、この世でただ一つの、風と水の丹導器《たんどうき》だ。

アナンが人差し指をしなやかに回すと、宙に漂う水が馳せ参じた。主人に獲物を渡すなり、ぱんっと糸を断たれたようにしだれ落ちて、苔むす大地の清流へと還っていく。

まだ温かい鳥たちを、アナンは岩床に並べた。全部で四羽。一羽ずつ丹念に調べ、水の珠が撃ち抜いた箇所を確かめる。初めの一羽は頭を、次の一羽は頸動脈《けいどうみゃく》を、残りの二羽は心ノ臓を綺麗に貫いていた。狙い通りだった。これなら長く苦しませずに済んだだろう。

舞いの一節のようにくるりと手首を返せば、手のひらに小さな水の円盤が生まれる。それはふわりと浮かび上がると、きゅるきゅると甲高い音を立てて回り始めた。アナンの指の動きに合わせ、甲虫《かぶとむし》のように唸りながら、縦横無尽に宙を駆ける。水の円盤が、ぱっと霧散霧消した時には、獲物全ての首から鮮やかな赤の雫が滴り落ちていた。

血抜きを終え、わたを取り出して森に返し、ぽっかりと空いた腹の中を水で清める。その間アナンは数歩離れたところで水を操るだけで、血の一滴にも触れなかった。血は神聖なもの、女性に属するものだ。特別な許しを得ぬ限り、男は触れてはならない。

そこへ、がさりと茂みの揺れる音がした。

アナンは弓を構えた。大きさからは鹿か山羊か。血に惹かれてきたなら、豹《ひょう》かもしれない。彼らは総じて賢く、水蜘蛛族を見ると密やかに逃げていくが、若い個体が空腹に耐えかねて、向こう見ずにかかってくることもある。

アナンが腕を上げた、その時だった。

「父さま！」

少年の声。しかし、ぬうっと茂みから突き出たのは、馬の鼻面であった。老いた青鹿毛だ。短くいななくさまは、まるで弓を構えるアナンをたしなめているかのようだ。その白いものが交じるたてがみの向こうから、男児が一人ひょこっと顔を出した。

「ナーガ」

アナンに呼ばれると、息子は嬉しそうな笑みを浮かべた。水蜘蛛族の男子らしい長い手足を精一杯伸ばしてヌイに摑《つか》まっているが、背が低いせいか、今にもつるんと落ちそうに見える。ただ彼はまだ八つ。父も母も上背がある。いずれ、ぐんと伸びるに違いない。

「さっきの水撃ち」息子が頰を紅潮させて言う。「見ました！　すごいや。一発で四羽も落とすなんて！」

「ナーガ」アナンは眉をひそめてみせた。「ついてこないようにと言っただろう。森はとても危ない。足を踏み入れた瞬間、暴流に攫《さら》われるかもしれないぞ」

「でも」息子は口を挟んだ。「父さまの周りだと水はいつも静かだし、鉄砲水が来たって僕は平気。逃げきってやります。この前だって――」

しまった。そんな顔をして、ナーガは唇を結んだ。『この前』こっぴどく叱られたことを思い出したのだろう。あの時も父を追って森に入り、暴れ水にあわや呑まれそうになったのだ。

「でも」息子は往生際悪く食い下がる。「ちょっと危なかったけど、大丈夫だったのに」

「ナーガ」アナンはため息をついてみせた。「それはヌィが危険を察して、お前を守ってくれただけだ。決して、自分の力を見誤ってはいけないよ」

　ヌィはこの〈西ノ森〉に生きる馬だ。岩場を跳ぶように駆ける姿は、かもしかに似る。昔に比べると足の速さは落ちたが、走りの確かさは格段に増した。乗り手が未熟でも、急流と岩ばかりの足場を容易《たやす》くさばき、安全なところを自ら選んで進んでくれる。

　ナーガはたしなめられて黙ったものの、納得いかないふうだった。ふくれっ面をしている。アナンは毅然《きぜん》と顔を引き締めた。が、父譲りの黒い髪に、葉っぱがちょこんと載っているのに気づいてしまい、今にも口もとが緩みそうでならなかった。

　幸い、ナーガは父の葛藤《かっとう》に気づかなかった。尻尾を垂れるように項垂れ、「ごめんなさい」と囁《ささや》く。危ういところで睨めっこに勝利したアナンは、笑いながら息子の頭を撫でた。

「そんなに来たいなら、今度から一緒に狩りに出ようか」

　可愛さ余って、うっかり口が滑った。ナーガが顔を勢いよく上げ、陽光を浴びた雫のように両目をきらきら輝かせる。慌てて「私が駄目と言った日は、きちんと留守居をするんだよ」と付け足したが、得られたのは勢いだけの空返事であった。

アナンは己の甘さを悔いながら、獲物をヌイの背中にくくりつけた。先に仕留めていたのも合わせて、総計十羽。自分の手柄のように誇らしげな息子とともに帰路につく。

陽光はいつの間にか消え、雲は再び厚くなり、霧雨が降り始めた。それでも、雨季の最中と違い、叩きつけるような激しい雨は久しくない。この乾季はことに雨が少なく、朝のうちには太陽を拝めることすらあった。ここ西ノ森では珍しいことだ。豪雨や鉄砲水が絶えぬ水の大地ではひとところに留まるのも難しく、水蜘蛛族はしょっちゅう住処《すみか》を移すが、乾季はまだしも落ち着ける。過ごしやすい日が続けばよいとアナンは思った。

しばらく進むと森が開け、白い蒸気を纏う滝が現れた。滝壺の上空に浮かぶ、巨大な卵形の建造物が水蜘蛛族の住処だ。水から練り出した白糸を編んで造った〈繭家《まゆや》〉である。正確には浮かんでいるのではなく、滝の周りの大樹から大綱を引いて、空中に吊るしてあった。

繭家の下の岩場は、かもしか馬の放牧地だ。普段はアナンが面倒を見ているが、狩りに出る時は、他の舞い手に馬番を頼んでいる。今日は同い年の舞い手エラフが、代役を買って出てくれた。ヌイを戻しがてら礼を言おうとすると、エラフは何やら御立腹の様子だ。ナーガが勝手に群れの長《おさ》を連れ出したため、馬たちがちっともまとまらず、大変な思いをしたという。

「けどまあ、その鳥の肉で勘弁してやるさ」

さんざんナーガに説教した後、エラフはアナンの下げる獲物を見て、にかっと歯を見せた。顎の割れているところが男らしいが、口は大きく、鼻はつんと真上を向いており、愛嬌がある顔立ちである。

アナンが笑って、友の取り分を約束した時だった。

「あら、抜け駆け？　エラフくん」

はつらつとした声。滝壺の岸に、柿《かき》色の衣がはためいている。

水蜘蛛族の長ラセルタだ。

ラセルタは馬に跨《また》がっていた。思えばここ十日ほど彼女の姿を見かけていない。遠出していたようだが、いったいどこへと尋ねるような、差し出がましい真似はしない。アナンとエラフはすぐさま居住まいを正し、一礼した。ナーガも見よう見まねで倣う。

「あたしにも分けてよ、アナンくん」長は岩場に馬を返すと、茶目っ気たっぷりに言った。「なぁんてね。獲物は皆のものよ。ちゃんと炊事場に納めてね。あぁでも、一番大きな一羽はアナンくんのものよ。好きにしてちょうだい」

こうして、丸々太った鳥のもも一本はエラフのものに、残りは晴れて父子のものとなった。昼餉《ひるげ》に早速食べようとナーガがねだる。大興奮の息子をなだめつつ、アナンは感謝の意を表《ひょう》すべく、「よろしければ御一緒に如何《いかが》ですか」と族長に申し出た。

「じゃあ御相伴に与《あずか》ろうかしら」と言って、長は大笑いした。「やぁね、ナーガくんたら」

長の言葉に見下ろせば、ナーガがなんとも悲壮な顔をしていた。

ラセルタには五人の婿と十人の子供たちがいる。彼らと分け合えば一口味わえるかどうかになってしまう。鳥は水撃ちを有するアナンにしか獲れず、一日で仕留められる数は多くない。そんな貴重な御馳走を、大人や年上の子相手に取り合うなんて……という声が聞こえてきそうだった。

もっともナーガの落胆は飢えによるものではない。この森は豊かだ。樹には木の実や果物がたわわに揺れ、滝壺には川魚が泳ぎ、岩棚には鹿や山羊の群れが駆ける。水蜘蛛族の暮らしは飢えや渇きとは無縁だった。

「冗談よ。御両親とたっぷり楽しんで」一族長は腰を屈め、ナーガの頰をつついた。「そうそう、お母さんによろしく言ってちょうだい。お昼ごはんの後にまた来るからって」

何のごようなの、とナーガが尋ねた時には、長は身を起こしていた。

「さぁ、ナーガくん。炊事場にお肉を届けに行きましょ。今から焼いてもらわないと、お昼に間に合わないわよ！　あたしと一緒に行きましょう」

ラセルタは獲物の束を豪快に持ち上げると、滝壺の岩場から岩場へ軽やかに跳ねていった。その身体つきには、大勢の子を産んだ女性らしい逞《たくま》しさとおおらかさがあるが、身のこなしは未だ少女のそれだ。ナーガが必死に長の後を追う。

ラセルタが朗々と式を謳《うた》い上げると、繭家の底がはらりと解けた。蔦《つた》のように垂れる白糸に摑まって、繭の中に入っていく息子を、アナンは微笑ましく見送った。

繭家の中には〈食事ノ間〉が設けられているが、アナンは子供の時から、この滝壺で食事を摂ってきた。「ゆっくり食べたいのでな」と亡き祖父は言っていたが、両親を早くに亡くした孫息子を気遣い、親子で賑わう食事ノ間を避けていたのかもしれない。だがアナンは子を持ってからも滝壺での食事を続けている。家族だけで静かに過ごす時は何にも代えがたい宝だった。

しばらくして、ナーガは両手に竹編み籠を下げて帰ってきた。右の籠には花穂蘇《はなじそ》でくるんだ肉汁滴る鳥肉、左の籠には瑞々しい紅桃《べにもも》が入っている。食事ノ間には他にもさまざまなものが置いてあるはずだが、自分の好きなものだけを選んだとみえた。

父子一緒になって、小高い岩場で食事の支度をしていると。

天の雲を払うような清廉なる歌声が、滝壺を満たした。

その声に聞き惚れるように、滝が穏やかになる。白波を立てていた水面は、わずかな波紋を残して、静まり返った。見上げれば、繭の底がするすると音もなく解け、一人の女性が滝壺に降りてきた。目の覚めるような紺碧《こんぺき》の衣。時に亜麻色に輝く、明るい栗色の髪。艶やかな紅い唇。風無き日の湖畔を思わせる、その涼やかな佇《たたず》まい。

「タータさま」

「母さま！」

指をついて出迎えるアナンをよそに、ナーガが仔山羊の如く飛び出した。岩から岩へぴょんぴょん跳ねていき、そのまま母にぶつかりそうな勢いだったが、一つ手前の岩でぴたりと踏み留まる。タータは片足が不自由だ。不用意に触れぬように、という父の言葉を思い出したのだろう。

もじもじする息子に、タータが柔らかに微笑みかけると、手中のものを差し出した。札状の板で、文字が彫り込まれている。ナーガの朝の手習いである。

「よくできました」母は言う。「これで、比求文字《ひきゅうもじ》は全て書けるようになったわね」

「はい！」ナーガは頰を紅潮させた。「読みも全部覚えました！」

息子の胸を張って答えるさまに、アナンは内心複雑な思いを抱いた。比求文字や式は本来、男子にとって必要のないものだ。それよりも身体をよく動かし、好き嫌いなく食べ、健やかな肉体と心を手に入れる方が、はるかに大切だった。立派な大人の男になれば、力のある女性に見初められ、水の式を刺青《いれずみ》として身に刻んでもらえる。そうすれば比求文字なぞ読めずとも、舞うことで水を操れるようになるのだ。

同時にアナンは知っている。彼の主人はそんな習わしにとらわれるような女性ではないと。彼女は昔アナンにも、比求式を学ばないかと持ちかけてきた。それは分にすぎますとアナンが断ると二度と話題には上らなかったので、冗談か気まぐれかと当時は思ったものだ。ところが息子が生まれると、タータは当然のように文字を教え始めた。止めるのも憚《はばか》られて、アナンはじっと口を閉ざして、赤子のナーガが文字札と戯《たわむ》れるさまを見守り続けた。

タータは我が子のみならず、水蜘蛛族の子に男女の隔たりなく、比求式を教えたいようだ。だが彼女と考えを同じくする母親はあまりおらず、男の生徒は片手で数えるほどしかいない。タータはよくそれを嘆くが、その危惧が何に根差しているのか、アナンには分からなかった。あるいはタータは実のところ、息子ではなく、娘が欲しかったのではなかろうか。何故ならタータにはかつて『ミミ』という類《たぐ》い稀《まれ》な弟子がいたのだ。ミミに教えている時の、主人の楽しそうな顔を、アナンは鮮明に覚えている。

それでも、息子を見つめるタータの眼差しは溢れるように温かい。余計な邪推はすまいと、アナンは毎度のように己を戒《いまし》め、主人と息子を昼餉の食卓に誘った。

たっぷりと時をかけて食事を楽しんだ後、滝の水で薬草茶を淹れる。じっとしていられないナーガが習ったばかりの舞いを演じ出すと、タータの朗らかな笑い声が水辺を満たした。

ラセルタが現れたのは、そんな団欒《だんらん》の最中だった。長に席を譲るべく、アナンは空の籠ともにナーガの跳ねる岩場まで下がった。息子がついてこられるよう、ゆっくりと舞ってみせながら、女人たちが交わす言葉に、密かに耳を傾ける。

「お帰りなさい、ラセルタ」タータが友を出迎えた。「外の様子はどうだった？」

「砂漠は相変わらずねぇ。潤《うるお》いの一滴もなくッて。この十日ですっかりしなびた気がするわ」

ラセルタが森の外に出ていたと知り、アナンは驚いた。

もっともこれが十年前なら、気にも留めなかっただろう。以前は、女人たちは頻繁に外へと出かけていたものだ。一族の女は男と異なり、外界の者と変わらない風貌のため、旅をしても目立たない。よって男は森に留まり、女は外へ出て、入用な品々を調達する習わしだった。

ところが十年前、水蜘蛛族の女人の存在が外の世に知られてしまった。そこでラセルタは、特に許しのない限り、男女ともに外界へ出ることを禁じた。一族を守るためである。徹底して姿を見せないことで、水蜘蛛族の記憶を外の世界から消し去ろうとしたのだ。それまで一年のほとんどを外で過ごしていたタータですら、この十年、一歩も森を出ていない。

それほど厳しい達しを出した当の長が、森を出ていたという。アナンは当惑し、主の様子を窺《うかが》った。しかし、ラセルタを見る主人の目は涼やかで、全て承知しているように見えた。

「それで？」タータはむしろ、話の先を急《せ》かすように言った。「ミミには会えたの？」

ミミ。懐かしい名に、アナンの舞いは一瞬止まった。タータの弟子の名を再び聞こうとは。

「会えたわ」長はこともなげに頷く。「やっぱり、あれは警告だったみたい」

あれとは何か知りたくて、アナンは耳をそばだてた。二人の会話から察するに、森の外れの祭壇のことのようだ。毎年乾季の終わりになると、祭壇の台座に反物《たんもの》や塩壺が奉納されるのだが、何故か今年はつい半月ほど前、上乾季に入ったばかりにも拘らず、香木が焚かれた。予期せぬ収穫に女人たちが喜びつつも首を傾げていたのを、アナンは覚えている。

「時期もだけど、妙なものが一緒に入っていたものねぇ」ラセルタが苦笑する。「双頭の白牛の旗。カラマーハ帝家の紋章よ。イシヌ王家は竜でしょう、変じゃない。旗を見た瞬間、胸が騒ついたわ。これはどうあっても話を聞きに行かなきゃってね。ミミちゃんも考えたわよね。実際、行って良かったわ。大事な話が聞けたもの」

「元気そうだった？」

　タータが問うた。彼女の関心は『大事な話』よりも、ミミ自身にあるようだった。十年前に別れて以来、タータは弟子と逢うことはもちろん、文を交わすこともしていない。水蜘蛛族をできる限り外界から切り離すという、ラセルタの考えに従ったのだ。以来タータはミミを気にかけるそぶりすら見せてこなかったが、やはり心の奥底では想っていたのだろう。

「えぇ、それはもう！」ラセルタは笑う。「とっても綺麗になって、威厳たっぷりで。戦が目前というのに、すごく落ち着いていてね」

戦。その一言で、滝壺にぴりりと緊張が走った。ラセルタの眼差しも厳しく変わる。

「カラマーハ帝家が、イシヌ王家に軍を差し向けた。……戦いが始まる」

都、帝、軍。カラマーハにイシヌ。アナンにとってはいずれも遠い異郷の話だった。しかしただならぬことが起きようという気配は、はっきりと感じとった。

「イシヌの女王が亡くなったのだそうよ」長の語りは静かだ。「その機に乗じて、カラマーハのジーハ帝が動き出したらしいわ。イシヌの女と、〈天ノ門〉を我がものにするために」

「イシヌの女」タータが呟く。「つまり水使いね」

「そう」長は頷く。「この森にもその二つが揃っている。千年前、イシヌの祖に〈水丹術《すいたんじゅつ》〉の手ほどきをしたのは、あたしたち水蜘蛛族だもの。イシヌの湖底とこの森の奥に、東西一対の〈天ノ門〉が建立されたことは、国史書にもあるそうよ。それに今や水蜘蛛族には、懸賞金が公にかけられている。舞い手の男は特に高額らしいわ。彫りを見れば水の式が手に入るから」

「だから、ミミは『警告』してきたのね。カラマーハが私たちを狩りにくると」

アナンは知らぬ間に舞いを止めていた。常に騒がしいナーガも、しんと黙っている。不穏なものを感じたのか、馬たちも微動だにしない。どうどうという滝の音だけが辺りに満ちる。

「……帝軍か」ラセルタがぽつりと漏らした。「いつか誰かに攻め入られると分かっていたわ。正直なところ、あたしの代じゃなかったらいいのにって思っていたの。このまま森にこもっていたら、外の人たちは水蜘蛛族を忘れてくれるんじゃないかって、ちょっと期待してもいた。でももう、そんな甘いこと言っていられないわね。貴女《あなた》がいてくれる分、今で良かったと思うべきかしら」

長の視線を受け止めたタータは、常に増して涼やかな居住まいながら、その双眸《そうぼう》は研ぎ澄まされた刀剣のようだった。久しぶりに見せる戦士の面立ちである。初めて目にする母の顔に、ナーガが幼い手を伸ばし、アナンの裾をぎゅっと摑んできた。

「アナンくん」ラセルタの暗い目が向けられた。「この戦いは一族の存亡を懸けたものになる。舞い手の貴男《あなた》たちも戦場に出ることになるでしょう」

「では、〈血《ち》ノ赦《ゆる》シ〉をいただけるのですね」

赦シを受けた者は血を浴びても罰せられない。戦い続けると誓う者にだけ下される達しだ。

「いいえ。今は出さない」ラセルタは微笑んだ。「できる限り出したくないの。でも、そうね。覚悟だけはしておいてちょうだい」

アナンは深くこうべを垂れた。目端に、岩に立てかけた水撃ちの弓が映り込む。腕に纏わりつくのは息子の手の温もりだ。十年前のアナンには、守る者も守る術《すべ》もなかった。しかし彼は今や水蜘蛛族一の舞い手。愛しい者を守り抜くだけの確かな力と技がある。例えるならば、深い森に人知れず咲き誇る、大輪の蘭《らん》のよう。アナンの抱いたものは、そんな穢《けが》れのない自信だった。

上乾季を半ば過ぎた頃、それはやって来た。森と砂漠の境に蠢《うごめ》く大軍である。

てらてらと黒光りのする人影は、具足をつけているのだと聞いたが、遠目にはまるで樹液にたかる蟻《あり》の群れのようだった。大樹の高みから見下ろしながら、あれは人ではないのだろうとアナンは思った。

ゆっくりと、だが大きく水撃ちの弓を引いていく。普段は音一つ鳴らない弓幹《ゆがら》が、弦に引き絞られて、きりきりと耳障りな軋《きし》みを上げた。もう少し、また少しと引けば、アナンの周りに風が生まれ、渦を成し、衣の裾や大樹の葉を巻き上げる。

弓鳴りが最も高くなった時、アナンはそっと指を放した。

薄墨の雲を切り裂いて、水の珠が飛翔する。目に見えぬほどの小さな粒。だが、その甲高い唸り声は、森に生きる鳥の全てを集めたよう。

それから、ほんの瞬《まばた》きの間。

雷鳴のような轟音《ごうおん》とともに、黒蟻どもの一角が消えた。

続けて一矢。もう一矢。三矢が届く頃には、大軍は乱れに乱れていた。兵らはてんで勝手に駆け出し、砂丘の影へ我先にと向かっていく。アナンが撃つのを止めたのは、彼らへの哀れみからではない。あまりにも手応えがなかったからだ。この森の豹すら、生きるか死ぬかの刹那《せつな》には、もっと必死に牙を剝き、ひたむきに向かってくるというのに。

だがアナンは知らなかった。外の世界に君臨する者の、残虐なまでの執拗《しつよう》さを。

この三矢をもって、火ノ国史上最も陰惨な戦いが、幕を開けたのだった。

第二章

一　都攻め

風一つない穏やかな日。

イシヌの都に炎の雨が降りそそいだ。

鏡の如く静かな湖の上を、紅蓮《ぐれん》の砲玉が黒煙を吐きつつ突き進む。まっすぐ飛び込んでくる炎を、都の防塁《ぼうるい》が必死に受け止めた。帝軍の襲撃に備え、〈内衛衆《ないえしゆう》〉が術を駆使して拵《こしら》えた壁だ。彼らは土丹式《どたんしき》を高らかに歌い上げ、防塁をより高く厚く保とうとするが、鉄をも溶かす熱の塊は、土壁を叩き、砕き、焦がし、崩し、ついには突き抜けて、都に火片を撒き散らした。美しい珊瑚《さんご》色の家々が、禍々《まがまが》しい紅蓮の焔《ほのお》に呑まれていく。

重い砲弾が落ちるたび、都が揺れる。その振動と民の悲鳴はイシヌの城にも伝わってきた。爆音が鳴り渡るたび、臣は青ざめ、女官は震えた。城を守る〈近衛衆《このえしゆう》〉の緊迫した怒鳴り声が城のそこここから上がる。

ラクスミィは塔の窓を大きく開け放ち、城下を広く見渡していた。

内衛衆はよく動いている。これほど激しく弾を浴びても、土塁は崩れない。砕かれた箇所はすぐさま継ぎ足され、次の攻撃に備えられる。火の手が町に上がれば、火丹術士《かたんじゅつし》と風丹術士《ふうたんじゅつし》がたちまち駆けつける。彼らが熱と大気を奪い、焔を殺して回っているため、燃え広がることはない。彼らが素早く動けているのは、光丹術士《こうたんじゅつし》が己の危険も顧みず、防塁の上から弾の道筋を読み、落ちるところを告げているからだ。

それでもなお、この光景はあってはならぬものだった。

イシヌ側は整えていたのだ。帝軍の代名詞〈火砲〉から、都と民を守る手筈を。砲弾は都に届かず、全て湖に落ちて潰《つい》えるはずであった。それなのに。

「我々の〈返し技〉が全く効いていませんね」ラクスミィの横でアラーニャが声を震わせた。

返し技とは、相手の術を消す、あるいは相手の力を利用して反撃する技を指す。例えば火を消すべく、熱と大気を断つように。

戦は相手の裏の裏を読むものだ。強力な丹導器《たんどうき》には、返し技の返し技が仕込まれているのが常である。ラクスミィたちはそれすらも踏まえ、反撃の返し式を編んでおいたのだが。

「……奴らめ、火砲の式を変えよったな」

ラクスミィは城下町から目を外し、湖の向こうを眺めた。はるか対岸に帝軍が四隊、整然と並んでいる。囁《ささや》くように〈遠見《とおみ》ノ術《じゅつ》〉を唱えると、両目に飛び込む光が曲がり、敵陣を大きく映しだした。

砲台はたったの四つ。だが四半刻（十五分ほど）おきという速さで撃ってくるうえ、威力が凄まじい。もし防塁が崩れ、町が砲の直撃を受ければ、その一角は瓦礫《がれき》の山と化すだろう。火砲の式は、内通者〈角《つの》〉を通して、あらかじめ入手していた。しかしそれから読み取れる威力と、今撃ち込まれているものは明らかに異なる。〈角〉が新しい火砲について知らなかったか、密偵の存在がばれて裏をかかれたのか。いずれにしても、このままでは都がもたない。

面白い。ラクスミィは思った。これこそが術士の戦いだ。丹導学の議題を解く時のように、勝利という最適解に向け、比求式《ひきゅうしき》を編み上げる。その道筋は状況に応じ、万華鏡の如く変わりうるのだ。相手が式を書き換えたなら、こちらも新たな式を練るまでである。

「アラーニャ」ラクスミィは青ざめた頬の妹に呼びかけた。「城は任せたぞ」

妹は一瞬きょとんとした。直後、常の優雅な立ち居振る舞いはどこへやら、砂鼠にそっくりの金切り声を上げる。

ラクスミィが窓枠に足をかけ、外へと跳んだからである。

はて。風を切って落ちながら、ラクスミィは首を傾げた。もしや、アラーニャに話し損ねていたのだろうか。ラクスミィは十年前にも、こうして飛び降りたことがあるのだ。今回の塔と比べればはるかに低い、町の館からではあったが。

のびやかに式を唱える。幼少の頃に編み出した〈くまんばちの式〉である。久しく口にしていなかったが、全ての文節がしっとりと咽喉《のど》に馴染んだ。薄紅の衣をなぶるだけだった風が、整った渦となって、ラクスミィの身体に纏《まと》わりつく。すると為す術《すべ》もなく落ちるばかりだった身体が、風の渦に引き上げられ、速度を徐々に下げていく。

塔を四分の三過ぎる頃には、ラクスミィは空中でふわふわと蜂のように漂っていた。初めて使った時は術がすぐ解けてしまったものだが、風は力強く回っており、急に霧散する気配はない。腹の〈水封じ〉の式のおかげだった。

水封じの式の原理は、力の源〈丹〉同士の摩擦を無くすことにある。これにより力の干渉は絶たれ、丹が混ざり合わなくなった。〈水丹術《すいたんじゅつ》〉は世界のあらゆる力を統合し、制御するものだから、丹を混ぜられなくなったラクスミィに、水は練れない。その代わり、丹の干渉による術のぶれから解放された。技を思い描くまま、自由自在に繰り出せるようになったのだ。

階段でも下りるかのように空を下る姫を、地上の近衛衆たちがぽかんと口を開けて見つめている。そんな彼らを、ラクスミィは鋭く一喝した。

「馬を引けぃ！　これより町に赴《おもむ》く」

姫ぎみの『降臨』に中《あ》てられたか、兵たちは雷に打たれたように畏《かしこ》まって、ただちに命令に従った。ラクスミィの足が地についた頃には、彼女の愛馬の月毛が主を待っていた。

つややかに照る背に跨《また》がり手綱を打ち鳴らせば、月毛は従順に駆け出した。ここに来て兵らはようやく、彼らの姫ぎみが焔降りしきる町に向かっていると気づいたようだ。危険だと今更に諫《いさ》める声がし、せめて随従しようと慌ただしく動き出す様子が伝わってきたが、ラクスミィは振り返らなかった。彼らを待つ時が惜しい。

「そなたが西ノ森の馬であればな」と愛馬に語りかける。「高き塀を越え、家々の屋根を跳び、町をまっすぐに進めるものを」

ラクスミィは微笑むと、囁くように歌った。〈風丹術《ふうたんじゅつ》〉で追い風を創ってやると、月毛馬の脚がぐんと強くなった。矢の如く町を駆け抜ける彼女たちに、追いすがる蹄《ひづめ》の音は一つもない。四半刻もせぬうちに、ラクスミィは炎の雨のただ中へと飛び込んでいた。

「殿下、まさか！」「何故ここに！」

この場で見るはずのない姿に、兵たちがどよめいた。そこに、防塁の上の光丹術士の必死の声が響き渡る。危ない。まさしくそこへ、火の砲玉が降ってくるぞ。

見上げれば確かに、空にぽつんと一つ、赤い影が見えた。星屑にしか見えないほど遠いにも拘らず、既に肌を焼くような熱さである。咆哮《ほうこう》を上げつつ、みるみる大きくなる紅蓮の玉を、ラクスミィは真正面に見据えた。

清廉な歌声が、戦場にあまねく響き渡る。

新たな火砲の返し式である。

帝軍は火砲の式を変えてきた。初めの弾を目にした瞬間に、ラクスミィはそれを見切った。次の一発で、式図を手にしているが如く、その新式を読み解いた。数発が町に落ちる頃には、新しい返し式が頭の中で組み上がっていた。

それを兵らに伝え、自分は城に留まることも考えた。だがラクスミィは自ら式を試すことを選んだ。その方が確かだと判断した。イシヌ兵は皆優れた術士だが、未知の攻撃に未知の式を使いつつ、その効果を割り出し、不足を補い、望む結果へと導くのは難しい。いや、おそらく不可能であろう。

己の他には。

大気を焦がす業火が真っ逆さまに落ちてくる。だが、ラクスミィの凛然《りんぜん》たる声に触れるや、灼熱の赤は色褪せ、くすみ出した。炎の巨体は徐々に削がれ、全てを滅する激しさが失われていく。ラクスミィの頭上に至った時には、砲弾はちらちらと瞬《また》く火の粉だけを残し、風の塵《ちり》と散った。

火の粉の最後の一片が消えると、鬨《とき》の声が都を揺るがした。

イシヌ公兵たちの雄叫びだ。皆が口々に「ラクスミィ殿下！」と連呼する中、ラクスミィはぐるりと馬首を巡らせると、高く手を掲げ、彼らを静めた。

「今の式をしかと覚えよ！」朗々と声を張り上げる。「すぐさま散れ。行って、各隊にこれを伝えよ。次なる砲に備えるのじゃ！」

折しもそこへ、防塁の砕かれる音が鳴り響いた。敵の攻撃はまだ終わっていない。兵たちはきりりと面《おもて》を引き締めた。戦局の記録者〈書記兵〉が筆と紙を差し出してくる。ラクスミィは素早く返し式をしたためながら、より唱えやすくすべく、余分な文節を削ぎ落としてやった。

草紙片手に走り出す兵士たちを見送っていると、ラクスミィの全身に震えが走った。遅まきながらの恐怖と緊張、それらを凌駕《りょうが》する悦びの震えだった。

——読める。ラクスミィは心の中で叫んだ。世界が、読める。

天行く雲、それを乗せる大気の流れ。降りそそぐ陽光、熱せられる都の防塁、家の壁、道の石畳。土や石の細かな粒の結びつき、その並び。走りゆく人々の骨肉の動き。飛び交う言葉の波長、揺れ動く鎧《よろい》の音階。五感が拾い上げるもの全てが、ラクスミィの頭に入るなり、膨大な比求文字の列として変換されていく。

あたかも物質そのものに、式が書き込まれているかのようだった。脳が悲鳴を上げ、呼吸と鼓動が逸《はや》る。胸が苦しい、溺れているのと変わらなかった。ラクスミィは目を閉じ、比求式の奔流を意識の外へと締め出した。

これが〈早読み〉か。

未知の術や現象を瞬時に式へと落とし込む力。ラクスミィの知る限り、師タータだけが持つ才である。無論まだ師の域には達しないが、彼女は今日確かに、新たな扉を開いたのだ。

いつの間にか、砲弾の落ちる轟音《ごうおん》は聞こえなくなっていた。見上げれば炎は相変わらず空を舞っていたが、どれも町に至る前に霧散霧消していた。兵たちに式が行き渡ったのだ。

月毛が退屈したように鼻を鳴らした。瓦礫だらけの石畳には食《は》む道草もない。ラクスミィは愛馬の首を叩いてやると、ようやく追いついた近衛衆とともに、城へ帰ることとした。


「お見事でございました、ラクスミィ殿下!」

都に火が降った三日後、〈評定ノ間〉に現れた姉姫を、臣は称賛とともに出迎えた。

湖の対岸に帝軍の姿はない。イシヌ軍の〈外衛衆《がいえいしゅう》〉が駆けつける前に退却していったのだ。

イシヌ側の勝利である。また、ラクスミィの机案に積み上げられた書簡は、砂ノ領各地からの勝利の知らせだった。連戦連勝とあって、広間は笑いに満ちている。

「〈全島最強〉の帝軍も、砂漠は勝手が違うと見えますな」「我らがイシヌの力を、思い知ったことでしょう」「このまま、帝軍の奴らめを存分に翻弄《ほんろう》してやりましょうぞ」

臣が痛快そうに言う。確かにこれまでの帝軍からは、名声ほどの脅威を感じない。イシヌの都を包囲するも攻めあぐねて退却。〈北ノ水路〉を狙って北区で展開しては、ことごとく撤退。あげく南に回り込み西ノ森へ進軍したものの、水蜘蛛族《みずぐもぞく》の手ひどい反撃を浴びて早々に敗走。帝軍の戦果らしい戦果は今のところない。

勝利の宴でも開きそうな群臣を、ラクスミィはひたと見据えた。

「そなたら本当に、我らが有利と思うておるのか」

笑い声がふつりと立ち消える。ラクスミィは机上の書簡を幾つか摑《つか》み上げた。

「よう見や。どの文も、内容は同じじゃ。帝軍は退いた、早々に。こちらの損害は軽微にて。では、敵の損害は？　戦死者は西ノ森を除いてごく少数に留まっておる。武具に関しては一つ残らず回収していく余裕ぶり」

ラクスミィは手中の文をくしゃりと潰し、放った。

「翻弄されておるのは我らの方じゃ」

ねじれた書簡を見つめる臣たちの目には、戸惑《とまど》いの色が浮かんでいた。そんな彼らの疑問を代弁するかの如く、アラーニャが「でも、姉さま」と始めた。

「ならば、帝軍の狙いはなんでしょう？　砂ノ領に広く手を伸ばし、傍から見ると無為な戦いぶりに見えますけれど」

「無為こそが狙いぞ」ラクスミィは答えた。「此度の都攻めも同じこと。火砲数基で落ちれば良し。落とせずとも、〈外衛衆〉を引きずり出し、走るだけ走らせてさっさと退く。そうして、こちらを消耗させる肚《はら》なのじゃ。帝軍は大所帯、広く散開できるが、数で劣る我らは、乾季の砂漠を走り回らねばならぬ。まったく良いように振り回してくれる」

姉姫の弁を聞いても、臣は互いの顔を見合うばかりだ。イシヌは西域《さいいき》の領主にすぎず、その政《まつりごと》は長く内向きだった。各地の局面を併せ見て、情勢を俯瞰《ふかん》することに不慣れなのだ。

二刻ほどで議会が閉じられると、ラクスミィは妹姫とともに、〈当主ノ間〉のある高き塔へと登った。やや遅れて現れたのは、総督を始め、各地の内情に通ずる、選りすぐりの者たちだ。先の集会を〈表の軍評定〉とするなら、こちらは〈裏の〉、あるいは〈真の〉それであった。

「皆の者、毎日御足労をかけますね」

アラーニャの労《ねぎら》いに忠臣たちが叩頭《こうとう》する。ラクスミィも臣下の義に則《のっと》って一礼すると、妹とともに机案についた。机案は世にも稀《まれ》なる〈畲《おさ》の木〉造りで、今日切り出したばかりのように芳《かぐわ》しかった。

ラクスミィはまず、かねてからの懸念を確かめることにした。

「先日の火砲じゃが、〈角〉はなんと申しておる」

これに手を挙げたのは、白眉の男である。杖なしには歩けぬ身で、一介の私人でありながらこの場でただ一人、姫の御前で椅子に腰かけることと、平伏を略すことを許されている。挙手したものの腕を高く保てぬような老公だが、長い眉に隠れた両目は、夜の砂漠でじっと伏せて獲物を待つ月白狼《つきしろおおかみ》の如き光を放っていた。

「ちょうど今朝早く、〈伝令鳥〉が到着しましての。これ、この文を姫さまに」

老公は親指程度の書簡を、連れの小姓に渡した。小姓といっても、主人を背負いながら塔の階段をらくらく上りきる力自慢だ。彼の逞《たく》しい手の中で、書簡はますます小さく見えた。鳥の足に結わえた文筒の中に入れるのだから、小さいのが道理ではあるが。

「御覧の通り、〈角〉は今回の件を深く謝罪しておりまする。新式の火砲が造られているとは耳にしていたものの、七ツ国連邦との戦に使われるものと聞いて油断したと、概《おおむ》ねそのように書き記してありまする」

まぁ、字が細かすぎて、わしには読めませぬが。翁《おきな》は茶目っ気たっぷりにそう付け加えた。

「〈角〉の内応が露見し、裏をかかれたとは考えられぬか」

「それはないでしょう」翁は白い顎ひげを撫でつけた。「〈角〉は今も元気に砂漠を走り回っておりますぞ。内応者と分かれば、帝家はすぐさま始末することでしょうて。そのような動き、〈御用商衆《ごようしょうしゅう》〉からは聞こえてきませんな」

老獪《ろうかい》な笑いが当主ノ間に響いた。

これが、裏の評定に、この翁が同席する理由だ。

〈御用商衆〉とは表向き、イシヌ王家お抱えの商人たちのことを指すが、その実体は物売りと見せかけた、いわゆる諜者集団だ。翁はその衆頭《しゅうがしら》で、籠城《ろうじょう》戦の前に、配下の者たちを砂漠へと放っていた。行商人に扮して帝軍の陣中に入り込み、動きを探らせるためである。

「その〈角〉でござるが」次に、総督が口を開いた。「先ほど話題に上った、帝軍の『一見して無為な戦いぶり』。あれこそが〈角〉の策でござる。度重なる退却も戦略のうちと申せば、帝王の追及を躱《かわ》せられる。そうしてイシヌ側の被害を最小限に抑えつつ、時を稼ぐ」

「そうだったのですね」アラーニャが深く頷いた。

「しかし」と総督は続ける。「帝軍の中では昨今、性急に事を運ばんとする一派が台頭しているとのこと。今回の都攻めで新式火砲を持ち出して来たのも、そうした輩《やから》かと」

これにアラーニャは、得心したというふうに頷いた。

「ではあの時、帝軍はここを本気で落とそうとしていたのですね。姉さまが返し技を編み出さなければ、イシヌは七日ともたなかったでしょう。あらかじめ〈角〉から聞いていた攻撃とは随分違ったので、おかしいと思っておりましたの」

妹とは反対に、ラクスミィは得心がいかなかった。

「七日もあれば、イシヌの外衛衆が駆けつけてくる。三日で片づけるべきであろう。それには新式火砲十基は欲しいところじゃが、四基しか使わなんだのは、どうも半端に思えてならぬ」

総督の目が油断なく光った。

「四基しか使わなかったのではない。四基しか用意できなかったのです。それこそが急進派の台頭の原因であり、また〈角〉の戦法が的を射たふうに見える理由でもござる」

総督は傍らの者に、続きを話すよう促した。目尻に小じわを蓄えた一人の女人が進み出る。その肩には鳥が止まっていた。茶色地に黒斑点、白い胸の花雀《はなすずめ》だ。町でよく見かける愛らしい小鳥だが、本来は渡り鳥である。翼が強く、大海をも越えていくという。女の祖先は、遠い南方の山岳地帯、七ツ国連邦との国境《くにざかい》に住まう高山の民だ。山から山への知らせに鳥を使うため、〈鳥使い〉として名高い。この城の者は〈鳥匠《とりじょう》〉の称号を与えられ、イシヌの伝令役を代々担っていた。

「畏れながら、申し上げます」

〈鳥匠〉の女首長がこうべを垂れる。低く押し殺してはいるが、瑠璃鳥《るりちょう》のような美声だった。山間ではさぞよく通るだろう。しかし紡ぎ出される言葉はなかなか血腥《ちなまぐさ》い。

「帝家は現在〈宝珠ノ国〉を挟んで、七ツ国連邦と交戦中です。公にはされておりませぬが、苦戦しております。兵器が足らず、丹導器の精製が急務ですが、昨年占領した〈岩ノ国〉では残党が一掃できておらず、丹導器精製に必須の〈岩ノ絹〉の採掘がほぼ停止しております」

「ほうほう」御用商の翁が肩を揺らして笑う。「そこに、アラーニャさまが青河の水を増やしてしまわれたわけじゃな」

「〈仙丹《せんたん》〉か」

ラクスミィの呟きに、一同が大きく頷く。

丹導術士は二つに大別される。比求式を唱える〈式詠《しきよ》み〉と、式を刻んだ〈丹導器〉を使う〈丹導器使い〉である。通常はどちらにしても、力の源〈丹〉を操る才覚が必要である。丹を身のうちに宿す〈丹田持ち〉でなければ、式を唱えようと丹導器を振るおうと何も起きない。人体の丹を用いるという意味で、こうした丹導器を〈人丹器《じんたんき》〉とも呼ぶ。

ところがこの丹導器に、丹の結晶〈仙丹〉を組み込めば、丹田持ちでなくとも扱えるようになる。これを〈仙丹器〉と呼ぶ。単純なものだと丹導学の知識すら要らず、幼子でも使えるという、厄介な代物だ。

帝軍の兵器は全て、この仙丹器である。

仙丹が採れるのは現在、帝都の地下のみだ。一説には、仙丹が湧く地ゆえに、帝都を建てたという。国史以前は〈火ノ山〉の頂きでも採れたらしいが、山は封じられて千年が経つ。

またその帝都でも、好きに仙丹を採掘できるわけではない。青河の水位が最も低くなる乾季の終わりに、ほんの上澄みを掬《すく》うのが精一杯だった。今ある仙丹器は、帝家が何世代にもわたって取り溜めた仙丹を用いて、少しずつ精製されたものである。

「仙丹器こそ帝軍を全島最強となさしめるもの」総督は言う。「同時に、帝家が執拗《しつよう》にイシヌの治水の力を欲する理由でござる。青河の水位を意のままに操れたなら、仙丹を望むだけ取り出せます。ことに、戦好きのジーハ帝の代になってからは、大量の仙丹が使われているはず。おそらく、仙丹の蓄えが底を突き始めたのでござろう」

ラクスミィは、総督の言わんとするところを察した。

「つまり帝軍は、七ツ国連邦、岩ノ国、イシヌのいずれを落とすにも、仙丹器が足りぬ。そのため〈角〉は仙丹器なくして、イシヌを落としてみせると宣《のたま》った。その一方で、まずはイシヌ攻めに全力を投入すべきという一派が現れた。そういうことか」

総督は静かに一礼し、肯定の意を示した。

「では、こちらも少々急ぐとしよう。御用商の衆頭よ」

白眉の翁は呼びかけられると、杖を持つ手に力を込めた。

「東の〈草ノ領〉にて噂を広めよ。『〈残虐王〉ジーハは外ツ国《とくに》を攻めるだけでは飽き足らず、ついに自国民を襲い始めた。既に数多くの砂ノ民が犠牲となっている。草ノ民とて、安泰ではない。いつジーハの魔手が及ぶとも知れぬ』とな。噂の出どころは決して悟られぬように。

それから、鳥匠の首長よ」

女人より先に、肩の花雀がさえずり、返事をした。

「外ツ国に駐屯する帝軍の部隊にも、それとなく噂を流し、揺さぶりをかけよ。『仙丹がついに尽きた。火ノ国は敗れる』とな」

二人の頭領は揃って深く頷いた。全て承知したという眼差しである。ラクスミィは頼もしく思うと同時に、彼らを側近として抜擢した母王の慧眼《けいがん》に感謝した。

十年前の〈南境《みなみざかい》ノ乱《らん》〉をきっかけに、内政の乱れを痛感した母は、じっくりと時をかけて、城の中を作り変えていった。〈御用商衆〉と〈鳥匠〉を女王直轄とし、この二人を長に据えたのも、その一環である。そうした策が、彼女の死後になって効き始めていた。

翻《ひるがえ》って、ジーハは内政を顧みない。それが彼の泣きどころとなろう。いつか必ず、カラマーハの臣と民が立ち上がり、彼を滅ぼす。その日は決して遠くないと、ラクスミィは確信していた。

二　森攻め

アナンは舞う。

雲海の如く、なめらかに。

霧雨の如く、しめやかに。

葉露の如く、つややかに。

両腕を広げ、大気を柔らかく抱き寄せる。背をしならせ、ゆるやかに大気を押し戻す。差し出された足先が地に描くのは、波紋の輪。ひらりひらりと返る手首は、渓流に遊ぶ花弁の姿。時折挟まれる、だんっという足拍子は、嵐の前の遠雷のとどろき。

今朝の舞台は森の外れ、黄金の砂漠との境である。西ノ森の玄関口ながら、齢《よわい》幾百年の大樹の群れがよそ者を阻《はば》む。そのはずだった。

今、アナンの周りに緑はない。

代わりにあるのは、おどろおどろしく唸る真っ赤な炎と、どす黒い煙の柱、はらはらと降る煤《すす》と灰だけだ。樹や蔦《つた》や苔《こけ》は断末魔の叫びを上げ、身をよじりながら黒炭と化していく。

水の子であるこの森に山火事など起き得ない。火を放ったのは、黒蟻《くろあり》の如く醜い帝兵たちである。この惨状を前に、アナンの胸中にまで大火が広がりかけたが、彼は深く息を吐いて心を静め、踊り始めたのだった。

彼が舞い出すや、暴れ狂った大気がひんやりと沈んだ。貪欲に緑を食い荒らしていた炎は、赤い舌先をちろちろと未練がましく閃《ひらめ》かしつつも、為す術《すべ》なく萎《しぼ》んでいった。煙の色が黒から白へ薄まるにつれ、目と鼻をつく異臭もやわらいでいく。

業火の咆哮《ほうこう》と入れ替わるように、どろどろという地鳴りが、森の奥から聞こえ始めた。現れたのは、大蛇のような濁流《だくりゅう》である。

アナンが腕を高く掲げると、合わせて水が鎌首をもたげる。広い袖を閃かせ、勢いよく腕を振り下ろせば、牙のようなしぶきを上げ、樹々ごと炎を呑み込んでいく。真っ白な蒸気が立ち昇り、一陣の風が吹き過ぎた頃には、獰猛《どうもう》な火は一片残らず消えていた。

炎の向こうに潜んでいた、忌々しい火付け人もろとも。

森に静寂が戻った。死の静けさだった。累々と転がる大樹の屍《しかばね》。鳥も鹿もおらず、虫たちの姿すらない。しじまの中にも命の躍動が感じられる、あの美しさはどこへ消えた。

分かっている。失われたのは大いなる森の、ほんの片隅にすぎない。人でいうなら爪の先が少々削れた程度、髪の毛が数本縮れた程度。

それでも、アナンは許せなかった。

おこがましい蛮族ども。次々に湧き出る、身の程知らずの蛆虫ども。こそこそ這いずり回るのを止めて、その醜悪な姿を晒《さら》すがいい。己の愚かさを呪う間もなく、滅してくれる。

黒化した樹林の向こうにうねる、黄金の砂海を睨む。敵の気配は窺《うかが》えない。臆病者の彼らは水蜘蛛族《みずぐもぞく》が来たと知るや、火付け役だけを残して一目散に逃げ出すのだ。

怒りのやり場を失ったまま、アナンはゆっくりと踵《きびす》を返すと、森の奥へと戻っていった。

「今朝だけで、もう三箇所か。うんざりするわねぇ」

繭家《まゆや》に帰ると、アナンはすぐさま〈女ノ間〉に上げられた。輪になって座る女たちに拝跪《はいき》し首尾を告げると、一族の長《おさ》ラセルタがため息を漏らした。

「ただの火なら放っておくのだけれど。奴ら、〈燃ゆる土〉を撒いていくでしょう。あれだと、なかなか消えないのよね。特に今年は雨が少なくッて、森の外れは乾きがちだし」

アナンは小さく頷いた。中乾季に入ってから、雨らしい雨はほとんど降っていない。これは珍しいことだった。もっとも西ノ森の最奥、天ノ門が建つ聖地の辺りには、嵐のような大雨が途切れなく降りそそいでいる。その水が土地全体を潤《うるお》すため、森から緑が消えることはないのだった。邪《よこしま》なる者が火を放たぬ限りは。

姑息《こそく》な敵への苛立ちは日に日に増すばかりである。同時に、アナンは疑問を抱いてもいた。相手はいったい何をしたいのだろうか。水蜘蛛族は水使い。森の隅で、ちまちまと火を放ったところで、あっという間に消されるだけというのに。

床についた手を見つめて考えていると、ふわりと大気が流れた。

「帰っていたのね、アナン」

突き抜けるような青空を思わせる声音。主人タータである。思わず顔を上げかけたが、今は衆目がある。アナンはぐっと堪《こら》え、声の方へと一礼するに留めた。

そんな彼の頭上で、主人と族長のやりとりが続く。

「悪いわね、タータ。アナンくんを借りっぱなしで。ナーガくんが寂しがっているでしょう」

「いいえ、大丈夫。そろそろ、〈学び舎《まなや》〉に通わせようと思っていたから」

「あらまあ、やっぱり始めたのねぇ。やんちゃの盛りに、じっと座っているだけでも一苦労でしょうに」

「そうね」柔らかな笑い声が挟まった。「でも、あの子、字が好きなの」

「いえいえ、いいのよ。学び舎は完全に、貴女《あなた》に任せてあるのだし。それに貴女の子だもの。好きにしてちょうだいな。それで、彫りの方はどう？」

「十三の子たちはあらかた入れ終わったわ」

ラセルタの息を呑む気配がした。

「もう？　十日前は、十五の子を彫っていたわよね。貴女、また早くなったんじゃない？」

「〈筋彫《すじぼ》り〉だけだもの」タータはさらりと言ってのけた。「後の〈色乗せ〉はみんなが手分けしてくれるから」

これを聞いて、女たちが揃って苦笑した。

アナンは舞い手で、彫りについては詳しくないが、まっさらな肌に針を落とす〈筋彫り〉が最も難しいと聞く。そこで仕損じれば全てが狂うのだそうだ。例えばアナンの祖母は、祖父に新しく彫りを入れる時、式を練るだけでゆうに半年はかけたらしい。式が完成しても、まずは薄墨で試し書きして、計算に狂いがないか何度も確かめたとか。

比肩する者なき彫り手。それがタータだ。彼女ほどの才人は二度と出まいと皆が言う。誇らしさに胸が高鳴ったが、アナンは慎ましく顔を伏せ、笑みを隠した。

「でも、これ以上早くはできないわ」一転してタータの声にもどかしさが滲《にじ》む。「今のところ身体を壊した子はいないけれど、針を入れるには早すぎる年よ。ましてや、次からは十二歳。未知の領域よ。特に〈朱入れ〉は慎重を期さないと」

「まあま。貴女の口から『慎重』なんて言葉を聞くとはね」族長はころころ笑う。「なんてね。貴女の言う通りよ。掟では十五まで〈初彫《はつぼ》り〉御法度。あたしもこんな状況でなきゃ、男の子全員に彫りを入れようなんて考えもしなかったもの。みんな、よく聞き入れてくれたわね」

ラセルタの言葉に、母親たちが口々に賛同の意を示した。小賢しい外界の者に打ち勝つ力を与えるのが、母の愛であり務めだと。

「ありがとう。彫りが滞りなく進んでいるのは、みんなのおかげよ。特に、顔料！　みんなが譲り渡してくれたから、どの子にもふんだんに使えているのよ」

彫り道具の長針と顔料は本来、彫り手それぞれの財産であり、己の分は己で賄《まかな》う決まりだ。力ある彫り手ほどより多くの顔料を蓄えているため、施せる彫りの量が多く、式の質も良く、ひいては相手にする舞い手の数も増える。よって娘や弟子でもない限り、他の彫り手に顔料を分け与えることは滅多にないが、今は帝軍が迫っているとあって、全員が彫り道具を出し合い共有していた。そのおかげで、男児たちの初彫りが配色の過不足なく進んでいるという。「ええ、これまでは」晴れやかなラセルタの横で、タータは浮かぬ顔だ。「でも余裕はないわ。朱色がもうだいぶ少ない。朱の顔料が足りなければ、身の内に丹を満足に取り込めないから、使える術も限られてくる」

これを聞いて、彫り手たちも難しい顔をした。

「そうねぇ、朱色はねぇ」「帝軍騒ぎがなくッても、そうそう手に入れられないから」「なにせはるばる火ノ山まで行かなきゃならないもの」「最後に出かけたのはいつ？　五年は前よね？」

六年前だ。アナンは心の中で答えた。森の出入りが禁じられて以来、彫り手が大勢で外界に旅立ったのは後にも先にもその時だけである。山では〈火ノ壺〉に近いほど良質の朱が採れるというが、それには〈地ノ門〉の奥深くまで入らねばならない。門の中には、ひと吸いで死に至る〈山ノ毒〉が渦巻いている。大勢で向かうのは、熟練の術士たちが若手を導き、道と毒の防ぎ方を伝授するためだが、それでも全員が無事に帰れた例《ためし》がないほど、危険な旅だった。

アナンがその時のことをよく覚えていたのは、タータが先導者として選ばれまいかと恐れていたからだ。タータは一族一の術士であるうえ、若い頃に何度も門を訪れている。なんと一度など、山の西側の門から東の門を抜け、その先の〈沼《ぬま》ノ領《りょう》〉まで至ったという。二歳足らずの息子を残して、そんな命知らずな真似をされてはたまらないと、戦々恐々としたものだ。

結局、外界に顔を知られていることから、タータは選ばれなかったのだが。

「あらっ、アナンくん！」ラセルタが突如、頓狂《とんきょう》な声を上げた。「ごめんなさい、もう良いのよ。ささ、早く、ナーガくんを迎えに行ってあげて」

どうやらもっと早く辞すべきだったらしい。アナンはすっかり恐縮して女ノ間を下がった。

「やっぱり、お父さんが傍にいないとね。舞いのお稽古も遅れてしまうし」

アナンが足早に立ち去る間も、ラセルタは語り続ける。

「アナンくんもそうだけど、森外れに行ってもらう子がどうしても偏《かたよ》ってしまうのよ。万が一戦闘になったら、力のある子でないといけないでしょ。でも、こう立て続けだと疲れてしまうわ。だから初彫りを終えた子には、彼らの代わりに、狩りや家の守りに加わってほしいのよ。若い子たちが慣れてきたら、大人の舞い手を全員、森の守りに回せるから……」

ラセルタは大声な性質《たち》だ。アナンの背中を、族長の声がいつまでも追いかけてきた。

学び舎は女ノ間の隣にある。通うのは、もっぱら少女たちだ。彫り手として針を持つ前に、丹導術《たんどうじゅつ》を学び、水使いとしての腕前を上げるのだ。熱心な者は大人になってからも通い詰め、互いの術式を見せ合って高みを目指すらしい。

タータは十年前から、ここで彫りを教えている。

学び舎は少女らのための部屋であり、正面の入り口は女ノ間と繋《つな》がっている。今更戻るわけにもいかず、アナンは裏口に回ることにした。繭家の卵のような丸壁に沿ってらせん状に取りつけられた坂を下り、まず男ノ間に入る。仮眠中の男たちを起こさぬよう、そっと通り過ぎ、反対側のらせん坂に抜けると、ぐるりと上って学び舎の裏へと至った。

戸布越しにそっと名を呼ぶと、上気した頰の我が子が仔山羊の如く飛び出して来た。

「父さま、見て！　僕は今日、術を一つ使えるようになりました！」

勢いよく父の脚に抱きついたかと思えば、ぴょんと離れて歌い出す。幼い声ながら節回しに迷いはなく、女人たちのものとよく似ていた。驚くアナンをよそに、高く掲げられた手の中で、赤い影がちらつき始める。

「ほら！」

意気揚々と息子が叫んだ。かと思えば続けて「あーっ」と大声。手の中の、火になるはずの揺らめきが、ぽひゅっと灰色の煙を吐いて消えたのだ。どうやら、式がきちんと完成する前に歌い終えてしまったとみえた。

べそをかく息子の頭を、アナンは優しく撫でてやった。学び始めたばかりなのに、もう術を覚えたとは、さすがタータの血を引く子と言えよう。

誇らしく思う一方で、どのように声をかけてやるべきか、アナンには分からなかった。父が森で火を消しに行っている間、息子は火を生む術を学んでいた。くだらないと知りながらも、それがどうにも引っかかっていた。

タータに他意がないことは承知している。舞いと式詠《しきよ》みは異なる。式を唱えて水を操るにはありとあらゆる術式を会得せねばならぬと聞く。ナーガが教わった術はきっと、基本中の基本なのだろう。

それでも、舞い手になるのに火は要らない。現にアナンは火を操ったことがない。物心つく頃には、祖父にぴったりくっついて、ひたすら舞い続けていた。ナーガと同じ年には、祖父の真似だけでは飽き足らず、自分の身体に合った動きはないかと、そればかり考えて過ごした。その研鑽の日々が今のアナンを作り上げている。

ナーガは今、大切な時期に差しかかっているのだ。

ましてや、こんな不穏な世だ。〈初彫り〉の齢《とし》もどんどん下がっている。まだ八歳のナーガですら、いつ彫りを負うことになるか。早く舞いを会得せねば、苦労するのは息子自身だ。いや、そんな世の中だからこそ、タータは術を教えているのかもしれない。なにしろ肝心の、舞いを教えるべき父親が、このところ森に出っぱなしなのだ。稽古が遅れているのは、ナーガだけではない。優れた舞い手ほど、息子たちとの時が取れていなかった。

気落ちしたのか、それとも学び疲れたのか。真っ昼間というのに、ナーガは父に手を引かれながら舟を漕ぎ始めた。アナンは息子を励まし、食事ノ間に急いだ。ここ最近は滝壺でなく、他の家族と交ざって手早く食事を摂ることが増えた。タータとはもう何十日も、食卓を囲んでいない。お互い多忙すぎるのだ。

食事ノ間ではちょうど、母娘と父子が入れ替わる頃合いだった。まだ残っている母親たちに断って、広間の隅を借りる。ナーガを座らせ、二人分の焼き魚と果実を籠に入れて戻ってみると、息子はころんと床にひっくり返り、眠ってしまっていた。揺り動かしても全く起きない。早く食べさせなければと思うと少々苛立ったが、堂々とした寝姿に怒る気が失せた。

息子の寝顔を愛でつつ独り昼餉《ひるげ》に勤《いそ》しむアナンに、声をかける者たちがいた。

「おや。ナーガくんはこんなところでお昼寝ですか」

顔を上げれば、大所帯が隣に詰めていた。ラセルタの婿と息子たちである。

族長は少々もの好きだ。若い時分は、しょっちゅう砂漠に出かけては、外の世界の男たちを見繕い、森に連れ帰ってきていた。よって婿は五人とも、一族の舞い手と容姿が異なる。外の世では〈公民〉と呼ばれる、ごくありふれた姿らしいが、アナンの目にはどうしても、女人の成り損ないのように映るのだった。そんな失敬なことは、おくびにも出さないが。

「お恥ずかしい」アナンは愛想笑いを浮かべた。「何をやっても起きなくて」

族長の婿たちは一斉《いっせい》に笑った。皆、気立てが良い。気立てだけは良い。

「なんでも学び舎に通い始めたとか」「ずっと座っているのも疲れますからね」「アナンさまもお疲れの様子だ」「なんなら、お休みになられたら」「ナーガくんは僕たちが見ておきますよ」

五人にいちどきにまくし立てられ、アナンはたじたじとなりつつも、申し出を丁重に断った。下午《かご》には、舞いの稽古をつけてやらねば。わずかな時も無駄にできない。

幸い、長の婿たちはあっさりと引いた。彼らの主人がしつこい男を好まぬのかもしれない。気さくに「いつでも言ってくださいね」と告げ、家族の団欒《だんらん》に戻っていった。

ナーガの世話を買って出たのは本心からだろう。彼らはよく赤ん坊や幼子を預かっている。それが彼らの唯一の仕事なのだ。舞い手でもなければ、彫り手でも術士でもない〈外婿〉は、水を操れない。繭の外に出ることもなく、ひたすら主人と子に尽くす。そんな人生だ。

皮肉な話だ、とアナンは思った。力ある舞い手ほど、我が子と過ごせていない。教え伝えることが山ほどあるというのに。片や、力無き外婿たちは子とたっぷり触れ合えている。そんな彼らの身体には、森に火をつける蛮族と同じ血が流れているのだ――

心の淀みを振り払うように、アナンは独り首を振った。

人さまの婿に当たって、どうする。血がどうのというのも馬鹿げた考えだ。水蜘蛛族の血は女人が伝えるもの。父親は関係ない。現にラセルタの息子は三人とも、アナンやナーガと同じ舞い手の姿をしているではないか。

外婿たちの言う通り、自分は疲れているのだろう。このような荒れた心のままでは、舞いに支障が出る。ナーガとともに男ノ間に行き、仮眠を取るべきかもしれない。

――森の端で、また火が上がった。

そう告げられて、アナンが再び繭家を発ったのは、それから半刻の間もなかった。

「火が!」

夜半に誰かがそう怒鳴った時、またかとアナンは思った。

身体だけは跳ね起きたが、心はうんざりとして重いままだった。最後にまともに寝たのは、いつだったか。中乾季の半ばが過ぎ、雨はますます遠のいている。自ずと消える見込みは乏しく、火が出れば誰かが向かわなければならない。

夜番の者が坂を上ったり下ったりしているのか、暗く沈んだ男ノ間にちらちらと灯りが差し込んだ。そのたびに、泥のように眠る舞い手たちの姿がぼうっと浮かび上がる。幾人かは起き上がろうともがいていたが、上手く身体が動かぬようだ。即座に目を開けて立ち上がったのは、アナン一人だった。

火付けの間隔がどんどん短くなっている。一時に五箇所も六箇所も火が出ることもあった。手が足りない。女性たちの働きのおかげで、若い舞い手は増えたものの、それでも足りない。アナンやエラフのような手練《てだ》れの他は、一人きりで動かぬよう言われていたが、その決まりも今や崩れて久しい。

もはや、動ける者が動くしかないのだ。

藺家は常の年よりも、砂漠寄りに建てられている。敵を迎え撃つべく建て直したのだ。森の端まではそう遠くない。愛弓〈水撃ち〉を手に男ノ間を出たアナンは、ただちに森に向かおうとしたが、おかしなことに、らせん坂を下る者より上る者の方が多かった。皆、藺家の屋上を目指しているふうだ。屋上で何かあったのか。

幼子を背負った外婿が一人、アナンの姿に気づいて、走り寄ってきた。

「アナンさま、大変です。火が」

分かっている。アナンがぴしゃりと告げた時には、外婿はらせん坂を駆け上がっていった。

追うべきか迷っていると、背後で唸るような低い声がした。

「ふん、無駄飯喰いが」

振り返れば、エラフだった。くまの浮かんだ目で、坂を上っていく外婿を睨んでいる。

「何が『大変です』」だ。あいつらは何もしないじゃないか。水は操れない、彫りも施さない。狩りにも果実集めにも加わらない。奴らの仕事は子育てと子づくりだけ。俺ら舞い手の働きと彫り手の方々の御寵愛がなければ、一日も生き延びられない半端者のくせに」

「そう言うな」アナンは静かに友を諫《いさ》めた。「お前がそんな態度を取ると、若手がそれに倣う。『無駄飯喰い』などと安易に口にして、将来後悔しないとも限らないだろう」

生粋の舞い手と彫り手の間にも、外婿と同じ容姿の男児が生まれることがある。それもそう珍しいことではない。そうした〈外ッ子〉の父親に、誰がいつなるとも知れないのだ。たとえ彫りを賜《たまわ》れず、水を操ることも森を駆けることも叶わぬ運命でも、我が子は我が子。心優しい主人のもとで幸せな生涯を送ることを、心から願うはずではないか。

「お綺麗な奴だな、お前は」

エラフはふんと鼻で笑うと、さっさと坂を下りていった。普段はおおらかな彼の、険のある物言いが、疲労の濃さを表していた。繭家でぬくぬくと過ごす外婿に、嫌味の一つや二つ言いたくなって当然か。

それでもエラフの言葉には、偽らざる本心が滲んでいた。舞い手のほとんどは、家を守り、狩りをし、女人の良き手足となってこそ一人前の男と考えている。そのため血気盛んな男ほど外婿を見下しがちなのだ。

またそうした大人の姿を見て、子供たちが真似をする。実は息子ナーガも、貧弱な外ッ子をよく泣かせてくる。そのたびアナンは根気よく言い聞かせた。悪気のないこととはいえ乱暴はいけない。彼らは生まれつき身体が弱いのだから、よく労《いたわ》ってあげなさい。弱き者に優しくできない者は、立派な舞い手になれないぞ、と。

アナンは愛弓を担ぎ直すと、外婿を追って坂を小走りに上り、屋上へと飛び出した。

——明るい。

頭にまず浮かんだのはその一言だった。東の空が赤く輝いている。夜明けかとも思ったが、朝焼けの色にしては禍々《まがまが》しい。

アナンは走り出した。屋上の端から、繭家をつり下げている大綱に飛び降りる。綱は太く、男の肩幅をゆうに超え、舞い手が一人乗ったぐらいでは揺るがない。頑丈な綱を駆け上がったアナンは、滝壺の周りで最も高い大樹へと飛び移り、その頂きから森を見渡した。

東の地平線に、赤い海が広がっている。

森が燃えているのだ。天を染め上げるほどに広く、激しく。

空が騒めいて見えるのは、鳥たちが煙に炙《あぶ》り出されて、乱舞しているからだ。大地が揺れて感じるのは、森の獣たちが狂ったように火から遠ざかろうと走っているからだ。

「見事ね」

ぎりりと唇を噛んだアナンの横で、涼しげな声がした。驚き振り向けば、タータがアナンと同じ枝に立ち、燃えゆく森を眺めていた。

「タータさま」アナンは息を呑んだ。「危険です。その」

足では、と言いかけて、危うく口を閉ざす。主人は怪我人扱いを嫌うのだ。

幸いタータは婿の失言に気づいた様子もなく、赤い地平線を見つめ続けていた。

「火の回りが早すぎる。燃ゆる土を撒いただけじゃない。火の流れを式で導いているはず」

「敵の術士が火を引いている、ということですか」

アナンの問いに、主人はきっぱり「いいえ」と告げた。

「人の唱えたものは、もっと術色にばらつきが出る。これは丹導器よ。これまで焼いた箇所に据えて回ったのね。既に焼け落ちたところだから、私たちもあまり気にしない。知らず知らず見廻りがおろそかになっていたようね」

つまり、意味なく思えた小さな付け火は、火の通り道を渡すための術計だったのだ。主人はほっそりとした腕を掲げ、過去に火が出たところを順々に指し示し、式図が目前にあるが如く敵の術式を読み解いていく。残念ながら、アナンには一節たりとも分からなかったが。

タータは式を暴き終えたのか、しばらくするとアナンにも分かる言葉で語り始めた。

「要するに、この式は横側にしか火を導かないの。大きく広がっているように見えても、森の境界をなぞっているだけ。こちらにはやって来ない」

「は。いや、ですが」

アナンは戸惑《とまど》い、景色を眺め直した。主の言う通り、炎は森の浅いところをぐるりと囲み、まるで輪のように見える。だが、タータは気づいていないのだろうか。森の奥に向かって這い上がる赤百足《あかむかで》のような線が、炎の輪から何本も伸びていることを。

そこに、がさりという葉音がした。

「あらまあ。してやられたわね」

長ラセルタである。アナンたちより一本低い枝に、柿色《かき》の衣がたなびいていた。

「変だとは感じていたのよ。今年は雨が少なくて、森の水も穏やかだし、早く攻め入ればいいものを、小火《ぼや》を出すばかりで。こちらを疲れさせるつもりかしらと思っていたけれど。あたしたちの居場所を割り出す肚《はら》だったのねぇ」

女たちの会話から察するに、あの輪から伸びる火の線の角度から、繭家の位置が計算できるらしい。また線の本数が多いほど『誤差』なるものが少なくなる。現状から見て、敵方はほぼ確実に水蜘蛛族の住処《すみか》を把握したと考えられた。

「帝軍にも知恵の回る奴がいるようね」ラセルタが皮肉げに言う。「やみくもに攻め入っても、あたしたちに潰されるだけだものね。まずは狙いを定めようってわけ」

「アナン」タータが厳しい口調で訊く。「火を消しに行った時、何か浴びた覚えは？」

唐突な問いに思えたが、アナンは従順に記憶を探った。煤と灰、だけだったはずだ。

「まあねぇ。気づかなかったとしても不思議じゃないわ」長が言う。「アナンくんも、他の舞い手たちもね。あたしだって、耳にしたことがある程度だもの。『火を引く粉』なんて」

「そうね」主が頷く。「灰に紛れさせて、巧妙に隠していたのでしょう。気づかれて、繭家に帰る途中で水浴びされたり迂回されたりすれば、〈火引粉〉が散ってしまう。それでは火をつけても線がまっすぐ伸びず、計算しづらい。舞い手をおびき出した意味がなくなるわ」

「でしょうねぇ。なんにせよ、この火は消しておきましょうか」

ラセルタの言葉に、タータはアナンへと顔を向け、水撃ちを持っているかと訊く。アナンはすぐさま背に負った弓を下ろし、主人の前に掲げた。

「ここに」

「では、言う通りに撃ってちょうだい」紺碧《こんぺき》の裾から、すっと腕が伸びる。「まずはあそこを」

指し示されたのは森のただ中だった。問題なく届く距離ではある。しかし。

「ですが」アナンは慄《おのの》いた。「そんなことをすれば、あの辺りの森が消し飛んでしまいます」

万力で撃てば火は消えるだろうが、まだ生きている樹々もろとも滅してしまう。母なる森を傷つけることになる。それでは、森に火を撒いた帝兵どもと変わらぬではないか。

返ってきたのは、静かな視線と声だった。

「火には燃える足場となる部分があるの。そこを叩かなければ燃え広がるばかりよ。迷わず、確実に狙ってちょうだい。外せばそれだけ森が削れるわ。大丈夫。貴男《あなた》ならできる」

道理の分からぬ幼子を説くような、忍耐強い口調だ。理屈は分からないながらも、アナンは主人の意を察した。

ひどい怪我を負った時、命を救うために、膿《う》んだ部分を削ぐことがある。きっと自分は今、腐った肉を切り落とすための刃なのだ。

ならば、一太刀で全てを断つ、研ぎ澄まされた刃でありたい。

アナンは長く息を吐くと、主人の指し示す方角に向かって、ゆっくりと弓を引き絞った。

第三章

一　火筒

「何故ですか、アラーニャさま！」

〈表の軍評定〉の面々がどよめいた。

次々に上がる当惑の声にも拘らず、当のアラーニャはにこやかだった。

「何故でも」いつもの柔らかな声音で、きっぱりと言う。「即位式は、此度の戦が終わるまで日延べします」

即位式は先王の喪《も》が明け次第、執り行われる習わしだ。本来なら一月前に終わっているのだが、帝家との諍《いさか》いが起きたため、日を改める手筈となっていた。

初めの火砲攻めから計三回、交戦が起こったが、いずれも帝軍の撤退で勝敗が決している。都民も籠城《ろうじょう》暮らしに慣れ、帝軍が退いている時には漁に出ることすらあった。そろそろ慶事を行ってもよろしかろうと、先ほど臣たちがアラーニャに進言し、この顚末《てんまつ》である。

「戦の最中にわざわざ式典を挙げることもないでしょう」

「畏れながら、殿下。戦中に華々しく即位されてこそ、イシヌの権威と優勢を内外に示せるのです。籠城が長引くやも知れぬ中、終わってから仰っていては、いつまで経っても……」

「長引くならば尚更、慎ましく過ごさねばなりませんね」

臣が困ったように、次期当主の隣に座る姉姫へと視線を寄越したが、ラクスミィは素知らぬふりで机上の文書に目を走らせ続けた。同席する大伯母上や叔父上三人も済まし顔で、総督に至っては気配すら断っているかの如き寡黙ぶりだ。

広間に沈黙が降りたのをいいことに、アラーニャはにっこりと微笑むと「皆々さま、本日も御苦労さまでした」と軍評定を切り上げた。

臣が渋々引き揚げた後、評定ノ間にはイシヌの血を引く者が残った。アラーニャは大伯母と叔父に向かって優雅にこうべを垂れた。

「御理解いただき感謝いたします」

「当然ぞ」

大伯母の声はしわがれ、口調もゆっくりだったが、重ねた年月分の威厳に満ちていた。

「家臣たちはどうも気が緩んでおる。これまでが上手く行ったからとて、油断しては元も子もない。今は戦時ということを忘れてはならぬ」

「残念ではありますがね」

叔父三人は朗らかに笑う。

「アラーニャさまにお喜びいただけるよう、あれこれ計画していたものですから。晴れて御即位と成った暁《あかつき》には、夢のように美しい式典にして御覧にいれますよ」

イシヌの男は政《まつりごと》に参画しない代わり、祭典を取り仕切る役目を負う。即位式は彼らの腕の振るいどころだ。婚姻しないイシヌの女王にとって、即位式は一世一代の晴れ舞台。可愛い姪のため、叔父たちはさぞ力を入れていたに違いない。もっともその熱意が、姪っ子の煮え切らない態度を生んだとも言えた。アラーニャは『慎ましく』式典を日延べすることで、連日持ちかけられる〈初閨《はつねや》〉の殿方選びから逃げ出したのだと、ラクスミィは密かに思う。

アラーニャと叔父たちが談笑する中、大伯母の表情は険しい。何か懸念でもあるのかと思いきや、彼女はラクスミィに耳打ちしてきた。

「ラクスミィよ。そなた、今少し自重せい」

さて。これは心外である。軽々しく振る舞った覚えはないが。忠告の意図を量りかね、首を傾げる大姪に、老婦は眉間の皺《しわ》を深くした。

「先ほどの評定で、家臣の仕草に気づかなんだか。アラーニャの宣下を聞いた時、彼らは如何《いかが》した。そなたを見たであろう。次期当主より、姉姫の言葉に重きを置いておる証じゃ。イシヌの女王の姉は、前に出すぎてはならぬ。そなた、その自覚が芽生えるまで、評定は遠慮せい」

無茶を言う、とラクスミィは思った。

アラーニャはおっとりとして隙だらけのくせに、たびたび相手を煙に巻く。微笑んで頷いているかと思いきや、最後の最後に「考えておきますね」などとふんわり締めくくるのだ。結局何も話が進んでいないことに後から気づき、地団太を踏む者も多い。

そうした、のらりくらりと相手の要求を躱《かわ》す話しぶりは、平時の政には得がたい才だ。だが軍評定には不向きである。戦を率いる者に望まれるのは、即断即決、簡潔かつ明確な指示だ。アラーニャの口調では臣が苛立ち、てんで勝手に評議を進めようとするに違いなかった。

臣に手綱を渡すぐらいなら、ラクスミィが握った方がましというものである。彼女なら要所要所でアラーニャに同意を仰ぎ、次期女王の権威を保つことができる。ラクスミィにはむしろ妹をよく補佐しているという自負すらあった。

「……御忠告いたみいりまする」

ひとまず年長者を立てたつもりが、声に情がこもっていなかったか、大伯母の眉間の皺がますます深くなった。

「己をよう見つめよ。剛毅《ごうき》果断は美点じゃが、同時に危うい。先代はそなたの行く先を案じておったぞ。そなたに〈万骨《ばんこつ》〉を伝えるべきかどうかも――」

「大伯母上」

ラクスミィは低く制した。広間にはまだ叔父たちが残っている。〈万骨〉はイシヌの女だけの秘密だ。ちらりと視線を送ると以心伝心、アラーニャはにこやかに歓談を切り上げ、叔父らをそつなく退室させた。

「なんのお話？」

妹姫は朗らかに問う。難しい顔の大伯母に代わり、ラクスミィが秘術のことだと答えると、アラーニャは合点したように声を潜め、「〈万骨ノ術〉ですね」と言った。

「式を編み直してらっしゃるのでしたね。進み具合は如何？　姉さま」

「千年眠り続けておった古術ぞ。なかなか思うようには参らぬわ」

万骨ノ術は実に特殊な技である。どの丹導術《たんどうじゅつ》の分野にも当てはまらない。あえて言うならば、〈医丹術《いたんじゅつ》〉が最も近いか。だが、医丹術はあくまでも命の上に成り立つのに対し、万骨ノ術は死の上に成り立つ技と言える。

この術は、人骨を使うのだ。

仙骨《せんこつ》、胸骨、蝶形骨。人体に取り込まれた丹〈人丹《じんたん》〉が体内を循環したのち、宿るとされる部位である。これらを総じて、〈丹田《たんでん》〉と呼ぶ。位置に応じて、それぞれ〈下丹田〉〈中丹田〉〈上丹田〉と名付けられているが、俗に〈丹田〉と言えば最も多く人丹を内包する〈下丹田〉、即ち、仙骨を指す。

「仙骨」アラーニャが囁《ささや》いた。「〈人丹の蔵〉。術士の力の源ですね」

万骨ノ術をかけるにはまず、この仙骨を死者の肉体から抜き出す。そして丹導器に比求式《ひきゅうしき》を刻むように、骨の上に〈移《うつ》シ身《み》ノ式《しき》〉を施す。すると、術士の身の内の人丹を、死者の仙骨に『移し』、拡散しないよう『植えつける』ことができる。後に術士が〈顕《あらわ》シノ式《しき》〉を唱えると、植えつけておいた丹が引き出される、という仕組みだ。

死者の丹田を我がものとし、大量の人丹を蓄えること。それがこの術の真髄である。仙骨を持てば持つほど、人丹の量が増え、それに比例して術の威力が増す。古書によれば、イシヌの王祖は西域を平定する力を得るべく、万の骨を欲し、以来それが術の名となったとか。

「しかし古術だけに、式に粗《あら》が多い」ラクスミィは唇を噛んだ。「〈移シ身〉にせよ〈顕シ〉にせよ、術の作用よりも、副作用の方が強い。このままではとても使えぬ」

人がそれぞれ異なるように、丹田は一人一人違う。蓄えられる量も、丹の『色』とでもいうべき性質も、術士によってさまざまだ。ゆえに、人丹は与えたり奪ったりするものではない。万骨では、その摂理を曲げて『移し植える』ため、望ましからざる作用が多く出るのだ。

例えば〈移シ身ノ式〉。余った丹を仙骨に移し植えるはずが、上手く歯止めが利かなければ、術士が力尽きるまで人丹を奪われ続けるという。常人ならざる量の丹を手にするはずが、丹が枯渇し、遠からず衰弱して死んでしまうのだ。イシヌの始祖はそれを避けるべく、丹の結晶〈仙丹《せんたん》〉を呑み下したようだが、それもまた臓腑《ぞうふ》の焼けただれる危険と隣り合わせの荒業だ。

また〈顕シ〉の方も問題だ。この式を唱えると、蓄えておいた丹が取り出される。しかし、それには術士の力量、体調や周囲の状況など、あらゆる不測の要素が絡む。いざという時に、速やかに人丹が取り出せるとは限らない。そのうえ限界まで溜まった丹は、仙骨から逆流し、術士の肉体を蝕《むしば》み始めるのだ。身の内側を焼くような痛みを和らげるには、新たな骨をつけるしかなく、ゆえにイシヌの王祖は万もの骨を欲したとか。

このままではとても使えない。眉間に皺を寄せ考え込む姉姫の横で、アラーニャが呟いた。

「なんと罪深い術でしょう。亡骸《なきがら》を切り裂き、その力を奪うとは。まるで人の身体を丹導器と見なしているよう。……骨を暴かれた人々を、王祖はどう思われていたのでしょうね……」

人の身体を、丹導器と為す。

その言葉を聞いた刹那《せつな》、ラクスミィの頭の中で、ぱあん、と閃光《せんこう》が弾けた。妹姫の、王祖の糧《かて》となった人々を悼むような横顔をよそに、椅子から半ば立ち上がる。

「それぞ」

「え？」

「仙骨にのみ式を刻むから、上手く行かぬのじゃ。移し植えるのも取り出すのも、全て術士の人丹ぞ。ならば、術士の身にも式を刻むべきであろう！」

人体と丹導術の融合。それは水丹式《すいたんしき》を肌に彫る〈水蜘蛛族《みずぐもぞく》の秘文《ひぶん》〉に相通じる。その考えに到るや、ラクスミィの頭に、比求式が怒濤《どとう》の如く流れ出した。

書き出したい。一刻も早く。さもなくば頭が割れそうだ。

いてもたってもいられず、ラクスミィは机案から跳ねるように立ち上がった。口早に退室の挨拶を述べる彼女に、大伯母が暗い眼差しを向ける。

「そう、そなたはきっと〈万骨〉を甦《よみがえ》らせる。だからこそ、伝えるべきでなかったのだ」

誰にともなく呟く大伯母を尻目に、ラクスミィは評定ノ間を辞し、自らの居室へと急いだ。

自室の机に草紙の束を置く。墨を磨《す》る時すら惜しく、まだ薄い墨に穂先を浸した。紙の上を筆がするする奔《はし》る。ほのかに紫を帯びた文字が、しだれ落ちる滝のように、大地の割れ目から湧き出る碧水《へきすい》のように、絶え間なく書き落とされていく――

「――さま――スミィさま。ラクスミィさま」

大きく膨らんだ泡が、ぱんっと弾けるように、ラクスミィは現世に引き戻された。

長く旅をしたような心地だった。熱が抜けきらぬ頭を上げれば、机の周りに草紙が散乱していた。嵐が吹き過ぎたような有りさまだ。指に痛みが走り、きつく握りしめていた筆を置いてようやく、机上の一枚の紙に気づいた。

美しい比求式が、そこにあった。

先ほどまで感じていた、崖肌を駆け下りる奔流、大地を叩く豪雨を思わせる激しさは、この式にない。まるで深山の森の泉のようだ。天地をあまねく巡り、地底に潜り、不純なるものを全て脱ぎ去った湧き水のような、清廉なる静けさ。

完成した。そう確信した。

「殿下？　大事ございませぬか」

扉の向こうで、女官の不安げな声がした。

「上々じゃ」机上の式を目に焼きつけながら答える。「しばし待ちや」

風丹式《ふうたんしき》を囁けば、小さなつむじ風が現れて、床に散る草紙をするすると巻き上げていった。机に草紙を集めると、次に火丹式《かたんしき》を唱える。紙の束に、ぽっと赤い火が灯り、ちりちりと黒くよれていくさまを見つめながら土丹式《どたんしき》を紡げば、はらはらと舞うはずの灰が鉄片のように重く固まっていった。やがて燃え尽きた紙の灰は固まり、濃墨色の玉となって、ラクスミィの手のひらに鎮座していた。

「姫さま。あぁ、ようございました」扉を開けると、女官長アディティが跪《ひざまず》いていた。「何度お声がけしても、お返事がなく、戸は膠《にかわ》で固められたように、ぴくりともしませんし」

咎《とが》めるような口ぶりである。そのように術を施した張本人を知っているのだ。ラクスミィは微笑んで、手中の灰玉を差し出した。

「まぁ」女官長が玉を受け取り、嘆息した。「そのお年で玉遊びにございますか」

「ちとな。だがもう飽いた。待たせた詫びじゃ。そなたにやろう」

「それはそれは。光栄なことで」

微塵《みじん》もそうと思わぬ口調で、仕草だけは大げさに、女官長は玉を押し戴いた。

彼女は双子の姫の乳母である。もとは先代女王の〈伽女《とぎめ》〉であった。イシヌの閨《ねや》の習わしにより、女王の懐妊と同時期に伽女も身籠《みご》もることがある。そうした伽女は乳母として召し上げられ、やがては表でも女王の側近として扱われるようになる。アディティもその例に漏れず、ラクスミィたちの乳母役を経て、女官長に任ぜられた。なお彼女の娘がアラーニャの〈伽女〉を務める予定だが、当の主人が未だに初閨の相手を決めていない。

「わたくしめには、姫さまの『お遊び』とやらがさっぱり分かりませぬ」

ラクスミィの後について塔のらせん階段を下りながら、女官長が灰玉をころころと玩《もてあそ》んだ。乳を与えた記憶からか、彼女はラクスミィたち姉妹に少々ぶしつけな物言いをするが、それがまた小気味よい。

「これはなんです。もしや、何かの灰でございますか」

「ほう。よう分かったな」

「ま！　火遊びなぞ、お止めあそばせ。お召しものに火が移ったら、如何いたします！」

「さような下手は打たぬわ」

ラクスミィは呆れた。火とはいっても丹導術で意図して生み出したのだ。子供の悪戯《いたずら》なぞと一緒にされては困る。女官長とて術士の端くれ、それぐらい分かろうに。

「だいたい」女官長は耳を貸さない。「火なんて品がのうございます。灰やら煤《すす》やら撒き散らすばかりで。姫さまはせっかく美しい術をお使いになれますのに。そうそうわたくし、姫さまのお作りになる蝶の形をした光が大好きですのよ。いただくのでしたら、あちらの方が嬉しゅうございますねぇ」

ラクスミィは微苦笑を浮かべ、「覚えておこう」と返した。

自室にこもっている間に、陽はすっかり傾いていた。夕餉《ゆうげ》の膳が調う頃合いだと、女官長は言う。彼女が居室にやってきたのは、夕餉が近づいても、ラクスミィの現れる気配がなかったからだった。

夕餉の膳には、今朝獲れたての珍味、湖蝶鮫《こちょうざめ》が上るという。

イシヌの城の地下には、乾季が長引いた時に備え、常に食糧が蓄えられている。このたびの籠城では、その備蓄が大いに役立った。城と都の人々を一年間養える量だ。さらに最近、漁が再開されたため、戦時にも拘らず、食卓は存外に優雅である。

会食を催す時は大広間で臣下とともに長机を囲むが、普段はアラーニャの居室で毒見役など数名だけを侍らせる。〈当主ノ塔《おうよう》〉のふもとに着くと、妹姫付きの女官たちに出迎えられた。

ラクスミィは常の如く、鷹揚《おうよう》に頷《ねぎら》き労って——

目の端に、ちりりと違和感が走った。

末席に跪く女官見習いを見遣る。若いという他、これと言って目を引くところのない平凡な娘だった。高くも低くもない背丈、太くも細くもない身体つき。見覚えがないようでいて、前前からいたような影のなさ、色のなさ。

そのまま通り過ぎかけて、ラクスミィは足を止めた。女官見習いの双眼に浮かぶ、わずかな色合いに気づいたからだ。

暗く虚《うつ》ろで、秘めてなお燃えるような激しさがある。例えるならば、自ら炎に飛び込まんとする者の狂気、憤怒、絶望、破滅の衝動。

——殺意。

見習いの手が懐《ふところ》に潜り込んだ時、ラクスミィは咄嗟《とっさ》に式を唱え始めた。身体が昼間の太陽の如く、かっと熱くなる。反対に、頭は夜の砂漠の如く、きんと冷える。火砲と対峙した時の、眼前の事象が式に置き換わる〈早読み〉の感覚が、にわかに甦る。

見極めろ。見切るのだ。相手の技を。

女は懐のものを取り出した。短い筒だ。〈火筒〉という名が脳裏をよぎる。火丹式を施した、吹き矢のような丹導器。命中率は低くともこの近さ。まず外すまい。

当たれば、死。

背筋に悪寒が走る。

丹導器使いは初動が早い。式詠《しきよ》みは分が悪い。早読みの力で軌道は読める。だが、如何《いかん》せん近すぎる。避けられぬ。返し技を編む暇はない。ならば、残る手は一つ。

先手を取る。断じて！

女がなめらかに短筒を構えた。その手に迷いはない。ラクスミィにもまた迷いはなかった。

よどみなく、比求式を唱えきる。

駆け抜ける熱い矢。

岩の割れる轟音《ごうおん》。

白い石床に散る、鮮やかな赤。

砕け散る玻璃《はり》のかんざし。

かん、ころろ、と短筒が転がる音が静寂に消えた頃、女官たちの悲鳴が塔に響き渡った。

姫の身を案じてというより、何が起こったのか、さっぱり分からぬといった様子だ。無理もない。彼女たちには、鋭い岩柱が突如として床から現れ、同僚を串刺しにしたようにしか見えなかったろう。

だが続けて上がった悲鳴は、ラクスミィのためのものだった。

「あれ、姫さま！」女官長アディティである。「お髪《ぐし》が！　いえ、右のお耳が！」

右の耳。何気なく触れると、ぬるりとしたものが指先についた。生温かさと鉄臭さに血だと知る。遅れて、刺すような痛みが走った。耳の先に何やら小さな破片が刺さっているらしい。おそらくは見習いの放った矢で粉々になった、玻璃のかんざしであろう。

「触れてはなりませぬ！」女官長が怒鳴る。「誰ぞ、早う御典医《ごてんい》を！」

「耳もとで騒ぐな」ラクスミィは笑ってみせた。「たかが耳の先じゃ。頭を失ったわけでなし、目が潰れたわけでなし」

もっとも、攻撃が逸れていなかったなら、確実にそうなったであろうが。

かろうじて致命傷を避けられたのは、ラクスミィの術がほんのわずかに、刺客のそれよりも早かったからだ。とかく技の出の早い丹導器使いを相手に、これは快挙と言えよう。頭を撃ち抜かれるところを、耳の先だけで済んだのだから。

ところが、女官たちはそうは思わぬようだった。

「話してはなりませぬ！　歩いてはなりませぬ！　これ誰ぞ、すぐに腰かけを、いえ、なんぞ横たわれるものを！」

瀕死の怪我人扱いである。ラクスミィは女官たちの好きにさせることにした。隣室から廊下へと運び出された長椅子に腰を下ろす。臣たちが慌ただしく駆け回る中、ラクスミィは改めて目の前の光景を眺めた。

岩の槍は、襲撃者の心ノ臓を一突きにしていた。死に気づくよりも早く絶命したのだろう、襲撃者は不思議そうに眼《まなこ》を開き、小首を傾げている。存外あどけない顔つきだ。

あどけない？

先ほどはどこにでもいる平凡な娘と思ったのに、改めてじっくり見ると、その摑《つか》みどころのなさは消え失せていた。むしろ人目を引く風貌と言えよう。幼さの残る紅い頰、すっと通った鼻筋、賢そうな額。整っているが女くささはなく、少年のようだった。いや、本当に少年なのかもしれない。石柱に貫かれ、女官見習いのお仕着せがはだけているが、その体軀に女らしいまろみが窺《うかが》えなかった。

初めて相対した時と印象が随分異なるが、化粧と立ち居振る舞いで、上手く娘に化けていたのだろうか。だとすれば、敵ながら惜しくなるほどの腕前だ。

初めに目にした襲撃者の姿を思い起こそうと、視線を床に落として、ラクスミィは足もとに転がる短筒に気づいた。

拾い上げれば、見た目に反してずしりと重い。やはり火筒だ。それも仙丹器、カラマーハを象徴する武具である。この若き刺客はジーハの手の者と見て、まず間違いない。命を狙われたこと自体に驚きはないが、帝家の息のかかった者が城に入り込んでいたという事実は、重い。密偵を放っていたのは、ラクスミィたちだけではなかったのだ。

予想はしていた。用心していたつもりが、このていたらく。〈裏の評定〉でのやりとりが敵に漏れていないとよいが。ここまで来て玉座転覆の企てに気づかれては、全てが水泡に帰す。

駆けつけた御典医衆が息を整える間も惜しんで、耳の傷を確かめ始めた。手当てを受ける間ラクスミィはこと切れた少年と、その背後に取り憑く影を、じっと見つめていた。

「申し訳もございませぬ！」

自室に戻ったラクスミィの御前に女官長が額ずいている。首筋を晒《さら》け出し、さながら斬首を待つ罪人だ。女官見習いに刺客が紛れ込んでいたのだから、罪の意識を抱くのは分かる。だが彼女一人罰したところで意味はなく、ラクスミィは意味のないことをする気はなかった。辟易しつつ、起立を促す。

そもそも傷は大事ない。玻璃の破片は取りきれたし、血もとうに止まった。欠けた耳の先は御典医が形よく縫ってくれたし、どのみち髪に隠れる場所だ。ただ傷口を保護するべく包帯を頭に巡らせているので、傷の程度に反して仰々しく目に映るようだ。見る者は皆一様に痛ましそうな表情を浮かべる。常と変わらぬのは総督だけである。

「城の守りを検《あらた》めねばなりますまい。刺客がどのように潜り込んだか、早急に割り出す所存でござる。時に、女官長どの」

その声音の冷たさにアディティが顔を強張らせ、再び「申し訳ございませぬ」と口走った。総督は常からこうした態度であるが、後ろめたさも相まって、糾弾めいて聞こえたのだろう。

「あの少年とともにいた女官たちは、見知らぬ顔に妙だと思わなかったのでござるか」

「それが」女官長は言葉を詰まらせた。「思わなかったそうでございます。それこそ、おかしなことですが。あぁ新入りかと、気にも留めなかったとか」

これにはラクスミィも呆れた。イシヌの女官のお役目は、母から娘へと代々引き継がれる。娘同士は幼い頃に引き合わされるため、城に上がる前からそれなりに面識があるはずなのだ。大所帯ゆえ親しい親しくないの差はあろうが。

「身元は確かめなんだのか」ラクスミィは尋ねた。

「なんでも刺客は挨拶の折に、イシヌに長くお仕えする家の名を述べ、それがまたたいそう子だくさんの家系でしたので、言われてみればそろそろお勤めに上がる年頃の娘もいたようなと、そう安易に思い込んだようでして……」

アディティの声はだんだんと小さくなり、潰《つい》えた。額に汗の玉が浮かんでいる。

「……今後は身元検めを徹底させまする」

絞り出すように女官長は言う。それにため息を堪《こら》えつつ「そうしや」と返した。臣は君主を映す鏡である。女官たちの気の緩みは、ラクスミィたちイシヌの油断の表れといえよう。

此度は誰にもお咎めなしとして、忠臣二人を下がらせたラクスミィの居室に、今度は妹姫が駆け込んできた。珍しく髪を振り乱し、頰はすっかり青ざめている。頭に大仰な包帯を巻いた姉の姿をひと目見るなり、彼女は小さな悲鳴を上げ、飛び込むようにして縋《すが》りついてきた。

「まあ、姉さま、なんてことでしょう！」と叫び、涙をこぼす。「カラマーハの刺客に、火筒で撃たれたと聞きました」

「案ずるな、ほんのかすり傷ぞ」妹の取り乱しように苦笑する。「火筒はもはや、わらわの敵ではないわ。次は、無傷で返り討ちにしてくれる」

虚勢ではない。彼女には確固たる自信があった。次はもっと早く見切れる、相手に撃たせる暇も与えぬと。しかし姉の勇ましい言葉を聞いても、アラーニャは安堵できなかったようだ。

「では本当なのですね。姉さま手ずから、刺客をお討ちになったというのは。なんでも刺客はまだ子供だったとか」

「そう。頭の痛いことじゃ」

ラクスミィは机の上の火筒を見遣った。子供にも扱える暗器。それが仙丹器の恐ろしさだ。カラマーハの力を『物』とすれば、対するイシヌの力は『人』である。カラマーハが捨て駒のようにして送り込むほんの数人の刺客が、イシヌの屋台骨を真っ二つに折り得るのだ。

ところがアラーニャは「いえ、そうではなく」と頭を振った。

「……おつらくはございませんか」

何のことかと思ったが、深淵を覗き込むような妹の眼差しに、ラクスミィは沈黙した。漠然とした困惑が胸に広がる。澄んだ瞳でじっと見つめられると、まるで、つらくなくてはならぬような気すらしてくる。

「わたくしには分かりません」アラーニャは消え入るように言う。「姉さまにこれほどの思いを強いる〈イシヌの家〉とは、いったい何なのでしょう……」

だから、何とも思っておらぬというに。ラクスミィは呆れ返った。ありもせぬ姉の苦しみを嘆くとは、なんと無駄な。

一方でアラーニャらしいとも思う。彼女は戦場に立ったことも、命の削り合いをしたこともない。殺めなければこちらが死んでいた、ゆえに迷わず討ち取ったのだということが、ぴんと来ないのだろう。また、それでよかった。妹は君主、守られし者だ。血濡れの剣となるのは、姉たるラクスミィの負うべき役目であり、またラクスミィ自身が選びとった道である。

しかし妹の清らかな目に、ラクスミィは今一度、刺客と対峙した瞬間をなぞった。

思えば自分はいつ、あの者が刺客と確信したろうか。

あれの目を見た時か。確かに殺気を感じたが、それだけでは確証するには至るまい。では、懐に手を入れた時か。火筒に違いないとは思ったが、これも実際に見るまで分かるまい。書状や、もっと他愛の無い、例えば花枝などであった可能性も捨てきれぬはず。

いったい自分はいつ、式を練り始めたろうか。

少年が武具を取り出した時、ラクスミィの式はほぼ完成していた。後は、彼のどこを狙うかだけだった。少年が短筒を構えた時、彼女も構えていたのだ。相手を撃ち抜くための凶器を。

結果、ラクスミィは競り勝った。

少年はやはり刺客だった。筒はやはり火筒だった。あの時ほんの少しでも式に迷いがあったなら、死んでいたのはラクスミィだ。彼女は正しかったのだ。

結果として。

刺客にあらずという可能性を、素早く切り捨てたがゆえに。

要らないから捨てたのではない。

必要だから捨てたのだ。

人は窮地《きゅうち》に陥った時、本性が現れるという。では、これが自分の本質か。必要とあらば、何をも迷わず、また顧みない。本来あろうはずの苦しみすら感じぬまま。

ラクスミィは濃い闇に落ちた窓へと、こうべを上げた。玻璃に映しだされた若い娘がじっと見つめ返してくる。その目をどんなに覗き込んでも、悔悟の念は汲み取れない。見慣れた己の顔と姿が、得体の知れぬもののように思えた。

二　母の秘《ひ》文《ぶん》

——雨季さえ来れば。

森を眺め渡しながら、アナンは唇を噛んだ。

広大な緑の絨毯《じゅうたん》はところどころ、ぽっかりとえぐれている。その虫食いのような穴を穿《うが》ったのは、アナン自身だ。水撃ちを放つたび、己の胸を撃ち抜いている気がした。さらに忌々しいことに、敵はアナンが穿った場所を頼りに森を切り開いて、こちらへの道を築いている。

雨季が来れば、荒れ狂う水があの道を走り抜け、汚らわしい敵を押し流してくれる。だが、望む季節はまだ遠い。雨は少しずつ増えてはいるが、毎日降るようになるまで、ゆうに一月はある。森の端まで水が満ちるには、それからさらに二月はかかる。森が本来の姿を取り戻し、水の砦《とりで》となるまで、あの黒蟻《くろあり》どもは樹々を食い荒らし続けるのだ。

一族を包む空気は重苦しい。執拗《しつよう》に続く付け火、繭家《まゆや》近くまで出没し始めた斥候隊に昼夜を問わず脅かされ、またどれほど始末しても次々と湧く敵の数に、精根尽き果てつつあった。

はたして、雨季までもつだろうか。そんな考えがゆらりと頭をもたげては、必死に打ち消す日々である。

「……お帰りなさい、父さま」

朝早くから森を駆け回り、影が長くなってようやく繭家に戻った父を、ナーガが出迎えた。いつ戻るとも知れぬのに、ずっと繭家の底の〈船着き場〉で待っていたのだろうか。アナンが驚いていると、「これ」と言って、息子は手の中のものを差し出した。小振りの紅桃《べにもも》。ナーガの好物である。

「今日、お昼に出たから……」

近頃は舞いを教えるどころか、食事も寝る時もついてやれていない。タータが学び舎の学徒たちとともに面倒を見てくれてはいるが、彼女は長《おさ》ラセルタとともに一族を指揮する立場だ。己の息子だけに時を割くわけにもいかないだろう。年少、しかも男児のナーガは学び舎の少女たちの間で浮きがちに違いない。独りで昼餉《ひるげ》を摂る息子の姿を思い浮かべると、心が痛む。

「ありがとう」アナンは息子の頭を撫でた。「一緒に食べようか」

本当は食べるより休みたいのだが、ナーガの、こめかみにぎゅっと皺《しわ》を寄せ涙を堪《こら》えているさまを見た後では、眠るに眠れない。手を繋《つな》げば、この幾月の寂しさを晴らすかのように強く握りしめてきた。

食事ノ間に赴《おもむ》けば、舞い手の親子の姿はまばらであった。既に十歳の男児に至るまで彫りが与えられており、繭家の守りや狩り、馬の世話など大人並みに働いている。ゆっくりと食事が摂れるのは幼子たちと赤ん坊だけだが、赤ん坊たちも殺伐《さつばつ》とした空気を感じとっているのか、しきりにむずがる。子守役の外婿たちが、大勢の幼子の間を行ったり来たりしていた。

「おおい誰か、この子たちを頼む」

その呼びかけに、外婿の一人が立ち上がった。乳飲み子を背負い、別の子を腹に紐でくくりつけているところに、さらにもう二人を受け取る。彼は確か、昨年の下乾季にこの森にやってきた新参者だ。元はイシヌの兵で、森外れの祭壇の傍に残っていたところを、女人たちに攫《さら》われたと聞く。生憎《あいにく》、子はまだないが、率先して役目を買って出ることで、一族の中になんとか溶け込もうとしているのだろう。

「啼《な》くな啼くな」

柔らかな声で懸命にあやすが、啼き止むどころか、もともと預かっていた子までつられての大合唱となった。彼は弱った様子で広間の隅に移り、啼きわめく子供らを床に下ろし始める。どうするのかと見ていれば、若者は懐《ふところ》から何やら取り出して、子供たちの前にかざした。

「ほうら、ほら」

おどけた調子で言いながら、手を結んだり開いたり。すると手中のそれが、繭家の壁越しに差し込む柔らかな陽に照り返し、ちらちら瞬《またた》く。白く丸い砂利石のように見えるが、宝石でもないのによく輝く。子供たちは彼の手の閃《ひらめ》きと、ついては消える光を食い入るように見つめ、啼くことをすっかり忘れたようだった。機嫌の良い笑い声が聞こえてくる。一方のアナンは、若い外婿の手遊びを眺めているうちに、周囲が徐々に遠のいていくような心地を覚えた——

「――さま。父さま」

身体を揺さぶられ、はっと瞼《まぶた》を開く。食事を摂ろうと腰を下ろした姿勢のまま、眠っていたらしい。目は見開いたものの覚めが追いつかず、視界がくらくらと回った。目の端に映り込むのは、鮮やかな紺碧《こんぺき》の色。

「父さま。母さまだよ」

嬉しそうな息子の声に、アナンはようやく我に返った。

弾かれるように顔を上げれば、確かにタータが隣に腰を下ろしていた。飛びあがらんばかりに居住まいを正し、床に手をついて非礼を詫びる。うたた寝をして主の訪れにも気づかぬとは、なんという失態だろう。

しかし、タータに気にするそぶりは露ほどもなかった。涼やかに座って、あの若い外婿の、光る小石で子供たちをあやすさまを眺めている。唇にうっすらと微笑を湛え、幼子の無邪気に笑うさまに心なごませているふうだが、その視線は子らではなく、外婿に向けられているようにも思う。アナンは胸の騒めきを覚えた。タータの関心はもっぱら丹導学《たんどうがく》と彫りに向いていると思っていたが、他の女人同様、外婿を好ましく感じたりするのだろうか。

タータはすぐさま外婿から視線を外したので、その瞳に浮かんでいた色の意味を、アナンは捉え損なった。もっとも関心もなくなった。主人が耳もとに唇を寄せ、囁《ささや》いてきたからだ。

「今夜、〈鞠部屋《まりべや》〉に来てちょうだい」

タータは一族の他の者と異なり、自分だけの部屋を持っている。水の白糸を丸く織り上げたもので、その形から〈鞠部屋〉と呼ばれている。アナンは普段、息子ナーガと一緒に男ノ間で休み、タータの私室には滅多に入らない。特にここ数年は、片手で数えるほどである。

その夜、ひとり男ノ間を出てらせん坂を上ったアナンは、タータの鞠部屋を目にするなり、身体のほてりを感じた。同時に、なんと愚かなと恥じ入る。一族の危機に、何を舞い上がっているのか。アナンは深く息を吐いて心を鎮めると、鞠部屋の戸布越しに呼びかけた。

「タータさま」

「アナンね」澄んだ声が答える。「どうぞ」

布の隙間に手を差し入れ、滑り込むようにして中に入ると、主は部屋の中心に座っていた。膝の上に彫り道具の革巻物を広げ、長針を一つ一つ磨いていたところらしい。アナンは妨《さまた》げにならぬよう戸布の脇に腰を下ろした。

タータが鉄針を研ぎ、布巾《ふきん》で清め、水平に掲げて針先の具合を確かめ、革巻物に差し戻していく。そんな仕草すら花を手折るように匂やかで、アナンは知らず知らず昔を思い出していた。ナーガが生まれる前のことだ。彫りたての秘文をなぞるようにして彼の背を伝い下りていく、タータの柔らかな指の腹、その温かさ——

「アナン」

呼び声に顔を上げれば、彫り道具はすっかり片づけられ、主がこちらを向いていた。かっと熱くなった頰をごまかすべく、アナンは指を合わせて額ずいた。

「何か御用でしょうか」

我ながら馬鹿げた問いだ。用があるから呼んだに決まっている。かと言って他の言いようは思いつかなかった。床に額をつけ、独り冷や汗をかくアナンに、タータは涼やかに告げた。

「ナーガのことよ。明日、秘文を入れ始めるわ」

全身が、すぅっと冷えた。

とうとう、この時が来たか。そんな思いだった。

タータが下した決断だ。ナーガにとって、これが最善にして唯一の道なのだろうが――

「もし」咽喉《のど》が張りつき、声がかすれた。「もし、万が一、秘文が身体に合わなかったら」

無礼極まる問いだった。タータに限って、そのような結末はありえない。

主人の答えはやはり凛《りん》としていた。

「すぐに直すわ」

だがもし、何かの事情で、タータが傍にいなければ？

「他の彫り手にも、どんな式を足せばよいか伝えておくつもりよ」

それでもなお合わなければ……？

埒《らち》のない問いだと分かっている。すぐに顔を上げ、承知の意を伝えなければならない。明朝必ず、ナーガに彫りの何たるかを教え、恐れることはないと伝え、滝壺で身体を清めさせて、タータの前に連れてくると、そうはっきり約束しなければ。

しかしアナンの額は、床に張りついたように動かない。そんな婿をタータは咎《とが》めなかった。

「そう、ナーガはまだ八つ。早すぎるわ。私もできれば秘文を入れたくないの」

初めてアナンに針を入れた時と同じ、優しい声音だった。アナンの硬く強張った身体から、氷の解けるように力が抜けていく。おそるおそる面《おもて》を上げれば、タータは微笑んでいた。そのまなじりに差す影に、主人もまた苦悩しているのだと悟る。

「ぎりぎりまで待ったわ。でも、もう時がない。下乾季の終わり、水が最も引く時を狙って、帝軍は必ず攻め上がってくる。それまでに完成させなければ」

「それは」アナンは訊かずにはいられなかった。「それは、ナーガも戦うということですか」

「あるいは」

アナンは息を吞んだ。どうして八つの子供が帝軍相手に戦わねばならぬのか。

「無茶だ」喘ぐように訴える。「あの子はまだ満足に舞えません。戦うなんて」

「生きるためよ」

「では、私が必ずあの子を守ってみせます。ですから、どうか」

「それができない場合を考えているの」タータは辛抱強く諭すように言う。「戦いが始まれば、私たちはあの子を置いて最前線に赴くことになるでしょう。いざというとき、あの子は自分で自分を守らなくてはならない」

これには、アナンも頷かざるを得なかった。タータと彼は一族で最も優れた術士と舞い手。我が子のためだけに動くには、二人は力がありすぎる。その一方で、その力ある二人が揃って息子のもとを離れざるを得ぬ状況とは、どういったものかとも思う。まるで水蜘蛛族《みずぐもぞく》の滅亡の時のようではないか。

口にするのも恐ろしい問いを、意を決して尋ねれば、タータは当然の如く頷いた。

「その通りよ」

アナンは絶句した。

「一族のみんなは思っているでしょうね。水蜘蛛族は強い、負けるはずがないって。水丹術の返し技はないし、地の利もあるのだからと。けれど」

タータはふと言葉を切った。アナンの肩越しに鞠部屋の壁を見つめる。誰か来たのかと振返っても、半透明の壁越しに人影は見えなかった。

「けれど」タータが再び語り出した。「水蜘蛛族は戦場を知らない」

戦場を知らない？　アナンは戸惑《とまど》った。それはどういう意味だろうか。水蜘蛛族は男も女も生まれついての戦士だ。男たち舞い手は森の獰猛《どうもう》な自然相手に日々戦っている。女人たちは、今でこそ森の外に出向かなくなったが、以前は砂漠に蔓延《はびこ》る盗賊ども相手に戦い、さまざまな品を奪い取ってきたものだ。

だが、タータは言う。『戦』は全くの別ものだと。

「かく言う私もラセルタも、戦と呼べるものを見たのは一度きりだけれど」

十年前の〈南境ノ乱《みなみざかいらん》〉の名を、タータは挙げた。

「あの日、南境ノ町で二つの勢力がぶつかったわ。町を守る〈風ト光ノ民〉と、彼らを討ちにきたイシヌ公軍。そこにカラマーハ帝軍がやってきた。町の人々を援《たす》けに来たと見せかけて、彼らは町民に襲いかかった」

幼子や赤ん坊にも容赦なく武器を振るった兵士らの非情ぶりも然《さ》ることながら、一糸乱れず命令を遂行するさまが印象深かったという。

「水蜘蛛族は確かに強い。一対一の戦いなら若手でも負けはしないでしょう。相手が十の術士でも、きっと勝てる。手練《てだ》れの舞い手なら、百人の敵も恐るるに足らず。けれど千人、万人と増えると、戦いの法則はがらりと変わるもの。水蜘蛛族は戦を知らない。対して帝軍は戦慣れしている。……この差は大きい」

アナンは、ごくりと生唾を呑み込んだ。

タータの話は続く。しかも、今回はただの『戦』ではない。帝家は治水の力、即ち天ノ門を欲している。東の天ノ門はイシヌの湖の底、西の門はこの森の最奥に建っているが、どちらも水使いがいない限り、辿り着くのも難しい。よって帝軍の狙いは水蜘蛛族そのものにある。

「この戦いは、火ノ国挙げての〈水蜘蛛狩り〉よ。森を焼き尽くしても、彼らは止まらない。水蜘蛛族が生き残っている限り、どこまでも追ってくるでしょう。そんな世を生き抜く力が、ナーガには必要よ」

澄みきった瞳が、アナンを見据えた。その声は初めから揺るぎない。

「私は明日、ナーガに秘文を彫ります。私の持てる力の限りを尽くして練った式図よ。後から彫り足せるよう、余白はたっぷり残しておくわ。それでもなお秘文が合わず、私が傍にいない時、どうすべきか——それを、貴男《あなた》に話しておきます。あの子のために、心に刻んでおいてちょうだい」

アナンは答える前に、顔を伏せた。熱くなった己の目尻と唇に浮かんだ微笑みを、慎ましく隠すために。

不安や恐れとともに、喜びがあった。

出会った時から、タータはアナンにとって触れがたき人だった。身体のすみずみまで彫りを入れてもらい、子を生しても、それは変わらなかった。だが、彼は今日初めて、タータの心に触れた気がした。彼女はアナンの考える以上に、我が子を愛しているのだ。

アナンとの、一人息子を。

アナンは全身全霊を込めて、主人の一言一句に耳を傾けた。

敵軍が行進を始めたのは、それからたった十数日後であった。

黒蟻のような帝兵どもが、炎と水撃ちでひらけた箇所を足掛かりに、繭家目指してゆっくりと、しかし確実に登ってくる。

決戦である。

「やっと来たか！」

滝の上のひときわ高い樹から、ぞろぞろと列を成して進む軍を見下ろして、エラフが笑う。

「この森に道なんぞ通して、あいつらは本当に馬鹿だな。俺らがちょいと水を呼んでやれば、道はたちまち川に早変わりだ」

これに若手たちが賛同した。帝兵は木の葉よろしく流され、水に落ちた毛虫の如く、無様に溺れることだろう。水使い相手に、なんとまあ無防備な！　これまでのようにばらばらに攻められるよりも、うんと扱いやすい。どれ、少し遊んでやろうじゃないか。

長の指示が飛んだ。敵の様子を探るように言う。勇ましい雄叫びとともに走り出したのは、若手たちだった。偵察というよりも、これまでのうっぷんを晴らすつもりのようだ。勇み足は命取りになる。ラセルタの緊迫した声に、彫り手数人が彼らを追った。

アナンは物見台代わりの高木の上に残った。あれでは、舞い手の素早い動きについてこられまい。押し合いへし合い、よたよたとしている。あれではのろい。大軍の歩みはのろい。押し合いへし合い、よたよたとしている。あれでは、舞い手の素早い動きについてこられまい。あっさり押し流されて終わり、そんな気がしてならなかった。

それでも彼は水撃ちをいつでも放てるよう構えた。タータの言葉を思い起こす。この戦いは狩り、一族は狩られる身。それはアナンの知る鹿狩りや山羊狩り――森の恵みに敬意を払い、素早く苦しませず終わらせるような、美しいものではない。考えもつかぬ醜悪な手段を彼らはきっと取ってくる。

だが戦況は動かない。遅すぎる。そう思った矢先、滝壺が騒がしくなった。出向いた面々が戻ってきたのだ。敵に一撃を喰らわせることもなく、大樹の上からでも分かるほど狼狽《うろた》えて。

高木から降りようとした時だった。

「子供だ！」

滝壺に、舞い手の悲痛な声が響き渡った。

「あの隊は全員、子供だ！　十やそこらの幼子たちだ！」

三　別れ

アナンが降りた時、滝壺は混乱のただ中だった。

悲鳴が上がり、怒声が飛び交う。薬草や布を抱えて、人々が走り回る。見れば岸に横たわる人の姿があった。彫り手の一人だ。華やかな山吹色の衣の、右肩辺りがみるみる赤く染まっていく。苦しそうな息、切れ切れの呻き声。

敵の攻撃を受けたようだ。

「なんの術⁉」介抱する女たちが怒鳴るように訊いた。

「術では、ありませんでした」舞い手たちが喘ぐように答えた。「おそらく丹導器《たんどうき》かと。短い筒のような。それを子供たち全員が持っていて。無茶苦茶に撃ってくるのです」

全員。その一言に聴衆は動揺した。

「火筒？　火筒かしら？」「そんな馬鹿な」「子供全員が、丹導器使いだって言うの？」「ありえないわ。そりゃあ、火丹器《かたんき》の中では扱いやすい方だけど」

アナンは全身が硬く強張るのを感じた。何か異様なことが起きている。いてもたってもいられず、アナンは族長のもとに走った。この目で真偽を確かめに行きたいと乞うと、ラセルタは頷いた。先に出た者たちは取り乱しており、話が要領を得ない。誰かが改めて、偵察に出なければならない。

「敵の姿を見たら、必ず引き返して。気づかれては駄目よ。こちらから手は出さないで」

アナンは一礼すると、滝壺の岩の上に素早く飛び乗った。ひらりと長い腕をしならせれば、清水が白く泡立ち、波となって立ち上がり、アナンの身体を搦《から》めとる。胴をひねれば、白波は彼を乗せて、滝壺から続く渓流を駿馬《しゅんめ》のように駆け下り出した。

岸辺の樹々を揺らしつつ、アナンの波は進む。突風が吹いたように葉や花が舞い、巻き上げられた川底の小石がぴしぴしと音を鳴らして辺りに散った。魚たちは慌てて岩陰に逃げ込み、鹿たちは跳んで水辺を離れ、真っ黒な豹《ひょう》が一匹、渋々と狩りを諦め、樹の上へと登っていった。

幾つも枝分かれする奔流のうち、帝軍の方角へと流れるものを選んで進む。敵が近くなるにつれ、足もとに従える水の量を少しずつ減らした。最後は地に降り、自分の足で静かに距離を詰める。姿が見られないよう細心の注意を払った。西ノ森の中は薄暗いものの案外見晴らしが利く。そびえ立つ大樹が陽光を遮《さえぎ》るため、川から離れたところでは、下草や低木がぐんと減るからだ。身を隠すものは樹々の太い幹と絡まり合う根しかない。

帝軍の歩みがのろいのは幸いだった。アナンが滝壺を出た時から、さほど移動していない。水撃ちを油断なく構えた上で、根と根の間から覗くようにして、敵の様子を窺《うかが》った。

ひと目見て、ぎりりと唇を噛む。

子供だった。舞い手たちの言った通りだ。

外界の子は見たことがないため、年の頃はよく分からないが、おそらく十やそこらだろう。舞い手の容姿を持つ者はおらず、アナンの目には全員、女児のように映った。短い髪に色布を巻き、ぼろを纏《まと》っている。背が低く痩せており、頬の赤みが薄く、目ばかりが大きくて表情に乏しい。抱え込むようにして短い筒を握りしめている。あれが〈火筒〉か。

小魚の群れのように肩がぶつかるほど身を寄せ合って、子供たちは行進する。背中を丸めている者、ふらふらと足もとの覚束ない者、転んだのか膝小僧に血を滲《にじ》ませた者がいたが、それでも彼らは引き返さない。ひたすら地面を見つめ、一声も発さずに、足を動かし続けている。その姿はいつ来るともしれぬ敵襲に怯えているというよりも、傍にいる何者かの目に留まらぬよう、じっと息を潜めているように見えた。

少し眺めるうちに、アナンはこの部隊の本当の姿を悟った。

隊列の先頭や外側に子供たちがずらりと並んでいるので、初めは気づかなかったが、部隊の中央に、黒光りする甲冑《かっちゅう》を身に着けた大人の兵らがいた。彼らも筒形の丹導器を携えている。火筒の一種のようだが、子供たちの持つものより長く、造りは遠目にもしっかりとしており、威力や精度が桁違いに高いのだろうとひと目で知れた。

子供の列は、この兵士たちの盾なのだ。

気づけば、アナンの口の中に血の味が広がっていた。唇の端を噛み切ったのだ。だが痛みは感じなかった。怒りと嫌悪が痛みを凌駕《りょうが》していた。

水蜘蛛族《みずぐもぞく》は幼子を敵の前に晒《さら》す真似など断じてしない。幼い男児たちに秘文《ひぶん》を与えたのは、あくまで彼らのため。子は守られる者、戦う理由だ。

草ノ民にとっては違うのか。彼らは種を撒いては刈り取る『田畑』を持つ民と聞く。子供も穀物と同じなのかもしれない。ある程度まで育てたら、実を生す前に摘んで喰らう。

なんたる非道。なんという鬼畜生。アナンは確信した。

草ノ民は人にあらずと。

弓幹《ゆがら》が軋《きし》むほどに強く握りしめる。今ここで水撃ちを放てば、あの醜悪な黒甲冑どもは消し飛ぶだろう。強い衝動に駆られつつ、アナンは結局、弦を引かなかった。引けなかったのだ。

それでは、あの子供たちまで滅してしまう。

分かっている。情けは無用だ。今は子供でも、長じれば黒甲冑どもと同じ大人になるのだ。

そもそも火筒を携えて、水蜘蛛族を狩りに来ている相手に、何をためらうのか。

それでも、指はぴくりとも動かなかった。外界の生まれだろうと子供は子供だ。女か男かも分からないが、仕草や表情は息子のそれと変わらない。あれは恐怖の表情だ。怯えきって涙も声も出ず、飢えも渇きも痛みも押し殺しながら、頭の中で繰り返し親の名を唱えている。

撃てない。殺せない。

たとえ額に火筒を突きつけられても、身体が正しく動くかどうか訝《いぶか》しい。若い舞い手たちが好き放題に攻撃されながら、ただ逃げ帰ってきた気持ちが、痛いほど分かる。

やり場のない憤りに身を震わせるうち、アナンは族長ラセルタの『攻撃すべからず』の命を思い出した。ほっと安堵の息をつく。密やかに立ち上がると、敵に気づかれぬよう樹々の陰を縫って、その場を後にした。

「そう。やっぱり子供だったの」

アナンの話を聞いて、ラセルタが苦々しく呟いた。

「それなら火筒は仙丹器《せんたんき》でしょうね。迂闊《うかつ》だったわ。安易に姿を見せたせいで、水蜘蛛族には〈子供の盾〉が効くと、敵に印象づけてしまった」

そこに、高木の上の見張りが怒鳴った。

「敵の歩みが早まっています!」

水蜘蛛族が攻撃してこないと踏んだのだろう。帝軍はいよいよ攻めに転じたのだ。

この知らせに、滝壺に動揺が走った。

「無理よ、戦えない!」

彫り手の一人が叫ぶと、ごうごうと責める声が上がった。

「何を今更!」「これは戦いよ、泣き言なんか聞きたくない!」「外界の子供より、自分の子の命が大事でしょう!」

その通りだ。だからといって、本当に戦えるだろうか。聞くのと実際に見るのとでは違う。敵の盾を目の当たりにして、皆が皆、怯《ひる》まず攻撃できはしまい。

「退くべきよ！」と一人が訴えた。「今すぐ森に入って、〈天ノ門〉を目指しましょう！」

森の最奥にある天ノ門は、雨雲を呼ぶ巨大な水丹器《すいたんき》だ。その上空に嵐を留めており、辺りは荒れ狂う水に支配されている。〈天ノ城〉と呼ぶにふさわしい、水蜘蛛族の最後の砦《とりで》だ。

この提案に、多くの者が顔を上げた。屈辱の敗走だが、その方がましかもしれない。帝軍の盾に動じて、皆がばらばらになりつつある。この状況で勝てるとは思えない。

しかし。

「無駄よ！」「奴らはどこまでも追ってくるわ！」「逃げるだけでは駄目よ、戦わなくては！」

天ノ城は、水を操る者だけが辿り着ける魔境だ。だからこそ、帝軍は水使いをなんとしても捕らえにかかるだろう。もし一人でも敵の手に落ちれば、砦への道が開かれ、一族は滅びる。よって足の遅い者を見捨てるわけにはいかず、帝軍に追いつかれたら、どのみち戦いとなる。ならばいっそ、ここで敵を迎え撃つべきだ。

主張は真っ二つに割れ、怒号と泣き声が飛び交った。ラセルタが珍しく顔を強張らせながら「みんな、落ち着いて！」と何度も怒鳴るが、誰も耳を貸さない。滝壺が恐慌に陥りかけた、その時だった。

皆の前に、ふわりと歩み出た者がいた。

突き抜けるように高い空を思わせる、紺碧《こんぺき》の被衣《かつぎ》。さざ波一つない、なめらかな湖面を感じさせる佇《たたず》まい。

タータだ。

「私が出るわ」

凛然《りんぜん》とタータは言う。熟れた柘榴《ざくろ》のような唇に、いつもの艶やかな微笑みが浮かんでいる。人々は口を閉ざして、その赤い唇が紡ぎ出す言葉に聞き入った。

「敵にはいったん退いてもらいましょう。みんなは態勢を立て直してちょうだい。この状態で森に入ると、かえって危ないわ」

当たり前のことを話すような口ぶりだ。それが難しいから、皆は狼狽《うろた》えているというのに。しかしタータの口を通して聞くと、困難など何もないように響いた。彫り手たちは落ち着きを取り戻し、互いの非を詫び合って、それぞれの役割に戻った。

タータが族長ラセルタに歩み寄った。頭をつけ合うようにして、じっくり話し込んでいる。アナンは今すぐ駆け寄り、彼女たちの会話を聞きたくてならなかったが、ぐっと堪《こら》えて、息子の姿を探した。

術の使える者、彫りを負う者は皆、滝壺に出されている。ナーガは岩棚の上で、かもしか馬ヌィの手綱を握りしめて立っていた。緊張のためか唇を真一文字に結んでいるものの、顔色は悪くない。〈初彫り〉から二週間ほど経つが、体調は良さそうだ。

「ナーガ。刺青《いれずみ》はもう痛まないか」

「はい、父さま」はきはきとした答えだ。「一昨日までちょっと痒《かゆ》かったけど、今は大丈夫」

「そうか。よく頑張ったな」寝癖のついた髪を撫でてやる。「軟膏《なんこう》は持っているね。しばらく毎朝毎晩、忘れずに塗るんだよ」

息子と言葉を交わしながら、アナンはちらちらと、主人と族長を窺った。タータが出陣するなら、アナンも行くつもりだった。一族の危機の時、二人は最前線で戦うのだと、タータが言っていたのだから。

やがて話し合いが終わったのだろう、タータが婿と息子に向けてゆるやかに手招きをした。アナンは息子の手を引いて、主の立つ岸辺に向かった。優しい笑みを湛えて出迎えるタータの横で、ラセルタは目を伏せ、痛ましそうな面持ちである。

そよ風に乗って、ラセルタの低い呟きが、アナンの耳に届いた。

「ごめんなさい。こんなことになって」

勝気な彼女らしからぬ弱々しい言葉に、タータは柔らかく笑った。

「いいえ。これこそが私の負うべき役目よ。後はお願いね、ラセルタ。みんなを率いることができるのは、貴女《あなた》しかいないのだから」

二人のもとにアナンとナーガが着くと、ラセルタがその場を離れた。家族だけの時を作ろうとしているかのようだ。訝しがるアナンをよそに、タータは砂地に膝をつくと、ナーガを抱き寄せて、その背中を撫でながら囁《ささや》くように語り始めた。

「ナーガ。お父さんとラセルタの言うことをよく聞くのよ。身体を慈しんで、自分の体調には気をつけて。何かおかしいと感じたら、すぐ周りの人に相談しなさい。恥ずかしがってはいけませんよ。式の勉強はきちんと続けて。学び続けることが、きっといつか、貴男《あなた》の助けになるでしょう」

滅多にない母の抱擁に、ナーガは嬉しそうに目を輝かせ、律儀《りちぎ》に、はい、はい、と答える。母子のやりとりにアナンは胸騒ぎを覚えた。これではまるで永久の別れだ。

タータが身を起こし、ナーガの肩を優しく叩いて、ヌィのもとに戻るように告げる。素直に走り去る息子を、目を細めて見送った後、彼女はゆっくりと立ち上がり、婿に向き直った。

「アナン」柘榴色の唇が告げる。「息子をよろしく頼みます」

残れと言われたのだと理解するのに、数拍かかった。

何故と問うたが、声は嗄《か》れて出なかった。それでも伝わったのか、タータの腕がしなやかに伸びて、アナンの手を取った。柔らかな微笑みを湛えた貌《かんばせ》が、アナンを見上げている。

「私はこれから、〈子供の盾〉を取り除きに向かいます」

「まさか」アナンはようよう声を絞り出した。「お一人で行かれるつもりですか」

「私にしかできないことだから」朗らかな声が毅然《きぜん》と言う。「私はもう帰っては来られません。だからアナン、ナーガのことを頼みます」

アナンをまっすぐ見つめる瞳には一点の曇りもない。その声には、死に向かわんとする者のそれとは思えぬ力強さがあった。しかし、言葉はまさに、今生の別れのものだ。

「どうか御一緒させてください」アナンは乞うた。「足手まといにはなりません。必ずやお役に立ってみせます」

タータの目尻に困ったような色が浮かぶ。アナンの口答えに意外そうな様子ながら、どこか楽しんでいるふうでもあった。

「貴男の出るべき時は、今ではないわ」

「ではせめてお送りするだけでも」タータの手を押し戴くように握りしめる。「どうかお願いいたします」

長い沈黙が降りた。アナンは主人の手の甲に、己の額を押し当てた。祈るようにして答えを待つ中で、ふと十年前のことが脳裏をよぎった。

タータはアナンの憧れの女性であり、雲の上の存在だった。その彼女の目に留まり、全身の秘文を請け負うという〈総彫り〉の誓いをもらった瞬間は、天にも昇る心地になったものだ。ところが、タータは初彫りを終えたばかりのある日、森を出て行った。アナンは彼女を見送りながら、きっと二度とお戻りにならぬのだろうと絶望した。引き留めなかったのは、その資格がないと思ったからだ。力無き者はただ待つのみ。

そんな彼のもとに、タータは帰ってきてくれた。

あれから、十年。今のアナンには力がある。タータの秘文を負い、彼女が造り替えた伝説の風丹器《ふうたんき》〈水撃ち〉を携えている。それでも、敬愛する主人に付き従う資格はないのだろうか。

タータが下した答えは残酷なまでに揺るぎなかった。

「いいえ、貴男は残るべきよ。私を追うことも待つことも許しません」

タータの手が、するりと抜ける感覚がした。

アナンはもはやその手を追わなかった。十年前と同じく彼女の足もとに跪《ひざまず》き、岸辺の砂利の上で、指を合わせる。

「御武運をお祈りいたします」

頭の上から降りかかる声も、十年前と変わらず涼しげだった。

「ありがとう。私のことは忘れて、幸せになってちょうだい」


タータが去って、ほんの四半刻も経たないうちのことだった。

晴れ渡った青い空が、まず真っ白に染まった。その直後、鼓膜を突き破るような轟音《ごうおん》が響き渡った。凄まじい突風が吹き、樹々が騒めく。梢《こずえ》が荒波の如く波立ち、葉が吹雪の如く舞う。大地の震えは水蜘蛛族の滝壺にまで届き、繭家《まゆや》がぐらぐらと揺れ、清水が不穏にさざめいた。一族が驚愕の悲鳴を上げる中、アナンは高木の上で、森を食い入るように見つめていた。

白光が奔《はし》る前、森を進む隊で小さな火が無数に瞬《また》き、乾いた音が何千何百と鳴った。火筒を打ち鳴らしているのだとアナンが察した時、隊列は一瞬ゆらりと霞《かす》んだように見えた。そして閃光《せんこう》と轟音、突風と地鳴り。

森にしじまが戻った時、隊列がいたはずの一角に、虚《うつ》ろな大穴が黒々と口を開けていた。難を逃れた隊列のしんがりが乱れに乱れ、慌てふためいて退いていく。砂漠で陣形を整える敵の様子を、数人の彫り手が調べに行った。やがて戻った彼女たちは口を揃えてこう告げた。

子供は一人も見当たらなかった。森に穿《うが》たれた大穴にも訪れたが、子供の姿はおろか、帝兵や火筒、岩や樹々に至るまでが消滅していた。あたかも大気の塵《ちり》と化したかの如く。

たった一人で敵陣に赴《おもむ》いた、タータとともに。

第四章

一　乱花の戦い

「子供の盾とな」

ラクスミィは呟いた。

〈当主ノ間〉に、裏評定の面々が集まっていた。窓の外では、昼下がりの陽光が容赦なく降りそそいでいる。城下の街並みに人影はない。午睡の時刻である。この一日で最も暑くなる時に出歩けば命に関わるし、家の中もうだるような暑さで仕事にならないのだ。

塔は分厚い壁に覆われており、常に風が吹き通り、民家に比べれば格段に涼しいが、下乾季の太陽の狂気を完全にやわらげるには至らない。机案や椅子の濃い飴色は今にもとろりと溶け出しそうに見えるし、壁の白さがぎらぎらと眩しく、目に痛かった。

ラクスミィの呟きに、御用商の頭が白い顎ひげを揺らして頷いた。

「西ノ森の帝軍に張りついておる商人から一報が届きましてな。十歳前後の少年少女が火筒を持たされ、帝兵に引きたてられながら森に入っていったそうです」

ラクスミィが「して戦況は如何《いか》に」と尋ねるよりも早く、アラーニャが「いったい、どこの子たちなのですか」と声を震わせた。

「砂ノ民の子らです」衆頭《しゅうがしら》の白眉が哀しげに垂れた。

「なんてこと」アラーニャが息を呑む。「捕虜ということですか」

「そのようです」

「西ノ森だけではござらぬ」総督の声は冷たい怒気を孕《はら》んでいた。「似た話が各地の〈外衛衆《がいえいしゅう》〉からも上がってござる」

「今後増えると思われます」鳥匠《とりじょう》の首長の表情は硬い。「子供の盾はジーハが近年好んで命じる戦法。岩ノ国攻略の折にもこの手段が取られました。七ツ国連邦との交戦でも――」

「何故、子供なのです」アラーニャには珍しく、鋭い口調で話を遮《さえぎ》った。「大人の捕虜もいるのでしょう?」

鳥匠はどう言ったものか迷うようなそぶりをしたが、意を決したように答えた。

「子供の方が素直で扱いやすいのです。言うことを聞け、さもなくば家族がひどい目に遭うぞと脅せば、彼らは懸命に戦います。火筒を持たせれば十分戦力になりますから、大人でなくとも良いのです。むしろ戦う相手の動揺が大きい分、より有効と言えます。よもや自国の子供たちまで使うとは思いもよりませんでしたが」

大人の捕虜を兵に取り立てることは古くから行われている。自国から兵を補う手間が省け、捕虜の監禁も不要となるため、戦法としても理に適っている。懸念すべきは脱走と裏切りだが、やりようはある。軍門に下れば、親族まとめて火ノ国の民として迎え入れよう、手柄次第では土地や役職を授けるなどと言って、報奨で忠誠心を買うのが定石だ。

これは『敵国民』を『自国民』として引き入れる方策とも言え、平定後のすみやかな統治のための布石である。『侵略すれども略奪せず』、それこそが火ノ国を全島一の大国となさしめた最大の理由である。

ゆえにラクスミィたちは、今回の帝軍の動向を予期し損ねた。

内戦状態とはいえど、帝家と争っているのはイシヌとその公軍だ。一般の砂ノ民はあくまで火ノ国の民。砂ノ民も心得ており、帝軍だろうが公軍だろうが、先に訪れた側に兵站《へいたん》を渡し、どちらとも公平に商ってきた。

ところが帝軍はその不文律を破った。自国民である砂ノ民を、抗《あらが》ったわけでもないのに敵として扱った。従わせる方法も、ことごとく定石と反転している。与えるのでなく、奪うことで支配する。土地を蹂躙《じゅうりん》し、活計を破壊し、親兄弟を人質に、最も弱き者を戦場へと送り込んでいる。

「ジーハ帝はいったい何を考えているのでしょう」アラーニャが両手を握りしめた。「このままでは、国を滅ぼしかねませぬ」

部屋に重苦しい沈黙が満ちた。ラクスミィもあえて口を閉じ続けた。頭の中では、現状への見解やこの先の展望などが入り乱れ、出口を求めて暴れていたが、誰かが語り始めるのをじりじりと待った。

言葉少なく振る舞うのには理由があった。大伯母の忠告が胸をよぎったのが、一つ。しかし本当のところ、ラクスミィは今、己の思考に対して全幅の信頼を置けずにいた。

先ほど〈子供の盾〉と聞き、ラクスミィはまず戦況が気にかかったのに対し、アラーニャの関心は子供たちに向いていた。この違いには覚えがあった。刺客の少年を討った時の、自分と妹の差である。

あれ以来、ラクスミィは自らにかすかな疑念を抱き始めた。もしや己の思考は他者のそれと大きく乖離《かいり》しているのではなかろうか。幼き頃は、周りの人々はちっとも理解してくれないと憤っていたものだが、それは逆でもあったのではないかと。

ラクスミィは未だに、少年の命を奪ったことを微塵《みじん》も悔いていない。自らの選択が間違っていたとは思えず、他のやりようも思いつかなかった。しかしながら、その『思いつかない』という点が気に入らなかった。これが丹導学《たんどうがく》上の問いならば、一つの答えを導き出すのに数多《あまた》の術式を思い描けるのに、あの出来事に関しては、他の解き方を見出せない。何かを見落としているのに違いなかった。

理解できないものが眼前にあるのは腹立たしい。理解できないまま放っておくのは、さらに口惜しい。だから彼女はひとまず我を抑えてみようと決めた。他者はどのように思考し、動くものなのか、まずは見てみようと思ったのだ。

決心した時に限って、ことは思うように運ばぬものだ。忍耐強く待っても、誰も話し出す様子がない。かちり、かちりと椅子の肘掛けを叩くラクスミィの爪の音が、虚《うつ》ろに響く。

仕方なく、重い口を開くことにした。

「して、西ノ森の戦局は」

御用商の老公が、はっと面《おもて》を上げた。

「申し訳ございませぬ。詳しいことは、あまり。なにぶん深い森林の中のことですので。ただ子供たちが再び現れることはなかったとか」

とすると水蜘蛛族《みずぐもぞく》は持ちこたえたわけだ。それは喜ばしいとラクスミィは思った。水使いが一人でも帝軍の手に落ちれば、イシヌ側も困るのだから。

「帝軍は退いたのか」

「森の境界までは。しかし、諦めてはいない様子。近隣の部隊が集結しているようで」

ラクスミィはしばし思案した。水蜘蛛族は強く、西ノ森は天然の砦《とりで》だ。落ちるとは考えられないが、一族の者たちは疲弊《ひへい》しているだろう。公軍〈外衛衆〉の一部を回すべきところだが、生憎《あいにく》なことにイシヌの都にも近々、第四の都攻めがある。これも敵の戦略のうちだ。イシヌと水蜘蛛族が援《たす》け合えないよう、都攻めと森攻めをわざと同時にぶつけてきたのだ。

これは即ち、戦局がいよいよ大詰めに入ったことを示す。都も森も、次の戦いは熾烈《しれつ》を極めよう。イシヌ王家のためにも、水蜘蛛族のためにも、ラクスミィが取るべき行動は一つに絞られる。すみやかにこの戦を終わらせるのだ。

動く時が来た。

「帝都の〈蹄《ひづめ》〉に知らせよ」

三人の臣が、さっと顔を引き締めた。〈蹄〉はカラマーハ宮殿に潜む謀反の首謀者の一人だ。帝家の獅子身中の虫に知らせることと言えば、ただ一つ。

帝王弑逆《しいぎゃく》の決起である。

ジーハは次の戦いで砂ノ領を掌握《しょうあく》するつもりだ。国中の帝軍が集められ、これまでの比ではない大軍が西に送り込まれてくることだろう。

それは即ち、帝都の守りが薄くなるということだ。

過去の三度の戦いがようやく実を結びつつある。イシヌ公軍はよく耐えた。帝軍の挑発には乗らず、深追いせず、不名誉な敗走も厭《いと》わず、不用意な戦いを避けた。ジーハはきっと思っているはずだ。イシヌは立て籠もるのが精一杯、公軍は砂漠を走り回るのが関の山。イシヌ側は攻めに転じることはないと。

「帝軍の都に到着する日が勝負の時ぞ。〈蹄〉は帝都で決起せよ。イシヌ公軍は、帝軍が帝都に駆け戻れぬように、領境に回り込め。〈角《つの》〉はそれに呼応し、帝軍を攪乱《かくらん》せよ。岩ノ国や七ツ国連邦にも、玉座転覆の一報を飛ばし、侵略軍の撃破を促せ」

ラクスミィはなめらかに差配しつつ、己の言葉に注意深く聞き入った。これが本当に最善の策か。見落としはないか。知らぬうちに、何かを切り捨ててはいまいか。

やはり思いつかない。

敵の出方の予測や、それに対する戦略は幾らでも湧く。比求式《ひきゅうしき》を書き落とすのと同じ感覚である。大丈夫、見落としはない。何も捨てようとしていない。これは、より多くの者が生きるための道なのだ。

ラクスミィは最後に、アラーニャへと顔を向けた。いつもの、次期当主に伺いを立てる儀式ではない。姉の意識からこぼれ落ちた何かを拾い上げているならば、ぜひ聞きたかった。

しかし、アラーニャから返った視線には、純粋な信頼の念が込められていた。

「姉さまの仰る通りに」

同時に三人の臣がこうべを垂れる。異を唱える者はいない。それが、ラクスミィの正しさを裏づけている。どことなく薄気味悪い、かすかな不安を感じるのは、彼女の気のせいだ。刺客の件で少しばかり自信を欠いているだけだ。

そうに違いない。


子供兵の襲撃を受けた晩、アナンはまんじりともせず過ごした。日が落ち、闇が辺りを満たしてからも、両目を見開いて森の中を見つめ続けた。漆黒《しっこく》の繻子《しゅす》のような夜霧の向こうから、タータが現れはしないかと思いながら。

そうして待って、待ち続け、夜が明けた。太陽は昇ったばかりだ。梢《こずえ》から降り落ちる陽光は淡く、森は薄い影の海に沈んでいる。

「動き出したぞ」高木の上で、見張り番が声を上げた。「帝軍が来る！」

滝壺に動揺が走った。

「早すぎるわ」「たった一晩で！」「まだ準備が終わっていないのに」

出立の手筈のことである。

昨日タータが出陣した後、長《おさ》ラセルタは天ノ門まで退くと決断した。しかし門までの道程は険しい。歩きではまず無理だ。本来ならば渓流を遡《さかのぼ》って進むのだが、幼子や赤子、外婿らは水を操れない。そこで、彫り手たちは急遽『舟』を拵《こしら》え始めた。滝壺近くの樹木を切り倒し、削って比求式を書き込み、急流でも転覆しないよう仕掛けを施すのだ。習わしでは年に一度、数えの十五の男児らを連れて門を訪れる。男児が彫り手に初めて舞いを披露する〈初舞い〉という儀式だが、その際も帆馬車などを改造した乗りもので川を遡る。それと同じ要領だった。揃えるべき舟の数以外は。

「そっちはどう⁉」「式は書き込んだわ。でもまだ荷が！」「荷なんて積んでいる場合じゃないでしょう、子供たちを早く！」

彫り手たちが怒鳴り合う。一睡もせずに舟を作り続け、疲れきっているはずだ。文字も式も知らないアナンたち舞い手は、言われるまま手伝うことしかできなかった。これまでは。

「ラセルタさま」アナンは長のもとへ駆け、足もとに跪《ひざまず》いた。「どうか〈血《ち》ノ赦《ゆる》シ〉を私に」

すると、アナンの周りに舞い手が集まり、同じく長に折敷いた。エラフを始めとした、今が盛りの手練《てだ》れ五人だ。アナンが声をかけたわけではなかったが、皆口々に同じことを願った。

森への出陣を許可してほしいと。帝軍を足止めし、出立の時を稼ぐために。

ところが族長は「駄目よ」と突っぱねた。

「ですが！」エラフが食い下がる。

「そんなことしなくていいの」族長は口早に言う。「堪《こら》えてちょうだい。多分もうすぐ――」

そこで、族長は言葉を切った。ちらりと滝壺に目を走らせる。その視線の先には、繭家《まゆや》から続々と下ろされる外婿たちがいた。帝軍の侵攻を前に殺気立っている。ことに、元イシヌ兵の若者への風当たりはきつく、「どこにいたんだ、こんな時に！」「この、のろま！」と手厳しい叱責が飛ぶ。普段は優しいばかりの外婿たちの変貌ぶりに、子らが不安がって泣き出した。

長ラセルタは唇を噛むと、厳しい顔でアナンたちに向き直った。

「……分かったわ。貴男《あなた》たちに〈血ノ赦シ〉を与えましょう」

族長は情が深い。外婿たちの動揺ぶりを哀れに思ったのだろう。だがアナンは密かに思う。この外婿たちこそが一族の足を引っ張っているのだと。子供たちだけなら、彫り手と舞い手が抱えていけば済むところ、彼らがいるばかりにたくさんの舟が要った。見捨てていけるなら、どれほど楽か。そもそも天ノ門は聖地。男は初彫り前の清い身体でなければ、本来は入ってはならない。それを、半端者の外婿らに侵させてよいものなのか。

しかし、長ラセルタは外婿を皆連れていくと言い、彫り手たちは誰も反対しなかった。女人たちの決定は絶対だ。アナンたち舞い手はただ粛々《しゆくしゆく》と従うのみである。

「外界の者に姿を晒《さら》し、その血を浴びることを赦します。また今回は、戦いの最中に犯した罪全てを赦すこととします。一切の迷いを捨て、持てる力を思う存分振るいなさい」

長は決然と申し渡した後、一転、慈愛溢れる声音で言い足した。

「敵を討ち滅ぼすだけが勝利ではないわ。必ず生き抜いて、あたしたちを追ってきてちょうだい。いいこと、必ずよ。何があろうと追ってくるのよ、いいわね」

切々とした物言いに、アナンたちは頷き、必ず戻ると誓った。だが、その誓いを果たせないことは明らかだった。〈血ノ赦シ〉は戦い続けると誓う者に下される達し、死の宣告だ。彼らはただ、心優しい長ラセルタに、非道な命を下したという重責を負わせたくなかったのだ。

アナンは息子に別れを言わなかった。いつものようにくしゃりと髪を撫でてやる。皆が門に向かおうとする中、森の境界へと発つ父に、ナーガは不思議そうな顔をしたが、「母さまと追いかけるから」と言うと、納得したのだろう。「いってらっしゃい！」と元気よく手を振った。

かくしてアナンたち六人の舞い手は、帝軍との決戦に旅立った。

「アナン」川を下りながらエラフが言う。「お前は後ろにつけ。ラセルタさまはああ仰ったが、俺たちは最後まで戦うつもりだ。一瞬でも長く帝軍の足を止め、皆が逃げる時を稼ぐために、俺たちは出てきた。それは、お前の水撃ちがあればこそだ。みんな、そうだな」

エラフが見回すと、舞い手たちは頷いた。五対の瞳がアナンの携える弓を見つめる。彼らの顔には、雨上がりの晴れ間のような清々しさがあった。

「頼むぞ、アナン」

アナンは一人一人の目をまっすぐに見つめ返した。彼らが自分に何を託したのか、理解していた。理解しているからこそ迷いを見せてはならなかった。彼らが敵兵に囲まれどうしようもなくなった時は、このアナンがいるのだと請け合わなければならない。生き恥をかかせなどしない。亡骸《なきがら》を辱《はずかし》めさせもしない。仇もろとも、水撃ちで滅してみせよう。

「必ず」

力強く告げれば、吐息が返った。これで、水蜘蛛族の誇り高き戦士、命を賭して子らを守る父として、逝ける。その安堵のため息だった。

エラフたちと途中で別れ、アナンはひときわ高い樹に登った。砂漠へと目を向ければ、そこにはこの戦いの始めと同じように、てらてらと黒光りのする大軍が蟻《あり》の如く蠢《うごめ》いていた。

違うのはその数だ。

帝軍が切り開いた、森の一本道。その入り口から黄金の砂丘の谷間までが、びっしりと埋め尽くされている。これほどの人がどこから湧いてくるのだろうか、砂丘の陰から延びる隊列は途切れることがない。ゆるやかにうねる黒い線は、ともすると河に見えた。重力に逆らい攻め上がる、この世ならざる闇色の河。

その黒い流れに真っ正面から向かっていく、白波があった。樹々を揺らし、まっすぐに森を駆け下りる、清浄なる奔流。エラフたちが呼び寄せた水だ。

透きとおった流れが隊の先頭を捕らえた。しぶきを高く上げ、唸りながら、敵を呑み込まんとする。その姿は竜を思わせた。きらめく泡は鱗《うろこ》、逆巻く波はたてがみ、水柱は鋭い爪を振り上げるさま。森の穢《けが》れを祓う天の化身だ。

天の怒りに触れても軍は止まらない。欠けた先頭があっという間に後続の兵で埋められる。頭を切り落としても動き続ける百足《むかで》のようだった。

胡桃《くるみ》の殻を割るような音が立て続けに鳴った。エラフたちの呼んだ水の先が弾け飛ぶ。火筒の弾幕を浴びているのだろう、白波の勢いが落ちた。流れの弱まったところを、黒集団が突破する。それを押し返し、水のほつれを縫い合わせても、再び隙間が生まれて敵がなだれ込む。アナンの位置から舞い手たちの姿は見えないが、流水の乱れようが彼らの心を表していた。一つの生物の如く動いていたエラフたちの波が次第に割れ、細まっていく。水が退き出すと黒の隊列もまた分かれた。散開した舞い手たちを追い始めたのだ。

させまいと、アナンが弓を構えた時だった。

緑と砂の境界で、紅い光が迸《ほとばし》った。

森の縁を舐めるように、まばゆい紅色の線が広がっていく。瞬《また》く間に森を囲んだ後、大蛇の舌のような筋が、繭家を目指して幾本も伸び始めた。見覚えのある風景に、アナンはその紅の正体を悟った。火だ。繭家の位置を暴いた炎の通り道に、敵は再び点火したのだ。

帝軍の侵攻する道だけを残し、残りの筋を業火が駆け上がる。そのうちの一本に、アナンは狙いを定めた。タータに以前教えられた通り、迷わず確実に、一矢で火の足場を奪っていく。母なる森を傷つけているという感覚はもはや麻痺《まひ》していた。燃える樹々は壊死《えし》した肉と同じ。削がなければ全身に毒が回る。ただ粛々と削ぎ落とすのみ。

だが、火の足はこれまでになく速かった。樹海の浅瀬は砂漠からの風に晒され、からからに乾いている。早く消さねば繭家にまで火が回る。アナンは必死に撃ち続けた。止まったのは、火種のあらかたが消えてからだった。

休む間もなく、素早く弓の具合を確かめる。酷使したにも拘らず持ちこたえてくれていた。

弦が真紅に染まっているのは、アナンの指の腹が切れているからだ。だが、痛みは感じない。感じている暇などない。火を滅したら、次は兵どもだ。

アナンは水撃ちをなめらかに構え、しかし、そのまま止まった。

目の端に、水柱が立ったのだ。

それは合図だった。エラフたちと決めた、〈乱花《らんか》の舞《ま》い〉。帝兵に捕らわれ、あるいは重傷を負った時、己の散り際を託さんとアナンに知らせる水の文。

アナンはまっすぐに、水柱に向き直った。

天に放たれた水が空中で力尽き、ふわりと崩れた。細かな雨粒となり、大地に還っていく。それを追うように、アナンの放った水の珠が樹海の中に消えた。

一瞬で全てが無に帰す。

森に穿《うが》たれた虚ろな穴。その中に残るのは、舞い手の気高き精神だ。彼の誇りを守ることができた。この光景はその証なのだと、アナンは心の中で呟いた。

別の水柱が右手に上がった。

即座に応える。

また一つ。

これにも応じる。

一矢一矢、放つ前に念を込めた。同志への敬愛。いたわり。ともに舞った日々の思い出。大いなる旅立ちへの、はなむけの言葉。別れや謝罪は告げなかった。そんなものは、彼らにふさわしくない。悲しみや苦しみを抱く前に送ること。それが、アナンに託された使命なのだから。

撃つこと四回。

正面に、最後の合図が放たれた。

エラフだ。ひと目見て、アナンは察した。天に昇る竜さながらの、威風堂々たる青き流線。今までのどれよりも高く伸び上がった水の先端が、二つの小山を象《かたど》った。エラフ自慢の割れた顎にそっくりだった。細面のアナンをからかい、これ見よがしに男らしい顎をさすってみせる、茶目っ気たっぷりの友の姿が、瞼《まぶた》の裏に浮かんだ。

アナンは笑った。遠く離れた友に向かって、一つ大きく頷くと、両腕を引き上げる。自分もすぐに行く、待っていろ。そんな言葉を水の珠に宿らせて。

弓の弦を離し、アナンは独りになった。

弓を下ろし、今一度森を見渡す。あれほど見事だった緑の絨毯《じゆうたん》は、穴だらけのぼろ布に成り果てていた。大気は血と煙の臭いに満ち、樹々の清涼な香りは殺されている。動物たちが逃げ惑う音の向こうに、金属のすれる音が聞こえた。甲冑《かっちゅう》を纏《まと》う帝兵どもの蠢きだ。気配はすれど枝葉に埋もれて、その姿は見えない。だが確実にこちらに迫っていた。

アナンの心は凪《な》いでいた。何も恐れることはない。力の限り戦い、命運尽きたという瞬間、己の足もと目がけて水撃ちを放てばよい。それで自分の身体は塵《ちり》と還る。タータと同じように森に黒々とした虚ろな大穴を空けて。

愛弓を労《ねぎら》うように撫で、ともに逝こうと囁《ささや》いた。彼にこの弓を授けた主人を想い、これよりお傍に参りますと語りかけた。彼女の面影を追うように、明けたばかりの空の、穏やかな青を仰ぎ見た、その刹那《せつな》。

轟音《ごうおん》が、天空を割った。

アナンの視界を切り裂いて、巨大な紅蓮《ぐれん》の玉が飛翔する。まるで太陽のかけらだ。アナンは東の果てにそびえるという〈火ノ山〉の逸話を思い起こした。太古の時、驕《おご》れる民を罰すべく大地に炎と灰と大岩を撒き散らした、怒れる神山。

炎の塊は禍々《まがまが》しい黒煙を纏いながら、アナンの頭上を通り過ぎ、森へと落ちていく。

藺家のある辺りへと。

紅蓮が触れる直前、森は一瞬ゆらりと霞《かす》んだように見えた。次の刹那、緑が消し飛び、その一帯が純白にけぶった。凄まじい高熱に樹々が消し炭と化し、葉や幹に蓄えられた水が一挙に蒸気へと転じたのだ。爆風が生まれ、膨大な熱を孕んだ蒸気を乗せて、四方八方に駆ける。

純白の蒸気はアナンの立つ高木にも襲いかかった。間一髪、舞いが間に合い、水ノ藺で身を包み込む。藺越しでも肌の焼けるような熱さだった。高木がもだえ苦しむように激しく揺れ、アナンは振り落とされまいと必死にしがみついた。灼熱に晒された葉が煮え、縮れていくさまが目の端に映った。

永遠にも感じられた揺れが収まりつつあった時だ。何かが崩落する音が鳴り響いた。まさか藺家が落ちたのでは。その考えに至るや、アナンの全身から血の気が引いていった。見れば、白い蒸気の向こうに赤々と揺らめくものが見える。炎だ。一族の、息子ナーガのいる滝壺が、火の海に沈んでいる。

そこにもう一つ、紅い玉が襲いかかった。再び、ゆらり、と景色が歪み、白煙と爆炎が立ち昇る。アナンは恐怖した。これはもはや『狩り』ではない。『殺戮《さつりく》』だ。先ほどの火付けは、砲弾を撃ち込むべく繭家の位置を再度確かめるものだったのだと、今更ながら悟る。

これ以上、紅蓮の玉を撃たせてはならない。踵《きびす》を返して砂漠に向き直り、目を眇《すが》めて黄金の稜線を見渡した。どこかにいるはずだ。この技を放つ術士の集団か、丹導器が。

三つめの砲弾。アナンの背に、どっと汗が噴き出す。早く。早く見つけなければ。水撃ちを構える手が震えた。爆風に高木が煽《あお》られ、視界が激しく揺らぐ。それでもアナンは必死に目を見開き続けた。

四つ目の紅蓮。砲弾が放たれた瞬間を、アナンの目はようやく捉えた。森の境界から二つ奥の砂丘。その上に光るものがある。三つ、いや四つか。巨大な砲のように見えるが、形なんぞどうでもよい。位置だけが重要だった。

水撃ちの弓を引く。腕の筋肉の軋《きし》みを無視して、さらに絞る。弓より生まれ出た風が、衣や周囲の枝葉を激しく巻き上げた。弓鳴りが悲鳴のようだ。暴れ馬の如くぶれる筒を全身全霊で御す。撃ち損じてはならない。これほどの距離を撃ったことはないが、断じて仕留め損ねてはならない。外したら最後、敵は砂丘の裏へと隠れる。反撃の機会は二度と訪れまい。

弓が砕け散るぎりぎりのところで、アナンは咆哮《ほうこう》し、手を離した。

きらめく水滴が天を駆けていく。

刹那、炎の砲台もろとも、砂丘の頂きが消し飛んだ。消える間際に放たれた火の塊が砂漠のただ中に着弾する。黄金の砂塵が巻き上がり、砂山が幾つか連鎖しながら崩落し、それきり、火の砲弾は途絶えた。

大いなる脅威が去った安堵など、微塵も抱かなかった。高木から半ば落ちるようにして地に降り立つ。逸《はや》る心を抑えながら波を生み出し、滝に至る流れを遡るようにして、アナンは森の奥へと向かった。頼む、どうか皆が無事であるように、と繰り返し祈りながら。

滝壺に近づくにつれ、炎の勢いが増していく。樹々が咆哮を上げ、次々と倒れる。あまりの熱に清流の水が沸き、ぼこぼことあぶくを吐いている。水ノ繭で身を守り、波を操って倒木を躱《かわ》しながら、アナンは突き進んだ。

森が開ける。滝壺に着いたのだ。

全てが変わり果てていた。繭家は落ち、複雑に織られた白糸が半ば水に還っている。繭家を支えていた樹々は真っ黒な炭に成り果てていた。枝が自重に耐えかねてぼろぼろと崩れ落ち、滝壺の水面を叩いてしぶきを上げる。彫り手たちが夜を徹して造り上げた舟は、見るも無残に砕かれ、火に包まれていた。

それらの間に累々と転がるものがある。やはり炭の塊だ。大きさはさまざまで、折れた木の枝のようなものが突き出している。その妙に見慣れた形がいったい何か気づいた瞬間、ぱんっ、とアナンを支える波が弾け飛んだ。

それは焼けてねじくれた、腕や足だった。

身を包む水ノ繭が消えるや、肉の焼ける臭いが鼻腔に流れ込んできた。アナンは咽喉《のど》をせり上がる熱いものを押して、息子の名前を叫んだ。見たくないという思いを殺して、燃えた人の残骸を一つ一つ見て回った。誰か一人でも生き残っていないか。崩れた繭家の後ろに回り込めば、さらに多くの亡骸が転がっていた。みな赤黒く焼けただれている。アナンと同じ姿の舞い手と思われるもの、幼子を抱いた女人らしきもの。その中に、馬の首にしがみついたまま真っ黒な炭に成り果てた、八歳ほどの幼い舞い手の姿が確かに見えた。

アナンの足から、力が抜けた。倒れるように地に伏す。

何が起きたかは明らかだった。一族の上に砲弾が直撃したのだ。あっという間の出来事で、反撃する間も逃げる間もなかったのだろう。ある者は爆風に身を砕かれ、ある者は灼熱に炭と化した。誰一人見捨てず天ノ門に連れて行こうと、皆で寄り添っていたがための悲劇だった。

水蜘蛛族の優しさが、その滅びを招いたのだ。

もしもタータがいたなら。そう思わずにはいられなかった。だが、彼女はもういない。アナンに後のことを託していってしまった。

帝軍が再び動き出した今朝、アナンは自分の番が巡ってきたのだと思った。これがタータの言っていた『出るべき時』だと。だが彼は守れなかった。一族も、彼女の忘れ形見も。残ったのは、友を撃ち抜いた罪と、その血で穢れた両手だけ。

大地を掻きむしり、咆哮し続け、声が嗄《か》れ、吐息しか出なくなった頃、アナンは背中に熱を感じた。肩越しに見れば、大樹が炎を纏って倒れんとするところだった。アナンは避けようとしなかった。一族を呑み込んだ業火に、彼もまた取り込まれるだけのこと。そう思った。

ナーガ、と最後の呟きを放った時だ。

聞き慣れたいななき。白いものの交じった青鹿毛の馬体。その上にしがみつく小さな騎手。

「父さま！」

幼い声に、アナンの四肢に力が宿った。

転がるようにして、燃える枝から逃れる。間一髪で下敷きを免れたアナンは、すぐさま立ち上がり、舞った。白波を生み出し、声の主へと走らせる。息子はどういうわけか、燃えさかる森の中から現れた。今にも火の海に溺れそうな身体を馬ごと水で包み込み、両腕でかき寄せる。

どうしてこの子は助かったのか。ヌィが守ってくれたのか。何かに気を取られて、滝壺から離れていたのだろうか。あの馬と少年の亡骸は？　だが、脳裏をよぎる問いはいずれも些末なことだった。生きている、それだけで十分だった。熱さのためか煙のためか、または父の腕の力がきつすぎるのか、息苦しそうに唸り、抗議するように腹を蹴ってくるさますら愛おしい。

「父さま」水面に顔を出したように、ぷはっと息を吐いた後、ナーガは言った。「早く天ノ門に行かないと！　みんな待って……」

彼の言葉は、そこでふつりと途切れた。見開かれた大きな瞳が、父の肩越しに、燃えさかる森を見つめる。まるで今、炎に気づいたと言わんばかりの表情だった。その目が変わり果てた滝壺と、炭と化した亡骸の群れに向けられる直前、アナンは身体をねじ入れて、息子の視線を遮った。

「大丈夫だ」と息子の背を撫でた。「心配するな。父さまがついている」

力強く言ったものの、アナンは途方にくれた。一族が滅びた今、天ノ門に向かっても意味がない。門の周囲の森は、その水害の多さゆえに実りに乏しい。一族が揃っていればまだしも、父子二人だけで生き延びられる土地ではなかった。

かと言って、樹海の浅瀬に加護を求めるわけにもいかない。浅瀬一帯は、敵にとっても御しやすい。帝軍は必ず森に入って、水蜘蛛族の生き残りを探す。アナンら父子を見つけるなり、ここぞとばかりに狩りに来る。ナーガは小さいながら、既に秘文《ひぶん》を負った水使い。帝軍の恰好の獲物となるだろう。執拗《しつよう》に追い回され、疲弊したところを捕らわれ、秘文を暴かれるに違いない。舞い手にとって死をも凌駕《りょうが》する辱めである。

そうか。アナンの背筋に、ぞっと冷たいものが奔《はし》った。これが敵の狙いだったのだ。まず、炎の砲弾を撃ち込んで、水蜘蛛族をごっそり減らす。それから、生き残りをじっくり狩るのだ。一騎当千の舞い手も、同胞なくして戦い続けられはしない。幼いナーガは尚更だ。

アナンはじっとりと汗ばんだ手で、愛弓を握り直した。

自分一人なら簡単だった。水撃ちを放つなり火に飛び込むなり、誇りを守る手段は幾らでもあった。だが今は、ナーガがいる。たった一人の愛息子。主人タータの忘れ形見。

できない。撃てない。撃てるはずがない。この子に筒先を向けることすら恐ろしい。八年間抱き続けた温もりだ。毎夜のように子守唄を歌ってやり、泣けばあやし、笑えば微笑み返し、危なっかしく飛び跳ねるさまを追いかけて叱り、やれ話を聞け、舞いを教えろ、狩りに連れていけとせがまれ、追いかけられ——

刹那、ぱぱん、と乾いた音が鳴った。

親子にほど近い水面で、何かが跳ねた。火筒の弾だ。アナンは弾かれるように振り向いた。煙と炎の向こうに、黒甲冑の群れが見えた。

考えるより早く、両腕を振り抜いた。水が生まれ、分厚い壁を築く。間一髪、弾幕が水壁に叩きつけられた。霧のようなしぶきが水の壁を濁らせる中、アナンは息子の跨《また》る青鹿毛の上に飛び乗っていた。

小さな手から手綱を奪う。華奢《きゃしゃ》な身体を腹で守るようにして覆い被さる。腕をひねり上げて新たに水を呼び、青鹿毛ごと自分たちを包み込み、波を生み出してその上に乗る。

火筒の勢いが弱まった、ほんの一瞬。

アナンは大波を従えて、敵陣に突っ込んだ。

帝兵の隊列をなぎ倒し、巻き込みながら、猛烈な勢いで進む。激しい揺れにナーガが悲鳴を上げ、馬首にしがみついた。ヌィは騎手が振り落とされぬよう、満身の力で体幹を保っている。どこに行くのだと問われたが、アナンに答える余裕はなかった。荒れ狂う波の上で、ナーガを抱えながら火筒の弾を躱し、黒甲冑を薙《な》ぎ払い、押し流し、撃ち捨てて、ひたすら突き進む。

滝壺を去り、川を下り、森を抜け、森の境界を越え——

黄金の砂漠へと。

二　滅びの水

「これは、どうしたことじゃ」

イシヌの城の高き塔から湖の対岸を見渡し、ラクスミィは呟いた。

四度目の都攻めが、決戦の時だ。ジーハは大軍を送り込んでくるだろう。帝都の守りが薄くなった隙をついて、玉座転覆を決行する。そのはずが、都に姿を現したのは、過去三度のどれよりはるかに小さい、歩兵一隊のみだった。

「他の隊の到着を待っているのでしょうか」

アラーニャの呟きにラクスミィは答えられなかった。これが本隊とは思えぬが、先に小隊を送り込む理由も分からない。兵数の少なさを補う強力な丹導器《たんどうき》があるようにも見えなかった。遠見《とおみ》ノ術《じゆつ》で探った限り、兵の装備はむしろ脆弱《ぜいじやく》で、戦う気があるかも怪しいほどである。実際イシヌの都に駐屯する〈内衛衆《ないえしゆう》〉の水兵隊を出してみると、彼らはすたこらと砂漠の中に退いていくのだった。

総督を呼び出し、状況を尋ねると、これまた意外な答えが返ってきた。

「外衛衆《がいえいしゅう》の偵察隊に領境を見張らせてござるが、あの小隊の他、帝軍は通っておらぬとか」

「では、あの歩兵たちが本隊、なのですか?」

アラーニャの問いに、総督は首肯も否定もしなかった。彼も判じかねるようだ。

そこに、透かし扉の向こうから声がかかった。鳥匠《とりじょう》の女首長と御用商衆《ごようしょうしゅう》の小姓が、目通りを願っているという。人払いしたうえで通すよう告げると、幾ばくも待たぬうちに廊下を駆ける足音が響いた。

「失礼いたします」

まず入ってきたのは小姓の方だった。その背に翁《おきな》の姿はない。火急の知らせを届けるため、ひとまず彼だけが塔を駆け上がってきたという。小姓は息一つ切らさず、力自慢らしい隆々とした腕を掲げた。彼の小指程度の巻物が、大きな手のひらにちょこんと乗っている。

「早文でございます」

それだけを言って総督に巻物を渡すと、小姓はぺこりと一礼し、部屋を去った。主を迎えに降りるのだ。

巨体に似合わぬ、つむじ風のようなせわしなさだった。

総督が目を眇《すが》め、巻物の外題《げだい》紙の細かな字を読み上げる。帝都近隣の町に潜伏する御用商人からとのことだった。小巻物を差し出されたラクスミィは、薄いが驚くほど丈夫な紙をさっと解き、その針で書いたような文字に目を走らせた。

「……なんと書いてあるのですか」

いつまでも話し出さない姉に焦れたか、アラーニャがそっと尋ねた。ラクスミィはもう一度始めから読み返した後、膝の上に書状を置いた。

「帝都から、大隊の出陣は未だないそうじゃ」

「では？」

「あれが全てということじゃ」

アラーニャは再び塔の窓の外を見遣った後、戸惑《とまど》ったような微笑みを浮かべた。

「ならば此度も大きな戦禍はなさそうですね。……良かった」

少しも良くない。そう告げようとした時、第二の訪問者が到着した。鳥匠の女首長である。

彼女は〈当主ノ間〉に入るや否や、倒れるように膝を折り、息も整えず切り出した。

「先ほど、帝都にいる部下より、知らせが」

「申せ」ラクスミィはぴしゃりと言った。

「〈蹄《ひづめ》〉との連絡が、つかなくなったと」

当主ノ間に緊張が走った。帝都の〈蹄〉は、玉座転覆の要《かなめ》である。気づけば、部屋の全員が立ち上がり、女首長に詰め寄っていた。

「連絡が取れぬとは、如何《いか》なる意味か」総督が問う。

「無事なのですか」アラーニャが声を震わせる。

「はかりごとが漏れたのではあるまいな」ラクスミィは詰問した。

返ってきたのは「分かりませせぬ」の一言だった。ラクスミィが最も嫌う言葉である。さらに強く問いただそうとした時、透かし扉が開かれた。

「そのことについては、わしめから」

御用商の翁である。小姓の背から滑り降りた彼は、杖に身を預けつつ一礼した。そんな彼の腰もとに、小姓は鼓椅子《つづみ》を差し入れると、すみやかに退室して、戸の前で仁王立ちになった。番人を買って出たのだ。立て続けに二度、塔を上がり、さすがに肩を上下させている。

「連絡が取れぬというのは、そのままの意味でございまする」老公は語り出した。「〈蹄〉とのやりとりはジーハの足もとで行われますゆえ、慎重の上に慎重を期して行われて参りました。特に〈蹄〉の正体が漏れることのなきように。なにしろ、帝王弑逆《しいぎゃく》の計画の取りまとめ役ですからな。あれに万が一のことがあれば、全てが水泡に帰しまする」

それは、ラクスミィも聞いていた。大胆不敵な計略を率いる〈蹄〉だが、同時にひどく用心深い性質で、同じ計画の要の〈角《つの》〉も会ったことがなく、イシヌの配下《か》で〈蹄〉と直接会える者は一人だけという徹底ぶりだ。そもそもイシヌの先王ですら、彼の者の名を知らなかったという。もっともその慎重さがなければ、とうの昔に計画が露呈し、ジーハ帝の好む残虐な刑の餌食となっただろう。それこそが〈蹄〉の美徳であり、単なる密偵としてのみならず、帝王の〈頭上の白刃〉として、イシヌに見出された理由である。

「その唯一の伝令役が、わしのせがれでしてな。例の計画実行の旨を伝えに、せがれは帝都に入っていったそうです。いつもの如く商談を装い、〈蹄〉との接触を図ったようですが……」

翁の声がしわがれ、途切れた。

「ここからは私が」と鳥匠の長《おさ》が継ぐ。「御用商衆の方々は鳥を扱いませんので、急ぎの要件の場合は、私どもが中継ぎを行っております。今回、私の部下が一人、衆頭《しゅうがしら》どのの御子息に同行しておりました。〈蹄〉との密会が終わり次第、御子息と帝都の郊外で合流し、伝令鳥を飛ばすはずだったのですが……」

待ち合わせの場所に、翁の息子は現れなかったという。

「いったいどうしたのでしょう」アラーニャが尋ねた。

「分かりませぬ」衆頭の翁と鳥匠の長は、力無く首を横に振った。

考えられるのは三通りだ。伝令役が敵に捕らわれたか、事故に遭ったか、あるいは〈蹄〉が裏切ったか。伝令役もまた、〈蹄〉の信を得るほど用心深い人間である。帝都を訪れる際にも、平凡な一商人を装い、人目を引かぬよう振る舞っていたという。そんな男をわざわざ捕縛したのなら、〈蹄〉との内応が露見した可能性が高い。〈蹄〉も生きてはいないだろう。事故なら、不幸なことではあるが、計画は破綻していない。最も憂えるべきは〈蹄〉の裏切りだが……。

確かなのは、〈蹄〉と連絡が取れなくなったという一点のみである。

「こちらの命が伝わったかどうかすら、明らかではないわけじゃな」

ラクスミィが確かめると、二人は黙って頷いた。

「伝わっているにしろ、いないにしろ」総督は言う。「帝都からは兵が出ておらず、命令は遂行できかねまする。〈蹄〉は動かぬのでは」

ではなおのこと読めぬとラクスミィは思った。死んだから動けぬのか。寝返ったから動かぬのか。

「ジーハの性分に鑑《かんが》みまするに」翁が話し出した。「弑逆計画を知れば、関わった者はすぐさま粛清されるはず。そんな話は聞こえぬと、帝都の近辺に潜む者たちが申しておりまする」

さて、それも定かではない。帝家の部下にも切れ者はいるだろう。内応者を炙《あぶ》り出すため、イシヌ側を混乱させるために、あえて泳がせているのかもしれない。

「〈蹄〉が無事なら」鳥匠の長は言う。「いずれあちらの方から接触してくるでしょう。それを待つしか、今は手がございません」

いいや、安易に接触してきたら、むしろ怪しい。その者が本当に〈蹄〉だと証明できる者はいない。敵の替え玉かもしれぬ。仮に本人だったとして、この状況下でイシヌと接触を試みることほど不用心な真似はない。慎重に慎重を塗り重ねる性質《たち》の者がそうした行動に出るなら、何か裏があると読むべきだ。

「いずれにしても」ラクスミィは地を這うような声で呟いた。「此度の玉座転覆の策は頓挫《とんざ》したというわけじゃ」

その声に押さえつけられたように、御用商の翁と鳥匠の長はこうべを垂れた。総督は数拍沈黙した後、平淡な声で述べた。

「策自体はまだ生きているやもしれませぬ。失敗と断言するのは早計かと」

「此度はと申した」ラクスミィは冷ややかに返した。「〈角〉と外衛衆に知らせよ。布陣を変えねばならぬ。もともと砂ノ領に入っていた帝軍各隊の動きは」

「西ノ森に集結している由」

「戦況をまとめ、急ぎ知らせよ」

総督が一礼し、その後は誰も口を利かぬまま、解散となった。


「アラーニャさま、ラクスミィさま」

静まり返った部屋に、透かし扉の向こうから、女官長アディティの温かな声が流れてきた。

「昼餉《ひるげ》をお持ちいたしました」

「要らぬ」

窓の外を睨みながら、ラクスミィは短く言い放った。対岸には歩兵小隊が陣を張っている。呑気なものだ。朝は、湖の岸を行ったり来たり、ぐるりと回ってみたりと気忙《きぜわ》しく動き回っていたというのに、今は一仕事終えたかの如く、ゆったりと留まっている。何か企んでいるのか、ただイシヌ側の様子を窺《うかが》っているだけなのか。脅威ではない分、目障りだった。

「わたくしは頂きますわ」アラーニャが柔らかに言った。「姉さまも、つまむだけでも」

「よい」

「そう仰らず。食材の限られた中、料理番が苦心してくれたのですから」

ふんわりとした口調で道理を説かれて、ラクスミィは渋々、窓から視線を外した。

酋《おさ》の木造りの机、濃い飴色の天板に、女官長が手ずから皿を並べていく。白磁に渋みのある桃色の皿はアラーニャ、薄い緑地に濃青はラクスミィのものだ。配膳の台車が牽《ひ》かれ、料理が盛りつけられる。今日の主菜は、早朝釣り上げた雷魚の白い身に、椰子《やし》乳と薬味をたっぷりと和え、薫り高い実芭蕉《ばしょう》の葉で包んだ蒸し料理だ。添えものは相変わらず干し扁豆《ひらまめ》だが、椰子の油でからりと揚げ、岩塩と香菜をまぶしてある。汁ものは酸味の強い枸櫞《くえん》を丸ごと煮た、爽やかな風味の一品。アラーニャの言う通り、保存用の食材でよくぞ、と思わせる食膳であった。

残念なことに、膳が調ったからといって、すぐ箸をつけることはできない。先日の暗殺未遂騒ぎ以降、女官長が絶対に許さなかった。別の刺客が潜んでいる可能性があると、双子の姫が口にするものは、三度の食事はもちろんのこと、水差しの中身をそそぐ時すら毒見を行う。何も女官長自らせずともとラクスミィは言ったが、毒見役が毒を盛るかもしれぬので、「これはわたくしの役目なのですよ」と胸を張られた。

女官長が銀の小皿を取り出した。銀は魔除け、悪意を吸い取って黒ずむというが、その説をラクスミィはさほど信頼していない。銀は放っておいただけでも黒ずむうえ、食材によっては無毒でも変化する。よって『蛇足』とラクスミィは内心断じている。しかしながら、銀の小皿には見事な細工が施されており、効能云々以前に、毒見役の栄誉を象徴しているのだった。

女官長は、これまた銀造りの、槌目《つちめ》模様の美しい箸を手に持った。まずはアラーニャの平皿から。箸を入れると実芭蕉の葉が割れ、椰子乳がとろりと溢れでる。雷魚の白身と薬味をひとかけらずつよそった女官長は、もったいぶって箸と小皿を確かめた。常の如く色目変わらず、と見てとるや、ぱくりと口に放って、「まっ、良いお味」などと言う。

ようは、これが目的なのかもしれない。アラーニャがくすくす笑った。目の前で美味《うま》そうに食べられると、嫌が応でも腹が空く。ラクスミィはわざと渋面を作り、「早うせぃ」と命じた。アラーニャがますます笑う。女官長は涼しい顔で「仰せのままに」と応じ、箸先を揚げ豆へと伸ばした。摑《つか》み損ねたのか、つるりと豆が転がる。双子の姫は揃って笑った。そのためすぐに気づかなかった。

女官長の表情が硬く強張ったことに。

机上に銀箸が落ちる。女官長の身体が机の向こうに消えた。銀の小皿が床上でけたたましい音を立てた時、ラクスミィはようやく彼女が倒れたのだと知った。

「アージャ！」

姉妹は同時に叫んだ。長く口にしなかった名だ。彼女が二人の乳母だった時、『アディティ』では呼びにくいからと、姉妹で呼び始めた愛称だった。

「アージャ！」

アラーニャが弾かれたように駆け寄る。彼女の手が触れる間際、女官長は青虫のように身をよじり、姫から離れた。

「触れてはなりませぬ！」ひび割れた声で、アージャは叫んだ。「触れては……」

続きは、激しい嘔吐《おうと》によって途切れた。ラクスミィは咄嗟《とっさ》に妹姫の身体を摑むと、引きずるようにして離した。毒には人肌から移るものもある。吐物《とぶつ》も危険だ。部屋を転がり出る時、女官長が喘ぎながら、戻したものが散らぬよう裾で覆うさまが、目の端に映った。

「アージャ、アージャ！」アラーニャはなおも叫ぶ。

姫たちと入れ替わりに、側仕えの女官たちが〈当主ノ間〉に駆け込む。女官長が食したのは少量、すぐに水を飲ませて吐かせれば、助かるかもしれない。お部屋を汚してしまうけれどもと恐縮する女官に、アラーニャは「構いませぬ、構いませぬから」と震える声で応じ、廊下の床にへたり込んだ。

自分と同じ重さの身体を支えきれず、ラクスミィも大理石の床に座った。抱き寄せれば妹は震えていた。ラクスミィも震えていたが、それは怒りのためだった。毒が入っていたのは妹の皿。どこの愚か者が、火ノ国の命の源、天ノ門の守護者を害しようとしたのか。

衛兵たちがやってきて、姫たちに別室で休むよう勧める。妹姫はなかなか立ち上がれぬ様子だったが、ラクスミィがここにいては邪魔だと告げると、ようやく足に力を込めた。

差し当たって、ラクスミィの私室に向かうこととする。塔を降りる間、ラクスミィは兵らに五歩以上離れるようにと命じた。城内に刺客がおり、イシヌの当主を狙っていると知れた今、たとえ我が兵であっても気を許してはならない。

アラーニャに合わせ、ゆっくりとらせん階段を下りる。周囲に紫電を撒き散らすが如く気の立ったラクスミィは、幾らも経たないうちに、新たな異変に気づいた。

塔の壁に等間隔に開いた、覗き窓の向こう。城下に広がる珊瑚《さんご》色の町から、それは聞こえてきた。悲鳴と呻き声。かすかだったものがだんだん大きくなっていく。

「姉さま?」

足を止めた姉姫に、アラーニャが囁《ささや》きかける。城下の声には気づいていないようだ。そんな妹が、はっと身を硬くした。塔を駆け上がる足音がこだまし始めたからだ。

「御注進！　御注進！」

ラクスミィが妹を背に庇《かば》い、衛兵たちが腰のものに手をかけた時、声が響いた。続けて階段の曲がり角から、侍従が一人現れた。姫の一行と鉢合わせし、若者はぎょっと立ち竦んだが、すぐさまその場に跪《ひざまず》く。

「御知らせします！」張りのある、だが切迫した声が言う。「上王姉殿下がお倒れに！」

〈上王姉〉とは、崩御した女王の伯母を指す。

「大伯母上が」アラーニャが息を呑んだ。

詳細を問いただす間もなく、新たな足音が響いた。今度は女官である。

「申し上げます！」と甲高い声。「先ほど総督閣下が！」

「なんてこと」

壁伝いにずるずるとくずおれる妹を、ラクスミィは支え損ねた。塔を上る足音が次々聞こえ出したのだ。

伝令者たちは姫たちを目にするや、口々に訴えた。武官が、文官が、高官が倒れた。あちらでは女官数名、こちらでは兵十数人。厩《うまや》では馬までが昏倒《こんとう》した。聞き取れたのはそれだけで、後は騒音でしかなかった。

「静まれぃ！」

ラクスミィは怒鳴った。途端、塔は水を打ったようになる。

「一人ずつ申せ。倒れた者は何を口にした」

指し示された順に、召使いたちが語る。大伯母は卓上の薬膳粥。総督は部下に差し出された白湯。別の武官は茶。ふかした干し豆。煮魚。香草の蒸し焼き。うがいをしただけ。汲みたての水。

水。

ラクスミィは覗き窓の外へと目をやった。昼間の強い日光を浴びて、湖は青い宝石のように瞬《また》いている。穏やかな波の向こうに陣取るのは、ジーハが寄越した歩兵小隊。

「湖じゃ」ラクスミィは歯ぎしりした。「奴らめ。湖に毒を流しおった」

呆然と佇《たたず》む聴衆に、ラクスミィは向き直った。

「走れ、ただちに！　触れて回れ。城のみならず、城下にも！　本日汲んだ水を口にしてはならぬ！　その水を使ったものも全てじゃ！」

臣らはまず目を瞬かせた。次に青ざめ、唇を震わせ、転がるようにして、塔を下りていく。

「いけない」アラーニャが雷に打たれたように立ち上がった。「アージャが」

妹姫は駆け下りようとした衛兵を一人捕まえて、叫んだ。

「すぐに上へ！　女官たちを止めてください。水を飲ませてはなりません！」

衛兵は即座に踵《きびす》を返し、数段跳びに塔を上っていった。

姉妹は二人きりになった。警護に数名残すべきながら、ことがことだ。人手は幾らあっても足りない。時も足りない。今は昼餉時だ。どれほどの者が死ぬか。どれほどの者を救えるか。

ジーハがここまで愚かとは、ラクスミィは思っていなかった。イシヌの湖は青河に繋《つな》がる。青河の水は帝都に流れ込む。自らに毒を盛ったも等しい行いだ。国土を穢《けが》す蛮行だ。仮にも、一国の主ではないか。ジーハは国主として、人として、一線を越えたのだ。

憤怒に全身を焦がすラクスミィの横で、清らかな歌声が聞こえた。

アラーニャだった。

差し出された両手の上に、透きとおった水の珠が浮かんでいた。歌声に合わせて、みるみる大きくなっていく。

「姉さま。これの器を」

ラクスミィはすぐさま合点し、己の足もと、石階段の片隅に手を当てた。物質の結合を操る土《ど》丹術《たんじゅつ》を唱える。端の石段が一つ外れ、四角い石材がぐうっと筒状に変わる。丸い面の中心がへこみ出し、縁は薄く、胴はどんどん太くなる。桶のように変化した石の中に、アラーニャが水を容《い》れた。

「お見事ですわ。石を粘土のように、扱われるとは」妹の唇には微笑みが、目尻には涙が浮かんでいた。「姉さま、この水をどうか、上に届けてくださいな。術で練り出したものですから、毒は含んでおりません。姫ぎみにさせる仕事ではないけれど、お願いいたします」

アラーニャは優雅にお辞儀をし、階段を下り出した。ラクスミィはその肩を摑んで止めた。

「待ちや、アラーニャ。一人になってはならぬ。危険ぞ」

「案じてくださり、ありがとう存じます」毅然《きぜん》とした声が返る。「けれど、わたくしはイシヌの当主。この地と民を預かる者です。民の危機に我が身ばかり惜しんではいられません。何より今は、清らかな水が必要です。それを与え得るのはわたくしだけなのですから」

ゆっくりと姉を振り仰いだ顔には、穏やかな決意があった。

「わたくしは参ります。民のもとへ」

その瞳は湖のように深く、泉のように澄みわたっていた。アラーニャは水丹式《すいたんしき》を唱え続けるだろう。咽喉《のど》が潰れ、血を吐いてもなお、水統べる女王として、その矜持に準ずるだろう。

「相分かった」ラクスミィは頷いた。「この水を届け、すぐに追う」

「ええ、ぜひ」アラーニャは笑んだ。「姉さまの差配は、皆が必要としておりますゆえ」

イシヌの当主は再び優美に一礼すると、らせんの石段を滑るように駆け下りていった。

イシヌの臣たちは城下を必死に走り回った。半鐘を鳴らし、声を嗄《か》らして叫び続けた。水を飲むな。食事を摂るな。毒だ。

しかし、遅すぎた。時も悪かった。午睡前の昼餉は団欒《だんらん》のひととき。朝早くから働いていた者たちが自宅に戻り、家族だけで食卓を囲む。これが不味《まず》かった。それぞれの家でめいめいに毒を含み、倒れた。人々は全容を把握できず、混乱が混乱を呼び、警告が行き渡るまでに時を要した。

城も凄惨《せいさん》たるものだった。危機はすみやかに伝えられたものの、なまじその対応の素早さが仇となった。女官長アディティの際のように、毒を吐かせようと、迅速に処置を施したのだ。

警告が届いた頃には時すでに遅く、同胞を救うための行いが、かえってことを悪くしていた。

イシヌ公軍総督。御用商衆の老公。鳥使いの女首長。

双子の姫の大伯母。三人の叔父。

この戦時において、決して欠けてはならぬ要人が、ジーハの毒牙にかかった。湖に流されたものが何の毒か、医丹士《いたんし》たちが懸命に探っているが、割り出すのには時が要る。はっきりしていることは、すこぶる性質が悪いということだった。

毒の回りが早い。解毒は困難。確実に死に至る。――しかし、すぐには死ねない。

幼き者、老いた者はまだ良かった。数刻の苦しみで、決着がついたのだから。哀れなのは、身体頑強な者だった。嘔吐し、腹を下し、痙攣《けいれん》し、硬直し、むくみのため腫れあがり、全身の痛みに苛《さいな》まれてなお心ノ臓が脈を打ち続ける。激烈な症状に反して、ゆっくりと死に向かう。

そんな悪魔の毒。

滅びの水だ。

呻き声に覆われた都に、帝軍の使者が訪れた。開城し、次期当主アラーニャの身柄を差し出せば解毒剤を与えてやるという。臣と民は使者を罵《ののし》った。あらん限りの言葉で、帝軍と残虐王を呪った。最も強い怨嗟《えんさ》の言霊を吐いたのは、地獄の責め苦を受けながら一度たりとも気を失うことなく、らんらんと眼《まなこ》を見開き続ける、総督であった。

「なりませぬ！」女官長アディティと同じ、ひび割れた声で、総督は吐き捨てた。「解毒剤などござらぬ。妄言なり。屈してはなりませぬ、殿下！」

万年の氷原の如き男が初めて見せた、鬼の形相であった。

彼をなだめるべく開城せぬと請け合いつつ、ラクスミィは内心解毒剤はあると踏んでいた。理由は単純だ。イシヌの湖は帝都の飲み水でもある。残虐王ジーハも、我が身は惜しかろう。おそらく、湖と青河の境に解毒剤を投げ入れさせたはずだ。実際、塔から眺めると、湖上には死んだ魚が大量に浮かんでいるが、青河には明らかに少なかった。もっとも、その魚の死骸が流れていけば、いずれ下流も毒に侵されるのだが。

またこの策では、アラーニャが毒を飲む危険もあった。それこそが、万が一には解毒できるからこその蛮行だと示している。この毒は含んでもすぐには死なない。もし彼女が倒れれば、臣は即座に開城し、主の命乞いをしただろう。それがジーハの狙いだったと思われた。

女官長アディティの犠牲によって、アラーニャは無事だった。だが、生き残った者には清らかな水が要る。アラーニャ一人で民の咽喉を潤《うるお》し続けるのは不可能だ。解毒剤があるなら乞うべきだ。臣の中には、対岸の歩兵隊を奇襲しようと声を荒らげる者もいたが、あの隊が解毒剤を持っているとは限らない。いたずらにジーハを怒らせれば、イシヌの民は滅びる。

ラクスミィは学んだ。愚者は勝者たり得る。賢者は敗者たり得る。此度の戦はジーハの勝利である。アラーニャが民の苦しみと渇きに耳を塞ぎ、救いの扉を閉ざすはずがなかった。その身を捧げても、民を救済せんとするだろう。

一昼夜水を練り続けたアラーニャはくずおれるように眠りについた。今は姉の私室で静かに横たわっている。愛する妹であり、主君である彼女の決断を仰ぐべく、ラクスミィは足取りも重く塔を上り始めた。

取るべき道が定まったなら、粛々《しゆくしゆく》と進むべきと知りつつ、塔の半ばで足が止まった。何を求めるでもなく、ラクスミィは石壁に穿《うが》たれた覗き窓から、外の世界を眺めた。

丸く切り取られた景色が絵画のように浮かんでいる。紺碧《こんぺき》の空、その色を鏡の如く映す湖。大気と水に挟まれた金色の砂の波。風のない日だった。天空が地上の死を感じとったようだ。ところがよく見ると、重なり合う黄金の谷間の一つに、砂の乱れが見える。光の悪戯《いたずら》と思ったが、だんだんと近づいてくるようだった。沙山羊《すなやぎ》の群れだろうか。気だるい身体を壁に預けながら、ラクスミィは戯《たわむ》れに遠見《とおみ》ノ式《しき》を唱えた。生き生きと大地を駆け回る獣を、しばし眺めたくなったのだ。

術を練り上げて、すぐに後悔した。

砂塵を巻き上げ駆けていたのは、馬に跨《また》がる黒具足たちだった。帝兵である。湖に毒を流しただけでは飽き足らず、軍勢をもって包囲しようというのか。憎悪の吐き気を覚え、術を解こうとしたラクスミィは、ふと思い留まった。兵たちがしきりに火筒を撃ち放していると気づいたからだ。

彼らの的を探すべく、術の焦点を移そうとして、ラクスミィの視界が不意に青く染まった。黒具足たちがでたらめに飛び交う。さながら竜巻に吸い上げられた小石のよう。突然の激しい動きに酔いを覚え、ラクスミィは急いで術を解いた。そうして初めて、何が起こっているのか理解した。

帝兵たちは、大波に押し流されたのだ。

砂漠の上に、イシヌの湖の水が乗り上げている。紺碧の大波が黄金の砂地を突き進み、黒い集団を洗い流す。砂丘の向こうへ綺麗さっぱり押し戻すと、水は生きもののように、ぐるりと反転し、来た道を引き返し始めた。砂上を大蛇のようにうねりながら湖に飛び込むと、高い鎌首をもたげたまま、都に向かってくる。

塔の丸窓は小さすぎて、よく見えない。ラクスミィは駆け出した。手近の階に上り、覗き窓と同じ方角の部屋に飛び込む。玻璃《はり》の窓を開け放つと、身を乗り出すようにして波を探した。

いた。なんと、もう湖の半分は越えている。大波の後ろに、水晶玉のようなしぶきが虹色にきらきらと散る。城下町を見ると、防塁《ぼうるい》の上で人影が右往左往していた。突然の高波に兵らが狼狽《ろうばい》しているのだろう。直撃を受ければ、防壁は確実に崩壊する。

ところが、波は徐々に低く、遅くなり出した。あたかも都の人々を気遣ったかのような動きである。ラクスミィは再び遠見ノ式を唱えると、波の頂きにぽつんと見える影に、術の焦点を合わせた。

映しだされたのは、青鹿毛に跨る異形の男と、彼そっくりの少年だった。

第五章

一　清水《しみず》の舞い

波を操りながら、アナンは眼前の景色を眺めた。

外の世界は、なんと色が濃いのだろう。空も雲も砂もぎらぎらと照り、毒々しい。強い光と影があり、その間はない。全てが明瞭な輪郭《りんかく》線に縁どられ、無情に分かたれている。アナンたちが乗る水も目に痛いほど照り返していた。この巨大な水瓶《みずがめ》全てに太陽のかけらが降ったようだ。だが、目を閉じるわけにはいかない。前方に崖が立ちはだかっている。

近づくにつれて崖のおかしさが目についた。どんな断崖絶壁でも、足をかけるところはあるものだが、この崖はつるりとなめらかだ。それが水瓶の中央にそびえ立ち、奇岩島をぐるりと取り囲んでいる。

あの岩山のどこかに〈イシヌのみやこ〉なる郷があるはずだった。

十年前、水蜘蛛族《みずぐもぞく》の森に現れた娘ミミの生まれ故郷である。岩山の頂上に、幾本もの尖った角を持つ真っ白な住まいらしきものが見えるが、あれがそのみやこだろうか。

十歳にも満たない少女のミミが、ここを出て、また帰っていったのだ。この崖は越えられるはずだ。実際、先ほどから崖の上では人影がうろうろしている。

ならば、アナンも越えるまでである。

右の腕を閃《ひらめ》かせる。手刀で大気を割き、くるりと手首を返し、指を大きくしならせる。

その動きに、水が応えた。

大波は消え、足もとの水だけが蔓《つる》の如く伸び上がる。垂直の壁に張りつくと、アナンたちを馬体もろとも押し上げ始めた。凄まじい勢いで登りつめる青き水。崖下では湖が激しく渦巻き、駆け上がる水を支えた。だが、壁は途方もなく高かった。頂点に達する前に、足場はどんどん細くのろくなっていく。

足りない。

アナンは水を操る手を止めた。手綱を取り、ぴしりと振るう。

青鹿毛は短くいなないた。垂直の壁に蹄《ひづめ》を立て、えぐるようにして蹴り上がる。一歩、二歩、三歩目の着地で、ぐらりと馬体が傾《かし》いだ。ナーガが甲高い悲鳴を上げる。その声に鞭打たれたように、ヌィは黒いたてがみを振り立てて体勢を立て直した。最後に、これまでのどれよりも高く跳躍する。

絶壁が途切れた。視界が開ける。

眼下に鮮やかな景色が広がった。巻貝のような岩山と、その肌を埋める珊瑚《さんご》色の家々。頂きに輝く、純白の宝冠のような建物。

それらをじっくり見る前に、アナンの全身を衝撃が突き上げた。崖の頂上の、ひどく平らな石の道に、ヌィが着地したのだ。呻く間もなく、ふわりと身体が宙に浮く。咄嗟《とっさ》に息子を抱え込むと、石畳に叩きつけられる直前くるりと体幹をひねり、受け身を取った。

「ヌィ！」

息子が金切り声を上げた。身体を打った痛みで光がちらつくアナンの視野に、青鹿毛ヌィがくずおれるさまが映った。父の腕の中でナーガが狂ったように暴れる。たまらず放せば、地に伏した愛馬のもとへと転がるように駆けていった。

ナーガが青鹿毛の首に腕を回し、その名を何度も呼んだが、ヌィは動かない。賢そうな黒い瞳は既に光を失っている。鼻や口から、赤いものの混じった泡がとめどなく溢れていた。森を出てから二日間、帝軍に執拗《しつよう》に追われ、ヌィはほとんど休む間もなく駆け続けた。もっと早く倒れてもおかしくなかったが、それでもヌィは走り抜いた。賢い彼女は分かっていたのだろう。自分が止まれば、小さな主人ナーガが危機に陥ると。

ナーガが咽喉《のど》を引き絞るような声を立て始めた。愛馬の頭を抱え込み、身体をゆする息子に歩み寄る。青鹿毛の傍に跪《ひざまず》き、その首を労《ねぎら》うように撫でてやってから、息子の震える背に手を置いた。慰撫《いぶ》するため、そして、守るために。

アナンたちは今、囲まれていた。

崖の上でうろついていた人々が、剣や槍、丹導器《たんどうき》らしきものを構えながら、父子を遠巻きに窺《うかが》っている。黒具足ではないが、兵士のようだ。むやみに打ち込んでくる痴《し》れ者はいないが、目には如実《にょじつ》な警戒心が宿っている。少しでも刺激すれば、彼らは即座に攻撃に転ずるだろう。

ゆっくりと腕を上げ、手のひらを見せるように掲げる。背負った愛弓を取る気のないこと、即ち、敵意のないことを示したつもりだった。ところが兵士たちはこの世ならざるものを見たように青ざめた。どよめきが広がり、武具の切っ先が明確にアナンに向けられる。視線が己の手に集まるのを見て、アナンはやっと気づいた。彼の樹々のように長い腕、蜘蛛《くも》の足のように節くれだった指が、外界の者の目には恐ろしく映るということを。

不味《まず》い。ここに来たのは、戦うためではなかったのに。そう思った時だった。

「武器を下げよ！」

高らかな号令。肩に小鳥を止まらせた男だった。小指の半分ほどの巻物を掲げ、彼は言う。

「ラクスミィさまよりお達しだ。その者に手出しはならぬ。ただちに城へお連れせよ！」

つるつるとした斑《ふ》入りの石床に、アナンは端座している。『しろ』に案内してくれた兵士に『いす』なる四足の家具を示されたが、見慣れないので距離を置いた。彼の膝の上には、泣き疲れて眠る息子ナーガの頭が乗っている。崖の上では「絶対に、ヌィを置いていかない！」と強情を張っていたが、見知らぬ地で父と離れる勇気もなかったとみえ、泣きじゃくりながらもついてきた。

すうすうと寝息を立てていたナーガが「ううん」と身じろぎをした。寝ぼけた顔で、何かに耳をすますそぶりを見せる。アナンもそれに倣い、気づいた。

こちらに向かってくる、たくさんの足音。その中に混ざる衣擦れの音が、女人の存在を知らせた。ミミことラクスミィに違いない。アナンにとって、外の世界における唯一の縁である。アナンは急いでナーガを起こした。まだ眠たそうな彼をやや強引に座らせると、自らの衣の乱れをさっと直し、指を合わせてこうべを垂れ、十年ぶりの再会に備えた。

木の扉が開け放たれる。下げた視界の端に大勢の足が映った。その中に、薄紅色の衣の裾がさらりと現れる。

「久しいな、アナン」

記憶にあるよりも艶やかな声が、彼の名を呼んだ。ラクスミィとは十年前、ほんのわずかな時を過ごしただけだが、それでも覚えていてくれたのだ。アナンは安堵して、顔を上げた。

妙齢の貴婦人が彼を見下ろしていた。昔の面影が残る麗《うるわ》しい顔、まとめ上げられた銅《あかがね》の髪、凜《りん》と上がった柳眉《りゅうび》。怜悧《れいり》な眼差しは彼女の師匠を思わせる。アナンの胸は熱くなった。ここにもう一人、タータの忘れ形見がいる。

感慨にふけるアナンとは裏腹に、ラクスミィはいたって淡々としていた。

「そなたが森を出たからには深い事情があると見ゆるが、我らには今、時がない。仔細は後に聞く。まずは、そなたの力を借りたい」

力量を示せ。そう言われたように思った。アナンはきりりと居住まいを正した。

「なんなりと」

「ありがたい。では、ただちに城下に赴《おもむ》き、清水を創ってくりゃれ」

水？　意外な要求に、アナンは目を瞬《しばたた》かせた。水ならば、湖に溺れるほどあるではないか。そんな彼の疑問を察したか、ラクスミィは口早に続けた。

「湖水を召喚してはならぬ。あれは今、毒に侵されておるのじゃ。帝軍が劇薬を投じたゆえ」

聞けば、一口含んだだけで倒れるような猛毒という。アナンは血の気の引く感覚を覚えた。毒の湖とは知らず、まっすぐ突っ切ってしまった。慌てて息子に体調を尋ねる。ひどく疲れた顔をしているので不安になったが、毒を呑んだ場合は吐いたり痙攣《けいれん》したりするらしい。

「大事なかろう」ラクスミィが無感動に言う。見れば分かるというふうに聞こえた。「ゆえに今この都には飲み水がない。水使いが清水を生み出す必要がある。そなた、できるな」

他の答えは聞かぬといった口調だ。無論できるとアナンは応じたかった。しかし、彼は躊躇《ちゅうちょ》した。西ノ森は乾季でも水が絶えぬうえ、清らかな水しかない。水を一から生み出すことなど滅多にした例《ためし》はないし、それが清水なのか、彼には確信が持てなかった。

「医丹士《いたんし》らの調べによれば、毒は気化せぬ」ラクスミィが苛々と言葉を重ねる。「湖面から立つ蒸気は無害じゃ。それを集めて水と成せ。難しいことではない。できるな」

アナンは困り果てて、正直に告げた。

「ミミさま、申し訳もございません。それは私にとって新たな舞いです。清き水の創り方は、タータさまより教わっておりません」

部屋に失望が満ちる。アナンの背に嫌な汗が伝った。ところが、ラクスミィはこともなげに「であろうな」と言い放った。

「では、わらわがその新たな舞いを授けよう。刺青《いれずみ》を見せてもらうぞ、アナン」

途端、全ての目がアナンの体軀に集まった。衣の下を探るような視線に、ぞわりと肌が粟立つ。だが、ラクスミィの命を拒むことはできなかった。森で一生を終えるはずの彼が砂漠を越えてきたのは、ラクスミィの加護を求めてのことである。受け入れてもらうには、如何《いか》に役立つかを示さねばならない。

「分かりました」

「父さま！」

ナーガが叫んだ。彼が驚くのも当然だ。よそ者に秘文《ひぶん》を晒《さら》すことは一族最大の禁忌だ。しかしラクスミィなら問題はない。彼女は森を知る人。外の世界に帰ったものの、タータの弟子であり、禁忌を犯したことにはならない。

そう説明してやりたかったが、息子をなだめる時はなかった。ラクスミィが皆に、ただちに部屋を出るよう命じた。そこにはナーガも含まれている。邪魔なのだ。

「行きなさい、ナーガ」

「嫌です。駄目です、父さま！」

「大丈夫だ。良い子だから、外で待っていなさい」

優しく囁《ささや》くが、逆効果だった。息子はますます甲高く騒ぎ出す。縋《すが》りつけば父を止められると思ったのだろう。

「ナーガ！」アナンは声を荒らげた。「外に出ろ、今すぐ！」

聞いたことのない父の強い口調に、ナーガの目が転げ落ちんばかりに見開かれた。青ざめて唇を震わせ、だが何も言わず、とぼとぼと部屋を出る。

小さくなった息子の背中は、すぐに見えなくなった。ラクスミィが扉をぴったりと閉ざしたからだ。彼女は歌うように囁きながら、戸の取っ手に指を当てた。手を掲げれば窓の垂れ布が独りでに落ち、部屋の中が薄暗くなった。外の者に覗かれないよう、術を施してくれたのだ。

「ありがとうございます」

アナンは心から感謝の意を述べた。水蜘蛛族の男子にとって、外界で秘文を晒すことがどれほどの覚悟を伴うか、彼女はよく分かっている。アナンは深々とこうべを垂れた後、腰の細帯へと手をかけた。

「お目汚しいたします」

清めてもいない身体をうら若き女性に晒すのは、秘文云々以前に気まずいものだ。しかし、衣を解く指は意外によく動いた。ラクスミィのさっぱりとした態度が、これはただの作業だと納得させた。第一、彼女はタータの弟子である。もし森に残っていれば、アナンの彫りに逐一付き添っただろうし、ことが後先になっただけともいえる。よく考えれば、十年前の初彫りの時にも、幼い彼女がタータの傍らにいたのだった。

ラクスミィに動じる様子は全くない。「これは」と感嘆の声を上げ、躊躇なくアナンに歩み寄る。十年ぶりに見る師匠の彫りに、頬を上気させていた。

「見事じゃ」

ため息をつきつつ、アナンの背の彫りを指先でなぞったラクスミィだが、すぐにてきぱきと式を検《あらた》め出した。ものの数十拍で新しい舞いが組み上がっていく。口早に告げられる動きを、アナンは骨の髄《ずい》に叩き込んだ。

「衣を整えよ」ラクスミィは淡々と命じた。「一刻を争うのじゃ。すぐに城下に出向け。そなたの話はそれから、じっくり聞こうぞ」

珊瑚色の家々に囲まれた石畳の大広場が、アナンの舞台だった。大樽や壺がところ狭しと並べられている。その奥には押し合いへし合いする人垣。見物人の中には屋根の上に登る者までいた。

舞いを見られること自体に抵抗はない。舞い手たちは毎日、繭家《まゆや》の屋上で互いの技を披露し合っていた。そこに女人たちがやってきて、舞い手の肉体をあけすけに品定めしたものだし、意中の彫り手の気を引こうとあえて艶めかしく踊る者もいた。アナンも舞いによってタータに見初められたわけで、好奇の視線には慣れている。

それでも、これは異様だった。何百という目がアナン一人にそそがれている。観客は皆ぎらついており、それが純粋に渇きから来るものと分かっていても、むき出しの欲望の渦中に放り出されたようで、心地悪かった。

アナンは瞼《まぶた》を閉じ、他者の存在を意識の外へと追いやった。ラクスミィに教えられた動きを今一度思い浮かべる。一挙手一投足、忠実に再現せねばならない。

ふわり、と左腕を掲げる。舞いの始まりである。

水を操るには、彫りの入った部分をただ動かすだけでは意味がない。秘文が呼応するのは、腹の下の〈丹田《たんでん》〉に力を込めた時だけだ。文節の強弱は動きの緩急で表す。わずかな速さの差だけでも作用そのものが変わり得る。水を緻密に操るには、十本の指をばらばらに、どのようにでも曲げられねばならない。身体が柔らかく、どのような姿勢でも決して倒れぬ者が、最上の舞い手である。

動きが速く細かいほど難しいと思われがちだが、真価が問われるのは、緩慢で大きな動きである。勢いに頼ることができないからだ。同じ舞いでも、小さな作用を望む時と、広く技をかける時で、難易度が格段に上がることがある。

ラクスミィに指南された〈清水の舞い〉は、まさしくその類《たぐ》いだった。

さほど複雑な動きはなく、少量の水を生み出すためならどうということはない。ところが、この大広場に集められた樽と壺を全て満たすとなると、話は変わる。呼吸の仕方一つ間違えただけで、技はたちまち破綻するだろう。

掲げた左腕を胸へとゆっくり曲げた。合わせて、手首を緩慢にしならせていく。人差し指と中指、小指を反らせ、親指と薬指の先をつける。その間、右腕をまっすぐ、外へ外へと大きく広げる。右膝を折り、左足は伸ばしたまま腰を落として、右の足先を支点に低く屈み込むと、ひらり。一瞬で身を翻《ひるがえ》し、次の型に入る。

指先、足先まで神経を研ぎ澄ましたアナンは、自分を取り巻く空気が次第に変化するさまを感じとった。生々しい欲求のにおいは薄れ、代わりに感嘆のため息が聞こえ出す。観客たちは先の見えぬ不安を忘れ、このひとときを楽しんでいるようだった。アナンがどんなに背を反らそうと、ぐらりとも揺らがぬさまを見て、喝采が沸き起こった。

喝采は幾度目かで、歓喜の声に変わった。広場の上に浮かぶ水の盆に気づいたのだ。観客が沸く中、水盆は大きく厚く成長していく。やがて広場を覆うまでに育つと、あちらでぽたり、こちらでぽたりと、雫《しずく》が垂れ始めた。

雫は白糸の如く連なり、細い滝となって、樽や壺の中に吸い込まれていく。広場に敷き詰められた器全てがすれすれまで満たされた時、アナンはふわりと舞いを収めた。

咽喉の渇きを思い出したか、大衆が広場に殺到した。アナンに感謝の意を述べる者もいたが多くはそれどころではなく、満々と張った清水に手を差し込み、あるいは頭ごと突っ込んで、狂ったように飲む。濡れた手や顔を、一滴も無駄にできぬと言わんばかりに布でぬぐい取った後、人々は器を宝もののように抱え、めいめい広場を去って行った。

しかし、それで終わりではなかった。順番待ちの人々が我先にとなだれ込む。広場の石畳はあっという間に、空の器で再び埋め尽くされた。

それから何度舞ったのか。アナンは十を超えたところで数えるのを止めた。いよいよ身体が軋《きし》み出した時、付き添いの兵がようやく終わりを告げた。と言っても、それは城下ではの話であって、城に帰るや否や、城の大水瓶も満たすように乞われた。休ませてくれと言いたかったが、毒に倒れた者たちが欲しているのだと聞かされると断ることもできない。

アナンは結局、日が落ちるまで舞い続けた。砂漠が朱一色に染まり、やがて薄闇に包まれた頃、彼は力尽きるようにして眠りについた。

「もし、水使いどの」

密やかな女人の声がする。アナンが目を開くと、世界は既に明るかった。

彼は今、ふかふかの雲のような寝具に身を沈めている。隣には息子がすうすうと甘ったるい寝息を立てていた。

ここはイシヌの城の『きゃくま』だ。そうと思い出すのに、数拍かかった。

「お休みのところ申し訳ありませぬ。姫さまがお召しでございます」

枕もとの女人は、イシヌの王女の『にょかん』なる付き人らしい。アナンは急いで身支度を整え、彼女の後について部屋を出た。去る前にナーガの頭を撫でてやったが、息子はむずかるように首をすくめただけで、起きはしなかった。疲れているのだろう。

女官に誘われるまま、ラクスミィの私室がある塔へと向かう。石組みのらせん階段を上り、塔の頂きに至ればつややかな木造りの扉が廊下の奥にあった。女官が扉越しに「水使いどのをお連れいたしました」と告げると、「どうぞ」と答えが返る。その声は随分と柔らかく、昨日のラクスミィの、研ぎ澄まされた剣のような佇《たたず》まいとはかけ離れていた。不思議に思いながら、アナンは部屋の中へと入った。

そのまま、立ち尽くす。

部屋の中にいたのは、彼の知らない女人だった。

いや、姿はまさしくラクスミィだ。見事な銅色の髪、涼しげな目もと、優美な弧を描く眉、匂い立つような薄紅の衣。それでいながら、全くの別人に見える。何より纏《まと》う大気が違った。初々しい朝の陽光の中に溶け入りそうな儚《はかな》さ、満々とした湖を思わせるおおらかさ。明るさの奥に憂《うれ》いを秘めた横顔。

ラクスミィと似て非なる女性は、窓際の長椅子に腰かけ、湖を眺めていた。アナンの入室に顔を向けると、目をほんの少し見開く。舞い手の姿を初めて見る者の表情だが、外界の人間がよく浮かべる嫌悪や恐れはなく、純粋な驚きのみがあった。唇がふわりと綻び、「まあ」と感嘆のため息を漏らすが、その吐息の色合いはお伽噺《とぎばなし》に入り込んだ子供のように夢見心地だった。そうした邪気のなさのせいだろうか。己の全身、ことに異形の手にそそがれる女人の視線を、アナンは不快に思うことなく、むしろ、その瞳が好奇にきらきらと輝くさまに見入っていた。

「水使いどの。イシヌの次期当主アラーニャさまであらせられまする」

女官の低い囁きに、アナンは我に返った。彼は部屋の入り口で棒立ちになり、アラーニャをまじまじと見つめていたのだ。慌てて折敷くと、イシヌの次期当主は朗らかに笑った。

「どうぞ楽になさって。貴男《あなた》がた水蜘蛛族は我らイシヌにとって、ともに〈天ノ門〉を築いた盟友です。また此度は、わたくしに代わって水を練ってくださり、感謝の言葉もありません。貴男のおかげで、今日を生き永らえる者が大勢いることでしょう」

美しい声はかすかに嗄《か》れていた。アナンが来る前は、彼女が民のために水を練り続けていたようだ。外界の水使いといえば、イシヌの女人だけだ。その次期当主と聞かされて、アナンはようやく眼前の女性が、ラクスミィの双子の妹だと思い至った。思えば十年前、ラクスミィが西ノ森にやってきたのは、この妹姫のためだったと聞いている。

そこへ衣擦れの音がして、もう一人の薄紅装束の女人が現れた。

「来ておったか、アナン」

この口調、この声音。ラクスミィだ。長椅子に揃って腰かけた双子の姫を、アナンは改めて見比べた。これほど瓜二つで、かつ真反対の姉妹がいるだろうか。ラクスミィが砂漠の灼熱の太陽とするなら、アラーニャは慈悲の月だった。

しかし、姉妹に見入っている場合ではない。アナンは居住まいを正した。一族を失った今、アナンには他に頼る相手がいない。なんとしてもラクスミィたちに受け入れてもらわなくてはならなかった。それにはまず自らの力を示すこと、そして従順に振る舞うことだ。

「それでいったい何があった」

ラクスミィが鋭く話を切り出した。水蜘蛛族の掟を知るだけに、舞い手が森を出る異様さを察しているのだろう。アナンは言葉を探したが、ありのまま告げるべきと決めた。水蜘蛛族が如何に追い詰められていったか、順を追って語る。火責め、子供兵、次から次へと押し寄せる大軍。水撃ちで母なる森を穿《うが》ち、同胞《はらから》を討ったこと。業火の大砲と一族の最期。迫り来る敵を前に、息子だけは死なせたくないと、森を捨て、この都に逃れてきたこと。

語りながら、アナンは全身にびっしょりと汗をかいていた。一族の滅亡のさまを思い起こす辛さも然《さ》ることながら、これは彼にとって、罪の告白だった。命尽きるまで戦い抜くはずが、息子可愛さに森を捨てるという禁忌を犯した。アナンは〈血《ち》ノ赦《ゆる》シ〉の資格を自ら失い、森と同胞を撃った罪を未来永劫背負うことになったのだ。水蜘蛛族の裏切り者と罵《ののし》られても、返す言葉がない。

しばらくして、アナンに降りかかったのは、「馬鹿な」という小さな呟きだった。

「水蜘蛛族が、滅びた、と申すか」その声は震えていた。「タータは。タータがおるであろう。タータは如何《いかが》したのじゃ」

うわごとのような問いだ。がたん、という物音が鳴る。見れば、ラクスミィは立ち上がっていた。勝気な唇が蒼白になっている。姉の取り乱しように妹姫は驚いたのか、なだめるように腕に触れたが、姉が気づく様子はない。

アナンは目尻が熱くなるのを感じた。伝えなければならない。あのお方の最期を。

「タータさまは」アナンは咽喉を絞った。「敵のもとに独り向かわれ、そのまま……」

身を切り刻むような沈黙が部屋に満ちた。城内の足音や声までがはっきりと聞こえるほどの静けさだった。

どれほど時が経っただろう。やがてラクスミィがぽつりと、「さようか」と呟いた。

「大儀であった。下がってよい」

それだけだった。アナンは驚くとともに万謝の念を抱いた。彼の大罪を、ラクスミィは一切責めようとしない。受け入れてくれたのだろうか。感極まって額ずいた彼に、しかし暗くうち沈んだ声が降りかかった。

「我らとて、明日をも知れぬ身ぞ。ここに留まるも留まらぬも、そなたの好きにするがよい」

その日も一日乞われるままに清水を練り続け、夜もとっぷり更けた頃、アナンは『客間』に帰った。

つくづく立派な部屋だ。繭家の男ノ間より広い。何に使うのかよく分からない家具や調度が置かれているが、アナンに分かるのは、部屋の中央に鎮座するものだけだった。寝具である。屋内なのに屋根がついているのが不思議だが、寝心地はとてもよい。ナーガがずっと寝続けているほどだ。くしゃくしゃの髪が掛け布から覗いている。

屋根つき寝具の横、木造りの華奢《きゃしゃ》な台の上に、灯りが置かれていた。先ほど、アナンが女官から手渡されたものと同じだ。透明な筒の中に蛍《ほたる》のような光が漂っている。光丹器《こうたんき》の一種で、術士でなくとも使える貴重な品だ。なんでもこうした丹導器は〈仙丹器《せんたんき》〉と呼ばれ、ジーハの住む〈帝都〉にはごろごろ転がっているのだとか。帝家は財力だけはあるのだと、女官どのの皮肉混じりの物言いに、アナンはなんとなく帝軍の火筒を思い出した。

手の中の筒灯を、寝台の横の灯りに並べて置く。ふわふわと頼りなげな蛍火が二つ、暗がりの中で寄り添っている。しばらく眺めても消える様子はない。まっとうな光丹器ならば、人の手から離れたらすぐ潰《つい》えるものを。その未練がましさが哀れに映った。

イシヌの民は心を尽くしてアナン父子をもてなしてくれている。内心は舞い手の姿に慄《おのの》いている様子ではあるが、彼らの態度は真摯《しんし》なもので、風土は違えども真心は伝わった。ナーガの愛馬ヌィも食肉にはせず、手厚く『埋葬』したいと言う。

水蜘蛛族の掟では人も馬も母なる森に還される。亡骸《なきがら》は森の動物たちの糧《かて》となり、大いなる命の輪に戻るのだ。従って土の中に埋めるという葬送に馴染みはなかったが、アナンは謹んでイシヌの民の申し出を受け入れた。森に戻れぬ以上、この地の送り方に沿うべきだろう。

森を出て、イシヌの都に行く。ラクスミィに会えば生きる道が開かれる。そう信じていた。その一心で従順な青鹿毛を鞭打ち、砂漠を駆けた。それが、どうだろう。辿り着いてみれば、この都もまた帝軍によって滅びようとしている。

現状を突きつけられてなお、アナンの心を占めているのは、一族を裏切った後悔ではなく、息子を救ってやれぬ無念だった。敵軍の長《おさ》ジーハは水使いを欲している。この都を落とす際はアラーニャ姫とともにアナンたちも捕らえようとするだろう。〈残虐王〉の異名や帝軍のこれまでの蛮行を思えば、父子を待ち受ける運命は悲惨なものに違いなかった。

アナンは思う。自分はどうなろうと構わない。皮を剝ぐなり、肉を削ぐなり、好きにすればいい。だが、息子だけは。ナーガが汚されることだけは耐えがたい。

雲のような布団をそっとめくって、我が子を見つめる。憔悴《しょうすい》した様子だが、無垢そのものの寝顔だった。これを守るためにアナンは森を捨てたのだ。そう思うや、諦念に支配された胸に焦燥の大波が押し返してきた。

今更引けぬ。諦めきれぬ。本当に道は残されていないのか。どんなに険しい道だろうとも、示されれば迷わず飛び込んでみせるのに。

手もとでぎしりと音が鳴り、アナンは我に返った。愛弓を満身の力で握り込んでいたのだ。痺れた指を無理やり剝がし、寝台の脇の壁に立てかける。この城をも打ち壊すだろう凶器から手を放すと、心が少し落ち着いた。

「うぅ」

父の不穏を察したか、ナーガが唸り、寝返りを打った。布団がはだけて肌寒くなったのか、身を丸く縮める。布団を整えてやろうとしてナーガに触れたアナンは、ぎょっと手を引いた。息子の身体は、真昼の熱砂のようだった。

二　万骨《ばんこつ》ノ術《じゅつ》

その晩、ラクスミィに眠りは訪れなかった。

彼女の寝台に横たわるのは妹姫アラーニャだ。悪い夢を見ているのか、時折苦しげな呻きが上がる。覚ましてやろうと手を伸ばすと、妹はか細い声で「アージャ」と囁《ささや》いた。

女官長アディティが逝ってから、妹は一度も自室に戻っていない。昼間は気丈に振る舞っているが、夜はこうして枕を濡らす。

この数日ラクスミィは幾度も告げた。

「間違えてはならぬ、アリア。そなたがアージャを殺したのではない。我らが宿敵ジーハ帝、あやつが、アージャのような罪なき人々を殺したのだ。滅ぶべきはあの男ぞ！」

その度に、妹は「ですが、姉さま」と哀しげに微笑んだ。

「我らイシヌがなければ、この戦もなかったでしょう。いいえ、この戦だけではありません。火ノ国の興《おこ》りより千年、イシヌは絶えず争いの中にいました。かつて、王祖が万の骨を欲して以来、我らは無数の骨を踏みしだいてきたのです。

わたくしはイシヌの当主となるもの。臣の死は我が咎《とが》、民の苦しみは我が罪です。これ以上の悲しみは要りません。……明朝わたくしは帝軍に下り、この戦を終わらせます」

帝軍に下ることは即ち、ジーハ帝に嫁すということだ。イシヌ王家はカラマーハ帝家に取り込まれ、千年続いた王史に幕が下ろされる。

全ては決したのだ。

寝台の上のアラーニャはしばらくすすり泣いた後、すぅっと静かになった。眠れるのなら、むやみに起こさないほうが良い。ラクスミィはそっと寝台を離れると、窓辺に独り腰かけた。

今宵は新月だ。

城も町も静まり返っているが、灯りはついている。地上の光に押されて、星屑はまばらだ。都生まれのラクスミィも、満天の星は知っている。師タータとともに眺めた夜空である。昨日までなら、瞼《まぶた》を閉じるだけでありありと思い起こせたが、今は一片の光も見出せない。

心のどこかで思っていた。窮地《きゅうち》に陥った時には、タータがきっと駆けつけてくれる。だから自分は大丈夫だと。十年経っても、ラクスミィは師に守られる少女のままだった。その甘えが今日《こんにち》の惨劇を招いたのだ。

イシヌの双子は家を絶やす。幼き頃より囁かれ続けた言句《げんく》、とうの昔に退けたはずの呪言が現実になろうとしている。そう思った時、ラクスミィの全身を駆け抜けたのは、絶望ではなく焼きつけるような怒りだった。ここで屈してなるものか。道がなければ切り開くまでである。

星無き夜天を見つめつつ、ラクスミィは思念の奥深くに潜った。かすかな光を求めて虚空《こくう》を探り、指先にかかったわずかな裂け目をこじ開け、暗闇の向こうへと腕を伸ばす。触れるもの全てをかき集めるうち、朧《おぼろ》なものが少しずつ形を得て、脈打ち呼吸し、熱を帯び出した。

やがて彼女の眼前に、一匹の巨大な怪物が現れた。万の骨を喰らい、千年の時を眠り続けた、古き妖《あやかし》。王祖の死以来、湖底に封じられた魔物の眼《まなこ》が、こちらを見つめている。その禍々《まがまが》しい双眸《そうぼう》を見つめ返しつつ、ラクスミィの心は不思議と凪《な》いでいた。始祖の強大な力の源。それを甦《よみがえ》らせるため、自分は生を享けたに違いない。なんとしても御してみせよう、そう思った。

その時だった。階下から迫り来る気配に、ラクスミィは現《うつつ》の世へと引き戻された。

何かが塔を上ってくる。だが、足音はしない。石床を伝わってくるのは地鳴りのような振動である。まるで鉄砲水のよう。そう思い至って、ラクスミィは訪問者の正体を悟った。

アナンだ。彼に違いない。

真夜中に王女の寝室に押しかけるとは大胆な。常人なら不敬の罪で即座に死刑だが、誰にも止めようがないのだろう。塔の下から衛兵たちの怒鳴り声が聞こえる。所詮は野蛮な異邦人だなどと、怒り心頭な様子である。

ラクスミィは夜着の上から薄紅の肩衣を羽織り、玉かんざしで銅《あかがね》色の髪をくるくると巻き上げた。まとめきれなかったものが数房、はらりと首筋に垂れる。紅を引く暇はなかったが、地顔を晒《さら》すのに抵抗はなかった。男の目に美しく映りたいわけでなく、アナンを追って現れるであろう臣らの手前、多少なりとも威容を保つ必要があるだけだ。

「姉さま?」寝台から、アラーニャの不安げな声がした。

「大事ない。休んでおれ」

ラクスミィはなだめるように言うと、扉を押して部屋の外へと出た。

大理石の廊下に立ち、らせん階段へと向き直った時、白く泡立つ波が流れ込んできた。水はラクスミィ目がけて一挙に押し寄せたが、彼女の足に触れるという瞬間、ぱあんと霧散した。

「この夜更けに何事ぞ」

足もとに跪《ひざまず》いた男に、ラクスミィは静かな怒りを込めて尋ねた。アナンは従順に手をついているが、その目はらんらんとして、さながら追い詰められた獣だった。

「どうかお助けください、ミミさま。このままでは息子が、ナーガが死んでしまいます!」


「嫌だあ!」

寝台の上でナーガが暴れる。衣を脱がされたくないのだ。枕が飛び、寝台の脇の机が倒れ、光丹器《こうたんき》が割れる。押さえつけようとする父親の腹を思い切り蹴る。華奢《きやしや》な身体のうえ、高熱で朦朧《もうろう》としているというのに、どこからこんな力が湧くのか。寝ぼけているも同然で、アナンが幾ら言い聞かせてもまるで効果がない。焦った父親が怒鳴るとますます抵抗が激しくなった。

ラクスミィはため息をつき、比求式《ひきゆうしき》を唱えた。ナーガの破いた寝具の裂け目から綿がしゅるしゅるると伸びる。少年の手足を蜘蛛《くも》の糸のように搦《から》めとると、膠《にかわ》のように固まり、細い身体をがっちりと寝台に固定した。

ナーガは恐いのだろう、絹を裂くような叫び声を上げた。哀れだが仕方がない。少年の熱の原因は負ったばかりの秘文《ひぶん》かもしれないとアナンは言った。ならばぜひとも彫りを確かめなければならない。

「ナーガ、大丈夫、大丈夫だから」アナンが懸命に語りかける。「このお方は彫り手、母さまのお弟子だ。刺青《いれずみ》を見ていただこうな」

これほど興奮してしまっては、どんな言葉も耳に入らないだろう。少年はただ父親が助けてくれないことだけを悟ったらしく、絶望した表情を浮かべて大粒の涙を流した。

心を鬼にして泣きじゃくる少年の衣を解く。彼自身のため、アナンのため、そして何より、タータのためだった。師の秘文が息子の命を奪うことなど断じてあってはならない。

露《あら》わになった秘文を素早く確かめる。

「如何《いかが》ですか」

見始めたばかりというのに、アナンが切羽詰まった声で問うた。ラクスミィは目で、しばし黙っておれと牽制した。彼の相手ができないほどの衝撃を、ナーガの彫りから受けていた。

さすがはタータだ。針運びはますます洗練され、刻まれた文字一つ一つが輝くようだ。だがラクスミィの心を奪ったのは、文節に秘められた意味だった。比求式の渦に呑み込まれそうになる意識を、全身全霊で律し、踏み留まる。

「タータさまは秘文が合わなかった時の手立てを考えておられました」

アナンはどうしても黙っていられないようだ。再び勝手に話し出す。

「第一の方法としては、体調に合わせて彫りの続きを変えるのだそうです。どう彫ればよいか幾通りも練られたものを、彫り手の方々に伝えておられました。どのような式か、ミミさまはお分かりになりますか」

なかなかに無茶を言う。アナンは式どころか字も知らない。ばらばらに展開された文節から式の全体像を摑《つか》むのが如何《いか》に難しいか、感覚として分からないのだろう。しかも彼にとって、一番身近な彫り手はタータだ。並みの彫り手の力量が分からずとも不思議はない。

水蜘蛛族《みずぐもぞく》の中でもタータの式を読み解ける者はごくわずかだ。ラクスミィの知る限り、一人しかいない。その女人は十年前に他界したから、今ではおそらく皆無だろう。だからこそ師は息子に秘文を入れるにあたり、わざわざ式の完成図を練って、他の彫り手たちに託したのだ。

それを推測しろとアナンは言う。鱗《うろこ》一枚と爪一本だけ見せて、正確に竜を描き起こせと迫るようなものだ。この世の術士学士全てが匙《さじ》を投げるに違いない。ラクスミィの他には。

「あぁ。分かるな」

アナンの表情がぱっと明るくなった。期待通りといった様子だ。ラクスミィは彼をちらりと見遣ると、「だが」と重々しく付け加えた。

「そのいずれの式も、病状をむしろ進めるであろう」

聞けばナーガは、彫りを負ってからイシヌの都に来るまで、これといった不調は訴えていなかった。つまり毎日舞っていた間は元気だったのだ。しかし森を出てからナーガは水を操っていない。ことに昨夜からは、旅の疲れもあってか、ずっと眠り続けている。

たった数日舞わなかった。それだけで、意識が曇るほどの熱を出したのだ。

考え得る問題は三つ。秘文に間違いがあったか、舞い手の体力に余る量の秘文を彫ったか、あるいは顔料の比率を誤ったか。丹《たん》を取り込む朱の顔料が、緑や藍に比して多すぎると、丹は出どころを失い、丹田《たんでん》から漏れ出して、身体を内側から蝕《むしば》み出す。

しかし、ナーガの秘文は、そのいずれの問題もなかった。

考えられることは、ただ一つ。彼の身体は、秘文そのものを受けつけないのだ。

「そんな」戦士らしからぬか細い声で、アナンが言う。「では、どんな式なら良いのですか」

「式の種類の問題ではないのじゃ」ラクスミィは辛抱強く言った。「どんな秘文もこの者には毒となる。これ以上に朱を差せば命に関わろう。かと言って、緑や藍を足しても意味がない。身体に入った丹を中和できるわけではないからじゃ。ただ刺青を彫ったのと変わらぬ。皮膚を傷つける分、弱るだけぞ」

どこまで伝わったかは疑問だが、アナンは問い返してはこなかった。青ざめて、息子を見つめている。ナーガはもう暴れていない。力尽きたか、意識の混濁が進んだか、焦点の定まらぬ瞳で宙を見つめている。薄く開いたまなじりから、ぽろり、ぽろりと雫《しずく》が伝った。

「ミミさま。いえ、ラクスミィさま」アナンはやおら寝台から床に降り、平伏《ひれふ》した。「お願いがございます。馬を一頭、私にくださいませ」

馬。ラクスミィは目を瞬《しばた》いた。何故ここで馬が出てくるのか。

「北へ参りたいのです」アナンの目は真剣だった。

「北？ ナーガを連れてか、これほど弱っておるのに。第一、都の外には帝軍がおるぞ」

「この子のために行くのです。北の〈白亜《はくあ》ノ砂漠《さばく》〉に住む、〈月影族《つきかげぞく》〉のもとへ」

アナンが自らを奮い立たせるように言う。

「式を足しても駄目だった時のことも、タータさまは仰られました。白亜ノ砂漠の月影族を訪ね、この子に秘術を施してくれるよう頼みなさいと。彼らがこの子に哀れみを覚え、秘術を授けてくだされば、あるいは助かるかもしれないと」

「月影族の秘術」ラクスミィは呟いた。その高揚した響きに、アナンが気づいた様子はない。

「彼らが千年以上、守り伝えている術だそうです。タータさまは彼らを訪ねるたびに、ひと目見せてほしいと頼んだものの、ついぞ叶えられなかったとか」

「その術について、タータはなんぞ語っておったか」

「いいえ、申し訳ありません、よくは覚えておりません。ただ『丹を移し植える』ものだろうと仰っていたような……」

アナンが口を閉ざし、呆然とラクスミィを見上げた。

彼女の笑みを。

「己の幸運に感謝せよ、アナン」ラクスミィは平伏す男の前に立った。「我がイシヌにも千年の長きにわたり、密かに伝えられてきた秘術がある。〈万骨ノ術〉という。かつてこの地を平定せし王祖が、月影族より伝授されし術式じゃ。またそれを、水蜘蛛族の秘文のように彫れるのは、この世でただ一人」

アナンの目が大きく開かれた。狼狽《うろた》えたように視線をさまよわせ、寝台に横たわる愛息子を見つめる。土気色だったアナンの唇に血が通い始めると、ようやく告げられた言葉が染みたのだろう。舞い手は肩を震わせ、手で顔を覆った。

ラクスミィは腕を伸ばした。男にしては細い顎に手を添え、顔を上げさせる。アナンは抗《あらが》うことなく、彼女を見上げた。

「そなた、その身をイシヌに捧ぐ覚悟はあるか」

ラクスミィの囁きに、アナンの双眸に炎のような激しい色が宿った。水蜘蛛族の舞い手には似合わぬ目だ。彼らは水を体現する者。流れのままに生き、清らかなまま死ぬことを誇る。

「森を出たその瞬間から、私は水蜘蛛族でなくなりました」

一片の迷いも見せず、アナンは言う。

「この身と命を、如何ようにもお使いください」

その晩、アナンは独り都を発った。

来た時と同じように、大波を操って毒の湖を越えていく彼を、イシヌ公軍の光丹術士がまばゆく照らす。ラクスミィは塔の上から水使いを見送った。

対岸の歩兵隊は突然の襲来に慌てふためいている。新月の闇夜に火筒の閃《ひらめ》きが映え、冷えた砂漠の大気に乾いた音が響く。しかし、それも四半刻足らずのこと。アナンが馬を駆け、湖を離れていくと、交戦の火はあっという間に萎《しぼ》んだ。歩兵隊が怪異にでも出くわしたかのように放心するさまが、遠目にも分かった。

ナーガの彫りは滞りなく終わった。

ラクスミィの腑分けの知識、たゆまず続けた彫りの鍛錬《たんれん》が、これを支えた。タータの助けもあった。十年前、師匠は自分の彫り道具一式を、ラクスミィに授けたのだ。長針はともかく、三種の顔料がなければ、どんなに彫りの腕があろうと意味を成さない。

彫り道具は彫り手の命である。特に朱の顔料はとても貴重で、水蜘蛛族ですらおいそれとは手に入らない。如何に弟子でも、森を去る者に渡すなど、長《おさ》ラセルタが許すはずがなかった。そこでタータは、天ノ門近くの砂地にこっそり埋めていったのだ。砂から覗く長針を見つけた時はどれほど驚いたことか。

骨は、彼の愛馬ヌィのものを使った。できれば人骨が望ましかったが、生前に触れていない者の骨は禁忌である。丹田は本来個々のもの。本人の丹以外受け入れない。その摂理を曲げて丹を移し植えるには、術士と故人の丹の馴染みの良さが鍵を握るのだ。丹はわずかながら肌を通しても伝えられるから、愛馬ヌィの丹田ならば、ナーガの丹を受け入れるはずと考えた。

人との多少の違いはあれ、馬にも丹田はある。ラクスミィは人体の腑分けと同じようにして仙骨《せんこつ》を切り出した。その時に流れたヌィの血、彫りを施した時に滲《にじ》んだナーガの血を、顔料と混ぜ合わせる。血の中にも丹が含まれているため、こうして混ぜ合わせることで、ヌィの骨にナーガの丹をより良く馴染ませるのだ。

術の効き目は目覚ましかった。刻まれる比求文字が増えるたび、少年の熱は下がっていき、呼吸は安らかになった。全て終わった時には、ナーガの頰には紅が差していた。少年は何事もなかったかのように綿布団の中に包《くる》まり、小さな寝息を立て出した。

施術が終わると、東の空は白み始めていた。安らかに眠る少年の部屋を去り、ラクスミィは静かな城内を歩いた。向かった先は、今なお死神と闘い続ける、総督のもとである。

彼にあてがわれたのは美しい貴賓室だった。心休まる竜脳樹《りゅうのうじゅ》の香が焚かれているが、部屋に満ちる死の予兆をごまかすには至らない。ラクスミィの姿に気づくと、寝台に横たわる壮年の男が落ちくぼんだ眼を見開いた。精悍だった顔はむくんで腫れあがり、黄土色に染まった肌に眼球の白さがぎらぎらと浮き立つ。

「殿下。開城はなりませぬ」

老翁《ろうおう》のような声だった。付き添いの者たちに下がるよう告げると、ラクスミィは寝台の縁に腰かけ、総督の腫れた頰へと手を当てた。

「総督。……ナムト」

ラクスミィの囁きに総督は目で応えた。少々の驚きと深い感慨の入り混じる眼差しだった。

ナムトは彼の名だが、ラクスミィが口にしたことはない。イシヌ家の女は、男の臣下を名ではなく、地位や身分で呼ぶ習わしだ。

「ナムト」

もう一度、慈《いつく》しむように忠臣の名を呼ぶ。

「そなたの命をもらい受けに来た」

総督は黙してラクスミィを見つめる。静かな瞳、穏やかな表情だった。頬を撫でる柔らかな指の腹を楽しんでいるようにすら見えた。

「約束しよう。わらわは必ずジーハを討ち滅ぼし、イシヌを再興する。ゆえにナムト、死してわらわの糧《かて》となれ」

すると総督は口角を大きくねじ曲げた。笑ったのだ。

「覚えておいでか、殿下。十年前、貴女《あなた》さまが城に戻られた時のこと。某《それがし》はこう申し上げた。たとえこの身の血が全て流れ去ろうとも、骨と肉が灰となろうとも、我が魂は永久にイシヌのおんためにあり続けん、と」

ラクスミィの腕に総督の指が触れた。手を添えてやると、強く握り込まれた。

「この醜き身体の、骨肉の一片まで、殿下のものです。お連れくだされ」

総督の手を握り返し、「相分かった」と告げる。

「その苦しみも憎しみも何もかも、わらわに預けて逝くがよい」

イシヌの城に火柱が上がったのは、その三日後の晩だった。

紅に染まったのは、イシヌの当主の塔である。月影に白く映える尖塔《せんとう》は焼け焦げ、黒い瓦礫《がれき》となって崩れ落ちた。対岸からでもはっきりと見えるほど激しく燃えさかった火は、天を赤く染め上げた後、ろうそくの灯を吹き消すように、ふっと潰《つい》えた。

翌朝、都に入った帝兵らは、イシヌの臣から悲憤の呪言を浴びた。昨晩の火はアラーニャが放ったもの、ジーハに嫁ぐことを拒み、自害したと言うのだ。婚姻を厭《いと》うての自害とは大変な不名誉である。帝王は怒り狂うに違いない。慄《おのの》いた帝兵たちは、真偽を確かめるべく城に押し入った。見苦しく泣きわめく家臣どもを振り払いながら、焼け跡へと急ぐ。

当主の塔は確かに焼け落ちていた。火こそ消えたが未だ煙を吐き続けている。ただ不可解なことに、崩壊しているのは見事にそこだけであった。入り口に続く回廊はまるで切り離されたように煤《すす》一つついておらず、当主の塔を囲む小塔の群れは常と変わらぬ輝きを放っていた。

猛火の名残りの熱を押して、帝兵らは焼け跡に足を踏み入れた。塔の崩れ方にも奇妙なものがあった。美しすぎるのだ。崩れた石材が塔の外壁そのままに綺麗な円を描いている。まるで塔を真上から巨大な手でくしゃりと潰したようである。言いようのない気味悪さを覚えながら進んでいた兵たちは、瓦礫の輪の中へ入り、ぴたりと足を止めた。

一人の女が、そこにいた。

らせん階段の名残り、火花くすぶる熱い石に、彼女は悠々と身を預けている。まるで玉座に腰かけているかのようだ。帝兵たちを一瞥《いちべつ》して、艶やかな唇で弧を描く。熱された大気が立ち昇り、女人の薄紅の裾をさあっと攫《さら》う。まとめ髪から銅色の房が一つ、はらりと落ちた。

女人の足もとに目をやって、帝兵たちは戦慄した。

黒炭と化した女の亡骸《なきがら》が一体、転がっていた。

第二部

序章

重々しい音とともに、カラマーハ宮殿の正門が開かれた。

火ノ国一華麗と謳《うた》われる門である。瑠璃《るり》玉、琥珀《こはく》石、翡翠《ひすい》、赤銅《あかがね》に白金《しろがね》。あらゆる石が壁を覆い尽くし、一幅の絵画を描いている。描かれているのは絡み合う草花だ。柱には天空を舞う神女たちの彫刻が施され、天井には無数の鏡が嵌《は》め込まれ、門をくぐる者をまばゆく照らす。

帝家の威光を象《かたど》る門の下を、隊列がしずしずと進む。宮殿の衛兵たちだ。帝家の紋章・双頭の牛の旗を高々と掲げ、彼らは厳《おごそ》かに行進する。胸当ての金糸銀糸の刺繡《ししゅう》が眩しい。上雨季に入って久しいが、本日は抜けるような晴天である。

永久に続くと思われた隊列の後に、白い牡牛十頭に牽《ひ》かれた巨大な屋形車が現れた。帝王の后《きさき》だけに許された乗りものである。三重の八角塔に、六つの大車輪がついている。優美に反りかえる屋根の八ツ角からは銀製の鈴房が垂れ下がり、屋形車が揺れるたび妙なる音を奏でた。

帝軍の将官ムアルガンは、本日の慶事にふさわしく装った馬に跨《また》がって、隊列に加わっていた。

重々しい音を立てながら回る車輪の横について、宮殿の門をくぐる。鏡張りの天井すれすれに進む塔を見上げ、最上階に坐す女人を想った。

女人の名はラクスミィ。イシヌ王家の最後の姫である。

次期当主アラーニャ王女の死から二月。直系の女子はラクスミィしか残っておらず、彼女がイシヌ家の跡継ぎとなったが、即位式は行われていない。イシヌの都は先の戦で深く傷つき、式典を催すような力がなかったのだ。また、ラクスミィには水を操る能力がなく、治水を司るイシヌの当主としてはそぐわぬという意見もあった。

いずれもそれらしい理由ながら、本当のところは、ラクスミィにまつわる不吉な噂が即位を阻《はば》んだといわれている。

噂には新旧ある。最も古いものは彼女の誕生から語られている。曰く『イシヌの双子の姫は家と国に災いをもたらす』。十年前の〈南境ノ乱《みなみざかいらん》〉を引き起こした呪いだ。また王女は血を好むとも噂される。一説によれば、西の最果ての森に棲む異形の民〈水蜘蛛族《みずぐもぞく》〉から秘術を学び、それを試すべく、夜な夜な人の屍《しかばね》を切り刻んでいたとか。

妹姫アラーニャの突然の自害は、ラクスミィによる暗殺と勘繰る者もいる。

次期当主の死には不審な点が多い。塔を呑み込んだ炎は不自然で、規模を除けば、火丹術《かたんじゅつ》によるものと思われた。また遺体は完全に炭化し、おおよその年齢を割り出すのも苦労したほどながら、はっきりと欠けているものがあった。仙骨《せんこつ》である。亡骸《なきがら》には割り開かれたような痕があり、それがラクスミィの悪行を仄《ほの》めかしていると、遺体を検分した者たちは声を潜める。

落城の数日前に現れた異形の男がアラーニャ姫を弑《しい》したのではないか、と噂する者もいる。男はおそらく水蜘蛛族の生き残り。二日と経たぬうちに都を出て行ったのがどうにも怪しい。あの化けものはラクスミィの手下なのではと、帝兵たちはまことしやかに囁《ささや》く。

いずれにせよ、ラクスミィはいつも災厄の中心にいる。まるで東方の霊山・火ノ山の頂きに眠る女神イグニ、凶兆から紡いだ糸で織った衣を纏《まと》うという、破滅の化身のようだった。それでも、ジーハ帝は彼女を己の后に所望した。イシヌ最後の姫を娶《めと》れば、長く西を治めた王家の歴史が閉じ、カラマーハが名実ともに火ノ国唯一の支配者となるからだ。

三重塔の屋形車に坐す女性は、帝王の花嫁とは名ばかりの虜囚である。侍っているのは小姓ただ一人。世にも珍しい水蜘蛛族の男児で、彼もまたジーハに捧げられる供物である。帝王はついに、イシヌの血筋と水を操る力を手に入れたのである。

正門を抜けると、前庭と呼ぶにはあまりにも広大な庭園がある。白い砂利が一面に敷かれ、六芒星《ろくぼうせい》や八角鏡を象った噴水がちりばめられている。駒のように並ぶ樹々は枝を刈り込まれ、見事に同じ形に整えられていた。今年は水晶柱のような形である。年初めの吉兆占いで、この型と定められた。一度刈り込むと枝が伸びるまで直せないため、樹々は毎年新しく植え替える決まりだ。この庭も正門同様、カラマーハの富の証である。

宮殿に向かって延びる大通りを、花嫁の隊は進む。庭園を半ば過ぎると、屋形車の前を歩く行列が、笛や太鼓を掲げた。婚姻の式に不釣り合いな、勇ましい音色が流れ出す。ジーハ帝が宮廷楽士に作らせた、彼の偉勲を称える曲だ。帝王の好む大仰な節回しが繰り返されるばかりで、ムアルガンはすぐさま辟易した。ここは花嫁のための曲を奏でるところであろう。やはり帝王にとってこれは凱旋の練り歩きであり、イシヌの姫は戦利品にすぎぬのだ。

屋形車がとうとう宮殿の前についた。花嫁のお披露目である。いや、生贄《いけにえ》がいよいよ衆目に晒《さら》されるというべきか。前庭に面した窓という窓から、好奇の視線が降りそそいでいる。物見高い宮廷人たちの目であるが、こちらから彼らは見えない。星と太陽を象った透かし格子が、高貴な覗き人たちを隠しているのだ。ただし中央のひときわ大きな窓の向こうに誰がいるかは見えずとも分かった。四十あまり年の離れた王女を迎える、花婿その人だ。

大窓の透かし彫り越しにきらりと光が瞬《また》いた。〈帝王の手鏡〉といい、お付きの者が手鏡で光を反射させ、帝王の御意思を庭に伝えるのだ。三度の瞬きに、剣を持った兵らが整然と走り出した。屋形車から宮殿の入り口を結ぶように、ずらりと二本の線を描く。花嫁の道を作ったわけだが、真の意図はそこにない。もしも帝王が窓から眺めて、花嫁を気に入らないと思った場合は、手鏡が六度振られる。すると、兵士たちはその場で、花嫁を斬り捨てるのだ。帝王の目を害した罪による、公開処刑である。

カラマーハに本来そのようなしきたりはない。始まったのは、五年前の出来事以来である。側室に召し上げられた町娘があらかじめ聞いていた見目と異なると怒り狂い、帝王自らの手で娘を切り刻んだのだ。閨《ねや》での話であり、ムアルガンが実際に目にしたわけではないが、部屋を片づけた者たちは、その凄惨《せいさん》さに震えが止まらなかったという。それ以来、殿中で血が流れる前に前庭で済ませてしまおうと、この儀式が始まった。

ムアルガンは幸いにも、花嫁が処刑される瞬間に立ち会ったことはない。だが数人が宮廷に入る前に斬り伏せられたと聞いている。巷《ちまた》でも噂になっているのだろう。ここ数年に召し上げられた娘たちは皆、哀れなほどに青ざめて、遠目にも明らかなほど震えていた。中には恐怖のあまり、玄関の階段を踏み外して転ぶ者もいたが、帝王は案外、こうした粗相には目くじらを立てない。むしろ好むようなふしすらあった。

ムアルガンは下馬し、型通り宮殿の大窓に一礼すると、屋形車の扉に手をかけた。漆《うるし》塗りの扉越しに衣擦れの音が聞こえる。ラクスミィである。彼女が姿を現してから光が六度瞬けば、ムアルガンは兵らとともに、彼女に斬りかからなければならない。

そうなってほしくないとムアルガンは切に思った。気も重たく漆黒《しっこく》の扉を開いて、そうなることは万に一つもあり得ぬと思い直した。

庭に降り立ったのは、雨上がりの空の太陽よりもまばゆい、一人の姫だった。

花嫁衣装は古式ゆかしい宮殿風だ。たっぷりとした金襴《きんらん》の絹地に、絹糸と真珠《しんじゅ》の刺繍が余すところなくあしらわれている。地につくほど長い被衣《かつぎ》は金糸で細かく編まれた透かし生地で、柘榴《ざくろ》石と金剛石が花吹雪のようにちりばめられている。髪飾りと耳飾りは蔓《つる》紋様、首もとには紅玉の花と翠玉の雫《しずく》が連なり、細い腕には幾重もの輪が、華奢《きゃしゃ》な指には大粒の黄玉が輝く。

だが、たとえぼろを纏っていたとしても、彼女の威容は少しも失われなかっただろう。剣を構える兵たちの間を、異郷の姫は全く臆することなく歩む。すうっと伸ばされた背、高く掲げられた頭、まっすぐ前を見据える瞳。重い裾をさばく足運びは堂々たるもの、被りものを掻い取る手つきは優雅そのもの。連れているのは異形の小姓一人、だが彼女の背後には万の従者が見えるようだった。

ラクスミィが近づくと、兵たちは自然とこうべを垂れ、半歩後ろに下がった。あたかも城の主を出迎えるかの如くだった。彼女を斬り捨てるための剣は、今や彼女の艶姿を映す鏡でしかなかった。誰もが王女に見入り、中央の大窓を見上げる者は一人もいない。

はたして、帝王の手鏡は揺れたのか。

すっかり見落としたことに気づいて、衛兵たちが青ざめた時には、ラクスミィは階段を上り終え、宮殿の中へと消えていた。

第一章

一　闇を纏《まと》いし皇后

ナーガの前には今、目もくらむような衣装に身を包んだラクスミィが歩いている。重い裾を払う足もとには分厚い絨毯《じゆうたん》が敷かれ、道なりにどこまでも続いている。左右には人、人、人。ラクスミィには遠く及ばないけれど、きらきらと輝く石を縫い込んだ派手な衣服を身に纏い、口に扇《おうぎ》を当てている。カラマーハ宮殿の〈貴き人々〉だ。みんな花嫁に夢中で、ナーガにそそがれる視線はそう多くないのが唯一の救いだった。

けれども婚姻の式典が七日七晩続くうち、人々は次第にラクスミィを見慣れていき、彼女の傍に控える男児の存在に関心を移した。

扇に隠されていても意地の悪い笑みは分かるものだ。石柱の森林のような宮殿は意外によく声を通し、遠くのひそひそ話もナーガの耳に届いた。長い手足を笑う人、背や胴がいびつだと不気味がる人。なんという屈辱だろう！　この身体は、ナーガの自慢だった。背丈が伸びた暁《あかつき》にはきっとよい舞い手になるだろうと、一族みんなが誉めてくれたものだ。

イシヌの民はまだましだった。初めはもの珍しげな顔を見せても、すぐさまにっこりと取り繕って、あからさまな悪口は言わなかった。ナーガが水を使えると知れば、尚更敬意を払って接してくれた。ここの人間の性根が腐っているのは、首領が邪《よこしま》だからに違いない。なにしろ奴は西ノ森を襲った極悪人だ。

どんな怪物か見てやろう。ナーガは勇ましく顔を上げ、広間を見渡した。ところがどこにもそれらしい男が見当たらない。不思議に思いながら七日間を過ごし、最後にやっと気づいた。大広間の奥の、双頭の白牛の絵が描かれた御簾《みす》。ジーハ帝はその向こうに座っているのだ。こちらからは姿も見えなければ、声も聞こえない。彼の言いたいことはお付きの者が代弁するか、ちらちらと瞬《またた》く光で合図する決まりのようだった。

結局、帝王の姿は一度も見ることのないまま、式典は終わった。

とても退屈だった。ただじっと座って、祝辞やら祝詞《のりと》やらを聞き、踊り子の無意味な舞いや何を言っているのかよく分からない〈演劇〉とやらを観るだけだった。ナーガがうたた寝しなかったのは、貴き人々の嘲《あざけ》りを浴び続けて、始終かっかとしていたからだ。大人の中には舟を漕ぐ者もいた。衛兵に小突かれ、どこかに連れていかれたきり、帰ってこなかったけれど。

式典が終わって〈奥ノ院〉に戻ると、ラクスミィが笑って言った。

「よう耐えたな」

「七日もの間、挙式では微動だにせず、夜にはすぐさま寝入っておったな。敵陣のただ中というのになかなか気骨がある」

誉めているらしい。少しも嬉しくないけれど、ナーガはきちんと一礼した。ナーガの身分はラクスミィづきの〈お小姓〉とやらだ。身の回りの世話をしたり話し相手になったりする若い従者をそう呼ぶらしい。君主を持たぬ水蜘蛛族《みずぐもぞく》には、たいへん不名誉な称号だった。舞い手が平伏《ひれふ》すのは、水蜘蛛族の女人に対してだけだ。

ラクスミィは外界の女。ナーガの彫りを暴き、母さまの秘文《ひぶん》を勝手に書き換えた、蛮人だ。そんな相手にこうべを垂れるたび、肌の上の秘文がちりちりと焼け焦げる思いだった。

「皇后陛下」

御簾の向こうに人の気配がした。声からして、この城の侍女頭だ。

この宮殿は石柱ばかりで壁が少なく、一部屋がだだっ広い。そのため垂れ布や御簾、衣桁《いこう》、簞笥《たんす》などで部屋を仕切っている。ラクスミィは調度を含めて一室丸ごとあてがわれたが、側室たちは大広間に押し込められており、衝立《ついたて》に衣をかけて自分の寝場所を得ているという。

「今宵のお支度をば」侍女頭が恭しく申し出た。

「要らぬ」ラクスミィは冷たく言い放った。

「しかし」突っぱねられると思わなかったのか、御簾越しの声は狼狽《うろた》えている。「今宵は、大帝陛下のお渡りが」

「なんの支度が要るものか」若き皇后は嗤《わら》う。「『王の前では一糸纏わず』。この奥ノ院では、そうした決まりと聞いておるが」

「お身体に香油や白粉《おしろい》など――」

「そなた、わらわの裸体に化粧が要ると、そう申すのかえ」

黙ってしまった。

皇后が気だるげに「下がりゃ」と命じると、侍女頭は消え入るように「はい」と答えて立ち去った。さらに、ラクスミィが「全員じゃ」と告げると、途端に部屋の中が慌ただしくなり、ばらばらと足音が幾重にも鳴って、消えた。見えないところに大勢控えていたらしい。

ラクスミィは透かし編みの被衣《かつぎ》を取り払うと、手近の衝立へ無造作に引っかけた。七日目の意匠は銀と青が基調だ。花嫁衣装は毎日変わり、色合わせにはそれぞれ意味があった。例えば銀は貞操、青は恵み、合わせると『貞淑な妻に子宝を与えたもう』となる。ちなみに青はその濃さによって、百以上に細かく意味づけされる。毎朝の着付けの際、侍女頭がそう講釈を垂れていた。花嫁本人はうんざりした様子だったけれども。

しゃらんしゃらんと涼やかな音が鳴る。ラクスミィが次々と装身具を取り外し、長椅子へと放っているのだ。月光石の銀腕輪、蒼玉の耳飾り、藍玉と金剛石の首飾りが、光丹器《こうたんき》の灯りにきらきらと宙を舞う。ナーガがその輝きに見入っていると、皇后が衣に手をかけた。

まろやかな肩が見えたところでナーガは飛びあがり、急いで後ろ向きに座り直した。女体に気後れしたわけではない。一族の女人たちは舞い手の前でも平気で水浴びしたものだ。むしろ皇后の無頓着な振る舞いは故郷を思い出させた。仇相手に恋しさなんぞ覚えたくない一心で、ナーガは目を閉ざした。

そんな彼をからかってか、頭の上にばさりと布がかけられた。ずしりと重く、香が焚き染められている。花嫁衣装のようだ。ナーガはかっとなって、厚い絹地を引っぺがし、皇后に勢いよく向き直った。

「なんじゃ、その顔は」

ラクスミィが笑う。呆《ほう》けた表情だったのだろう。

ナーガはてっきり、彼女は素ッ裸か、夜着を纏っているのだろうと思っていた。ところが、目の前の女性は今、これまで見たことのない装いをしていた。

膝丈の上衣を腰の帯できりりと締め、ぴったりとした細い袴《はかま》を穿いている。肩に羽織るのは袖のたっぷりと広がった外衣だ。全てが烏《からす》の濡れ羽色で、髪の銅《あかがね》色を鮮やかに浮き上がらせている。その髪はきつく結い上げられて、かんざし一つ差さっていない。化粧も落としたかもしれないが、黒衣のために肌がいっそう白く映えていた。

男衆のよう、とナーガは思った。外の男たちの衣には詳しくないけれど。

「この装いはな」ラクスミィは愉しげに囁《ささや》く。「我がイシヌ家の祖が、戦地に赴《おもむ》く折に纏われたものじゃ。なるほど動きやすい」

戦地。小首を傾げたナーガに、ラクスミィはつかつかと歩み寄った。彼の腕を掴《つか》み、広々とした寝台に引きずり込む。悲鳴を上げかけた口は、あっさりと塞がれた。

皇后が何かを呟いた。密やかながら幾重にも響く不思議な音色だった。すると、寝台の天蓋《てんがい》から垂れる薄布がはらりと落ち、同時に灯りがぱっと消える。漆黒《しっこく》の闇が視界を塗りつぶし、やがて目が月明かりに慣れた頃、ナーガはやっと、ラクスミィが式を唱えたのだと悟った。

だがすぐに、おかしいと思い直す。

垂れ布が落ちたのと灯りが消えたのは、いちどきに起きた。それはありえないことだった。一つの式で起こせる現象は一つきり。ナーガの母さまのタータは丹導術《たんどうじゅつ》の名人で、式を文節に分け、それらをかけ合わせることで、とんでもない速さで連続技を繰り出したけれど、それはやっぱり『同時』ではない。技の数だけ、式を唱える口が要る。

ナーガは息を殺し、ラクスミィの声音に耳をすました。聞けば聞くほど一人とは思えない。柔らかな女の囁きの奥に冷たい男の声がする。翁《おきな》のようなしわがれ声、鳥のさえずりのような美声、厳めしい老女の呟き、三人の陽気な男たちの語らいも聞こえる気がした。他にも大小あれど、さまざまな声音が入り交じり、異なる旋律を唱えていた。

ことに不思議なのは、それぞれがはっきり聞き分けられることだ。大勢がてんでに話すと、音が溶け合って、よほど近くに耳を寄せないと聞き取れないものだ。けれども、ラクスミィとともに呟く声たちは、どんなに小さかろうとも、ナーガが少し注意を向けるだけで鮮明に拾い上げられた。まるで、声が頭の中に直接入ってくるようだった。

ナーガは聞くことに気をとられ、見るほうはおろそかになっていた。天蓋の垂れ幕を照らす月明かりをぼんやりと見ながらも、どんどん強まる違和感に気づかなかった。ようやくそれに意識が向いた時、彼は悲鳴を上げた。ラクスミィの手に口を塞がれており、くぐもった声しか出せなかったけれども。

朧《おぼろ》な月光を浴びるラクスミィの、寝具に落ちる淡い影。それが次第に濃くなっていく。夜闇とれた。
真っ黒な線が這い、まるで蜘蛛《くも》の巣のように編まれていくさまが、薄布越しにはっきりと見て
細い糸のような影は寝台の上を走り、垂れ布をくぐり抜け、その先へと伸びる。床や壁の上に
よりも黒く染まると、影はぐんなりと歪み、ばらばらの細い線にほどけて、人の形を失った。

これは、まさか〈闇丹術《あんたんじゅつ》〉では。そう思うや、ナーガの全身から、どっと汗が噴き出した。
母さまの御講義で、一度だけ出た術の名だった。闇とは、ただ暗いのではない。真の闇とは、
この世で最も速きものである〈光〉すらも捕らえて、呑み込むのだ。星瞬く夜空のどこかに、
そんな〈闇の星〉があって、それはこの世で最も重い物体のはずだと、母さまは言っていた。
けれども全ては計算の上の話。今の丹導学では、闇の星は探し出せない。ましてや、闇丹術、
即ち物の重さを操る技は、人ひとりの人丹《じんたん》ではとても為せぬものなのだ。
そのはずなのに。
ラクスミィが低く嗤う。舌なめずりしつつ獲物を待ち構える、捕食者のようだった。彼女が
網にかけようという相手を察して、ナーガはぞっと背筋が凍った。
帝王ジーハだ。
はるか遠くで重々しい音が鳴った。奥ノ院の扉が開かれたのだ。硬い石床はどこまでも音を
伝える。扉が閉じられ、何十という足音がしずしずとこちらに向かってくるさまが、手に取る
ように分かった。帝王の行列に違いない。
わずかにあった光が消えた。月に雲がかかったか、それともラクスミィの術のせいか。完全

なる闇の中で、ナーガがごくりと唾を呑み込んだ時だ。

男の怒声が聞こえた。行列の足音が途絶え、不穏な騒めきに塗り替わる。

「命汚い老いぼれめ。勘づきよったか」ラクスミィが呟いた。

口惜しそうな物言いながら、愉しんでいるようにも聞こえた。彼女の話す奥では数多《あまた》の声がぶつぶつ呟いている。式を唱えているのだ。ナーガの知識ではその意味をほとんど理解できず耳も追いつかなかったけれども、土に火に風に光に……。ありとあらゆる領域の式が練り上げられていることだけは分かった。

「では、こちらから参ろうぞ」

その言葉と同時だった。

強い光が部屋を満たした。突風が吹き、天蓋の垂れ幕を払いのける。寝台が急に歪んで沈み込む。視界が真っ白に潰れたナーガは、何が何だか分からぬまま、手前にもんどりうった。顎を床にぶつける直前、ぐいっと腰から引き起こされる。ラクスミィが支えてくれたのか。女人の腕にしては力が強い。そう思いながら光のちらつく視線を下げ、ナーガは総毛だった。

彼の腰に纏わりついていたのは、闇夜より濃い影だった。

咄嗟《とっさ》に払いのけようと振り上げた腕を摑まれる。今度は皇后自身の手だったが、白魚の指の間に落ちる影も、ナーガの腕にぎちぎちと食い込んでいた。

凍りつくナーガに構わず、ラクスミィは歩み出す。

部屋の床に壁、天井までもが真っ黒な影に覆われている。それでも昼間のように明るいのは皇后の周りを飛び交う蝶たちのおかげだ。〈光ノ蝶〉とでも呼ぼうか。手のひらのように大きな翅《はね》が、まばゆい鱗粉《りんぷん》を星屑のように撒き散らし、ナーガたちの足もとを照らす。

ラクスミィの足取りはゆったりとしているが、進みは恐ろしく速かった。まるで彼女の踏む床そのものが動いているかのようだった。皇后の横を歩かされているナーガは、自分の歩幅がいつもより格段に広いように感じた。闇に呑まれて漆黒に染まった調度が飛ぶように背後へと流れていく。

十歩もしないうちに、二人は広い部屋を横切り、扉の前に到っていた。

奥ノ院は、后《きさき》の宮殿とは名ばかりの牢獄だ。部屋にはそれぞれ、分厚い鉄の扉が嵌《は》められ、大きな錠前がかかっている。どうやって出る気かと思った時、ラクスミィが扉に向かって短く囁いた。すると追随するように、足もとの影からたくさんの声が沸き起こり、楽の音さながらの美しい式を織りなした。

鉄の扉が真っ赤に染まった。次の瞬間、ぐにゃり、と水飴のように歪む。たちまち扉は崩れ落ち、床に平たく伸びた。凄まじい熱でどろどろに融かされたようだった。血だまりのようになった鉄から、ゆらゆらと大気が立ち昇り、ナーガの前髪をちりりと焦がした。

先導するかのように、真紅の鉄だまりが廊下へと這い出した。ラクスミィが部屋の外へ踏み出すと、数多の影が彼女に追従《ついじゅう》し、ナーガは為す術《すべ》なく引きずり出された。

「皇后陛下！」

男の声がこだました。見れば、回廊をずっと行った先に、火筒を構えた兵らが並んでいる。

整然と隊列を組み、入り口に至る通路を塞ぐ彼らの背後で、扉の閉じる重い音が響き渡った。ジーハは既に奥ノ院を出たようだ。

「どうかお考え直しを」

先ほどの男が制するように声を張り上げる。帝都までの道中、屋形車の脇についていた軍人ムアルガンだ。

「それより一歩でもお進みになれば、我らは陛下を撃たねばなりませぬ！」

「ほう。火筒ごときでわらわを止めると申すか」

ラクスミィがねっとりと舐めるように呟く。

「やってみるがよい」

ムアルガンは何かを押し殺すように目をいったん伏せたものの、次に見開かれた瞳に迷いはなかった。おもむろに右手を掲げ、高らかに言い放つ。

「撃て！」

彼の手が振り下ろされ、整然と並ぶ筒先が一斉《いっせい》に火を噴いた。乾いた音が石の回廊にこだまする。ナーガは咄嗟に身体を強張らせたが、その必要はなかった。

灼熱の鉄だまりが立ち上がり、弾幕を呑み込んだのだ。鉄はそのますうっと冷えて、降りしきる弾の波紋やしぶきの形を残したまま、黒々と冷えて固まった。先ほどまでラクスミィを閉じ込めていた扉が、彼女を守る盾となったのだ。兵たちがどよめいている。

そのまま兵たちをなぎ倒して、ジーハを追うつもりかと思いきや、ラクスミィは悠然と踵《きびす》を返した。宮殿の奥深くへと向かう彼女に、闇が滑るように付き従う。

彼女の意図を判じかねたか、帝兵たちが動き出すまでに数拍の間があった。やがて彼らは、火筒を撃ち放しながら駆け出したけれども、筒先はてんでばらばら、弾はあらぬ方角へと飛んでいく。ある者は鼠のように柱の周りをぐるぐる走り、またある者は猪のように壁へとまっすぐ突っ込んで、勝手に昏倒《こんとう》した。

「惑わされるな!」ムアルガンが一喝する。「目に見えるものを追うな、闇を撃て!」

将校の指示にようやく筒先が整った頃には、ナーガたちは回廊の奥に至っていた。そこには両開きの巨大な扉が立ちはだかっていたが、ラクスミィが近づくと待っていたかのように錠が下り、自然と口を開けた。現れたのは階段だ。皇后は仕草だけ緩慢に、だが飛ぶような速さで上っていく。まるで段差が彼女の足もとに滑り込んでくるようだった。ナーガは息を切らし、時に影に支えられながら、その後を追った。

階段の先はまた回廊だった。角を幾度も曲がり、渡り廊下を越えて隣の棟に移る。ナーガがどう進んだかさっぱり分からなくなっても、皇后の足取りは緩まなかった。

五回目の棟の、天に続くかというほど長い階段を上って、ラクスミィはやっと足を止めた。ナーガが息も絶え絶えに階段を上りきると、彼の汗だくの前髪を、風がさあっと掻き上げた。

ナーガたちは今、吹き曝《さら》しの露台の上にいた。

目の前には弧を描く橋があった。その先は塔に繋《つな》がっている。ナーガたちのいる棟と塔の間には月の光も届かぬ奈落が広がっていた。

「しまった！」階段のはるか下からムアルガンの焦る声が届いた。「〈乳海ノ塔《にゅうかいのとう》〉に入る気だ！なんとしても止めよ！」

そんな彼を嘲笑《あざわら》うように、ラクスミィは橋を渡り始める。

橋は二人並ぶのがやっとで、何もかもが大仰なこの宮殿では折れそうなほど華奢《きゃしゃ》に見えた。欄干《らんかん》は生い茂る草花を模しており、月明かりに真っ白に映える。同じく白く輝く床は、川底の小石のようになめらかで、美しいけれどもたいへん歩きにくかった。ナーガは気づけば、右手で欄干を、左手で皇后の漆黒の袖を摑みつつ進んでいた。

橋の下の奈落からは生暖かい風が吹き上げている。底なしの闇を見ると落ちてしまいそうな気がして、ナーガは必死に頭を上げ、橋の先に建つ塔を見つめ続けた。初めは丸い筒のようなすべすべした壁だと思っていたけれど、その割には、月光が妙な陰影を落としている。眺めるうちに、壁を作っているものの正体に気づき、ナーガの全身が粟立った。

無数の人だ。

肌も髪も衣も真っ白な人々が、隙間なく折り重なり、絡まり合って、塔を築いている。女もいれば男もおり、皺《しわ》の刻まれた老人や赤ん坊の姿もあった。中には顔しか見えない者もいて、生首が嵌め込まれているように見えた。いずれも表情は虚《うつ》ろで、視線は判然としない。

あれに入ろうというのか。ナーガは欄干にしがみついた。裾を強く引かれて、ラクスミィが立ち止まる。振り返った彼女はナーガを一瞥《いちべつ》した後、渡ってきた橋の対岸に目を向けた。彼女を呼ぶ声があったのだ。

「皇后陛下!」ムアルガンだ。橋のかかった露台の上に、将校が躍り出た。「なりませぬ。お留まりを!」

そう叫び、ムアルガンは橋に足をかけた。しかし、すぐさま弾かれたように飛びすさる。

橋がさらさらと崩れ出したのだ。

見る間に橋は短くなり、砂塵へと還っていく。奈落から吹き上げる風が、純白の砂を天へと攫《さら》った。砂粒は月の光を浴びてきらきらと輝き、銀色の河を作る。

砂はしばらく星空を舞った後、遊び疲れた子供のように地上へと降り始めた。その砂の雨をラクスミィの纏う闇が出迎える。どこからとも知れぬ歌声を響かせつつ、夜空よりも濃い闇が立ち上がり、かつて優美な橋だった白砂を一粒残らず呑み込んでいった。

ナーガのしがみつく欄干も、さあっと崩れた。足もとの石板も、すぐそこまで消えている。奈落に落ちる恐怖が塔への嫌悪に勝った。ラクスミィの後を追って、崩れゆく橋の上を必死に駆ける。塔の入り口に滑り込んだところで、最後の床板がぼろりと割れ、さざれとなって消え失せた。

肩で息をしながら、ナーガは消えた橋の向こうを窺《うかが》った。露台の上で、ムアルガンがやっと追いついた兵たちとともに、呆然としてこちらを見ている。けれども彼らの姿はすぐ見えなくなった。ラクスミィが影に命じて、塔の扉を固く閉ざしたのだ。暗がりの中に取り込まれて、ナーガの意識も闇に落ちていった。

二　乳海《にゅうかい》ノ塔《とう》

滴るような緑の中、ナーガはヌィを駆っていた。

背後から声が追いかけて来る。駄目よ、ナーガくん！　戻ってらっしゃい！　長《おさ》ラセルタだ。

けれども彼は止まらなかった。緑の向こうに、父さまが取り残されているのだ。

天に昇る竜のような水柱が立ち、森中の鳥を集めたような弓の音が鳴るたび、女の人たちが口々に叫ぶ。なんてこと。あの子たち、もう戻らない気よ！

けれども誰も、父さまを呼びに行かない。あのイシヌ兵がここを離れたから、もうじき火が降ってくる。ここで動けば、全てが水の泡になる。そう言って唇を噛むばかり。

だったら、僕が行く。

ヌィに飛び乗り、手綱を振るう。緑の中に飛び込むと、族長が慌てて呼び止めたけれども、その声はすぐ掻き消された。怪物のような咆哮《ほうこう》。見上げれば、太陽のかけらが黒い煙を纏《まと》って真っ逆さまに落ちてくる。

歌声が響き渡った。何重もの、荘厳な調べ。太陽が一瞬ゆらりと霞《かす》む。

次の瞬間、全てが真っ白に染まった。

耳を貫く音の爆発。ヌィが驚いて後ろ立ちになり、ナーガは必死にその首にしがみついた。ちかちかとした星屑のような瞬《また》きが、目の奥を埋め尽くす。

星屑が通り過ぎて、おそるおそる目を開ければ、父さまの姿があった。世界は真っ赤に塗りつぶされ、大地には黒こげの手足が累々と転がっていた――

ナーガは悲鳴を上げ、汗だくで飛び起きた。

目に飛び込んできたのは陽光だった。刺すような眩しさだ。故郷の森では雨のない日も雲がかかっていて、太陽はもっと優しげだったが、外の世界では太陽がいつも天を牛耳っている。砂漠では雲が滅多になく、〈草ノ領〉では綿をちぎったような可愛らしいものがちらほら浮くばかり。たまに堂々とした雲がいたかと思えば、あれよあれよという間に膨らんで、たらいをひっくり返したように水を大地に叩きつけたかと思うと、さっさと東に流れていくのだった。

ナーガは目をこすり、うっとうしい陽光の残像を振り払うべく、頭を振った。徐々に意識がはっきりしてくると、自分が硬い石床の上に寝転んでいること、陽光の他に無数の視線が降りそそいでいることに気づいた。おそるおそる天井を仰ぎ、ひゅっと息を呑み込む。

塔を築く人間たちが、無言でナーガを見下ろしていた。

悲鳴を上げようとして、妙だと思い至った。彼らは髪の先まで貝殻の粉のように白く、岩のように微動だにしない。よく見れば、つるつるとした肌に雨露の痕のような筋が幾本も通っており、肩や頭に苔《こけ》を生やしている者、脚や胴に蔦《つた》を巻きつけた者もいた。

――なんだ。ナーガは胸をなで下ろした。全部、石の作りものじゃないか。月明かりで見た時はやたら生々しく見えたけれど、昼間なら全然恐くない。

ナーガは石造りの人間たちに勇ましく歩み寄った。初めは浮き彫りかと思ったが、じっくり観れば、絡み合う人々の間に隙間が開いている。覗き込めば塔の外が見えた。どうやら石像を積み上げて、塔の壁にしているようだ。上の方に、窓のようにぽっかりと開いた場所がある。石像たちを足がかりによじ登ると、ナーガは上半身を外に突き出した。

壮観な景色に思わず「わあっ」と声が漏れた。

帝都はなだらかな丘の上に築かれており、カラマーハ宮殿はその頂きに建つ。さらに、この塔は宮廷一高かったから、草がなびく地平線まで広々と見渡せた。

塔は、三辺の棟に囲まれていた。その外側には四辺の棟、さらに外には六辺、八辺、十辺と続き、全部で五重になっている。棟の壁は燃えるような赤で、それが幾重にも取り巻くさまは大輪の牡丹《ぼたん》の如くだった。棟の角には柘榴《ざくろ》の実を思わせる楼閣《ろうかく》が据えられ、華やかさを添えている。この壮大な建物の群れ全てが〈奥ノ院〉なのだ。

ナーガたちは昨晩まで、奥ノ院の一番外側の、十角の建物にいたようだ。すると、その南が〈本宮〉だろう。回廊と吹き抜けの広間が碁盤の目状に並んでいる。本宮の両側には、大鳳《おおとり》の翼のように離宮が弧を描いていた。東の離宮が〈二ノ宮〉、西が〈三ノ宮〉と言ったはずだ。

宮殿の周りには森林や花畑や野原が広がるが、人の手で造ったものだから、妙に整然としていて、かえっていびつだった。そういう意味では、この塔の方が良い。苔や蔦が自由に生えているからだ。そういえば、蔦の根もとはどこにあるのだろう。地面ははるか下なのに。

視線を下げる前に、ナーガは塔の中に引きずり込まれた。鉛のように重い漆黒《しっこく》の闇に、悲鳴もろとも包み込まれる。

「大人しく寝ておるかと思えば」若い女の声が聞こえた。

ナーガを床の上に置くと、闇はするすると退いていった。辿り着いた先は、闇と同じ漆黒の衣を纏った女人の足もとだ。ぶるんと身震い一つして、闇は彼女の影となった。

「塔の下を見たいか」皇后ラクスミィは嗤《わら》う。「ならば、ついて来や」

嫌だ。などと抗《あらが》う余地はない。ナーガはむっつりと黙ったまま立ち上がった。

ラクスミィは踵《きびす》を返し、部屋の中央に向かっていく。そこにも真っ白な石像が立っていた。

ただしこちらは首から上が双頭の牛の、半人半獣の化けものだ。それが十数体、ぐるりと輪になっていた。ぎょろりと見開いた目には大粒の紅玉が嵌《は》め込まれ、血のような輝きを滴らせている。手に握るのはナーガの身の丈の倍はある黄金の三叉戟《みつまたほこ》、穂先に本物の刃が光る。

不気味でならず、ナーガはなるべく見ないようにしていたから、神像の輪が何を囲んでいるのか気づいていなかった。下に続く階段のようだ。ラクスミィが滑るように下りていく。影も主人に従って階下に消えたが、黒い腕だけがぬうっと伸びて、緩慢な手招きを寄越してきた。

渋々と後を追ったナーガは、五段も下りないうちに立ち尽くした。

階下は、奈落の絶壁だった。

巨木のうろを覗き込んだような気分だ。石像の壁がどこまでも続いている。絡まる蔦の量は下に行くほど増え、底の方では一条の光も通さぬ厚い壁を織り上げていた。道はナーガの立つ宙づりの階段だけだ。踊り場を挟みながら直角に折れ曲がり、稲妻《いなずま》のような形を描いている。

ナーガはくらくらと眩暈《めまい》を覚えた。頼りになるのは華奢《きやしや》な手すり一本。縋《すが》りつきながら下を窺《うかが》えば、ラクスミィは五つ目の踊り場を曲がったところだった。何頭もの光ノ蝶たちを連れている。高いうちは壁から陽の光が漏れてくるが、下ではあの蝶が唯一の灯りだ。早く追いつかなければ。ナーガは勇気を振り絞り、だが手すりはしっかり摑《つか》んだまま、段差を駆け下りた。

ラクスミィの三段後ろをきっちり保ちながら、深淵へと下りる。底に近づくほど、どんどん暑くなっていくようだ。むっと湿った大気が漂ってきて、ナーガはぴんと察した。

「水だ！　塔の底に、水が溜まっているんだ」

目を眇《すが》めれば、階下はちらちら瞬いている。水面のきらめきに違いない。

「そう」皇后は低く笑った。「この塔は井戸になっておる」

井戸。ナーガには馴染みのない言葉だった。水蜘蛛族《みずぐもぞく》の森にそんなものは必要ないからだ。外の世界に来てから幾つかを目にした程度だから、何が普通なのかは知らないけれど、こんな巨大なものは初めてだった。帝都の民はみんな、ここから水を汲むのだろうか。

「飲み水のための井戸ではない」

皇后が足を止めた。光ノ蝶がひらひらと舞い、水面を照らす。次の踊り場は水に沈んでいた。

目を凝らすと、階段はそこで終わりではなく、水中のもっと深くまで続いているようだった。

「今は上雨季の終わり。水嵩《みずかさ》が増しておるゆえ、辿り着けるのはここまでじゃ。乾季の盛り、青河の水面が最も低うなる数日だけは、地下に降りられるという」

地下に何があるのだろう。尋ねると、皇后は短く答えた。

「〈乳海〉じゃ」

乳海？　聞いたこともない。重ねて尋ねようとした時、何かがナーガの耳にそっと触れた。ぎょっとして振り返れば、光ノ蝶が一頭、肩に止まっている。蝶はふわりと飛び立ち、『よく見ておいで』とでも言うように頭上を舞うと、水面すれすれに下りていった。

照らし出されたのは、虹色にきらめく、あぶくだった。暗い水底から絶え間なく立ち昇り、大気に触れるや否や、ぱんっと弾ける。よく耳をすませば、ぽこぽこと泡の爆《は》ぜる音が、そこかしこで鳴っていた。それにこの暑さ。思えば、湯気もほのかに見えるような。

この大量の水を沸かすような、とてつもない熱の塊が、水底に沈んでいるのだ。

ものは試しとしゃがんで、水面に腕を伸ばした時だ。ラクスミィの影が、彼の手をがっしり搦《から》めとる。見上げれば、皇后と目が合った。

「手が煮えるぞ。その向こう見ずぶり、母譲りよのう」

呆れたような、だがどことなく愉しげな響きだった。ナーガの頭に、かっと血が上る。

「お前に母さまの何が分かる！　母さまの彫りを滅茶苦茶にしたくせに！」

父さまは言っていた。この女人はタータの弟子で、水蜘蛛族も同然だと。けれどもナーガにとって、外界で生まれた女はあくまで外界の女だった。刺青《いれずみ》を彫れるからといって、彫り手というわけではない。母さまを知っているからといって、親しみを感じるわけがない。

何より、父さまがナーガのもとを去ったのは、この女のせいに違いないのだ。

イシヌの都で高熱を出し、数日臥せってから起きてみれば、父さまはどこにもいなかった。何故いないのか、どこに行ったのか、未だに誰も教えてくれない。けれども一つだけナーガは覚えていた。熱で朦朧《もうろう》とした彼の横で、父さまがラクスミィに向かって平伏《ひれふ》していたことを。

「父さまを返せ！」ありったけの憎悪を込めて叫ぶ。「父さまと一緒に、僕は森に帰る！」

「誰もおらぬ森にか」

「誰もいなくなってなんか、ない！」怒りで咽喉《のど》が裂けそうだった。「みんな、天ノ門に行ったんだ！　そこで、僕たちを待っているんだ！」

皇后の影に絡みつかれていなければ、ナーガは地団太を踏んでいたことだろう。父さまも、この女も、水蜘蛛族は滅んだと言う。絶対に信じないと彼は思った。水蜘蛛族はこの世で最も気高い戦士たち。帝軍なんぞにやられやしない。滅んだなんて、きっと嘘に違いない！

ラクスミィの目に憐れみめいたものが浮かんだ。諭すように口を開き、しかし再び閉ざす。暗い水面をしばし眺めた後、ナーガに向き直った皇后の唇には、冷たい笑みが浮かんでいた。

「分からぬのか、ナーガよ。森はもはや、そなたたちを受け入れはせぬ」

囁《ささや》くような小声ながら、全てを押しつぶすかのような、凄まじい圧だった。ナーガは知らぬうちに、這いつくばるようにして皇后を見上げていた。

「そなたたちは、わらわに秘文《ひぶん》を晒《さら》した。外界の女人にな。それは一族最大の禁忌であろう。舞い手の風上にも置けぬ大罪人どもじゃ」

なぶるような声音。屈辱に、ナーガの全身がぶるぶると震える。

「よう考えてみや」舐めるような声が囁く。「その罪が消えぬ限り、そなたらの舞い手としての誇りは戻らぬ。誇りを失った舞い手を、聖なる森が許すと思うかえ。秘文を目にしたわらわを討たぬ限り、そなたら親子は故郷に戻れぬ」

ならば、ナーガがすべきことは、一つだけだ。

「僕は必ず、お前を倒して、森に帰る」

食いしばった歯の間から、吐き出すように言うと、ラクスミィは愉悦《ゆえつ》も露《あら》わに微笑んだ。

「この失態をどう償う気だ、ムアルガン中将」

大広間の静寂を打つ低い声に、ムアルガンはこうべを垂れた。

言葉は帝王ジーハのものだが、声は異なる。広間の奥に垂れる御簾《みす》の向こうに玉座があり、御簾の傍に〈お声役〉の文官が立っている。ジーハの声は彼にしか届かず、彼の言葉が帝王の意思と見なされている。

文官の名はシャウス。ジーハの幼少からの付き人で、主と同じく齢《よわい》六十。背は曲がり、杖をつき、髪は白いが、声は老いを感じさせない。年を含めたあらゆる色が、彼の声音からは抜け落ちていた。決して聞きがたくはなく、聞けば彼のものとすぐ分かるが、どのような声だったか後ほど思い起こそうとしても、大気を掻き集めるかのような取り留めのなさを覚える。だが、その無色透明な声音こそが、お声役にふさわしいとされたのだろう。シャウスの老いた身体を包む紫の上衣が、帝王の信の篤《あつ》さを物語っていた。

ジーハの王位継承順は決して高くなかったから、シャウスは主とともに宮廷の片隅で一生を終えるはずの男だった。それが今や国家の権力の代行者にまで登りつめ、並み居る名家の子息たちを見下ろしているのだ。運命とはまったく気まぐれなものである。

「即刻、あの女の首を刎《は》ねるべし。いいや、それだけでは足りぬ。屍《しかばね》から内臓をえぐり、骨を砕き、細切れの肉片にしたうえで、鰐《わに》の池に放り込むのだ」

シャウスの声の抑揚のなさがジーハの怒りをかえって際立たせていた。血腥《ちなまぐさ》い処刑の様子を思い描いて蒼白になった顔を隠すべく、官たちはますます低く額ずく。

「畏れながら申し上げます」ムアルガンは重い口を開いた。「塔に攻め入るのは困難かと。塔と棟を繋《つな》ぐ三つの橋は全て砂塵と帰し――」

「笑止」シャウスが淡々と遮《さえぎ》る。「橋がないなら、ただちに架け直せ」

「問題は橋だけではございませぬ。かの塔の下には〈乳海〉がございますゆえ」

〈乳海〉とは、丹の結晶〈仙丹《せんたん》〉のもとである。またの名を〈丹の胎児〉ともいう。本来は、大地の胎内、海の底よりも深い場所で眠っているが、ここ帝都では地表近くまで上っている。ラクスミィの立て籠もる塔はその〈乳海〉が最も浅く、全島で唯一仙丹が汲み取れる場所だ。仙丹器は帝軍の強さの源であり、〈乳海ノ塔〉は火ノ国の心ノ臓に等しい。

「御存じの通り、乳海は非常に不安定な代物。帝家の秘宝〈人知《じんち》ノ柄杓《ひしやく》〉を使い、仙丹として固定しない限り、大気に触れるや暴発する、力の塊です。塔の地下には常に青河の水を引いておりますゆえ、顔を出すことはまずございませぬが、万一、乳海が地上に晒されれば――」

シャウスが無表情のまま、だんっと杖先で床を打った。

「だからこそ、あのイシヌの女を始末し、塔をすみやかに取り戻せと言うに」

「下手に踏み込むと危険でございまする」

「危険を恐れるとは、それでも武官か」

「陛下の御身の安全を思えばこそ」

返答が早すぎる、とムアルガンは心の中で呟いた。今のはおそらくシャウスの言葉だ。どこからが主の代弁で、どこからが本人の発言なのか、判然としない。シャウスもそれを十分承知しているふしがあり、主人の不興を買わぬぎりぎりのところで、己の意向を差し込んでくる。その抜け目なさが、今の彼の地位を築いたのだ。

「皇后を塔に逃げ込ませたのはそちの失態ぞ、ムアルガン」こちらはジーハの言葉か。「今年は青河の水嵩が増すのが早かった。ろくに仙丹を汲みだせぬまま乳海が沈んでしまった。だが、あの水蜘蛛の小僧っこを潜らせれば、乾季雨季を問わず、乳海に達せられたのだ」御簾の奥に耳をすますそぶりがない。「いいや、そればかりではない。あの小僧がおれば、青河の水源の湖に沈む〈天ノ門〉に至ることもできたのだぞ!」

珍しく、シャウスが語気を荒らげた。

「あのイシヌの女どもの、千年握り続けた『天の恵み』を、我らの手に取り戻す絶好の機会！　そのはずが、乳海ノ塔を占領されたあげく、肝心の水蜘蛛までも皇后の手のうちとは。即刻、塔を奪還し、小僧を生け捕りにせよ！」

肝心の水蜘蛛。ともすると塔よりも、少年を重く見ているふうに聞こえる。確かに、イシヌ王家の治水の権限は、カラマーハ帝家の積年の野望だ。とすると、シャウスの怒気は、帝家の執着の強さを映しているのか。しかし何気なく漏れた『我ら』の一言に、シャウス自身の心が透けてみえるようにも思う。

お声役の怒声に追随するように、官吏たちが声を上げ出した。

「そもそもの責は、ムアルガン中将、この事態を予期し得なかったそなたにある」

「奥ノ院の警備も薄すぎたと言えよう」

「相手はたかが〈式詠《しきよ》み〉一人。〈火筒上兵〉を何十人と従えながら討てぬとは、情けない」

ムアルガンは従順にこうべを垂れながら、心の中で一つ一つ反論した。

そもそもの責と仰るならば、ジャニヤーカ元帥、この宮殿の警護を任されているのは閣下でございまするが。〈東西和合〉と称して、イシヌの姫ぎみとの御婚儀を強く陛下にお勧めされたことは、どう弁明なさるおつもりか。

奥ノ院の一切は、サンヒータ内侍《ないし》、貴男《あなた》さまの御管轄のはずでは。このムアルガンは昨晩、陛下にお供しただけ。それも元はといえば、貴男さまが御進言されたからでございましょう。〈夜の余興〉と称し、花嫁への初の御渡りに、『色事嫌い』で通っている堅物の武官を立ち会わせては如何《いかが》かと。

ヤジヴェーダ中将、貴殿なら皇后をお止めできたか。四大名家がーラマディの跡継ぎ、きらびやかな勲章ばかりごてごてと帯に下げた、戦場を知らぬ〈奥仕え〉の貴殿に。末の弟ぎみの方がよほど豪傑と聞き及んでいるぞ。

高官たちが好き放題になじり、ムアルガンが心中で毒づき返す中、広間には動揺のさざ波が広がっていた。乳海が暴走すればどうなるのか。これまで稀《まれ》に、仙丹精製過程で事故が起きたことはある。いずれも乳海はごく少量であったため、部屋一つが吹き飛ぶだけで終わったが、もしも塔の下の乳海がまとめて暴走すれば、どれほどの被害となろう。

実際のところは誰にも分からない。塔の下の水が涸《か》れたことはなく、どれほどの量の乳海が眠っているのかさえ定かではないのだ。さまざまな憶測が大広間を飛び交い始めた。

「確かに水使いの少年がいれば、乳海の傍までは潜れましょう。しかし〈人知ノ柄杓〉なしに無事汲みだせるとは思えませぬ。皇后とて、己の命は惜しかろう」

「いいや、分からぬぞ。あるいは皇后は、我が身もろとも宮廷を塵《ちり》と化す覚悟で、乳海を引き上げるやもしれぬ」

「少なくとも、奥ノ院は危険でしょうな。ジーハ陛下には当面お入り頂かない方が」

「いや、奥ノ院だけで済もうか。火が上がった場合、本宮に延焼するやも」

予想通りながら、ムアルガンは内心うんざりしつつ、文官たちの会話に耳を傾けた。彼らは君主の安全を考えているふうだが、その実己が身を案じているのだ。軍人ならば任務を負って帝都を出ることもあるが、文官たちはジーハ帝が宮殿におわす限り、参内せざるを得ない。かと言って、帝王を自邸に招こうとする者もいない。側女《そばめ》の顔が気に入らぬと手ずから八つ裂きにするような君主である。粗相の一つでもしようものなら、屋敷に火をかけられたあげく一族郎党処刑されかねない。宮廷から離れるべくジーハ帝を招くことは、降りかかる火の粉を払うべく業火へ飛び込む所業に等しい。

一歩も進まぬ議論に皆が苛立ち、責をなすりつけ合う中傷合戦と化しつつあった時だ。猛獣の咆哮《ほうこう》のような音が鳴り渡り、石の床を細かな振動が伝わってきた。

ややあって、回廊を駆ける足音が幾つも聞こえ、大広間の扉が激しく叩かれた。

「御政務中、失礼いたしまする!」息せき切って飛び込んできたのは、奥ノ院の衛兵たちだ。「〈扇《おうぎ》ノ宮《みや》〉の楼閣が一つ、崩落いたしました!」

どよめきが上がる。〈扇ノ宮〉とは奥ノ院で最も〈乳海ノ塔〉に近い、三辺の棟を指す。扇を半ば開いたような形から名付けられた。塔の傍の楼閣が落ちたなら、乳海が暴走したのか。

「分かりませぬ」口々に問われ、衛兵たちは頼りなげに答えた。「なにぶん突然のことでして。しかし面妖な光景でした。楼閣が突然黒く染まったかと思うと、押しつぶされるように崩れたのです。そう、あたかも〈闇〉に呑み込まれたかのような……」

〈闇〉。その言葉に、官吏らは顔を見合わせるばかりである。そんな中、ムアルガンは昨夜の出来事を思い浮かべていた。漆黒の衣を纏う花嫁。その足もとから異様に長く伸びる、夜空より深い闇。乳海ノ塔の橋を呑み込んだのは、確かに彼女の影だった。

気づけば、ムアルガンは呟いていた。

「興国の書によりますれば、かつて西域を平らげしイシヌの王祖は、己に忠誠を誓った人々を〈天ノ門〉によって潤《うるお》し、牙剝く者どもは〈闇《やみ》の妖《あやかし》〉に骨も残さず喰わせたとか」

闇の妖。何を馬鹿馬鹿しい、とひきつれた笑いが上がる。千年前の書物を、字面通りに受け取ったのか、生真面目なムアルガンどの。西の砂漠の民は怪談奇談を好むと聞く。その闇の妖とやらもそうだろう。王家の始祖すらも妖怪扱いとは、西域の民はつくづく不遜な——

そこにもう一度、地響きが鳴った。

嘲笑《ちょうしょう》を浮かべていた官吏たちが、一気に浮足立った。暴走しているのが乳海にせよ、皇后にせよ、災禍が迫っていることだけは確かだった。一刻も早く宮廷を出ねばならない。しかし、我先にと逃げ出しては、どんな咎《とが》めを受けることか。そんな心の声が聞こえてきそうだった。

慌てふためく彼らを横目に、ムアルガンは策を上申せんと口を開く。

だがそんな彼より、先に声を上げた者がいた。

「聡明なる帝王陛下。ここはいっとき〈草ノ古都《くさのこと》〉に移られては」

一人の男が膝立ちで御簾にすり寄った。赤ら顔をぐるりと覆うもみあげとひげ、裾から覗く黒々とした脛の毛。丸い腹を無理やり官服に包む姿に、品性や優雅さは微塵《みじん》もない。貴き人々の間では密かに『猪』と揶揄《やゆ》される男、〈右丞相《うじょうしょう》〉モウディンである。

彼はこの大広間に詰めている官たちの中で唯一、帝都生まれではない。下級貴族の長男で、若かりし頃は帝都で暮らすだけの財力がなく、農村で平民に交じって畑を耕していたという。

今世において最も出世した人物といってよいだろう。帝都暮らしの方が長くなっても、身体に染みついた土臭さは取れぬようだが。

「本当は、拙宅にお越しいただきたいところですが」モウディンは胸もとで両手を合わせる、「この大宮殿と比べれば、拙宅など馬小屋同然。ましてや不調法なわたくしめには、大帝陛下に御満足いただけるほどのおもてなしなど、逆立ちしてもできませぬ」最高礼をとった。

この男の話は長い。何を述べるにも美辞麗句で飾り立てるためだ。過度な卑下も耳に障る。しかし、この徹底したへりくだりようが、目上の者には心地よいのだろう。これといった功のない彼が三省六部の最高機関〈上省〉の次官〈右丞相〉に納まっている理由は、他に考えられなかった。

「その点、草ノ古都は火ノ国創始時代の都。伝統を重んじられる陛下の御慧眼《けいがん》によって古城も美しく保たれております。無論、帝都と比べれば不便な地ではござりますが、これからは花の盛りの季節、古都のいたるところに色という色が溢れ、陛下をお慰めすることでしょう。わたくしめはあの地の生まれゆえ、多少の勝手は分かりますし——」

ようは、古城の官吏たちに、ジーハ帝の世話をさせようというのだ。帝王の不興を買ったら古都の者のせい、しかし功労はモウディンのものというわけだ。この非常時に欲深なと呆れる一方、策自体は筋が通っていた。

「私も右丞相に賛同いたしまする」なかなか終わらぬ話をムアルガンは遮った。「古都の近くの港には水軍が控えており、守りは強固。ただちに向かわれるべきかと」

「ムアルガン中将どの」モウディンが贅肉《ぜいにく》に埋もれた首を、ぐるりと返した。「おぬしはお供できぬぞ。この事態を招いたのはおぬしじゃ。帝都に残り、塔と水使いを奪還せい」

もとより、そのつもりだ。ムアルガンは答える代わりに、黙って一礼した。サンヒータ内侍たちが再び、彼を責め立て始めた。居残りを命じられては敵わぬとばかりに。

騒然となった大広間に、杖で床を打つ音が三度鳴り響いた。シャウスである。御簾に耳を傾けた後、お声役は朗々と言い放った。

「良かろう。予はこれより草ノ古都に参る」

御簾の影が立ち上がった。官吏らが一斉《いっせい》に平伏し、石の床に額をつける。今度は五度の杖の音が鳴った。閉会の合図である。

それから城は天地がひっくり返ったようだった。突然の帝王出立に〈宮中三監〉の官人らはおおわらわ。特に、帝王の衣食住を担う〈殿中監〉は膨大な荷を前に青ざめるばかりで、衛兵たちまで駆り出して荷造りする始末だった。

宮中三監以外の高官たち、特に政務を司る〈三省六部〉の各長も、旅支度に追われた。帝王のおわすところが国務の中心。彼が草ノ古都に移るなら、お供せねば。帝王のおらぬ帝都など帝都にあらず。うかうかしていては古都の連中に実権が渡ってしまう。ましてや宮殿の奥には乳海と心中覚悟の恐ろしい女人がこもっている。留まる理由は一つもなかった。実際こうする間にも、奥ノ院の楼閣が三つも落ちた。

昼下がりの雨が降る中、まずは帝王の五層の御車が出発した。その後ろを、食事やら着替えやらを載せた車が連なる。荷の纏まった順に送り出されたため、傍目にも雑多な並びである。宮殿の警護役〈禁軍〉の兵たちが行列の両脇を固め、そこに紛れるように、各省各部の高官とその妻子、彼らの私兵が加わっていく。婚姻の儀式でラクスミィを運んだ、美しくしめやかな行列とは打って変わり、如何《いか》にも急拵《きゅうごしら》えな並びであった。

この様子に、帝都の民は不穏なものを感じたらしい。何が起こったか確かめようとする者、ひとまず帝都を出ようと試みる者が続出した。しかし兵も官も彼らの疑問に答えようとせず、帝都の門は東西南北全て行列に占領され、民の通行は厳しく取り締まられた。仕方なくいつも通りの暮らしを営もうとしても、帝都の外から品が入ってこないので店は軒並み品薄、商人も町人もいたく不満げである。

帝王の御車から始まった行列は三日三晩、切れ目なく続いた。ようやく最後の車が門を通り抜けると、入れ替わりに、都外に控えていた面々が入ってきた。帝軍の一旅団、ムアルガンの部下たちである。一連の騒動の責めを負わされた上官とともに帝都に残らされた、哀れなつまはじきものだ。それでも彼らは不平不満一つ言わず、粛々《しゅくしゅく》と帝都の守りについていく。

権力者らが去り、すっかり寒々しくなった宮殿の中を、ムアルガンは独り歩いていた。

この城を初めて訪れた日を懐かしく思い出す。成人の儀を迎えた翌日だった。下ろし立ての帯を締め、少々長すぎる太刀を佩《は》き、つやつや輝くなめし革の靴を鳴らしながら、この回廊を歩いた。尊敬する帝王ジーハに初めてお目通りするかと思うと、胸が高鳴ったものだ。

四大名家が一ヤガナートの長男として、ムアルガンは生まれた時から、帝家への敬愛と帝王への忠誠を教え込まれてきた。少年の目には、ジーハはその教えにふさわしい偉人に思えた。少しばかり血腥い噂はあったものの、彼が即位してから、火ノ国はますます豊かになり、戦をすれば負け知らず、南方の岩ノ国はいたずらに国境《くにざかい》を脅かすのを止めた。〈大帝〉として史書に名を遺すだろうと、官たちの間でもっぱらの評判だった。

それがどうだ。今やこの宮殿は汚職の巣窟。心ある臣下は遠ざけられるか処刑され、残った者は上役の歓心を買うことに血道を上げている。理不尽な侵略に、外ツ国《とつくに》からの信頼は失墜、物の価も税も上がり、民も兵も疲弊《ひへい》しきっている。あまりの重税に田畑を放棄し逃げ出す者が後を絶たず、このままではいずれ国土が荒れ果てる。あまつさえ、国の命の源、青河の水源を毒で汚すとは。上流からは今もなお、毒で死んだ魚の腐肉が流れてくる。

しかし当のジーハといえば、玉と錦に埋もれる宮殿の奥深くで御簾を重く垂れ下げたまま、政務を佞臣《ねいしん》に任せ、女体に溺れる日々を送っているのだ。

何が〈大帝〉か。

ムアルガンは長く飢えていた。己の忠誠を捧ぐに足る相手に。まことの大帝たる者に。少年の頃から抱き続けてきた夢、賢主の第一の家臣となり、その御心のままに野を駆け山を越え、悪しき者を懲《こ》らしめ、この広大な地を平らげる。そうした情熱のそそぐ先を彼は心から欲し、求め続け、倦《う》んでいた。

しかしもう、それも終わりだ。

回廊を幾度も曲がり、幾つもの扉を開け、長い階段を上って下りる。渡り廊下を五つ抜け、奥ノ院の最深部へと向かった。風の吹き上げる露台から、高き塔を見上げる。橋が落とされて四度目の朝。明け方の微雨に濡れた白き壁が、初々しい陽光を浴びてつややかに照る。

ムアルガンは息を大きく吸い込むと、高らかに一声。

「ラクスミィ陛下！」

塔の中の女人に呼びかけ、続けて述べた。

「お迎えにございまする！」

奈落から返ったこだまが絶えた頃。

白き塔の扉が緩慢に開いた。出でたのは漆黒の影。一片の光も通さぬ闇が、黒竜の如く身を伸ばし、宙を泳いで奈落を越え、ムアルガンの立つ露台へと喰らいつく。暗闇は弓なりにしなったかと思うと、突如、大気に溶けるようにすぅーっと薄まり、代わりに、落ちたはずの橋が何事もなかったかのように架かっていた。

再び、塔の扉から漆黒が現れる。此度は影ではなく、その主人だ。彼女の姿に歓喜するかのように、風が天へと吹き抜ける。外衣の裾が巻き上がり、銅《あかがね》色の髪が一房はらりとほつれて、艶やかな唇へと流れた。

ムアルガンは跪《ひざまず》き、漆黒の女人を迎えた。礼節に則《のっと》ればこうべも垂れるべきだが、彼の目はラクスミィに釘づけだった。美しいという言葉はこの女人には軽すぎる。その微笑は清らかながら毒々しく、肢体は儚《はかな》げながら匂い立つよう。例えるなら、研ぎ澄まされた一振りの刃――妖剣。迂《う》闊《かつ》に触れれば、一瞬で骨まで断たれるだろう。

「待ちかねたぞ」

花弁の如き唇が囁くように言った。

「〈角《つの》〉よ」

その呼び名に、ムアルガンは微笑んで応えた。

「申し訳ございませぬ。思いの外ことの進みが遅く。しかしながら、万事うまく運びました。ジーハは主立った官吏を引き連れて、帝都を去りましてございます。今この都を守りまするは我が兵。宮殿におりまするは、ジーハに疎《うと》まれ、また彼《か》の者の暴政を疎んで残った者のみ」

ムアルガンは風に遊ぶ黒衣の裾を恭しく取ると、自らの額に押し当てた。

「この城と都は今、貴女《あなた》さまのものでござりまする。我が陛下」

第二章

一　地ノ門

「そうですか、姉さまがついに」

イシヌの次期当主アラーニャ姫が、驚きと安堵の息をついた。

「さようです」知らせを運んできた男が愉快そうに頷いた。〈御用商衆《ごようしょうしゅう》〉という一団の新しい頭領らしい。「ちょうど今朝、鳥使いから文が届きまして。ジーハとその取り巻きは謀られたと気づいたものの戻るに戻れず、草ノ古都に逃げ込むしかなかったようで」

「無血の帝都制圧というわけですね。姉さまにはいつも驚かされますわ」

そんな二人の様子を、アナンは黙って眺めていた。

アラーニャ姫とともにここ〈火ノ山〉に身を潜めて、二月が経つ。砂ノ領から遠く離れた、草ノ領の東の果てにそびえる霊山は、人の侵入を拒むかの如き鬱蒼《うっそう》たる密林に覆われていた。頂きには常に厚い雲がかかり、西ノ森のような濁流《だくりゅう》や鉄砲水はないものの、一日中霧雨が降りしきっている。上雨季の終わりには叩きつけるような豪雨も増えた。そのいずれも故郷を彷彿《ほうふつ》とさせ、アナンにとっては心安らぐ地だった。隠れ家は木造りで、木材の香りが森の中にいるような気分にさせ、なかなか心地よい。

王女と御用商がラクスミィの名を口にするたび、アナンは息子ナーガを想った。元気にしているだろうか。食事は摂っているだろうか。彫りの具合はどうだろう。ラクスミィの傍にいるのだから、身体の方は大丈夫と信じてはいるが。きちんと告げる暇もなく別れたから、きっと心細い思いをしているに違いない。

あの夜、高熱に苦しむ息子をラクスミィに委ねて、アナンはイシヌの都を発った。いったん砂漠に出て東に走り、帝軍の目を盗んで青河に潜り、流れを遡《さかのぼ》ってイシヌの湖に戻れとラクスミィに命じられたのだ。湖底で、アラーニャ姫と数人の従者に合流するために。

イシヌの妹姫を極秘に脱出させること。それが、アナンに課された使命だった。もっとも、どのようにして逃げ、どこに身を隠すかは、姫の従者たちが仕切っていたから、彼はもっぱら望まれるままに水を操っただけだった。毒の流された青河の底を歩いて下っていくという荒業のおかげか、敵には一度も遭遇せず、護衛らしいこともついぞしないままだった。

人目を徹底して避けること以外これといった障害のない旅を終え、火ノ山の隠れ家に着いてみれば、思いの外穏やかな日々が始まった。連日歩くこともなくなり、アナンはすっかり暇を持て余していた。故郷では馬の世話に子供の相手、舞いに狩りに果実集めにと毎日忙しく動き回っていたのに、ここでは〈清水《しみず》の舞い〉で水を練り出す以外は「どうぞ姫さまのお傍にいらしてくださいませ」などと言われる。

従者たちにとってアナンは王女の護衛、姫の影の如くぴったりと寄り添うことを望んでいるようだ。しかし何をするでもなく王女の後ろをついて回るのは、アナンにはどうも気まずくてならなかった。水蜘蛛族《みずぐもぞく》の女人たちは身を守ることも含めて大概は自分たちでこなし、男子を連れ歩くことは滅多になかったのだ。

せめて王女が従者から知らせを受ける時ぐらい、アナンは席を外すべきではないかと思う。戦略を練るのも後の方針を立てるのも、この場の長《おさ》たる王女の役目であって、自分は言われた通りにするだけなのだから。そもそも部外者のアナンに聞かせていいのだろうか。まあ、ややこしい国勢なぞ聞いてもさっぱり分からないので、いようといまいと同じかもしれないが。

「しかしながら、アラーニャさま」と御用商は顔を引き締める。「帝都を手に入れたとはいえ、イシヌの勝利が決したわけではございません。むしろ、これからが本当の勝負。国内の洲区や諸外国はもちろん、各地の帝軍にも使者を出し、我が方につくように説得せねばなりませぬ。でなければ、帝都は遠からず、ジーハの軍勢に奪還されましょう」

「どれほどの者が味方してくれましょうか」

「分かりませぬが、勝算はあるかと。ジーハの圧政に苦しむ者は多うございます。ただ同時に大勢が奴を恐れております。その恐怖を上回るだけの、希望と正統性を打ち出すことが肝要でしょうな。今の時点で我が方に同調すると目されるのは〈青洲《せいしゅう》〉の〈左区《さく》〉と――」

まどろっこしい。アナンはぼんやりと思った。土地を取っただの味方につけるだの、そんな必要が何故あるのだろう。敵の頭を討って終わりではないのか。こうしてイシヌの長を隠しているのは、彼女を敵に殺された時点で負けだからだろう。では、その逆をすれば、イシヌ側の勝ちにならないのか。外の世界の仕組みはやっぱりよく分からない。

「アナンどのはどう思われますか」

突然のアラーニャの言葉に、アナンはぎょっと頭を上げた。王女は時折こうして、彼に意見なり要望なりを尋ねてくる。聞いたところでどうなるわけでもなかろうにと、そのたび困惑しつつ、「いえ」と言葉少なに終わらせてきたのだが。

アナンは少し迷った後、思い切って尋ねてみることにした。

「よく分からないのですが、何故ジーハという男を討たないのですか？」

王女が御用商と顔を見合わせる。馬鹿なことを訊いたかと後悔するが、返答は真摯《しんし》だった。

「そうしたいのはやまやまですが」と御用商が苦々しい笑いを浮かべる。「難しいでしょうな。仮にできたとしても、今の情勢では、イシヌは逆賊とされるでしょうし」

「ぎゃくぞく」

「さようです。臣民がついてこぬのです。暴君とはいえ、あちらは国主、こちらは領主。格が違いまする。本心では皆ジーハの死を願っておるでしょうが、実際に手を下した者に感謝するかは別でして。御しがたい暴君がいなくなったのをこれ幸いと、カラマーハの家臣らは代わりの者を祭り上げ、イシヌを国賊として断罪するでしょうな。ジーハを倒すにはまず、奴の取り巻き連中の力を削がねばなりませぬ」

「はあ」

「ですから、如何《いか》に世に正統性を訴え、民心を得るかが、イシヌの存亡を握る鍵なのですな。難しいことですが、なに、不可能ではありますまい。無血制圧を成し遂げるにもカラマーハの臣の助力は不可欠でした。今後はさらに……」

やはり釈然としない。自ら向けた話ながら、アナンは理解することを諦めた。御用商のよく動く口をぼんやりと眺めながら、話が行き過ぎるのを待つ。

それにしても妙な心地だ。アナンは近頃、従者たちが口を利くたびに胸のざわつきを覚えるのだった。何故だろうと思いつつ、このおしゃべりな男を見つめるうち、アナンは気づいた。そのざわめきの中に、苛立ちと嫌悪があることに。

気づいて、不意に悟った。

舞い手の自分に、外の男が講釈を垂れる。それが腹立たしいのだと。

西ノ森では、〈外婿〉が舞い手に対等な口を利くことなどありえなかった。何故なら彼らは、繭家《まゆや》を出ることもなく、もの好きな女人に囲われ、いつ冷めるとも知れぬ愛に縋《すが》り、舞い手の慈悲を乞うて生きるだけの、慰み者なのだから――

「どうかされましたか、アナンどの」王女が柔らかに問う。

いつの間にか、商人は口を閉ざしていた。我に返ったアナンは、自分があからさまに険しい顔をしていたことに気づき、慌てて手をついた。自分の立場を忘れてはならない。息子の命を助けたくば、アラーニャを守れ。それがラクスミィから下された使命である。アナンと息子の運命は、イシヌの者たちが握っているのだ。

「失礼いたしました。森の外のことは勝手が分からず、戸惑《とまど》ってしまって」

謝罪の意とともに頭を下げたが、その相手は商人ではなく、王女だった。

「頭を上げてくださいな。アナンどのには感謝しております。ことが落ち着いた暁《あかつき》には厚くお礼いたします」

「不慣れなうえ、このような辺鄙な土地では、御不便も多いでしょうな。もし御入用なものがありましたら、なんなりと仰ってください」

彼らの気を害していないと知って、アナンは安堵した。身を起こし、二人に微笑みかける。彼なりの媚《こ》びであった。ぎこちなくはあったが。

「お気遣いありがとうございます。この森は故郷に似ておりますので、心が落ち着きますし、あまり不便を感じません。強いて言えば、退屈、というぐらいで」

すると、王女と御用商が揃って笑った。

「ほんに。ここに来てから毎日ゆるりと過ごしておりますものね。兵の一人も見かけません」

「帝軍もまさか、イシヌの次期当主が御存命で、草ノ領の極東にお隠れとは、思いもよらぬでしょうからな」

「まあ。では、わたくしはまだ亡者なのですか」

「一応は。ただ、帝家に服従したはずのラクスミィさまが反旗を翻《ひるがえ》した今、姫さまの死を疑う者も出て来ましょう。姫さまにはしばらく、こちらで身を潜めていただく方がよろしいかと。かような地に長くお留めするのは、心苦しい限りですが」

「何を申します。全てイシヌのために取り計らってくれたこと。感謝こそすれ、不満などありませぬ。どうぞこれからもよろしく頼みます」

御用商の頭領は畏《かしこ》まって王女にこうべを垂れた後、アナンにも律儀《りちぎ》に一礼した。返礼すべきと気づくのに、一拍遅れた。

御用商はアナンの不調法ぶりを気にかける様子もなく、去りぎわにもう一度、入用なものはないかと確かめてきた。姫や側仕えの女官に聞かれぬよう、そっと耳打ちするあたりに、彼の気遣いが感じられ、ならばとアナンは本音を告げた。

「次に来られる折に、息子の様子を詳しく聞かせてくださいますか」

ナーガは無事で、ラクスミィの傍についている。そう知らされているが、心配で仕方ない。毎日、父の後をついて回っていた甘えん坊だ。見知らぬ地で、どんな暮らしをしているのか、困りごとはないのか。せめて知っておきたい。

この要望に商人は二度三度と瞬《まばた》きした。

「なるほど。いや、お父上なのですなぁ」と呟く。「分かりました。次はたくさんお話しできるよう、御子息の様子を聞いておきましょう。文でもお運びできればもっとよいのでしょうが、姫さまのことが敵に漏れてはなりませんしなぁ」

文。アナンには全く思いもよらぬ考えだった。結構です、と答える声がかすれる。

「……読めませぬので」

「さようで。いや、まだお小さいですしな」

さらりと商人は頷いた。ナーガのことだと思ったようだ。アナンは曖昧《あいまい》に微笑んだ。

商人が去ると、王女と女官は楽しげに笑いながら、本日手に入った品を敷物に広げ始めた。米に麦、干し扁豆《ひらまめ》が三袋ずつ。猪の腿肉の塩漬け一本。壺の中身は珊瑚樹《さんごじゅ》の実の煮詰め。鍋と小刀。針と糸。羽織二着、絨毯《じゆうたん》一枚。そして文具。

アラーニャは真っ先に、筆と紙を手に取った。

「嬉しいこと。これさえあれば退屈せずにすみます」

「やっぱり御姉妹ですねぇ。ラクスミィさまも放っておけば、一日中、比求式《ひきゆうしき》を弄《いじ》っておられましたもの。食事もお忘れになるほどに」

そういう女官の関心は、もっぱら食糧にあるようだった。塩漬け肉を撫でさすりつつ、書きつけを丹念に読み、品が揃っているか確かめている。

この二人が読み書きできることに驚きはない。女人で術士だからだ。術士なら文字を修めていて当然である。ただし、水蜘蛛族の女人たちに比べれば、二人の術力は物足りなく思えた。王女の水丹術《すいたんじゆつ》は出来栄えこそ美しいが、仕上がりまでがゆっくりとしていて、西ノ森では到底通じない。女官は火丹術士《かたんじゆつし》らしいが、鍋で湯を沸かすのが関の山のようだ。

術力は知識に基づき、知識は文字に裏打ちされる。よって、彼女たちの読み書きの能力は、術力相応に凡庸のはずだ。ところがどうだ。アラーニャは御用商から贈られたどの品より、筆と紙を喜んでいる。比求式を練っている間は退屈しないのだそうだ。その言葉は、寝食を忘れ式に没頭するタータの姿を思い出させた。水蜘蛛族一優れた術士であった、アナンの主人を。

また今、女官が手にする紙には、御用商が書き記した文字が躍っている。それに女人たちが驚く様子はない。あの男が特別なのだろうと思いたかったが、女人たちの振る舞いや、商人の去りぎわの言いようから、アナンは察せざるを得なかった。

外の世界では男女の隔たりなく、読み書きできて当たり前なのだ。

タータが昔、文字を教えようとアナンに持ちかけた時のことを思い出す。主は外の世を広く見聞してきたから、教えれば男子も読み書きできるはずと考えたのだろう。それでも西ノ森にいる限り、舞い手に文字は不要だ。まさか、アナンがいずれ森の外に出ると見越していたわけでもあるまいに。……いや、もしや、あり得ることと思っていたのか……。

「姫さま、今晩はこの肉と珊瑚樹の実で、羹《あつもの》でもお作りしましょうか!」

品を確かめ終えて、女官が明るく言う。王女が「まあ、それは楽しみだこと」と応じた。

「姫さまには、精のつくものを、たっぷり召し上がっていただきませんと! こんなところで御病気になられては困ります。この山、夜は随分冷え込みますからねぇ。温かいものが一番でございますよ。

そうそう、水使いどの。お郷《さと》はここのように雨が多いのでしょう? どういったものを召し上がられていたのですか」

急に話の矛先を向けられ、アナンは言葉に詰まった。外の者に西ノ森での暮らしを話すのは抵抗があった。掟によって明確に禁じられているわけではないが、ちょっとしたことが一族の弱みになるかもしれないのだ。イシヌは味方だが、所詮は異なる世界に住む人々。易々と心を許すのはどうか。

そこまで考えて、不意に心が空虚になった。一族の掟だの弱みだの、もう意味はないのだ。水蜘蛛族は滅びたのだから。

アナンの沈黙に、女官が怪訝《けげん》な顔をする。王女はちらりと二人を見遣り、朗らかに告げた。

「せっかく腕を振るってもらうのですから、美味しくいただきたいところですね。散策などをして、お腹を空かせておきましょうか」

やおら立ち上がる王女を、女官が驚いたように引き留めた。

「姫さま。出歩かれると危のうございます」

「この辺りを少し歩くだけです。アナンどの、供をお願いできますか」

アラーニャの物言いは柔らかながら、二の句を告げさせぬ強さをしばしば覗かせる。女官は渋りつつも承諾したが、アナンに向かって「くれぐれもお傍から離れないでくださいましね」と念を押した。

隠れ家の外は、しっとりと濡れた緑の世界だった。樹々の枝は重く垂れ下がり、葉に露玉が光る。分厚い苔《こけ》の絨毯が地面を覆い尽くしており、土は見えない。苔の大地のそこかしこから清水がしみ出して、細い流れを作っては、また苔の中に吸い込まれていく。

アラーニャが足を差し出すと、苔が沈み、透明な水が溢れ出た。彼女の爪先が濡れる前に、アナンはさっと手首を返した。すると、水滴は苔の窪みを越え、脇を流れる細流の中に落ちていった。

「まあ、素晴らしいこと」と王女は無邪気に笑う。「では参りましょうか」

どちらに？　そう問うと、どちらでも、と返る。どうやら王女は彼の後をついてくるつもりらしい。自分こそ従う気でいたアナンは、内心困惑しながら、緑の絨毯に足を踏み出した。

いつでも構えられるよう水撃ちの弓を油断なく携え、隠れ家の方向を見失わぬように注意を払いながら、時に腕をゆるやかに薙《な》いで雨露を払う。森歩きは慣れたものだが、背後の女人が気になって、どうにも落ち着かなかった。

王女の歩みはゆったりとしており、気になるものを見つけては不意に立ち止まるので、遅々として進まない。しかも自身も水使いのくせに、水を一切操ろうとしない。違和感は、彼女の一歩目からあった。式を唱えずに歩けば濡れることぐらい分かるだろうに、全く無防備に歩み出したのだ。まるでアナンがどうにかすると端から信じているかのようだった。

幼子の森歩き。アナンは心の中で呟いた。息子を初めて森に連れていった折も、こんな具合だった。あの時は苦労した。ナーガはしょっちゅう父の手を振りほどいて、小鹿のように駆け出していったものだが。

「まあ、あれは酋《おさ》の木！」アラーニャがまた止まった。「ここにあったなんて！」

言うなり、道を逸れていってしまう。息子と違い、腕を摑《つか》んで引き戻すわけにもいかない。

アナンは慌てて後を追った。

見れば確かに、思わず駆け寄りたくなるような立派な樹だった。樹齢は幾らほどだろうか、『山のぬし』と呼ぶにふさわしい。十人でやっと囲めるほどの堂々たる幹回り。真下からでは梢《こずえ》が見えないほどの高さ。枝ぶりは美しく、切れ込みの入った大きな葉からは、得も言われぬ芳香が漂う。

「この山にしか生えぬ貴重な樹です」アラーニャが幹を撫でつつ囁《ささや》いた。「色と木目が美しく香りも良いので、かつては〈金の樹〉と呼ばれ、皆がこぞって切り倒したと聞いています」

アナンは驚いて、目の前の大樹を見上げた。これほど育つまでには何百年とかかろうに。

「木材が欲しいなら、倒木を探すか、枝の一振りに留めるべきでしょう」

「まことその通りですね。その後、切り倒すことは禁じられたものの、𣏐の木はめっきり数を減らしてしまいました。今ではもうほとんど残っていないと言われています」

「この樹は山奥にあったので、見つからずに済んだのでしょうか」

「ええ、きっと」

惚れ惚れと語りつつ、アラーニャは樹の周りを巡り始めた。その視線は根もとに当てられ、何かを探しているふうだった。

樹の裏側に回ったところで、王女があっと小さく叫んだ。その声につられて覗けば、太い根と根の間にうろがあった。ぱっと目を引いたのは、そのうろの色だ。

燃えるような朱色である。

よく見れば、うろの中に朱い箱が納まっていた。雲間から差し込む光が朱箱に当たって照り返し、うろ全体を朝焼けのように染めているのだ。箱は小さな家のような形で、どうやら祠《ほこら》のようだった。両開きの扉に、黄金の丸い取っ手がそれぞれ下がっている。

アラーニャが跪《ひざまず》き、祠に手を伸ばした。金の輪に指をかけ、丁重に引く。その恭しい仕草にアナンも息を詰めて、少しずつ開かれる扉の奥に目を凝らした。

現れたのは、一体の女人像だった。炭のように真っ黒な肢体に、透きとおるように青い咽喉《のど》もと。左手に蓮の花、右手に槍を持ち、どこか遠くを凜然《りんぜん》と見据え、かすかに微笑んでいる。

「これは?」アナンは囁くように訊いた。

「火ノ山の女神イグニの化身像です。〈はかり得《オ》ぬ《ル》者《ガ》〉と言います」王女もまた、密やかに答えた。「酋の巨木の朱い祠。イシヌの秘録の通り。ならば、きっとこの近くに」

何が、と尋ねる前に、アラーニャは化身像の見つめる方角を指差した。

「あの坂の上に連れていってくださいな」

そこは、これまで通ったどこよりも緑が濃かった。苔むした樹々の幹には蔦《つた》が伝い、きつく締め上げられて歪んでいる。枝に絡まる宿り木から長い根が垂れ、大気の湿りを吸って数珠《じゅず》のような露を纏《まと》う。あたかも玉のれんを幾重にも下げたかの如くで、奥は見透かせない。地面には低木が生い茂り、深緑の結界が張られているようだった。

蔦と宿り木の根を払い、低木を掻き分け、急な坂を上った。苔むす岩場はつるつると滑る。アラーニャが三度目に転びかけたところで、アナンは彼女の手を取った。先の二度を支えなかったのは、非礼に当たると思ったからだ。節度ある男子は自ら女人に触れぬものだし、これがタータならば、足を痛めていようと転ぶはずもない。先んじて手を出すなど差し出がましいというものだ。何よりアラーニャは外界の女性。異形《いぎょう》のアナンの手を嫌がるだろう。

しかし、アラーニャは踏み外したが最後どこまでも転がり落ちていきそうで、三度目にぐらついたのを見て、アナンはいよいよたまりかねたのだった。彼の予想に反し、王女は微笑むと手を握り返してきた。そのままこちらを見上げ、何の疑問もない様子で待っている。何を？

アナンは戸惑うばかりであったが、思い切って王女を抱き上げると、波を呼び出した。水を操り、急斜面を一気に駆け上る。激しい揺れに、アラーニャが小さな声を上げて笑った。振り落とされまいと寄せてくる身の温かさと柔らかさ。花のような髪の香。アナンは途端に気まずくなって、坂を上り終えてすぐに王女を下ろした。「ありがとう」と朗らかに告げられたが、目を合わせることができず、おざなりに会釈して背を向ける。

そうして初めて、坂の上に立つものに気づいた。

石の壁だ。

切り立った山肌に嵌《は》め込まれた、巨大な一枚岩。苔と羊歯《しだ》に埋もれて見えにくいが、一面に無数の人間の彫刻が施されている。いや、石像を塗りこめているのかもしれない。石の人々はまるで生きながら固められたように苦しみもだえ、もつれ合いつつ、壁の中心に向かって腕を伸ばしていた。

彼らの見つめる先にあるのは、漆黒《しっこく》の女人像〈はかり得ぬ者〉だ。酉の木の祠に安置されていたものと同じ形だが、こちらは人と変わらぬほどに大きい。背後の壁が朱く塗りつぶされているため、業火にまかれつつ微笑んでいるように見える。そのせいか、柔和な顔立ちに反してどこか狂気じみていた。

うすら寒さを覚えつつ見上げていると、アラーニャが感極まったふうに囁いた。

「これは〈地ノ門〉です」

アナンは驚愕し、王女へと振り返った。地ノ門、これが。

水蜘蛛族の秘文《ひぶん》のうち、最も希少な朱の顔料。その元となる〈溶岩ノ澱《ようがんおり》〉を求めて、力ある彫り手たちが代々この門に挑んだ。門の中には瘴気《しょうき》が渦巻き、草一本生えぬ死の世界が広がるという。道半ばで息絶えた彫り手のむくろが、壁を隔てた向こうで眠っているかもしれない。

そう思うと、この門は故郷の森に繋《つな》がっているような気がした。

それにしても、これが本当に開くのだろうか。改めてよく見ても、石の壁には開き目らしき隙間はなく、持ち手も見当たらない。

「水使いにしか開けぬのです」アラーニャは感極まった様子だ。「前史の時代、この門から我がイシヌ王家の祖が降臨したと伝えられています。これを目にする日が来ようとは」

王女は誘われるように〈地ノ門〉へと歩み寄った。腕を伸ばし岩壁に触れようとして、だが畏れるように手を引いた。

「……かつてこの向こうに国があったそうです。決して涸《か》れぬ泉と決して消えぬ火に恵まれ、たいそう栄えていたとか。山が炎を噴いた折に跡形もなく滅びたそうですが、その国の王朝の血を汲む兄妹が山を下り、民を束ね、新たな国を興《おこ》したといいます。その名は〈火ノ国〉。兄は後のカラマーハの祖、妹は後のイシヌの祖」

アラーニャが胸もとを押さえた。衣の色は森に溶け込む朽葉《くちば》色だ。イシヌの身分を表すという薄紅色の衣を、彼女は都を出て以来纏っていないが、懐《ふところ》の中にはいつも、黄金色の円環を忍ばせていた。王家の秘宝〈天ノ金環《てんきんかん》〉である。

思いに沈む王女の横で、アナンは今一度門を眺めた。これは山の怒りを鎮める封印だ。このおどろおどろしい石像の群れは警告しているのだろう。力無き者が入れば、どんな運命が待ち受けているかを。

彫り手たちはこの霊山を死の山と呼び、畏れていた。門をもってしても瘴気は封じきれず、毒は少しずつ漏れ出し、山の土や水を穢《けが》し続けている。ゆえに決してこの地の水と食べものを口にしてはならないという。アラーニャたちもそのように振る舞っており、飲み水はアナンの清水の舞い、食糧は御用商の買いつけに頼っている。

解せぬのは、この山が緑豊かなことだ。一見して、どこが死の山なのだろうと思う。いたるところに果物がたわわに実り、それを金毛猿が頬張り、風鳥がついばむ。飛び鼠たちは頬袋にせっせと木の実を詰め込み、銀狐は藪にじっと伏し、彼らが地上に降りる瞬間を狙っている。草食《は》む赤鹿たちは丸々と肥え、毛長熊が背に子を負う。一度だけだが遠目に虎らしき獣の姿も見かけた。肉食む大きな獣は、森の豊かさの証だ。

門の周りにも苔や草木が活き活きと茂り、山ノ毒の気配を感じさせない。しかしどことなく異様なのも確かだった。何故かと思いながら、門の足もとに咲く花に戯《たわむ》れに触れて、アナンはぎょっと手を引いた。

花の中央、雌しべがあるはずのところから、茎がまっすぐ生えている。

よく見れば、門近くの植物は皆いびつだった。葉があるべきところに根があったり、根から直に葉が生えていたり。太陽を求めて天にまっすぐ伸びるはずの茎が、ねじくれて地を這っていたり。もともとそういった草なのかとも思ったが、門から遠ざかると、まともな姿のものもちらほら生えている。

アナンに倣ってか、アラーニャも茂みを探り始めた。初めは興味津々というふうだったが、草木の奇妙さを目の当たりにするうち、その顔が次第に曇っていく。「虫もおかしいですね」と樹の幹を指し示す。そこには、さなぎの殻から身体を半分出したまま、干からびた蝶がいた。翅《はね》が片方だけやたらに大きく、殻に引っかかって抜けられなかったようだ。

「可哀想に、さぞや苦しかったでしょう」

王女は呟くと、成り損ないの蝶に手を伸ばした。気味悪がる様子もなく、丁寧《ていねい》に樹の幹から剝がすと、樹の根もとに屈む。埋めてやるつもりらしい。土を探して草叢《くさむら》に手を差し入れて、だがアラーニャは悲鳴とともに飛びすさった。落としたさなぎが、苔むす岩の上で砕け散る。

駆け寄ったアナンもまた息を呑んだ。さなぎの当たった岩が、女人の顔をしているのだ。丈の高い草の下に隠れているうえ、苔に覆われているため気づきにくいが、門に塗りこまれた石像と似た造りだ。

「あぁ、驚いた。ここにも石像がありましたのね」

姫は気まずそうに笑うが、アナンの目は像に釘づけだった。石の顔に見覚えがあったのだ。草叢を半ば引きちぎるようにして掻き分け、石像の首から下を探す。苔をむしり取るようにして払い、岩肌を露《あら》わにした。全身が明らかになるにつれ、アナンの疑念は確信に変わった。

これは水蜘蛛族の女人だ。六年余り前、朱の顔料集めに旅立って、ついぞ森に帰らなかった若い彫り手その人だ。

どうして石になったのか、アナンには分からなかった。何故と考えることもできなかった。変わり果てた同胞《はらから》の瞼《まぶた》を、震える指で撫でる。せめて瞼を閉じてやりたかったが、苦悶に引き攣れた表情は、何をしても変わらなかった。

「アナンどの?」

王女が控えめに名を呼ぶ。護衛が突如、石像を慰撫《いぶ》し出したのだ。気が触れたと思われてもおかしくない。アナンは釈明しようと試みたが、口から出たのは喘ぐような息ばかりだった。

そんな彼を気遣わしげに見つめていたアラーニャは、不意にすうっと青ざめた。

「まさか」かすれた声が言う。「知った方なのですか」

頷くと、アラーニャは目を見開き、悲鳴を堪《こら》えるように口を覆った。くずおれるように座り込み、石と化した女人の顔を覗き込む。にわかには信じがたいというような表情ながら、呆れたり笑い飛ばしたりすることはなかった。現実を呑み込もうと謙虚に振る舞う様子が、アナンの胸にかえって刺さった。

アラーニャの視線が彫り手の石のむくろからアナンへ、そして彼の背後へと移る。つられて振り向いて、アナンは王女の心の声を聞いた気がした。

門を築いている、生々しい石像。あれもまた、生きた人間だったのではなかろうか、と。

二　女帝と少年

「即位」甘露《かんろ》を舌で転がすように囁《ささや》く。「わらわが、か」

カラマーハ宮殿の奥ノ院。多くの侍女に去られ、ますます広くなった居室で、ラクスミィは金張りの長椅子に身を預けながら、官吏たちが平伏《ひれふ》すさまを見下ろしていた。

「さようでございます。我ら一同、陛下にぜひとも、新帝にお即《つ》きいただきたく」

「帝都の外から嫁いだおなごにか」

「なんの。イシヌ王家は、カラマーハ帝家と祖を同じゅうする、由緒正しい家柄でござれば。陛下はジーハ帝のお后《きさき》であそばされますし、玉座に就かれても不思議ございませぬかと」

ラクスミィは黙して、官服から覗くうなじを眺めた。長椅子の肘掛けを、かちり、かちりと弾く爪の音が、石造りの部屋に響く。

ジーハが帝都を去ってから三日。残った官吏らが新帝を擁立《ようりつ》せんと早くも動き出していた。各地の豪族や軍閥を引き入れるためには、帝王の存在という正統性が必要だ。

おそらくジーハの甥スカンダあたりを担ぎ出してくるだろう。そう予想していたが、彼らはこぞってラクスミィの前に額ずいた。初めは、乳飲み子のスカンダの摂政に就けという話かと思ったが、彼女自身が帝位に登りつめよと言う。外戚の女を摂政に就けるのと、女帝に擁するのとでは、意味合いに天と地ほどの開きがあろうと問えば、カラマーハ朝千年の歴史において皇后が即位した例は計八回あると返された。いずれも直系男子が成人するまでの『中継ぎ』という名目で、此度もそれに倣えばよいとか。

ラクスミィの沈黙に、官吏たちは大人しく平伏し続けている。丸まった背に焦れは見えるが不用意にあれこれ話し出すそぶりはない。いずれも肚《はら》の読めぬ曲者揃い。ジーハ帝に疎《うと》まれた日陰者とはいえ、陰謀と計略渦巻く宮殿で、今日まで命落とすことなくきた古狐たちである。

「考えておこう」それだけを告げ、ラクスミィは指を振った。「下がりゃ」

「畏れながら陛下」官吏たちは粘る。「あまり時がございませぬ。今日明日にでも新政を発布いたしませぬと」

慇懃《いんぎん》な言葉の奥に、侮《あなど》りが垣間見えた。田舎の小娘一人、この場で迫れば押し切れるに違いない、そんな声が聞こえる。

「本日の午天《ごてん》までに申し渡す」

冷ややかに言うと、長椅子から落ちる影がゆらりと鎌首をもたげた。八岐《やまた》の竜の如く割れ、鼠を狩る蛇さながらに、音もなく床を這う。細長い異様な闇が視界に入ると、官吏たちは飛びすさった。口早に非礼を詫び、ほうほうの態《てい》で辞していく。

残ったのはただ一人。〈角《つの》〉ことムアルガン中将である。ラクスミィの影が絡みつき、立ち上がることを許さなかったのだが、彼は振り払おうとしない。そればかりか笑みすら浮かべ、影に手を伸ばしてくる。

彼の指先が触れる前に、ラクスミィは影を呼び戻した。

「あやつらの思惑はなんぞ」

鋭く問えば、ムアルガンは微笑んだ。

「言葉通りでございまする。皆、陛下に御即位いただきたいのです」将校の笑みが深まった。「初めは、スカンダ殿下を新帝、陛下を摂政にという話が持ち上がりました。ですがよくよく考えますと、これは危うき賭けです。帝家には現在、直系男子はスカンダ皇子しかおられぬ。謀反の疑いありとして、ジーハがことごとく処刑したので。

さて、もしもスカンダ殿下が帝位に就かれた後に、我が陣が敗北すれば、ジーハは迷いなくスカンダ殿下を抹殺します。即ち、カラマーハの血脈が絶える。これはよろしくない。

その点、ラクスミィさまはジーハに堂々と弓引くお方。即位に関係なく、ジーハの敵です。よしんば処刑されたとしても、絶えるのは分家のイシヌ。加えて齢《よわい》二十にも満たない女性、帝都の事情に明るくないとくれば、摂政にしたところで所詮は傀儡《かいらい》の傀儡、ならばいっそ女帝に据えた方がやりやすかろうと――」

つらつらと無礼千万を並べ立てる将校を、ラクスミィは嗤《わら》った。

「そのように述べて、そなたが甘誘《かんゆう》したか」

ムアルガンは会釈で応えた。

「帝位に就かれませ、我が陛下。妹ぎみのおんためにも」

随分と大胆な男だとラクスミィは思った。彼女が君主となり、国家を平定すれば、イシヌと砂ノ領は安泰。アラーニャを害する者は消える。仮に将来、スカンダ皇子に何かが起これば、帝都と国はイシヌのものとなる。

四大名家の子息ムアルガン・ヤガナート。主カラマーハを裏切ったばかりか、その血脈まで絶やしかねない陰謀を、清々しい笑みとともに遂行するこの男の狙いは、どこにあるのか。

ラクスミィは改めて将校を眺めた。名家の生まれらしい、品の良い所作。武人らしい、隙のない佇《たたず》まい。人好きのする面立ちで、その瞳は泉の如く清らかながら、あまりに透きとおっており、住まう魚をひどく選ぶようにも思われた。

「私は陛下に、国を治めていただきたいのです」

その声音も澄んでいて、本心がどこにも見えない。確かなのはただ一つ、この男は先の主人ジーハ帝を切り捨てたという事実のみだ。言葉のうえでは、ラクスミィに対する忠誠を装っているが、どこまで信じて良いものか。

それでも今は、この男の思惑に乗るのが最善だ。ラクスミィが策を受け入れる旨を伝えた。ムアルガンは晴れやかな表情で一礼すると、皇后の意向を官吏たちに伝えるべく、意気揚々と部屋を去っていった。午天には戻ると言う。

ラクスミィは数少ない侍女たちも下がらせ、黒の外衣を衝立《ついたて》に引っかけて、一人ゆったりと長椅子に寝そべった。宝玉と螺鈿《らでん》に飾られた高天井を眺めつつ、思考を巡らせる。宮殿と帝都の内情、火ノ国各洲の情勢、諸外国の動向。

女帝の新政が発布されたら、すみやかに〈三省六部〉の人選びに取りかかるべきだ。能力と人品骨柄を吟味して決めたいが、いたずらに時はかけられぬ。当面は帝都に残った官吏たちの格上げで対処することになろう。それが彼らに対する報奨となり、人心掌握《しょうあく》の策も兼ねる。

三省六部のうち最も力が強いのは〈上省〉、文武百官の統率と勅命の執行を司る。この下位に〈衙府《がふ》〉という、国庫の鍵番がある。金は権力そのものであり、よって衙府は霊山・火ノ山、他の省部は並びの山と例えられる。上省の最高位は〈左丞相《さじょうしょう》〉だが、これはともすると名誉職で、その次官に当たる〈右丞相《うじょうしょう》〉が衙府の実質の長だ。現職はモウディンという名のジーハの追従《ついしょう》者である。帝王の飼い犬よろしく草ノ古都に向かっていったため、ラクスミィのもとでは空席だ。さて、誰を据えたものか。

ラクスミィは帝都に来て半月足らず。帝都の事情には暗い。ムアルガンに助言を求めることになるが、一将校に実質の人事権まで委ねてよいものか。彼を厚遇しすぎれば他の反感を買う。せっかく宮殿を手に入れたものの、内から瓦解《がかい》するのだけは避けたい。

考えうる手立ては〈六部〉再編だ。〈吏部〉〈戸部〉〈礼部〉〈兵部〉〈刑部〉〈工部〉があり、それぞれ人事・民事・祭祀・軍事・法務・普請を担う。蔵番の衙府同様、上省の管轄下に置かれているが、これを帝王直属にできないか。上省の官らは反発するだろうが、各部にとっては格上げ、上省を通さず言上できる立場となる。兵部の長にムアルガンを置けば、ラクスミィが彼を呼び出しても不自然ではあるまいし、他部の長も等しい条件を与えられる。

さて、宮中の采配と同じく重要なのは、各洲の勢力の掌握だ。草ノ領の〈五洲二十一府〉のうち、どれほどが新政側についてくれるか。ここが勝敗を分かつ。

青河下流の田園地帯、ここには草ノ古都があるため、既にジーハ側に押さえられただろう。古都にほど近い〈灘洲《なだしゅう》〉〈上草洲《かみくさしゅう》〉も望み薄か。南方の〈下草洲《しもくさしゅう》〉には属国・岩ノ国との国境《くにざかい》がある。ここはぜひとも手にしたい。でなければ、岩ノ国に駐屯している帝軍が、帝都まで攻め上がってくる。岩ノ民を煽《あお》り、足止めさせるのも一つの手か。

残りの二洲は堅い。〈青洲《せいしゅう》〉は砂ノ領との境界域に当たり、イシヌ王家とは馴染みがある。その名の冠する通り、青河の上流が通る地であり、ジーハが投入した毒のせいで田畑が穢《けが》れ、旧政に対する恨みは深い。〈万洲《まんしゅう》〉は、ムアルガンの生家ヤガナートの領地だ。山がちな土地で耕作物は望めないが、〈南《みなみ》ノ湾《わん》〉に続く大行路が敷かれ、市が立ち並び、よく栄えている。また港があるのが大きい。水軍が逗留している他、南の諸外国への船が出ている。

懸念されるのは南西の〈七ツ国連邦〉の動向だ。ジーハの派遣した帝軍と交戦中だが、未だ落ちる気配なし。むしろ火ノ国側が劣勢とも伝えられている。遠征中の帝軍が、新政、旧政のどちらにつくかは不透明だが、いずれにしても遠からず引き揚げるだろう。その時、連邦国はどう出るか。火ノ国分裂を機に、攻勢に転じるかもしれぬ。

その場合に窮《きゅう》するのは、ラクスミィたちだ。七ツ国連邦との国境は、砂ノ領の南端にある。ジーハ側の攻撃に備え、港のある北に布陣せねばならない。南からも攻められては厳しいが、南はイシヌを蛇蝎《だかつ》の如く嫌う者たちが牛耳っている。十年前の〈南境《みなみざかい》ノ乱《らん》〉を起こした——

「——風ト光ノ民の末裔《まつえい》」

耳もとではっきりと声がして、ラクスミィは跳ね起きた。

見廻しても、辺りに人影はなかった。部屋はしんとして、侍女たちの廊下を行く足音までがよく聞こえる。

気のせいか。

いやそのはずはない。あれほど克明に聞こえたものを。今一度確かめようと、記憶から声を呼び起こして、ラクスミィはぞっと慄《おのの》いた。

あれは、ナムトの声だった。

彼女にその身を差し出して逝った、イシヌの忠臣。

気付けば、ラクスミィは式を呟いていた。〈万骨《ばんこつ》ノ術《じゅつ》〉の対式の一つ〈顕《あらわ》シ〉の冒頭である。万骨の力を引き出す初式だ。彼女の発する声の震えが、かすかな丹《たん》の振動となって、咽喉《のど》の奥から身の内を伝わり、丹田《たんでん》へと向かう。

振動が丹田に達するや、それが引き金となった。丹田の中に眠る丹が、揺さぶり起こされ、一挙に外へと解き放たれる。ぴりりとした感覚を伴って、ラクスミィの丹は奔流を成し、体内から肌へと押し寄せてきた。

荒れ狂い、渦巻き、激しくぶつかり合う、熱い流れ。それが刹那《せつな》、すぅっと冷えて静まる。肌に刻まれた藍色の刺青《いれずみ》、〈水封じの式〉に触れたのだ。複雑に絡まり合う力の乱流が、彫りをなぞって進むうち、次第にほぐれ、分かたれ、整然と並べられていく。

水封じの式を通り抜けた頃には、ラクスミィの丹から一切の乱れが消えていた。混ざりもののない、きりりと研ぎ澄まされた力の源が、肌の上を奔《はし》る。彼女が自ら刻んだ刺青〈顕シ〉の式を辿った後、丹の流れはラクスミィの身体を駆け下り、足もとの影へと滑り込んだ。

ゆらり、と影が立ち上がる。

影は初めラクスミィと同じ女人の形をしていた。だが主人が式を呟くと、ぐんなりと歪み、人の形を失う。粘土をこねるように伸びたりへこんだりしてから、影はぐぅっと伸び上がり、漆黒《しっこく》の男の姿となった。

影の男の、氷のように鋭利な横顔は、ナムトのそれであった。だが彼自身ではない。意思もない。ラクスミィの人丹《じんたん》が作り出した、人形のようなものだ。これを〈丹妖《たんよう》〉という。

ラクスミィは影の丹妖を見つめた。さながら黒曜石の石像の如く、無言で佇んでいる。声は持っているが、それもあくまでラクスミィが与えたもの。主の意思に反して、語りだす様子はない。そもそもこの姿も、彼女があえて、ナムトに似せているだけのことなのだ。

この影を操る技〈闇丹術《あんたんじゅつ》〉を自在に使いこなすには、常人ならざる量の人丹が要る。よってラクスミィはナムトだけでなく、彼女にその身を差し出した兵たち、総勢百名から仙骨《せんこつ》を受け取った。彼らの亡骸《なきがら》を割り開いて骨を取り出し、万骨の式を刻み、白い粉になるまで砕き、清水と己の血を混ぜ合わせて練った。ゆえに、この影の中には、ナムトの他にも百の死が取り込まれている。誰の姿を取らせても良いし、いっそ無形でもよいのだが、ナムトの大気をも凍らせるような静けさこそ影としてふさわしいと、あえて彼の姿を選んでいるだけのことである。

ラクスミィが詠唱を止めると、影はぼろりと崩れ、床に戻っていく。式を唱え直せば、また立ち上がる。素直なものだった。

試しに、他の丹妖たちも呼び出した。灼熱の大伯母上。土、岩、金剛《こんごう》の叔父上たち。女官長アディティには光ノ蝶の姿を与えてある。御用商の老公は風、鳥使いの女首長は雷光とした。女官長の、あの小鳥のさえずるような声が懐かしい。持てる限りの風丹式《ふうたんしき》を駆使して、彼女の声を再現しているが、やはりどこか違うように思う。だがよく思い出そうとしても、忌々しいことに、彼女のいまわの際の、ひどく嗄れた声ばかりが甦《よみがえ》るのだ。本人も聞かせたくなかっただろうに、あの声でラクスミィに仙骨を差し出し、また、アラーニャの偽の亡骸となることを望んだのだった。

いっそ丹妖に故人の魂が宿り、勝手に語り出すなら、また声が聞けるものを。ラクスミィはふと思い、すぐに自らに苦笑した。

出揃った丹妖たちを、改めて眺める。どれも、自ら口を開く様子はない。

では、やはり空耳だったのだ。いつの間にか寝入っていたのかもしれない。疲れているようには感じないが、戦いの先は長い。疲弊《ひへい》してからでは遅いのだ。午天には官吏が戻り、即位の話を進めることになるだろう。今のうちに、少しばかり眠っておくべきか。

長椅子に身を横たえ、瞼《まぶた》を閉じた時だった。

石床を踏み鳴らす足音。振り回される袖の風音。

「覚悟！」

少年の怒鳴り声とともに、水音が押し寄せる。

ラクスミィは目を閉じたまま、気だるげに一節を唱えた。ぴりりと身体を駆ける丹の流れ。かすかな稲光のようなそれが、身体の外へと抜け出ると、丹妖たちが一斉《いっせい》に歌い出した。丹の干渉を断つ水封じの式のおかげで、妖《あやかし》たちの声は混ざって濁ることなく、明朗に鳴り響く。式は瞬《またた》く間に組み上がった。

岩を割るような轟音《ごうおん》。波の弾ける気配。少年の「あーっ！」という悔しげな叫び。

一拍の後、通り雨のような音が、石床を叩いた。

丹妖たちの声を、ラクスミィは耳と肌で聞いていた。自分の声が身のうちに響くさまと似ている。また彼らが式を唱え出すと、口を動かす感覚が四方八方から流れ込み、まるで百の口を持つ怪物になったような心地に陥る。万骨の彫りは肌に馴染んだが、この感覚は未だ不快だ。

終式の一節を唱え、丹妖たちを黙らせる。薄目を開けて見遣れば、水浸しの部屋にずぶ濡れの少年がいた。ナーガだ。ラクスミィの創り出した岩壁がさらさらと崩れ落ち、床へと還っていくさまを、歯ぎしりして睨みつけている。

「己の生み出した水を被るとはのう」

少年は顔を真っ赤に染めて、ぶるぶると震え出した。かと思えば、再び舞い出す。

「喰らえ！」

また同じ波の技。先ほどより小さい。踊りが乱暴で、床に散る水を集めきれなかったのだ。

さらに低い岩壁によって、あっけなく散った。

「諦めよ。そなたには無理ぞ」

「うるさい！」

今度は舞い終わる前に、影の丹妖によって組み伏せてやった。金切り声が上がる。「下手な舞いをしおって」闇から逃れ出んともがく少年に、ラクスミィは言った。「せっかくの彫りが泣くぞ。わらわが与えた万骨もろくに使いこなしておらぬではないか。その有りさまでわらわを倒せると思うのかえ」

ナーガが燃えるような眼差しを寄越してきた。影のナムトが押さえつけていなければ、豹《ひょう》の如くラクスミィに飛びかかり、咽喉笛を噛みちぎっていただろう。

少年の憎悪を、ラクスミィは超然と受け流した。この激情が、彼には必要なのだと理解していた。またそう仕向けたのは、他ならぬラクスミィ自身である。

森に帰りたい。そう叫び続ける少年に、ラクスミィは告げた。

わらわを討たぬ限り、森はそなたを受け入れぬと。

少年が父を求めていることは分かっていた。だが、アナンが何故去ったのか、今どこにいるのか、教えるわけにはいかなかった。敵方にアラーニャの居場所が漏れてはならないからだ。また、知れば知るほど、ナーガの身も危うくなる。それでなくとも、水蜘蛛族《みずぐもぞく》の男児は世にも珍しい存在、あらゆる者に狩られる身だというのに。

水蜘蛛族が滅び、森には誰もいないということを、ナーガは分かっていないふしがあった。

父親によれば少年はその目で、火砲で燃え尽きた繭家《まゆや》と、一族の焼け焦げた死体を見ている。しかし、幼すぎて残酷な現実を理解できないのか、あるいは受け入れられないのか。ナーガは頑迷なまでに、一族の皆は生きていて、天ノ門に向かったから、自分も父とともに森の奥へと向かうのだと言い張っている。

ラクスミィは少年の思い込みを正そうとしなかった。正したところで何になろう。代わりに彼女は告げた。そなたは禁忌を犯した。外界の女に秘文《ひぶん》を晒《さら》し、易々と書き換えさせたのだ。わらわを討たぬ限り、森はそなたを受け入れぬと。

西ノ森は過酷な地だ。森の最奥は尚更厳しい。父子二人きりでは到底生き延びられない。一族が滅びた今、ナーガは外の世界に生きるしかないのだ。だが彼は幼い。己の運命を悟るには時が要る。時が来るまで、その苦しみと憎しみを吐き出す相手が必要だ。

その役、引き受けよう。ラクスミィは心の中で呟いた。

「僕は絶対、森に帰るんだ」

食いしばった歯の間から、ナーガが唸る。ラクスミィは嗤ってみせた。

「ならば、わらわにかすり傷の一つでもつけてみや」

闇を解けば、少年は跳ね起きて、足拍子を取り出した。足の運びは速いが、きちんと姿勢を正していないので、たたらを踏んでいるようにしか見えない。

「背が曲がっておる」

ちょいと風で押してやれば、すってんと尻餅をつく。水の一滴も生み出せずに終わった。

「そなたの舞いは、ただ教えをなぞっておるだけぞ」

痛むのだろう、目尻に涙を浮かべながらも、ナーガは果敢に立ち上がる。

「己の秘文を知れ」ラクスミィはあえて冷たく告げた。「一節一節の意味を考えよ。舞いを妨《さまた》げられたら、そこから式を組み直せ。片腕をもがれても足を折られても、そなたの彫りは死なぬ」

ラクスミィは知っている。師タータが何を思って、息子の秘文を彫ったかを。

ナーガの刺青を見た時は驚いた。ラクスミィの知る師の式とはかけ離れていたからだ。師は比求式《ひきゅうしき》の中に美を見出し、丹導学《たんどうがく》の真髄を追い求める探究者だった。その集大成といえるのがアナンの刺青である。一切の無駄を削ぎ落とした、一幅の絵画のような麗《うるわ》しい式。

しかし、ナーガの秘文はその対極にあった。無駄だらけ、重複だらけ。父親の秘文を清水《しみず》とするならば、息子のそれは泥水である。かように醜い式をタータが編むとは、にわかに信じがたいほどながら、文字そのものは明らかに師の手つきだった。繊細《せんさい》かつ大胆、優美かつ怜悧《れいり》。針先の迷いは全くなく、文字の線全てに明確な意思が感じられた。

ラクスミィは知っている。この秘文を通して、タータは息子に語りかけているのだ。

「どうした、もう終いか」ラクスミィはせせら笑う。

「誰が！」ナーガが息を荒らげて叫んだ。

水蜘蛛族の舞い手は強い。これほど未熟なナーガでも、一対一なら大概は勝てるだろう。何故なら、水の返し技を持つ術士は、まずいないからだ。

水丹式《すいたんしき》はとてつもなく長大である。技が完成するまで時がかかるため、一瞬が生死を分かつ場には不向きとされる。よって通常、水は戦いに用いられず、水使いとの戦いも念頭に置かれない。それが『水の返し技はない』と言われるゆえんだ。

水蜘蛛族の秘文は、その前提を覆《くつがえ》す技法である。水丹式を文節に分けて身体に彫っておき、舞うことで瞬時に式を組み立て直し、常識を超える速さで水を操るのだ。相対する戦士は迫り来る水に、どう対処すべきか考える暇もない。文字通り『為す術《すべ》なく』水に呑まれて終わる。

しかしながら、舞いにも欠点はある。

ひとたび踊りを損なうと、術は瞬く間に破綻する。初めから舞い直すしかない。また万が一肌を傷つけられれば、舞い手は途端に無力となる。完璧な秘文であればあるほど余分な文節は彫られておらず、一文字でも損なえば式が完成しなくなるのだ。

タータがアナンに与えた秘文は、まさにその類《たぐ》いだった。完全無比な芸術品。一片の欠けも許されざる名画。

アナンの舞いもまこと、それを負うにふさわしかった。正確で隙がなく、ゆえに速い。踊り損なうことも、敵の攻撃を浴びて秘文を損なうこともない。

転じて、息子の方は。

ラクスミィは床を砂地に変えてナーガの足場を奪い、影で腕を摑《つか》んで引き倒し、閃光《せんこう》で目をくらませた。ナーガは面白いように転んだ。重心の取り方が下手で、身体が硬い。力むあまり体幹がぎこちなく、指先や足先が容易にぶれる。何より、相手の出方を読もうとしない。ただ無茶苦茶に飛び跳ね、無様に這いつくばる。

それでも飽きもせず繰り返すうち、ナーガの舞いは少しずつ変化した。

組み伏せられながら、なおもがく。きつく戒《いまし》められつつ、自由の利く箇所を掻き集め、どうにか術を使おうと模索する。そうして次第に、彼は父に教え込まれた動きを離れ、彫りの文節を自ら組み合わせ始めた。

——そう。それでいい。

ラクスミィは心の中で囁く一方で、なぶるように語りかけた。

「そなたはもうすぐ九つになろう。それで、そのざまか。己の秘文もろくに使えぬとは情けない。わらわがそなたの齢《とし》には、自由自在に式を練っておったものぞ」

ナーガが咆《ほ》えた。悔しさ、無力さ、怒り、悲しみ。渦巻く感情全てを叩き込むような声だ。

闇の蛇に片腕をひねり上げられつつも、少年は身をしならせた。宙に持ち上げられる直前、残りの腕と足を閃《ひらめ》かせる。ぱあん、と水の弾ける音が鳴り響き、闇蛇の黒い鎌首がぱっくりと二つに割けた。

ナーガの水の刃が、影を断ったのだ。

影はぐにゃりと崩れ、大気に溶けるように薄まった。支えを失った少年の身体が、抵抗なく落ちていく。したたかに打ちつけられる直前、ラクスミィは石床を柔らかな砂地へと変えた。

砂ぼこりが高く舞い上がり、それを打ち消すように、水滴が彼の身体に降りそそいだ。

気を失っていた少年は、自ら生み出した水に頰を叩かれて、かっと瞼を見開いた。砂に爪を

と、衝立

立て、激しく咳き込みながら、再び起き上がろうとあがく。

「もうよい」とラクスミィは告げる。

「まだだ」ナーガは首を振った。「まだ、かすり傷も、つけてない」

「そうよのう」と嗤ってやる。「しかし、わらわの影は払うたぞ」

窓から落ちる影が短い。そろそろ午天である。ラクスミィは長椅子から立ち上がると、衝立から黒の外衣を取り、羽織った。

「じきにムアルガンたちが戻る。そなたは下がっておれ」

「いや、だ」少年は駄々をこねるように首を振った。

「疲れきったそなたに、わらわを倒せると思うてか。目障りじゃ、出直して来や」

言いながら、ラクスミィは心の中で語りかけた。

――学べ。耳を傾けよ。母の遺した文字たちに。

たとえ腕をもがれ、足を折られ、火傷《やけど》を負い、切りつけられようとも。

タータの式は生き続ける。身体のどこかが動く限り、そなたは術を使える。

母の願いが聞こえぬか。あがけ、生き抜け。諦めることなかれと。

悟れよ、我が師の子よ。

「案ずるな。わらわはここにおる。逃げも隠れもすまいぞ」

三　王女と舞い手

「この門は、今の火ノ国の姿そのもののように思います」

　地ノ門を見上げ、アラーニャは言う。

「国のため、君主のため。あるいは天のため、大地のためと言って、犠牲を強いる。時の王がこの門を造ったのは、山ノ毒ゆえにそうせざるを得なかったのでしょうけれど、民の苦しみの上に成り立つ国が永く続くはずがありません。先王朝はこの門を建てると同時に、自ら滅びの道に入ったといえるでしょう」

　アナンも王女に倣って、門を眺めた。石像は今日も苦悶に顔を歪めている。これらがもとは生きた人々で、山ノ毒を封じるための人柱となったのだと、アナンたちは確信していた。

　初めての散策以来、二人は毎日のように地ノ門を訪れている。それぞれ、門に思うところがあったから、どちらから言い出すでもなく、自然と足が向いた。アラーニャとともに門と像に祈りを捧げ、国を憂《うれ》える彼女の言葉に耳を傾ける。それが近頃のアナンの日課だ。

「火ノ国も今、同じ道を歩もうとしているように、わたくしは思えてなりません」

その呟きはうち沈んでいる。国のことを語る時、彼女の声には深い自責の念が滲《にじ》んだ。美しい横顔に差す憂いは、日に日に深まっていく。アナンは何と言えば、この女性の気鬱《きうつ》が晴れるだろうかと考えた。彼にとって、地ノ門は彫り手たちの墓、故郷に通じるものだ。その門に深い縁を持つアラーニャもまた、故郷の森にどこか繋《つな》がっている気がした。彼女の、朝の初々しい陽光のような輝きが次第にくすんでいくさまを見るのは、なんとも忍びなかった。

だが結局アナンは何も言わず、手中の花の束を差し出した。道々摘んできたものだ。それを受け取って、王女が門に跪《ひざまず》く。昨日置いたものは既に茶色くなっていた。拾い上げれば、葉の先が土くれのようにぼろりと崩れ、さらさらと散る。門が花の精気を吸い取ったかのようだ。

隠れ家に戻ってみると、御用商の衆頭《しゅうがしら》が君主の帰りを待っていた。女官が買いつけの品々を確かめる間、商人は山の外で起きた出来事を熱心に語り聞かせる。

「女帝ラクスミィ陛下、ですか」

アラーニャの呟きに、御用商が「さようです」と頷いた。

「ですが、姉さまはイシヌ王家の娘。カラマーハの縁戚とはいえ、血の繋がりは千年をも遡《さかのぼ》ります。草ノ民が納得するでしょうか」

「ジーハの甥スカンダを養子に迎え、カラマーハ家の直系男子の母ぎみとなることで、体裁を整えられたようでして」

「カラマーハの皇太子の母。そうですか、そんな策を」

アナンは二人のやりとりの間、王女の横顔をずっと見つめていた。笑んでいるが、眼差しが暗い。御用商の話では上々の首尾のように聞こえるが、心痛めているふうだった。

「ラクスミィさまの即位はさまざまな反響を呼んでおります。岩ノ国では土着の民が相次いで蜂起するに至り、逗留中の帝軍は鎮圧にかかりきり。七ツ国連邦に出兵中の部隊は、帝王派と女帝派に分裂しつつあり――」

「砂ノ領はどうですか」アラーニャが遮《さえぎ》るように問うた。

「イシヌの都はもちろん我らの手のうちにありますよ。イシヌ軍と、ムアルガン中将に与《くみ》する師団がきちんと守っておりますゆえ。問題はジーハ派の将校たちや傭兵どもですな。これまで主に西ノ森や南区に展開していた部隊ですが、彼らは今、南の国境《くにざかい》を目指しておるようです。おそらく連邦国内に侵入し、出兵中の帝軍部隊と合流する肚《はら》かと」

「いえ、そうではなく」王女は小さく首を振った。「砂ノ民はどうしておりますか」

「はあ」商人は目を瞬《しばたた》かせた。「今は戦時ですからな。万民つつがなくとは申しませぬが、なんとか暮らしておりますでしょう」

「水が足りぬのではありませぬか」

「ところによりまする。中雨季を半ば過ぎましたが、今年は湖の水面が高うございましてな。沿岸部の家々は高床にも拘らずどっぷりと浸かるありさま、〈青河〉や〈北ノ水路〉の水嵩《みずかさ》も増す一方。おかげで、北区や中央区の田園地帯の連中は、誰がどれほど水を引くかで争わずに済むと喜んでおるようですよ」

「……南の方は如何《いかが》です」

「さて、どうでしょうな」御用商は言葉を濁した。「先ほど申し上げた通り、南にはジーハ派の帝兵傭兵どもが殺到しております。連邦国内の勢力と合流されては困りますので、我が方も討伐隊を出す次第。ゆえに、南の地が乱れておりますのは、水云々以前の問題でして」

ジーハが倒れれば、全て良くなりましょう、それまでの辛抱です。御用商はもごもごと言い足すと、すみやかに話題を変えた。

「草ノ古都に追いやられたジーハですが、女帝即位の一報に狂わんばかりの様子でして」

ここで、商人はにやりと笑った。

「奴め先日、事触れを発布しましてな。何を言うのかと思えば、『大逆人ラクスミィは花嫁の務めを果たしておらず、よって未だ予の后《きさき》にあらず。カラマーハでない女人がスカンダ皇子を養子に取ったところで、女帝の座には能《あた》わず』と、まあ、御丁寧《ごていねい》にも、自身の恥を世に晒《さら》しておりましたわ」

アナンは初め、御用商の言葉と笑みの意味するところを摑《つか》み損ねた。だがアラーニャの頰にぽうっと朱が差したのを見て、察する。ジーハ帝は初夜に花嫁を抱き損ねた。それをわざわざ公にして、もの笑いの種になっているのだ。

アナンもまた顔が熱くなった。どうにか取り繕おうとして、背筋に変な汗が流れる。そんな彼に、御用商がちらりと視線を寄越したが、何も言わなかった。そのおかげでアラーニャにはなんとか気づかれずに済んだ。

「これまで国中の女人を食い散らかしてきた男ですからな。民の目も冷ややかなものでして。そこにまた、ラクスミィさまが奥ノ院の側室たちを解放いたしましてなあ。『悪王から民を救う純潔の乙女』という構図をしたたかに描いておられる。巷《ちまた》の人気もうなぎ上り。いやまったく素晴らしい。――しかしそれゆえに、気がかりな点もございましてな」

商人はきりりと唇を引き締めた。

「ジーハ側が民臣の心を引き戻すには、新政を上回る正統性が必要です。そのためには、まず皇后、それもラクスミィさまを上回る御身分の姫ぎみが望ましい。もしその方との間に嫡子が生まれれば、情勢は瞬《また》く間にひっくり返る。お分かりですかな」

アラーニャは重々しく頷いた。

「わたくしですね」

「さようです。ラクスミィさまの反乱を機に、帝王派は姫さまの死を疑い、行方を捜し始めておりまする。御身の安全は、火ノ国の行く末を左右するものとお考えください」

恭しく一礼すると、御用商はアナンに向き直った。

「現状は我が方が優勢ではありますが、帝都もイシヌの都も未だ情勢が定まっておりません。この山に潜まれるのが最も安全です。しかし多数の兵で守っては敵の目を引く。これはアナンどの、貴男《あなた》さまがおられてこそ可能な策なのです。貴男のお力は一個中隊に勝りますからな」

王女をしっかり守れと暗に言っているのだ。アナンは「承知しました」と短く返した。外の男に命令まがいの口を利かれるのは、相変わらず抵抗があったが、彼らイシヌの臣の気持ちは理解できた。悪漢ジーハに我が主を渡してなるものかという決意。それは水蜘蛛族《みずぐもぞく》の、母なる森に対する想いに似ている。穢《けが》されざる者、侵されざる聖域は、どんな民にもあるものだ。

商人が去った後、アラーニャは気鬱をますます重くした。来る日も来る日も窓の外の霧雨にけぶる景色をぼんやりと眺めて過ごす。地ノ門には欠かさず訪れたが、口数はめっきり減り、道中、一度も口を開かないこともあった。

アナンはどうも落ち着かなかった。この女性に沈黙は似合わない。この山の雨のようなしっとりとした声音のために姦《かしま》しく感じないだけであって、彼女が黙ると、灯が消えたようなもの寂しさを覚えてならなかった。それでも、そっとしておくのが一番、と数日は耐えたのだが、あくる日も地ノ門の前でじっと佇《たたず》む女性の姿に、アナンはいよいよたまらなくなった。

「アラーニャさま。気晴らしに、何かいたしませんか」

言うなり後悔した。何をと問われても困るからだ。よく考えてから言うのだった。しかし、王女はその言葉を待っていたように、ぱっと振り向いた。

「ではぜひ、ひと差し舞ってくださいな」

アナンは目を瞬かせた。漠然とひと差しと言われても、なんのための踊りだろうか。

「どんなものでも。ただ見たいのです。毎朝踊ってくださる清水《しみず》の舞いが素晴らしくて」

遠慮がちながら、王女の瞳は期待に輝いている。アナンは思わず唇を綻ばせた。確かに舞いには二つの意味がある。一つは水を操るため。もう一つは女人を楽しませるため。魅せるためだけに踊るのは苦手なアナンだが、アラーニャの気が晴れるなら、それも良しと思えた。

「いいですよ。朝の舞いだけでは、身体がなまりますから」

嘘ではない。朱入れを終えた舞い手の身体には、丹《たん》が常時取り込まれている。長く舞わずにいると、丹が出口を求めて暴れ出し、身体を蝕《むしば》み出すのだ。西ノ森ではただ日々暮らすだけで丹を使えたが、ここでは意識して舞いの時を取らないと、溜まっていく一方だった。

アナンの言葉に、アラーニャは笑んだ。花の咲くような笑みだった。

アナンは毎日、王女のために踊った。酋《おさ》の木の前が彼の舞台だ。巨木の周りは開けており、地面が平らで踊りやすい。時に陽光が雨間に差し込み、舞いに華やぎを添える。

アラーニャは善き観客だ。楽しみ方を心得ており、見せ場では称賛を惜しまず、かといって物知り顔で批評を始めたりはしない。故郷では常に他の舞い手と比べられ、踊りの出来栄えを一つ一つ細かに論評されたから、何をしてみせても喜ばれるというのはなかなか新鮮だった。もの足りなくもあり、くすぐったくもあり。彫りたての式を使ってみせる時の、主人タータの怜悧《れいり》な目を思い出し、無性に恋しく思う反面、王女の天真爛漫な笑顔に心温まった。

この日は〈宝珠《ほうじゅ》の舞《ま》い〉を披露した。舞いが進むにつれ、大気の中の蒸気が集まり、大粒の露玉が無数に生まれ出る。雲の切れ間から光が差し込めば、真珠《しんじゅ》のようにつややかに照った。宙に漂う粒の一つをつまんで、アラーニャは口に含んだ。甘いと言う。彼女に倣ってアナンも一粒すすってみたが、いつもと変わらぬ水の味だった。しかし蜜でも飲んだかのような王女の笑みを見るうち、舌にほのかな甘みを覚えた。

アナンが舞い終えると、水滴はたちまち霧散した。無邪気に露と戯《たわむ》れていた王女は、消えた珠を追うように天を仰いだ。流れゆくかすみ雲を眺め、こぼすように言う。

「かように水に溢れた地も、この世にはあるというのに……」

その声音には影が差しており、アナンの自尊心を少しばかり傷つけた。毎日欠かさず舞いを披露し、心から楽しませているつもりだったのに、たいした慰めにもなっていなかったのか。

彼は尋ねずにはいられなかった。

「この間から、何をお悩みなのですか」

アラーニャは弾かれたように顔を上げ、ばつが悪そうに微笑んだ。

「まあ、いけませんね。お気を遣わせてしまいました」

「はあ」

そう返してすぐ、気を遣ったと告げたも同然と気づいた。彼はよく、こうしたへまをする。子供の時分はことに不調法で、彫り手たちに『舞いは見事だが可愛げがない』と言われたものだった。焦る彼をよそに、しかしアラーニャはころころと笑う。

「では甘えついでに聞いてくださいますか。埒《らち》もない愚痴《ぐち》ですけれど」

アラーニャは再び天を仰いだ。霊山の頂きは雲に隠れて見えない。

「この前の話にありましたでしょう。砂ノ領は今、水源が乱れていると」

アナンは御用商の言葉を思い起こした。イシヌの湖や青河、水路の周囲は没するほどだが、領の南は乾いている。そう仄《ほの》めかしていたような。

「あれはわたくしのせいなのです」罪を告白するように王女は言う。「都を去る前、わたくしは天ノ門を開ききっておきました。湖に湧き出る水を増やし、青河の水嵩を高く保つべく」

「それは『たはた』を守るためですか？」

　アナンは火ノ山までの道程で目にした光景を思い浮かべた。同じ草ばかりが生える、四角く区切られた敷地。それが地の果てまで延々と連なっていた。これらは全て『田畑』と呼ばれるもので、草は人の手で植えたのだと教えられ、アナンは眩暈《めまい》を覚えたものだ。

　その田畑の間の溝には青河から引いた水が流れていたから、大量の水が要るはずだ。しかし彼の予想に、アラーニャは力無く首を振った。

「天ノ門を閉じきらない限り、青河が涸《か》れることはありません。門を開け放ったのは、帝家の力の源を封じるため。……アナンどのは〈仙丹《せんたん》〉を御存じですか」

「はい、イシヌのお城で、光の仙丹器を見たことが。丹の結晶でしたか」

「そうです。この天《てん》ノ金環《きんかん》にも実は仕込まれています」アラーニャは懐《ふところ》から黄金の環を取り出してみせた。「とても希少なものですが、帝軍の丹導器《たんどうき》のほとんどが仙丹器です。そのもととなるのが〈乳海《にゅうかい》〉。帝都の地下湖に眠っていますが、下乾季の終わり頃、青河の水位が最も低くなる数日間は、地下へ流れ込む水量が減り、乳海に人の手が届くようになるのです」

　つまり、乳海から取り出した仙丹が、カラマーハの軍事力の源といえる。敵の力を削ぐには乳海を封じねばならず、そのため、天ノ門を開き、青河の水を増やす必要があったらしい。

「けれどもそれは、砂ノ領の水源を涸らすに等しいのです」

アラーニャの瞳に痛みが浮かんだ。

「天ノ門を開けば、湖に湧く水が増えます。では、その水はどこからやってくるのでしょう？……砂漠の下を走る水脈からです。門を開くことは、砂ノ領各地の水源からイシヌの湖へと、水を引く行いなのです。門を少し開いただけでも、砂ノ領のあちこちで井戸や泉が涸れます。ましてや開ききったとなれば、砂漠の下の水脈は大きく流れを変えたはず。……今の砂ノ民の渇きは、ひとえにわたくしのせいなのです」

王女の声は震えていた。

多を生かすために、少を切り落とす。地ノ門を見つめるアラーニャの暗い眼差しの意味を、アナンは察した。山ノ毒を封じるために人柱を立てることと、乳海を封じるために民に渇きを強いることを、彼女は重ね合わせていたのだ。

「ジーハはこの国を滅ぼす災厄です。しかし罪の深さはわたくしも同じ。天の恵みをもたらすはずの者が、こうして民を苦しめている。……この世にイシヌがあり続ける限り、この矛盾は続くことでしょう。まるでイシヌこそ、この国に深く刻み込まれた呪いのよう」

王女を苛《さいな》む罪の意識が如何《いか》に深いか、その瞳が物語っていた。それは〈血《ち》ノ赦《ゆる》シ〉を出した時の長《おさ》ラセルタを思い出させた。非情になりきれぬがゆえの苦悩、上に立つ者の宿命である。

アナンは少しでも慰めになればと、柔らかに告げた。

「御自分を責めることはありません。守るものがあると、人は強くなる。苦しみも、痛みも、むしろ誇らしく感じるものです。この門の人々もきっと、喜んで死んでいったことでしょう」

アラーニャが転げ落ちんばかりに目を見開く。アナンは彼女を勇気づけるべく笑んだ。

「そうでしょう？　山ノ毒を封じることで、彼らは同胞《はらから》と子を守ったのですから。これ以上の誉れはありません。イシヌの民も同じです。今の渇きに耐えれば、天ノ門とその主は守られ、孫子の代が潤《うるお》うのですから。貴女《あなた》さまを恨む者などいませんよ」

一語一句に心を込めて語るアナンを、王女は瞬《まばた》きもせず見つめている。その表情にアナンは戸惑《とまど》いを覚えた。励ましの言葉に感じ入るというよりは、戦慄しているように見える。奇異なことを言ったつもりは毛頭ないのに。

地ノ門の人柱も、砂ノ民の渇きも、アナンには〈血ノ赦シ〉と同じであった。同胞の未来のための、死の宣告。命を賭ける覚悟のある者だけに与えられる栄誉。

しかし言えば言うほど、アラーニャの顔は険しくなっていく。ついには、アナンを遮って、押し出すように言った。

「わたくしは、彼らを哀れに思います」

哀れ。その一言を聞いた瞬間、アナンの心の奥底で、ぱんっと熱いものが弾けた。

「……哀れ、ですか」

自らも聞いたことのない、低く唸るような声だった。アラーニャは一瞬怯《ひる》むようなそぶりを見せたが、毅然《きぜん》とアナンの目を見返した。

「わたくしは弱く、未熟な人間です。けれども、民を導く者として生まれた以上、己の罪深さから目を逸らすわけには参りません。どんなに無力であろうと模索し続ける義務があります。

これが最善の道なのか、他の道はなかろうかと──」

「他の道？　何を今更！」

怒鳴ってどうする。頭の片隅で、そんな声がした。見ろ、彼女はこんなにも青ざめている。

跪き、非礼を詫びるのだ。今すぐ。

「生き残るために切り落とす」

止まれ。

「必要だから捨てる」

止まれと言うに。

「そうせざるを得ぬ時はある。他の道なぞなかった。だからこそ命じたのでしょう、『我らのために、お前たちは死ね』と！」

いったい、何の話だ。馬鹿なことをしている自覚はあったが、あっという間に流れ去った。代わりに、怒りが目の前を赤黒く塗りつぶしていく。アナンはもはや、アラーニャに相対していなかった。彼女を通して、別の者を見ていた。

水使い、支配者。

水蜘蛛族の彫り手たち。

恨みなどないはずだった。彼女たちは命を生み出す人々、聖なる森と同じ力を宿す者らだ。舞い手に秘文《ひぶん》を施し、水の力を授ける賢者たちだ。若い頃は訳もなく反発したものだったが、彫りを受け、愛を賜《たまわ》り、子を授けられてからは、アナンは彼女たちを深く敬うようになった。

主人タータを含めた全ての彫り手が、崇《あが》めるべき相手だった。〈乱花《らんか》の舞《ま》い〉で散っていった舞い手たちも、同じ思いだったはずだ。いずれも、これからが盛りという者だった。勤勉で勇敢で、常に己を鍛え他を慈しみ、愛する者と愛する子がいて、それゆえに、自らを犠牲と為すに一片《いっく》の迷いもなかった。

「彼らを哀れむのですか。恥じるのですか、彼らの死を！　哀れんだところで戻らぬものを、どうして今になって、他の道などと迷う！」

なんという裏切りだろうか。

彼らを撃ち殺した時の光景がまざまざと脳裏に甦《よみがえ》った。弓の弦を放す感覚、耳のすぐ横を駆け抜ける風、飛翔する水滴の、身と心を切り裂くような甲高い音。一瞬で終わらせること、それだけを必死に考えた。そうすれば痛みはないと自らに言い聞かせた。

だが、本当にそうか。ただ早く終わらせたかっただけではないか。水撃ちによる爆風で身が粉々になる、無残な最期。彼らの意識はどこまで残っていたのだろう。煮すぎた汁のように、死までの時が短ければ短いほど、痛みは濃いのではなかろうか。

この道しかない。そう信じたからこそ、彼らはその痛みに耐えたのだ。あるいは耐えがたかったかもしれない。最後の瞬間、死にたくないと叫んでいたかもしれない。だが、後戻りなどできなかった。前に突き進むしかなかったのだ。

アナンも彼らとともに逝くはずだった。だが、勇気がなかった。覚悟が足りなかった。友は殺せたくせに、息子は殺せなかったなどと、言い訳にもならない。命は命だ。息子を救わんと駆けずり回るくらいなら、友のためにもあがかねばならなかった。彫り手たちを責める資格はない。彼もまた命を選び分けたのだ。

散り際の美に酔わず、初めから醜くもがいていれば、一族を救えたのではないか。耳の奥でそんな声がついて離れない。ジーハを討てばこの罪を贖《あがな》えるかとも思ったが、相手は強大で、たった一人の舞い手にはどうすることもできなかった。ならば彼《か》の者を討ち果たす手助けだけでもしたいと、この山に留まっている。一人息子をはるか遠くの地に置きざりにしてまで——

「アナンどの」

柔らかな声。固く握りしめた手に温かな指が添えられ、アナンは我に返った。アラーニャの顔が目の前にある。恐怖のためか蠟《ろう》のように白いが、目は気遣わしげに揺れていた。

「座りませぬか、少しの間だけでも」

その声がけに、アナンは己の全身が岩のように強張り、全力で走った後のように、肩で息をしていると気づいた。灼熱の怒りが通り過ぎ、ひどく寒い。衣がじっとり湿っており、見ればアラーニャの朽葉《くちば》色の衣も濡れそぼり、銅《あかがね》色の髪が肌に張りついている。遠雷が聞こえて、ふと仰げば、天はいつの間にか黒雲に覆われ、大粒の雨を降らしていた。

しどろもどろに謝り、舞いで水を払おうとしたが、柔らかに押し留められた。王女の唇から錫杖《しゃくじょう》を振るような歌声が流れ出る。清らかな響きに触れると、雨は次第に弱まり、二人の衣は少しずつ乾いて、やがて辺りはほんのりと暖かくなった。

アラーニャに誘われるまま、アナンは巨木の陰へと入り、張り出した根に腰かけた。王女は慈しむように歌い続けている。根を覆う苔《こけ》は綿のようにふっくらとして、心地よかった。

「……とんだ醜態を……」

からからに張りついた咽喉《のど》から、やっとの思いでそう絞り出す。アラーニャは、すぐに答えなかった。しばらく水の式を吟じ続け、術が安定すると、ふっと唇を閉ざす。

やがて独り言のように、彼女は始めた。

「貴男の話を聞いていて、姉を思い出しました」

アナンは王女の横顔を見つめた。ラクスミィの話が出るとは思わなかった。

「必要だから捨てる」アラーニャは苦笑した。「姉がよく口にした言葉です。水の力を捨てたのは要らぬからではない。必要だから捨てたのだと。何度聞いても、わたくしにはよく分かりませんでしたが。ただそれを聞くたび、無性に不安になるのです」

アラーニャはちらりとアナンを見遣り、うつむいた。

「姉はいつ痛みに気づくのだろうと」

アナンもうつむいて、自らの足を見つめた。細かく震えている。衣は乾き、冷えは遠のいていたが、大地を踏んでいる感覚がしない。

「女帝に即位した件もそう。カラマーハの皇子の母となった瞬間に、姉はイシヌの者ではなくなりました。姉はおそらく、イシヌの城に帰る気はないのでしょう」

王女の声は消え入るようだった。

「姉が切り捨てたのは、水の力や、イシヌの名ばかりではありません。ジーハに抗《あらが》う力を得るために、その身に彫った〈万骨ノ術《ばんこつじゅつ》〉。あれは」と、喘ぐように息を吸い込む。「あれは、女人の力と引き換えなのです」

意味を悟るのに数拍かかった。

「まさか」と問い詰めようとして、言葉にできず言い淀む。「その」

「そう。子が産めなくなるのです」

アラーニャの横顔が歪む。まるで姉の代わりに痛みを受けているように。

「安心なさって。ナーガくんは大丈夫、男の子ですから」王女は素早く付け加えた。「女人も、子を宿すことはできるのです。ただ、育たない。全て早くに流れてしまうのだそうです。丹妖《たんよう》たちが胎《はら》の子を拒むのだといいます。死者の仙骨《せんこつ》に残る丹が、胎児の育ちに良くないのだろうと、姉は推していましたが」

ラクスミィが他人事のように論じるさまを、アナンは思い浮かべた。彼女らしいと思う反面、アラーニャの哀しみもよく分かった。

「〈万骨〉が男系のカラマーハでなく、女系のイシヌに伝えられたのは、その強大な力を軽率に使うことのないよう、枷をかけるためだったのだと、わたくしは思います。けれど姉は必要とあらば、枷《かせ》ごと手足を切り落とす人です。痛みなどないと言わんばかりに」

アラーニャは光るまなじりを、アナンへと向けた。

「痛みを感じぬ人間などいるでしょうか。感じないふりをしているか、自らをも騙しているのではないでしょうか。けれども、わたくしにはそれが言えません。姉がそうまでするのは、他ならぬわたくしのため。姉を追い込んでいるのは、わたくし自身なのですから」

紅色の頰を透明な雫《しずく》が転がり落ちた時、アナンはアラーニャを掻き抱いていた。守られる者には、守られるゆえの苦しみがあると初めて知った。腕の中で引き絞るような嗚咽《おえつ》が上がり、アナンもまた声を殺して涙した。

この争いが早く終わるといい。アナンは心の底から願った。いや、終わらせなければならぬのだ。自分たちと同じ苦しみを抱えた者が、この国には溢れている。

アラーニャの術のため、二人の涙はこぼれる傍から乾いていった。術が薄れ、雨水が巨木の葉を縫って、ぽたりぽたりと肩を叩き始めた頃、王女は静かになっていた。だがアナンが腕を緩めても、身を起こそうとはしなかった。

「貴男がいてくださって良かった」雨音に溶け入りそうなほど、小さな囁《ささや》きがあった。「臣にこのような話はできませんから」

おかしなことを言うとアナンは思う。自分も彼女に仕える身だと思っていたが。

「水蜘蛛族は、君主なき孤高の民なのでしょう? イシヌを代表して、姉が貴男の御子を守る代わりに、貴男はわたくしを守ってくださる。そうしたことと思っておりました」

森を出た以上、自分はもう水蜘蛛族ではない。そう言おうと思ったが、アラーニャの対等な物言いが思いがけず嬉しく、アナンは微笑むだけに留めた。

「では、先ほどの非礼はお許しいただけますか」

「わたくしも取り乱しましたから、おあいこですね」

アナンは笑った。

「むしろ、わたくしばかり甘えているようです。こうして毎日、散策に付き添っていただき、舞いまで披露してくださっているのに、何もお返ししておりませんもの」

気晴らしだからと返そうとして、アナンはふと思い至った。今の自分なら言える気がした。

「では、お願いがあるのですが」

腕の中でアラーニャが動き、不思議そうに見上げてくるのが分かった。

「文字を教えていただけますか」

返事はない。その沈黙が、王女の戸惑いを表していた。水使いが文字を知らぬなど、ありえるのか。そんな声が聞こえたが、アナンは微笑んで受け止めた。おそらく外の世界ではたいそうな恥だろうが、彼女にならば晒しても構わない気がした。

御用商の衆頭はアナンの頼みを忘れておらず、ナーガの様子を事細かに話してくれた。それでもやはり物足りなかった。戦が長引けば、何年も会えぬかもしれない。あるいは道半ばで、アナンが敵刃に倒れるかもしれない。そうした時、自分は何を残してやれるだろうか。本来なら伝授するはずの舞いも、こう離れていては無理だ。

文字は時や場を超える。母の秘文とまではいかずとも、父の言葉を送ってやりたい。何かの支えになることもあろう。無駄な気の回しようだったと後に笑い合えたら、それが一番だが。

「分かりました」アラーニャはあれこれ穿鑿《せんさく》せず、さらりと答えた。「時はたっぷりありますもの。まずは〈音綴り〉から始めましょう」

第三章

一　丹《たん》妖《よう》

「教本ですか。丹導学《たんどうがく》の」ムアルガンはさも意外そうに言った。「陛下のお小姓のために？　確か、今年で九歳と記憶しておりますが」

ラクスミィはいつもの繻子《しゅす》張りの、今やもう〈奥ノ院の玉座〉と称されている長椅子から、冷ややかに将校を見下ろした。

「帝都の子供は、さようなものは読まぬとでも？」

すると、軍人はあっさり「読みませぬ」と答えた。

「九歳なら、音綴りをひと通り習った程度。算術はごく初歩の算式どまり。丹導学はおろか、比求文字《ひきゅうもじ》にも触れません。教本に載るような比求式なぞ、まず理解できますまい」

音綴りとは話し言葉を聞こえた通りに書き記す、いわゆる表音文字である。比求文字に比べ字体が簡素で覚えやすい。普段話している通りに書けばよいから、新たに文法を覚える必要はなく、読むのも容易《たやす》い。

民の間で文字といえばまず音綴りを指すほど、広く用いられている。公書もここ二百年ほど音綴りでしたためられている。よって、帝都の民が音綴りから学ぶことに驚きはない、が。

「丹導学の教本は、学士でもなければ、大人であっても開きません」

当然のように将校は言う。ラクスミィは呆れた。帝都の民は、己の住まう地が見えぬのか。街中を縦横無尽に走る、鏡の如く平らな道、紙一つ通さぬ精緻《せいち》な石組み、樹海の如き摩天楼《まてんろう》。新旧はあれど、いずれもその時代における最高の丹導術を用いて造られたものだ。そんな知の結晶に囲まれて暮らす人々が、丹導学をろくに知らぬとは。

「そなたはどうなのだ」ラクスミィは尋ねた。

「私は嗜《たしな》み程度に」将校はさらりと返す。「我が団には〈式詠《しきよ》み〉の術士がおりますので、式を見聞きすることも多く」

その言いぶりから察するに、帝都では彼のような者はよほどのもの好きであり、国政を担う高官ですら、式を読める方が稀《まれ》らしい。イシヌの城ではあり得ぬことだった。下男下女ならばいざ知らず、比求文字を読み書きできぬ者が城に上がることはなく、ましてや重い役職が与えられることはない。反対に、術士としての能力や丹導学に対する造詣《ぞうけい》が秀でていれば、出身に拘らず厚遇されたものだった。

ところが、ムアルガンは言う。

「なるほど。術士の頂点、水使いを君主にいただく砂ノ領らしい。しかし、丹導学はあくまで学問、術士はあくまで職人。政《まつりごと》における才覚とは別ものでございませぬか」

ラクスミィは怒りと嘲《あざけ》りを込めて嗤《わら》った。

「そなた今、水使いを職人風情と称したか」

「草ノ領においてはそのように考えられておりまする」ムアルガンは涼しげに答えた。「術士の技の恩恵を受けるのは、ごく一部の人や地域のみ。それも使い手が死せば終わる。術士一人いたところで、世は変わらぬのです。それよりは、誰でも容易く使える丹導器を数多く拵《こしら》え、万人に行き渡らせた方がよい。現に帝都はそうして栄えてきました」

仙丹器《せんたんき》のことだ。帝都は確かに豊かだ。物に溢れているだけではない。道も塀も橋も、全て整えられ、同じ質に保たれている。立ち並ぶ街灯は全て光丹器《こうたんき》、都には夜でも暗がりがない。使用人に至るまで自分の家を持ち、いつでも簡単に火を熾《おこ》せる台所で、好き好きに湯を沸かし、茶を淹れ、食事を作る。いつ誰が使っても同じ効果を望める仙丹器があってこそ、為せる業だった。

ゆえに帝都民、ひいては草ノ民は、仙丹器を制作する〈工士〉を〈匠《たくみ》〉と呼び、貴ぶという。学士は丹導器に刻む比求式を考案するため表向き重んじられているが、理論ばかりを追求し、膨大な費用と人材と時を求めるわりに実利に乏しい連中、と揶揄《やゆ》されている。術士に関しては仙丹器使いが最も格上、人丹器《じんたんき》使いは旧弊《きゆうへい》人か好事家、式詠みに至っては『丹導器一つ買えぬ貧民』と後ろ指差される存在だとか。

しかしそのいずれも一介の工人や職人として扱われ、政には参与しない。術士や学士を重用しようとする考えは、この宮殿ではひとまず捨てるように、と将校は言い添えた。

「もっとも、水使いは別です。万民が扱える水丹器《すいたんき》はなく、水丹術士といえば式詠みに限られます。それだけに希少です。陛下があの少年を手ずから教育されるのも当然のことかと」

さんざん術士をこき下ろしておいて、この言い草である。失言に焦って媚《こ》びたというより、ラクスミィを試しているふうに見える。不都合な事実や不快な忠言に耳を貸してこそ、君主の器とでもいうように。

ラクスミィはふんと鼻で笑い、彼の視線を冷然と受け止めた。

「〈帝都学士院〉であれば、その手の書物を多数、所蔵しておりましょう」ムアルガンは叩頭《こうとう》した。「ただちに見繕ってお届けするよう、申し渡しておきまする」

将校は肩で風を切って、本宮へと戻っていった。軍事を司る〈兵部〉の長となり、中将から大将に昇格し、彼は今飛ぶ鳥を落とす勢いである。『新女帝のお気に入り』に、武官も文官も取り入ろうと必死で、それは学士院の学者たちも同じだ。彼が一言声をかければ、今日明日にでも山ほどの教本を携えて、ラクスミィのもとに馳せ参じることだろう。

宮廷人は即位したての若い女帝より、ムアルガンを実質の権力者と考えているふしがある。先ほどの彼の、ラクスミィの不興を恐れぬような物言いは、正直者の得がたき臣と見るべきか、それとも尊大な不心得者と見るべきか。

イシヌの名と引き換えに手に入れた、国主の座である。傀儡《かいらい》になるつもりは毛頭なかった。君主と臣下、使う側と使われる側、喰う側と喰われる側、生かす側と生かされる側。あるべき形は一つだ。彼がその道理から外れれば、容赦はしない。

しかし、それはまだ先のこと。

ムアルガンの心はどうあれ、今のところ彼は役に立つ。その言葉から汲み取れる事柄には、一定の真実味があった。即ち草ノ民にとって、丹導術とは道具であるという点。術士はいわば〈生きた丹導器〉にすぎず、疲れもすれば老いもする、使い勝手の悪い骨董品なのだ。この世の力の全てを統べる水使いですら、珍品扱いである。

かつて、総督ナムトが言っていた。帝軍にとって、兵とは武具の持ち手にすぎぬと。それはこういうことなのだ。草ノ民の上に立つ官吏、彼らを束ねるカラマーハ、その長《ちょう》たるジーハに至るまで、術士への敬意は持ち合わせない。その愚かしさゆえに、彼らはイシヌや水蜘蛛《みずぐもぞく》族を狩りの獲物と見なし得た。躊躇《ちゅうちょ》なく戦を仕掛け、湖に毒を流し、森を焼いた結果、イシヌから城と都を奪い、水蜘蛛族を滅びの淵に追いやったのだ。

ラクスミィたちは、無知に敗北したというわけだ。

このままでおくものか。ラクスミィは唇を噛んだ。無知なる輩《やから》に国を率いる資格などない。滅ぶべきは愚者、支配すべきは賢者である。人の欲を喰らい続けて肥え太った怪牛カラマーハよりも、天駆ける竜の化身イシヌこそ、執政者たるにふさわしい。

だからこそ、必ずや、必ずや――

「――必ずや、イシヌの再興を」

無人の部屋に、肉声がこだました。

氷原の如き色合い。起伏のない物言い。聞き慣れたその声に、背筋がぞっと凍りつく。弾かれるように、ラクスミィは背後を振り返った。

目に入ったのは、自らの影であった。下午《かご》の陽光に長く伸びる漆黒《しっこく》。平らなはずのそれが、一箇所、妙に浮き上がって見える。さながら仮面のような。いや、紛れもない人の顔。ナムトの顔だ。

影の人面は、瞳孔のない両目をラクスミィに当てた。漆黒の唇がゆるやかに動く。

「殿下」

続きは聞かなかった。影の声を掻き消すように式を唱える。影が波打ち、黒い人面は波紋に乱れる湖上の景色の如く揺らめき、溶け去った。

去らないのは、全身の粟立ちだ。ラクスミィは食い入るように己の影を見つめながら、耳の奥を打ちつける鼓動の音を聞いていた。

瞼《まぶた》に焼きついた残像は、目を凝らせば凝らすほど、煙の如く薄らいでいく。自分が何を見たのか、定かでない。今回も夢を見ていたのか。光の悪戯《いたずら》だろうか。そうでなければ、幻覚か。毒の中には幻を見せるものもあると聞く。知らず毒を盛られたのかもしれない。また心の病の中にも、そうしたものがあると聞く。とすると、自分は病んでいるのか。

その方がましに思えた。

認めるわけにはいかなかった。今見たものが事実だと。影が死人の顔を象《かたど》り、自らの意志で声を発したなどと。あれは丹妖、丹の器、操り人形。そこに意思は宿らない。ナムトの精神は彼の死とともに霧散したのだ。

大気に、小さな稲妻《いなずま》が走った。

「そう、我らは死にました」

鳥のさえずるような声が言う。閃光《せんこう》は部屋を駆け抜け、小さな笑い声を残して散った。

「ええ、死にました。あの非道な帝王によって」

別の女人の声。仰げば、天井の螺鈿《らでん》に光ノ蝶が止まっていた。大きな翅《はね》には女の目の模様。女官長アディティの優しげな眼差しだった。

「怖気づいたか、ラクスミィ」これは大伯母の厳格な声。「知っておろう。万骨《ばんこつ》ノ術《じゅつ》の代償を。今更怯《ひる》むな、イシヌの姉姫としての務めを果たせ！」

長椅子の脇の帳《とばり》が突如、真っ赤に燃え上がった。炎が伸び上がり、天井を舐める。火の粉が羽虫に転じ、螺鈿にぶら下がっていた光ノ蝶を先頭に、部屋を乱舞し始めた。

声が聞こえ、丹妖の姿が目に入るたび、ラクスミィは式を唱えた。だが、消しても消しても故人たちは現れ、好き放題に話し出す。夢であろうが幻であろうが、あるまじき情景だった。彼らの主はラクスミィである。死者は生者を超越してはならない。

抑え込むのだ、なんとしても。彼らは所詮、ラクスミィの身より溢れ出た丹の受け皿にすぎない。御せるはずだ。御さねばならぬ。

持てる知を研ぎ澄まし、暴れ回る妖《あやかし》たちの丹の流れを読み取る。五感の全てを掻き集め、彼らの動きを追う。ラクスミィが式を唱えると、身のうちの丹が臓腑《ぞうふ》を駆け巡り、きりきりとちぎれる寸前まで張りつめた神経を伝って、身体の外へと放たれた。

網の如く広がった丹が、妖《あやかし》たちを包み込む。捕らえた。そう思ったが、ラクスミィが感じたのは安堵ではなく、全身を叩きつけるような力の奔流だった。妖《あやかし》たちの丹が逆流し、彼女の体内へと押し寄せてきたのだ。押しつぶされるような感覚、全身を炙《あぶ》られるような痛み。耐えきれず呻いて、喘ぎ、身を反りかえらせる。

高まる一方の痛みと熱。それが刹那《せつな》、肢体を一刺しに貫いて、唐突に掻き消えた。

突如訪れた平穏と静寂。ラクスミィは汗もしとどに伏せり、胸を大きく上下させた。指一本動かせぬ気だるさの中、絨毯《じゅうたん》に酒杯をこぼしたように、じわりと広がっていく感覚があった。

ラクスミィから伸びる影の、冷たい石床を撫でるさま。また石床の、影に撫でられるさま。光ノ蝶が見下ろす景色、横たわるラクスミィの姿。蝶の翅に押される大気の流れ。微風に翻弄《ほんろう》される火の粉の、くるくる回る浮遊感。

これは、丹妖たちの感覚だ。ラクスミィは朦朧《もうろう》とした頭で悟った。彼らが触れるもの、見るもの、聞くものが、丹を介して流れ込んで来ている。丹妖たちの五感が、ラクスミィのそれを凌駕《りょうが》しつつあるのだ。抗《あらが》わねばと思いつつ、そそぎ込まれるもののあまりの量に身体が痺れて動かなかった。

せめて、我が目で世界を見よう。重い瞼を叱咤して持ち上げると、ぼんやりとした視野に、ふらふらと宙を漂うものが入ってきた。燃え尽きた帳の灰である。塵《ちり》はひとところに集まり、瓜実顔《うりざね》と先の丸まった口ひげを象った。叔父上、とラクスミィが呟くと、灰の首はにっこりと笑い、「しー……静かに」と囁《ささや》いた。

「来るぞ、来るぞ」石造りの壁が告げる。

「来たぞ、来たぞ」冷たい床が騒めく。

大気がそよぎ、かすかな物音を届けた。こちらに忍び寄る足音だ。その者の爪先が、そっと床に触れ、離れていく瞬間が、生々しく感じとれた。肌の上を蟲《むし》に這われるような不快さだ。うなじの毛がぞっと逆立つ。

蝿を払うのと同じく、無意識だった。

石床が波打った。忍び寄る者が倒れ込む。石床は高くせり上がり、一転、叩きつけるように侵入者に覆い被さる。押しつぶされるという直前、侵入者はもんどりうって逃れた。そのまま地を這うように、くるりと舞い一つ。水の鎌が生まれ、再び立ち上がらんとする石の鎌首を、すぱんと綺麗に切り落とした。

ナーガだ。

ラクスミィは深淵に沈みかけていた思考を引き寄せた。己自身の五感を強引に呼び覚ます。響き渡る少年の悲鳴。見れば、逆巻く紅蓮《ぐれん》の焔《ほのお》が彼を呑み込まんとするところだった。

ラクスミィは力ずくで、丹妖たちを支配下に戻した。

火の竜巻が霧散し、部屋に静寂が戻った。ナーガはうずくまっている。藍色の衣は煤《すす》けて、黒く焦げた片袖がぼろりと崩れ落ちた。色鮮やかな刺青《いれずみ》が露《あら》わになる。

ナーガが呻いている。火傷《やけど》を負ったか。ラクスミィは重い身体を引きずって立ち上がると、彼に歩み寄った。

「どれ……見せてみや」

触れようとした時だ。少年はきっと面《おもて》を上げ、ラクスミィを睨みつけた。瞳に浮かぶのは、不信と拒絶の色。

「誰が、お前なんぞに！」獣の如く、少年は咆《ほ》える。「お前は敵だ！　お前を倒して、僕は皆のところに帰る！」

ナーガは相変わらず、一族の滅びを受け入れられていない。口を開けば、森に帰る、一族の皆が待っていると言い張る。ラクスミィは溜め息を押し殺した。

差し伸べられた手から飛びすさり、ナーガは再び舞い出す。ラクスミィの胸に苛立ちが沸き起こった。すると式を唱えずとも、影が呼応して伸び上がり、少年を捕らえて引き倒す。

「大人しくせい」

命令に反して暴れ出した少年を、影はきりきりと締め上げる。ラクスミィがぼろぼろの衣を引き剝がすと、怒りの咆哮《ほうこう》が上がった。咽喉《のど》が裂けんばかりにわめき散らし、罵《のの》り続ける少年の肌を、一切の感情を押し殺して診る。

たとえ看病のためであれ、ナーガは素肌に触れられるのを頑なに拒む。秘文《ひぶん》を晒《さら》すのは死を凌駕する恥、一族に対する裏切りなのだ。ラクスミィはあえて否定せず、少年の敵意をむしろ煽《あお》ってきたが、憎悪ばかりぶつけられて楽しいはずがない。

正直なところ、ラクスミィはこの少年にうんざりしていた。昼夜問わず飛びかかってきて、あっさり返り討ちにあっては癇癪《かんしゃく》を起こし、さんざん悪態をつく。隙を窺《うかが》って四六時中周りをちょろちょろしているくせに、手が届く辺りには断じて入ってこない。まだしも大人しくなるのは、比求式を書いてみせたり、丹導学の〈物《もの》ノ理《ことわり》〉を語り聞かせたりする時だけである。しかしそれも、仏頂面でじぃっと押し黙ったまま頷きもしないから、理解しているのかいないのか、皆目分からなかった。

師の忘れ形見と思えばこそ、ラクスミィはもろもろの感情を抑え、ナーガを傍に置いている。憎しみを焚きつけるような真似も、彼女の近くに留まるのが最も安全だからだ。ムアルガンの言葉にあった通り、草ノ領では水使いすら道具として扱われる。ましてや異形の少年ともなれば、どんなむごたらしい目に遭うか。

とはいえ、もとより、子供は好かぬのだ。

火傷でほんのり赤くなったナーガの肌を術で冷やしつつ、ラクスミィは心中で吐き捨てた。

こうした感覚は、女としてはおかしいのだろうか。だが〈万骨ノ術〉を負うにはふさわしい素質といえよう。彼女が『女人の力』に未練がないのは、双子の片割れ、アラーニャの存在が大きかった。姉は万骨により敵を打ち負かす力を得て、妹はイシヌの血を繋《つな》ぐ女人の力を守る。まるで天が今日《こんにち》の戦乱を見越して、あえて二人の身を分けたかのようだ。双子は不吉と後ろ指差されて育ったが、今ではかえって誇らしかった。

ラクスミィにとって、出産は危険と同義だ。現に彼女の母王は、双子を産み落としたきり、子を生そうとしなかった。それほど身体への負担が大きかったのだ。師タータも初めて宿した子は胎内で死んでしまったうえ、生死の境をさまようほどの難産だった。師はもうこりごりと思っているふうだったから、アナンとの間に子を生したと知り、大いに驚いたものだ。

これがタータの子か。ナーガを見るたび、一種の感慨と一抹の落胆を禁じ得ない。舞い手の身体を持っているから当然だが、ナーガは母よりも父に似ている。いや、おおよそ師の面影がなかった。あの天を飛翔するが如くの、自由自在に式を読み解き、編み上げる才覚が、微塵《みじん》も感じられないのだ。ラクスミィの方が師に近いところにいるとすら思う。彼女が八つの時にはもう大人顔負けの術を使いこなし、『さすがはタータの弟子』と誉めそやされたものだ。

師の血を受けたはずのナーガの中で、唯一タータの存在を感じるのは、浅黒い肌に残された秘文のみである。それすら、ラクスミィの知る式色とは全く異なっていた。その式の意味するところは分かるし、ナーガを守ることはタータの遺志を継ぐことと信じているが、孤高の師が息子可愛さに、ただの女になり下がったような気がして、どことなく腹立たしかった。

不合理で理不尽な考えだ。ラクスミィは胸の騒めきを殺し、不穏な動きを見せる丹妖たちを抑え込んだ。手当てが終わるまで抵抗し続けて、息も絶え絶えの少年を解放する。火傷はごく軽く、軟膏《なんこう》を塗るまでもなかった。

焦げた上衣をかき寄せ、少年は羞恥にうずくまった。そのむき出しの背中に、衝立《ついたて》の薄衣を投げかけてやる。衣は山ほど持っているが、いずれも女もので、舞い手の四肢にも合わない。ナーガは背丈こそまだ低いが、腕の尺は立派だ。ひとまずナーガを隣室に下がらせ、侍女らを呼び出す。少年に合う衣を見繕わせようとしたが、気位が高いばかりでろくに働かない。立て続けに五回解雇を申し渡し、結局、本宮からムアルガンを召還した。

将校は女帝の注文に苦笑した。公民とは大きく異なる舞い手の衣装を、ナーガの肌に触れることも見ることもなく仕立てよとは、ラクスミィにも横暴という自覚はあった。しかし将校は心当たりがあるのか、すぐに仕立屋を寄越しましょうと述べると、笑い交じりに言い添えた。

「たいそう慈《いつく》しまれておられる」

そうだろうか、と心中で首を傾げる。ナーガの憎悪に満ちた目を見ていると、かつて彼女に襲いかかった暗殺者の少年を思い出す。巡り合わせが悪ければ、自分はあの時と同じように、ナーガをあっさりと屠《ほふ》るのではなかろうか。

気を緩めると、ざわざわと蠢《うごめ》き出す丹妖たちの気配を感じつつ、ラクスミィは思った。

二　幻

たどたどしく筆を引くアナンに、アラーニャは笑って手を添える。

「こうですか？」

「もう少し長めに、弧を描くように……そう」

筬《おさ》の木の、屏風《びょうぶ》のように高く張り出した根の間に、二人は腰を下ろしていた。ここが二人の学び舎だ。頭上には雨避けに、水の白糸を蜘蛛《くも》の巣のように張り、筬の木の葉を葺《ふ》いている。地面には柔らかな苔《こけ》と落ち葉の布団を敷き詰め、さらに厚手の絨毯《じゅうたん》と、幾つもの枕を加えた。今や立派な四阿《あずまや》だ。

絨毯も枕も、王女が御用商に調達させたものだ。他にも、筆や板など手習い道具をあれこれ注文していたが、商人は何も尋ねなかった。大荷物をアナンに持たせて森に出かける君主に、女官はやはり何も言わなかった。王女のはつらつとした表情に、野暮な真似はすまいと決めたらしい。主がこの隠遁暮らしを楽しめているなら、それにこしたことはないのだろう。

気鬱《きうつ》がすぎ、活き活きと過ごす王女と反対に、女官は雨がちの山暮らしが応え出したのか、「あぁ、陽の光が恋しゅうございます」とよく愚痴《ぐち》を漏らす。砂漠生まれに加え、ここ幾月も主の世話と隠れ家の切り盛りを一人でこなし、疲れが溜まっているのだ。彼女を骨休めさせるという名目で、アナンたちは昼間のほとんどを森で過ごすようになっていた。

森での長居を穿鑿《せんさく》されないのはありがたかった。アラーニャには文字を知らぬと明かせても恥は恥だ。そんな彼の心境を察してか、アラーニャは手習いのことを臣下に明かしていない。長筆も板も全て自分のためと装っている。現に彼女は暇さえあれば草紙片手に式を練るので、商人も女官も疑う様子はなかった。

「ここは、手首を少し曲げて」

王女の手は温かく、アナンのそれよりはるかに小さいのに、全てを押し包むようだ。

音綴りを習い出して一月余り。一字ずつなら手本なしでも書けるようになったが、文を綴るのは格段に難しい。前後の組み合わせによって、字の繋《つな》ぎが変わるからだ。最近分かってきたが、繋ぎ方が違えば、文字そのものの形も微妙に変わる。上に撥《は》ねるのか、下に流れるのか、止めるのか。最後の一画が、それ以前の線の角度を決め、ひいては全体の線の流れを定める。

舞いに似ているとアナンは思った。所作を覚えても踊れるわけではない。肝要なのは型と型の間の埋め方だ。無理に続ければいつか倒れる。よって三つ先の動きを見据えて姿勢を取る。優れた舞い手の頭には、踊りの始めから目で五つ先まで測り、思考は十手二十手も先を行く。優れた舞い手の頭には、踊りの始めから終わりまで、流れが組み上がっているものなのだ。

書もきっと同じだろう。とは思うが、アナンは残念ながら、舞いの才覚の寸分も、書に持ち合わせていないらしい。何度やっても完成図がさっぱり思い浮かばず、筆先は泳ぎ惑う小魚のように頼りなげだ。苦痛でしかないが、諦めかけると、アラーニャがそっと手を添えてくる。しっとりと吸いつくような指に触れられると、筆を放り出すのが惜しくなり、誘われるままに手を動かした。

少しも上達しない己を、アナンは不甲斐なく感じた。だが焦燥の念に駆られるかというと、実はそうでもなかった。己の筆運びの拙《つたな》さも、やはり文字は女人のものだと確信するだけで、極めたい気持ちは寸分も起きない。一文字ずつ拾うようにでも、読めて書ければ満足だった。

それでもアナンが手習いを続けているのは、王女とのひとときを楽しんでいたからだ。正直に言えば、彼はアラーニャの指を待っていた。筆先を少し迷わせれば容易に触れ合える。自分の手に彼女の手が、腕には腕が、肩には柔らかな頰が当たる。ふと立ち昇る髪の香に心躍らせ、この邪《よこしま》な想いが肌を通して伝わらないかと冷や汗をかく。

無防備なのか、無頓着なのか。アラーニャは触れるのも触れられるのも厭《いと》わなかった。高貴の女人とはそうしたものなのかもしれない。幼い頃から数多《あまた》の女官に傅《かしず》かれ、身の回りの世話一切を委ねて育ってきたのだし、彼女の手を拒む者もいなかっただろう。

対して自らを振り返ると、アナンはおおよそ人肌に縁遠かった。物心ついた時から顔と指先以外を覆っており、それが水蜘蛛族《みずぐもぞく》の男子のあるべき姿だった。秘文《ひぶん》を負う前の肌はみだりに人目に晒《さら》さぬもの。負えば尚更慎ましく隠して、彫り手への忠誠と敬愛を示すのだ。

そんなものは建前だと友エラフは笑ったものだった。肌を隠すのは若い彫り手を引き寄せるため。優れた舞い手は優れた秘文を持っており、経験の浅い彫り手の垂涎の的だ。「貴女《あなた》だけにお見せしましょう」と囁《ささや》けば容易《たやす》く籠絡《ろうらく》できるという。熟練の彫り手がまっさらな肌の若者を好むように、熟練の舞い手は初々しい女人の相手を担う。そうして秘文は次の世代に伝わり、一族の子は滞りなく増えるのだ。

友は実際さまざまな彫り手と浮名を流し、多くの子を生しており、他の舞い手らとその数を競っていた。一族の間では、才覚と体格に恵まれた者は男女ともに、そのように振る舞うよう求められていたから、彼の漁色《ぎょしょく》は恥でも罪でもない。むしろ、一人の彫り手に操《みさお》を立て続けるアナンは舞い手たちの間でしょっちゅう茶化され、訝《いぶか》しがられた。ときには男として的外れな気遣いを受けたこともある。だがそんな不名誉を受けてなお、アナンは貞潔であり続けた。

彼は待っていたのだ。タータの指を。

あの優美な手。三日にあげずアナンの肌を確かめていたのに、彫りが完成するや、ぴたりと伸びなくなった。ただ、初めはそうと気づかなかった。ちょうどナーガの出産があったのだ。アナンは主人の無事をひたすらに祈り、我が子を腕に抱いて感涙し、小さな命を賜《たまわ》った誉れに奮い立ち、良き父親たらんと邁進した。タータの産後の肥立ちは悪く、乳やりも辛そうだったから、余計な心配をかけたくなかった。また息子は今でこそやんちゃだが、生まれたての頃はしょっちゅう熱を出して気を揉ませた。今夜はなかなか寝つかない、今日は機嫌がよさそうだ、よく眠るようになった、立った、歩いた、転んだ、やっと話した。そんな日々を過ごすうち、ふと立ち返ってみれば、タータの手はすっかり遠のいていた。

学び舎の仕事があるし、他に代わりなき人だから、忙しくて当然。そう自らに言い聞かせ、アナンはじっと待った。主人が若手に次々針を入れていると耳にしても、嫉妬と焦燥を懸命に押し殺した。タータの彫りは彼一人のものではない。一代限りで絶やしてはならない、一族の宝だ。後輩に教え、後世に伝えるべく『白紙の画板』がたくさん必要なだけで、主人が若人に触れるのもそのため。現にタータの艶聞は全く流れてこなかったし、子はアナンとの間に一人きり、その息子の顔を見に、毎日必ず昼餉《ひるげ》をともにしてくれた。

だからきっと、またいつの日か。そうして待って、待ち続けて、八年。ようやく伸ばされた手は、別れのためのものだった。必死に縋《すが》ったが、ともに死地に向かうことも許されなかった。追うことも待つことも許さぬと言い残し、彼女は去っていった。

タータを想うたび、アナンの胸は焼けるようだった。恋しくてならず、ひどく恨めしかった。結局、自分はタータにとって数多の『画板』の一つにすぎなかったのではないか。彼女が垣間見せた情らしきものは、お気に入りの『作品』を愛でていただけで、秘文が完成するなり過去のものと化し、『一人息子の父親』という事実だけが残った。アナン自身に然《さ》したる関心はなかったのではないか。

筆を折らんばかりのアナンの手を、アラーニャが穏やかに撫でる。それだけで、全身を苛《さいな》む狂おしさが、すうっと溶けていった。この女性は七つ年上の男の未熟さを咎《とが》めず、愚かしさを責めず、まるで我が事のように慈《いつく》しみ、その儚《はかな》げな腕におおらかに抱いてくれる。

アナンは手首をわずかに返し、華奢《きやしや》な指にそっと触れた。アラーニャは拒まなかった。その手をたなごころで包んでも、彼女は引き抜こうとしなかった。筆が転がり、書板が落ち、紙が散っても、アナンを見上げる瞳に驚きや戸惑《とまど》いはなく、吐息には安堵の響きすらあった。

その日アナンは初めて与えられる側から与える側になった。自由に振る舞う喜びとともに、その責の重さを知った。アラーニャの顔がちらとでも歪めば、それは全て彼の咎である。これまでのどんな舞いよりも繊細《せんさい》に丹念に道を選んだ。少しでも誤れば引き返すつもりでいたが、アラーニャに怯《ひる》む様子はなく、どんな道でも進むというかのようで、彼を強く勇気づけた。

アラーニャという女性は、彼女の故郷の湖さながらだ。砂漠のただ中にあって涸《か》れず、満々として穏やかで、深みまで澄みわたっている。アナンは湖水に身を沈めるようにして、彼女を想った。想えば同じだけ想われ、求めれば求め返され、過ちがあればどちらからともなく笑い、許し許され、受け入れ合った。

自分が長く待ち続けた指は、この女性のものだったのだ。

敬愛してやまぬ主人への、ついに満たされなかった想い。アラーニャの微笑みは、その断ちがたい思慕すら柔らかく砕いて、湖底の白砂の粒と成す。待つなと命じられてなお抱き続けた胸の疼《うず》きに、アナンはこの日ようやく別れを告げた。

「いやあ、やっと晴れましたな」

隠れ家の窓から差し込む陽光に、御用商が目を細めて言った。

彼の顔を見るのは二十数日ぶりだ。本当なら十日前に来るはずだったが、山の天候が荒れて登るに登れず、もよりの里に足止めされていたのだ。下雨季が過ぎて、上乾季に入ったのに、雨脚は強いままだ。天が去年の雨の少なさを埋めようとしているかのようだった。

「この山の道はすぐぬかるみますし、霧も多い。熊も虎も出ますし、馬でもなかなか」

固く絞った手拭いで首をぬぐいながら、商人は笑う。慣れない山道は、四十路《よそじ》過ぎの身体に応えるのだろう。うっかり漏れた本音に、アラーニャが「苦労をかけますね」と柔らかに労《ねぎら》い、商人は慌てたふうに「いやいや」と首を振った。

「なんの、なんの。お待たせして、申し訳もございませぬ」

口ではそう取り繕うが、目もとにくまが浮かんでいる。疲労の滲《にじ》む顔を見るうち、アナンは思った。自分がふもとまで迎えに下りたらどうだろう。

思いつくまま口にして、すぐさま却下と自ら悟る。

「護衛が離れては駄目ですね」

「心惹かれる御提案でしたがな」

自嘲気味に言い添えるアナンに、商人は朗らかに笑む。そこに王女がまぜっかえした。

「あら、では、わたくしも一緒に下りたら如何《いかが》でしょう」

「本末転倒でございましょ！」と女官が叫ぶ。

隠れ家が、笑い声で満ちた。女官の陽気な顔を見るのは、久しぶりだ。ここ一月ほど、働きぶりは変わらないものの、ずっと塞ぎがちだったのだ。

「情けないこと。やんごとなき御身分の姫さまが、この辺境の地で、気丈に振る舞われておられるというのに」

女官は毎朝、申し訳なさそうに呟く。王女が家を空けるのは、自分への気遣いと思っているのだ。確かにその意図もあるが。アナンと主の仲を察せぬほどに、彼女の気重は深刻だった。

「雨が減ったおかげで、この〈深碧《ふかあお》〉にもぽつぽつ市が立ち始めましたぞ」

御用商の言葉に、アナンは頭の中で地図を広げた。〈深碧〉とは〈下草洲〉という地域の区の名前で、火ノ山に接する一帯を指したはずだ。草ノ領の東南端に位置し、「まあようは領一番の田舎ですな」と、御用商は以前言っていた。

「この辺りでは雨がひどいと、商人の足がぱったり途絶えましてな。乾季の方が、物が集まるのです。といっても、ささやかですが」

御用商が毎度のように、次までに欲しい品を尋ねると、アラーニャは女官へと向き直った。

「せっかくですから、行ってきては如何ですか」

どこへ。きょとんとする女官をよそに、王女は「ふもとにはありませんか」と商人に問う。

「市ですか？　はあ、ごく小さいですが、ございますな」

「ま！」途端、女官は大声を上げた。「わたくしが？　山を下りて？　無理に決まっているではありませんか！　誰が、姫さまのお世話をするのです？」

断固拒否という口ぶりだが、身振りの方は明らかにそわそわしていた。アラーニャは笑いを含んだ声で畳みかける。

「ふもとなら、一両日で帰れますよ」

「でも、お食事が」

「届けてもらった品々がありますもの。この甕《かめ》の豆はよそうだけ、こちらの干物は炙《あぶ》れば食べられます。貴女ほど凝ったことはできませんけれど。まあ、お餅もありますよ。豪勢だこと」

「でも、品が届いたばかりなのですから、わたくしがわざわざ出向く必要が」

「では、ここにないものを買ってきてくださいな」

「そんな。それに、雨や霧で、帰りが遅れたら」

「その時は仕方ありませんね。しばらく、お餅で我慢するとします」

王女の無茶な言いように、女官は突っぱねきれず、もごもごと言い淀んでいる。本当は行きたくて仕方がないのだ。アラーニャが「頼めますか」と訊き、商人が頷くと、当人はそれ以上抗《あらが》おうとしなかった。「アナンどの、くれぐれも！」といつものように念を押し、彼女は慌ただしく身支度をして、山を下りていった。軽やかな足取りだった。

「この暮らしは長きにわたりましょうし」女官を見送りつつ、アラーニャが言う。「世を忍ぶ以上新しく人を入れるわけにも参りませんから、君臣ともども心身を健やかに保ちませんと」

筋は通っているが、どことなく言い訳がましく聞こえる。アナンはとぼけて尋ねた。

「ところで本日は、御散策されないのですか」

アラーニャは、ぱっと顔を上げた後、伏し目がちに「えぇ」と囁いた。

「……えぇ。本日は、この家で過ごそうかと……」

乳白色に照る肌の中、頬は牡丹《ぼたん》の花びらのようだった。アナンが堪《こら》えきれずに笑うと、ますます鮮やかに染め上がる。その色合いに見入っていると、からかっていると思われたらしい。拗《す》ねてしまった。

「手習いのことです！」

王女はぷいと背を向け、本当に書机に文具を広げた。小さく式を口ずさみ、硯石《すずりいし》に水を数滴呼び出す。つんと取り澄ました後ろ姿と、豊かな髪に覗く耳先の、まだまだ引きそうにない佳色を眺めつつ、アナンはしゅるしゅると墨を磨《す》る音に耳を傾けた。いつもより心なしか速いようだ。

こんな子供じみたやりとりもアナンにとっては未知のものだった。アラーニャの機嫌が直るのを、ただ待つだけでも楽しかった。たなごころを合わせれば心が満ち足りて、肌を重ねれば全身から熱が溢れ出る。そのままどこまでも突き進みそうになりながら、背に回された腕の細さに懸命に己を律し、微笑まれては自身を誇らしく思う。

腹がくちくなった赤子のように、アラーニャはすとんと眠りに落ちた。その背に寝具を覆いかけ、アナンは静かに立ち上がった。衣を整えようとして、右の布手甲《ぬのてっこう》が見当たらないことに気づいた。苦笑しつつ探して回ると、居間の書机の脇、床に散った草紙に紛れて落ちていた。

さすがに硯石はひっくり返さなかったが、散らかり具合がどうにも気恥ずかしい。アナンは手甲よりまず草紙を拾い集めた。自分の拙い書に未練はないが、アラーニャのものは走り書き一つでも美しく、破り捨てるに忍びなかった。比求文字《ひきゅうもじ》は最近覚え始めたばかりだから、式を読み解くには至らないが、まろやかな線の延び具合が彼女の人柄をよく表している。それが見てとれるようになったことだけでも、文字を学んで良かったと思う。

式が書かれた紙をより分け、乾いているのを確かめ、四隅をきちんと揃える。アラーニャは書机の棚に、式の覚書をまとめていたはずだ。これも仕舞おうと引き出しを開け、草紙の束を差し入れかけたところで、アナンの手は止まった。

棚に眠る紙の上に、さらさらと流れる比求文字の列。その一節に見覚えがあった。

いや、覚えているのではない。今しがた目にしていたものだ。アナンは引き出しの取っ手を放すと、布手甲のない右腕を、表に裏に返しながら、棚の中の草紙と見比べた。親指のつけ根から、肘にかけて流れる秘文。それがそっくり書き落とされていた。

引き出しから紙束を抜き出して、一つ一つ検《あらた》める。多くの式は読めなかったが、端々を繋ぎ合わせていくうちに、アナンは確信した。この覚書は彼の刺青《いれずみ》を書き起こしたものだ。それも肌にあるがままに写し取ったのではない。彼の全身にちりばめられた文節を巧みに組み上げ、術式として成り立つ形に仕上げているのだ。

いったい、どうやって。その疑問への解をアナンは既に持っていた。舞いだ。アラーニャはアナンに何度も踊らせ、術をつぶさに見ることで、どんな文節がどこに彫られているか、推し量っていたのだ。もちろん容易ではなかったはずだ。引き出しの底の方の紙には、書き損じや練り直し、塗りつぶしがたくさん見られた。だがそれも、ある時を境にぐっと減る。その意味するところを察して、アナンの身体はしんと冷えた。

アラーニャは手に入れたのだ。正しい答えを。

「アナンどの？」

振り返れば、アラーニャが寝所の戸を半分開いて、こちらを覗いていた。不穏なものを感じたのか、目にわずかな不安の色を浮かべている。だが、アナンが覚書を手にしているところを見ても、戸惑ったような表情を浮かべるばかりで、やましさらしきものは露ほどもなかった。

「どうかされたのですか？」

分かっている。彼女に悪気はなかったのだ。彼女自身も水使いで、学問を愛してやまぬからこそ、秘められた式を書き起こしてみたくなった。書いては練り直していくうちに、解を知りたくなり、見たら今度は、きちんと書き留めておきたくなった。それだけのことだ。

その純粋さが、しかしながら、アナンの心を深くえぐった。

おずおずと歩み寄ったアラーニャに、草紙の束を突き出す。胸もとに叩きつけるような形になり、華奢な身体がぴくりと跳ねた。

「燃やしてください。全て」

謝らねばと思ったのに、口から放たれたのは、唸り声に近いものだった。アラーニャは目を大きく見開き、唇を震わせた。先ほどまで牡丹色だった頬が、今は蠟《ろう》のようだ。みすぼらしい朽葉《くちば》色の衣と相まって、生気がごっそり抜け落ちてみえた。

彼女の狼狽《うろた》えぶりを哀れに思う反面、どうしようもなく腹が立った。アナンは荒々しく立ち上がると、布手甲を拾い上げ、晒していた右手を素早く覆った。壁に立てかけていた弓を引っ掴《つか》み、玄関に向かって歩き出す。

「あの」

背後で、か細い声が上がった。震えながらも、引き留めようとするさまが伝わった。

「風に当たってくるだけです」

対して、自分の声の、なんと冷たいことか。懸命に声をやわらげ、「すぐに戻ります」と告げ直したものの、直後、ぴしゃりと音高く戸を閉めた自分に、ほとほと嫌気が差す。

隠れ家からほんの数歩のところで、アナンは所在なく立ち尽くした。見苦しさは自覚していたが、激情を鎮めないことには、彼女の傍にいられなかった。

秘文を見たこと、書き落としたことが、気に入らないわけではない。なにしろ、見せたのは自分自身だ。彼女なら良いと思った。水蜘蛛族が滅んだ今、水使いであるアラーニャは同胞《はらから》に近い存在であった。覚書が他者の目に触れたらことだが、それはきちんと言っておかなかったアナンが悪いのだ。

それなのに、腹の底に、どす黒い感情が渦巻いている。馴染みのあるものだった。

嫉妬と、焦燥だ。

アナンは恐れていた。アラーニャが惹かれているのは彼ではなく、秘文なのではないかと。

そうだとしても不思議ではない。彼女は水使い、水の術書が目の前にあればぜひとも紐解いてみたいだろう。ましてや、それが幻の書で、稀代の術士によって記されたとなれば。

アナンは独り、嘲笑《ちょうしょう》を浮かべた。

なんということだろう。彼は秘文を通して、タータに嫉妬しているのだ。

愚かしいこと、このうえなかった。この秘文はタータがアラーニャに当てた文ではないし、アラーニャが何を汲み取ろうとタータに伝わるわけではない。

そうと知りつつ、なお胸をかき乱されるのは、アナンが文字というものを、曲がりなりにも知ったからだ。場も時も超えて人を魅了する声。アナンにはないものだ。彼は所詮『画板』にすぎぬのだから。

底なし沼に沈むような感覚の裏で、アナンの理性が語る。その嫉妬も焦燥もアラーニャには関わりないこと。早く戻って謝ろう。許してもらえたなら、自分の心を包み隠さず見せよう。彼女ならきっと受け入れてくれるだろう。

胸に溜まった泥を押し出すように、アナンは長々と息を吐いた。情けなさを覚えつつ緩慢に振り返り、入り口の戸を引こうと腕を伸ばす。

彼の手は、しかし止まった。

隠れ家は、そこになかった。

目前に広がる深い森。アナンは目を瞬《しばたた》いた。家の傍にいたと思ったのに。急ぎ振り向けば、木組みの壁はどこにもなく、太い樹の幹が立ち並んでいた。

のどかな鳥のさえずり、猿の遠吠え。紛うかたなき密林の中だ。物思いに耽るうち、知らず歩き出していたのだろうか。小屋が見えなくなるほど遠くまで。いったい、いつの間に。

早く帰らなくては。アラーニャは今、一人きりだ。片時も離れてはならぬのに、何故こんな馬鹿な真似をしたのか。幸い、この獣道は知っている。よくアラーニャと歩いた道だ。

小走りに進み、アナンの足は止まった。細道を曲がった先の景色が、思い描いていたものと違ったのだ。これは谷底へと続く坂だ。そんな馬鹿なと振り返れば、駆けてきた道は確かに、谷へと続くものだった。どこでどう間違えたのか。

今度は慎重に、周囲の景色を目に焼きつけつつ進む。両手は自然と、水撃ちを構えていた。妙だ。大地を踏みしめている感じがしない。直感がそう告げていたが、理由は分からぬまま、アナンはゆっくりと坂道を越えた。

現れたのは、酉の木だ。

おかしい。大樹を目にするなり、アナンは思った。坂の上に生えていたからではない。酉の木から漂うはずの芳香が、一切しなかったからだ。

まぼろし。

その一言が思い浮かぶや、アナンは違和感の正体を悟った。坂に立っているはずだが、足の感覚は平らなのだ。見下ろせば、足は傾いて見えた。見る限りは。

唇を嚙みしめる。してやられた。おそらく自分は初めから、隠れ家の傍にいたのだ。それをまんまと惑わされ、自ら遠ざかってしまった。

アナンは瞼《まぶた》を閉じた。目はあてにならなかった。彼は式詠《しきよ》みではないから、この惑わしの術の仕組みは分からない。だが、敵は近くにいるはずだ。その者を討ち、術を解く。隠れ家から離れているなら、力の限り暴れても、アラーニャを巻き込む心配はない。

足場を確かめ、またならすため、アナンはその場でぐるりと片足を巡らせた。後方に草叢《くさむら》、左横に石。それ以外は柔らかな苔の大地だ。踊れる。

利き足を踏み出した時だ。足首に細いものが絡まる。紐のような何か。それがぴんと張った。アナンは咄嗟《とっさ》に倒れることを選んだ。紐をあえて緩ませ、素早く解くのだ。

そのつもりが彼は倒れなかった。引き起こされたのだ。左腕にもう一本の紐。いや、二本。首に縄の感覚が渡り、背筋がぞっと凍った。しかしそれも、灼熱の一閃《いっせん》に取って代わる。

背を斬られたのだ。

タータの彫りが。全身が弾け飛びそうな痛みに、アナンは叫ぶよりも絶句した。一節も損なわれてはならない、完全無比な秘文。それが今ばっさりと断たれた。

舞えない。水が操れない。

アラーニャが危ない。

戒《いまし》められた腕を力の限り引く。強張った指で、水撃ちを構えた。どこを撃つべきかも分からない。まともに撃てるかも分からない。だが、彼にはもうこれしかなかった。

どうか、力を。

水撃ちに散った友らの顔が、走馬灯の如く脳裏を駆けた。新たに紐をかけられる前に、弦を絞る。きりきりと甲高い、泣き叫ぶような音。背中が熱い。眩暈《めまい》がするのは幻のせいか。

指を放した直後、轟音《ごうおん》が鼓膜をつんざいた。すぐ近くに着弾したのだ。そう悟った時には、アナンは爆風に呑み込まれていた。

三　敗走

「戦局は上々でございまする」ムアルガンは勇ましく告げた。「国内外ともに我が方が優勢。この分だと、年内にはことが決するかと」

ラクスミィは眉一つ動かさず、知らせを聞いていた。上手く行きすぎている、そう思った。イシヌの都にいた時も、湖に毒を流される直前まではこちらが有利と思っていた。それであのざまだ。屈辱の敗北を味わって以来、彼女は殊更に用心深くなっていた。

「草ノ古都の動きは」

「大人しいものです」将校は冷笑を浮かべる。「古都の辺りは国一番の肥沃な地ですが、今年は雨が多く、イシヌによる青河の水嵩《みずかさ》の調整もなく、相次ぐ氾濫で〈下流田園〉が水浸しになりました。稀《まれ》に見る凶作に民草《たみくさ》が怒り、乱が多発する事態です。他方、砂ノ領の〈上流田園〉は豊作。湖の毒も下流に流れました。おかげで上方の士気は高く保たれております」

「外《と》ツ国《くに》の動向は」

「岩ノ国、七ツ国連邦ともに、我が陣についております」

将校は即答したが、笑みがわずかに控えめなものに転じた。今のところは、というわけだ。

「連邦軍が国境《くにざかい》を越えてくる気配は」

「現時点では見えませぬ。連邦国内の帝軍はまだ退却を終えておりませぬし、侵略するにも、態勢を立て直す時が要ります。しばらく大きな動きはないものかと」

それまでに火ノ国内の紛争を治めなければならない。ムアルガンが先に述べた『年内』とは勝利の期日でもあるのだ。

「砂の南端地方の様子は」

多くは期待せずに、ラクスミィは尋ねた。砂ノ領に関しては、彼女の配下の御用商衆《ごようしょうしゅう》の方が詳しい。しかし、こと南端地方に限っては、彼らから寄せられる知らせは少なかった。国境に落ち延びる帝兵どもに土地を荒らされ、激怒した風ト光ノ民の末裔《まつえい》たちが、よそ者を片端から排除しにかかっているためだ。御用商衆も迂闊《うかつ》に深入りできず、砂ノ領の南部は陸の孤島と化しつつある。

「さて、たいした話は」やはり、ムアルガンは肩をすくめた。「妙だとは思っておりますが」

ラクスミィは目で先を促した。

「南端地方はもとより苛酷な地。さらに今年は深刻な水不足とあって、大勢の民が北へ逃れてくると予想しておりました。しかし、これが意外に少ない。妙な気がいたします」

「どこぞから水の恵みを受けているということか」

「そう考えねば理屈が通りませぬが、どこからという疑問が残ります。七ツ国連邦とは山岳で隔てられており、大量の水が運べるとは思えませんし、そのような動きも聞こえてきません。かろうじて流れてくる噂も、にわかには信じがたく」

それによると、南端地方には水使いがいて、皆の咽喉《のど》を潤《うるお》しているという。砂ノ領特有の、ほら話のように思われた。ラクスミィが西にいた頃、〈南端の水使い〉の話など、一度も耳にしたことがなかった。砂漠に水をもたらす者が現れれば、イシヌの威信にも関わる一大事だ。臣らが真っ先に言上に来ただろうに。

しかし、砂漠のつまらぬ怪談奇談と一笑に伏すわけにもいかなかった。砂漠で最もよく語られる〈水蜘蛛《みずぐも》伝説〉はまことだったのだから。

先を促すと、ムアルガンは言った。

「その術士は、〈紺碧《こんぺき》の水使い〉と呼ばれておるようです」

言って、将校は怪訝《けげん》な顔をした。女帝がやおら長椅子から身を起こしたからだ。

ラクスミィの脳裏に、鮮やかに浮かぶ絵が浮かんだ。

黄金の砂丘に立つ、紺碧色の被衣《かつぎ》の女人。強い日差しに亜麻色に輝く髪。熟れた実のような紅い唇、艶やかな微笑み。

——タータ。

一閃《いっせん》の風が部屋を駆け抜けた。ラクスミィが視線を送るよりも早く、ナーガの様子を、風の丹妖《たんよう》が確かめに向かう。

少年は昨日、大部屋の角に衝立《ついたて》と屛風《びょうぶ》を立て、天井を水の白糸で塞ぎ、中に机と布団を持ち込んで、『自室』を拵《こしら》えていた。さながら洞穴、獣の巣作りである。侍女たちの嘲《あざけ》りと好奇の入り混じった視線を断つための、彼なりの自衛策だ。ラクスミィがちらりと笑うと少年はむくれたのか、今日一日、中に立て籠もって出てこない。

ムアルガンの声はよく通る。部屋の隅にも届いたことだろう。紺碧は母の色だ。飛び出してくるかと思ったが、しんとして気配がない。衝立の垂れ布をするりと越えて中を窺《うかが》うと、くぅくぅという小さな寝息が聞こえた。机に広げた教書に突っ伏す、少年の背中が見える。

「――か。陛下」

未だ慣れぬ尊称に、はっと意識を引き戻された。

たちまち視界からナーガが消え、足もとに跪《ひざまず》くムアルガンの姿と入れ替わる。またしても丹妖の五感に支配されていたらしい。激しい苛立ちが胸に沸き起こったが、将校の窺うような眼差しに、ぐっと自らを律した。心身の乱れを悟られてはならない。弱った姿を見せたが最後この男は躊躇《ちゅうちょ》なくラクスミィを見限るだろう。

殊更に鷹揚《おうよう》に指先を振ってみせると、腰を半ば浮かせていた将校は、再び床に手をついた。そこに先触れが届けられた。〈上省〉の右丞相《うじょうしょう》が来るという。〈衙府《がふ》〉の長、国庫の番人だ。

「女帝陛下におかれましては、御機嫌麗《うるわ》しゅう」

右丞相はムアルガンの横に腰を下ろすや、つらつらと口上を述べ出した。官吏の話は総じて回りくどい。なかなか本題に入らないが、ラクスミィは辛抱強く待った。貴き人々の挨拶には決まった順序と型があり、これを経ないと話題が進まないのだ。安易に遮《さえぎ》れば、また始めから聞かされたうえ、「話法も知らぬ田舎娘よ」と裏で小馬鹿にされる。黙っているのが吉である。

新しい右丞相は正直な話、有能とは言えない。帝都に残った上省畑の官吏の中で、最も高官というだけの男だった。しかし上省の者は序列にこだわるため、「無名無冠の者を抜擢すれば反発は必至」とムアルガンは言った。それでなくとも、ラクスミィは上省の管轄下から六部を外している。順当に官位を上げてやることで、不満をやわらげたのだ。

「つきましては、女帝陛下の御即位を記念いたしまして、貨幣の意匠を改めては如何《いかが》かと」

晴れやかな顔で何を言うかと思えば。ラクスミィは急速に関心を失った。年内に決戦という時に、呑気なものである。

「いや、しかし」右丞相は慌てた様子で言い募った。「そろそろ時期でございますし」

「時期とは」

「古い貨幣の回収と改鋳です。このたびは〈白銅小判〉」

話が見えない。ラクスミィは眉根を寄せた。

火ノ国の貨幣は〈鉄銭〉〈銅小判〉〈銅大判〉〈白銅小判〉〈白銅大判〉の五種だ。小判五枚で大判一枚、同じ判なら銅十枚で白銅一枚に値し、鉄銭二十枚で銅小判一枚分となる。イシヌの都では、日雇いの日当に銅大判一枚が相場だった。銀貨や金貨も存在するが、これらは貨幣というよりも宝物《ほうもつ》の類《たぐ》いで、市井《しせい》の人々が手にすることはまずない。豪商が大口の取引に用いる程度で、それも昨今は持ち運びに不便だからと、〈領手形〉で代用することが多いと聞く。

「白銅大判は先帝、銅小判と銅大判はジーハ帝により改鋳済みです。白銅小判は古いもので、五十年は経っておりまする。そろそろ作り直しませぬと、効能が薄れて参りましょう」

効能とは何か。ちらりとムアルガンを窺えば、彼も怪訝な顔であった。ラクスミィの視線に促され、将校が「右丞相閣下」と声をかける。

「貨幣の『効能』とは、いったいどういう意味ですか。まるで丹導器《たんどうき》のような仰りようだ」

「おやおや。大将どのは御存じない？」右丞相はわざとらしく驚いてみせた。「いやはや失敬。これは衙府の中では常識ですが、兵部の長になられたばかりのムアルガンどのには、耳新しきことでありましょう」

よそ者の女帝に対する嫌味とも取れるが、ここで憤っても仕方ない。黙ったまま冷ややかに見下ろすことで、ラクスミィは右丞相に話の先を促した。

「えー、つまり」右丞相は咳払いした。「我が国の大判小判には、外側からは見えぬところに金線が仕込まれています。これは比求文字《ひきゅうもじ》の一部を象《かたど》っており、〈金型〉という仙丹器《せんたんき》に嵌《は》めますと、文字が浮かび上がる仕組みなのです。御存じの通り、金は丹をよく伝えますので」

言い換えれば、火ノ国の貨幣は仙丹器の『部品』である。仕込み文字は鋳造された年などを示し、関所で検《あらた》めることで贋金《にせがね》を洗い出すのだ。いわば割り印である。

「我が国の貨幣が国外でも広く用いられておりますのは、そこに絶大な信頼があるためです。ゆえに火ノ国は貨幣を通して、全島の経済を支配していると言えまする。仕込み文字は、我が国の富の鍵なのでございます。しかし、如何《いか》に腐食せぬ金線といえども、時が経てば不具合も生じまする。貨幣をよく保つことは、国家の命運を握る大事な務め。また貨幣の流れは即ち、人の流れです。民の動きに目を配ることは、天下泰平の世を末永く——」

「待ちや」

ラクスミィに鋭く遮られ、右丞相は不服そうに口をつぐんだ。

「『人の流れ』とは、如何なる意味ぞ」

「あぁ。各所の関所では通行検めの際、持ち金の仕込み文字を記録し、しばらく保管してあるのです。それを照らし合わせれば、人々の行き交うさまが分かる、というわけでして」

ぞわりと悪寒が走った。

東の深山にいる妹アラーニャ。彼女を匿《かくま》う御用商衆の頭は、配下の者を使って、山暮らしに必要な品を取り寄せている。資金はイシヌの私財だ。その貨幣の流れを俯瞰《ふかん》すれば、イシヌの都を出て、草ノ領一の辺境〈下草洲〉に収束する、不可思議な線が浮かび上がるだろう。

雨季には商売が滞りがちな東端の地の、活発な銭の動き。もしアラーニャの行方を追う者がそれに気づいたとしたら。

不味《まず》い。ラクスミィは唇を噛んだ。追手はこの瞬間にも、妹姫に迫っているかもしれない。

「下がりゃ」

唐突に命じられて右丞相は目を白黒させたが、ラクスミィの表情に不穏なものを察したか、そそくさと退室していった。

「陛下」

ムアルガンが低く囁《ささや》いた。その目は厳しい。彼はアラーニャの生存を知る数少ない一人だ。

「早文をしたためる」ラクスミィが口早に告げた。「ただちに、鳥使いを召喚せよ」

「畏《かしこ》まりました」

将校が踵《きびす》を返したと同時に、ラクスミィの影が立ち上がった。目の前で漆黒《しっこく》が渦を巻くと、文箱と机案が現れた。部屋の離れたところにあったものを、影が勝手に引き寄せたのだ。歩き出しに裳裾《もすそ》を掻い取る時のような、無意識の業。丹妖たちがとうとう、ラクスミィの五感のみならず、動作をも支配し始めた証であった。

他者の手足を何十と植えつけられていくような、おぞましさ。いずれは思考も乗っ取られるのではないか、そんな恐怖が頭をよぎるが、今の彼女には己が身を案じている暇はなかった。引っ摑《つか》むように文箱を開け、細筆を取り出す。

いざというときのために、鳥使いは宮中に控えさせている。〈異民〉を毛嫌いする貴き人々の反発を押してでも、入れておいてよかった。だが鳥使いがいるのは本宮の東翼〈三ノ宮〉の、さらに東端の離れ。つまり宮殿の隅だ。そこ以外は官吏らが首を縦に振らなかったからだが、この宮殿は広すぎる。ムアルガンが戻るのはいつになることか。一刻も惜しいというのに。

書簡の墨が乾くのをじりじりと待つラクスミィから、意識の一片がふっとすり抜けた。風の丹妖が再び、主を離れていく。奥ノ院の廊下を駆け、ムアルガンを追い越し、本宮に入った。笑いさんざめく貴き人々、忙しく行き交う侍女下男らを避けて、風は奔《はし》る。彼らの衣を巻き上げるたびに聞こえる甲高い声が煩わしかった。透かし格子の嵌められた大窓から、まだ雲の残る上乾季の空へと飛び出す。急に広がった視界に浮遊感と眩暈《めまい》を覚えつつ、宮殿の屋根へと回り込み、まっすぐ東翼を目指した。

ラクスミィから遠ざかれば遠ざかるほど、風の意識は薄く引き伸ばされて、周囲の大気との境界が曖昧《あいまい》になった。やがて風は何のために駆けているかを忘れ、日光に熱せられた屋根から立ち昇る気流と戯《たわむ》れながら、宮殿の上空へと浮上していった。

カラマーハ宮殿は、丘の頂きにある。風は宮殿の上をくるくる回りながら、都を一望した。

都民の様子がおかしい、朧《おぼろ》な意識でそう思う。大通りには今日も大勢の人の姿があるが、丘の裾では、人々は逃げ惑うようにして小路に走り込み、大通りを空けていくのだ。まるで何かが人混みを押しのけながら、宮殿目がけてせり上がっているかのよう。

「ラクスミィ陛下！」

ムアルガンの声が聞こえた。乱暴に開け放たれる大部屋の扉。走り寄る将校の姿と、帝都の景色。机案に肘をつく自分自身。己の目と風の目、天井にぶら下がる光ノ蝶の目に映るものが、一つに重なって見えた。

「陛下、お逃げください！」

鬼気迫る形相で、ムアルガンが言う。同時に、風の丹妖が悲鳴を捉えた。都民の声である。不穏な調べに打たれて、風は宿主を思い出し、とって返し出した。屋根を舐めるように飛び、窓から本宮に滑り込む。宮中には狼狽《うろた》える官吏たちの姿があった。すり抜けざま、風は彼らが交わす言葉を拾い上げた。

ジーハ帝。

イシヌの女王。

アラーニャ姫。

立后。

「敵襲です！」耳もとでムアルガンが怒鳴っている。「陛下、お分かりですか。アラーニャ姫がジーハの新たな皇后として公表されました。この知らせを受けて造反した者たちが、ジーハの軍を都に引き入れて、こちらに向かっております。ただちにお逃げください！」

風が散り、光ノ蝶が弾けた。五感と思考が、ラクスミィに集まる。視界が一つにまとまり、自分を覗き込む軍人と目が合った。

その時だ。奥ノ院の廊下に、火筒の音が鳴り渡った。切羽詰まった声が将校を呼ばわる。

「大将閣下！　敵は本宮を占拠！　奥ノ院まで迫っております！」

兵数人が駆け込んできた。火筒の破裂音はますます激しい。ムアルガンの腹心の部下たちが奥ノ院の入り口に向かって撃ち放し、敵を牽制《けんせい》しているようだ。

将校は舌打ちして、一言「御免！」と言い放った。普段の雅やかな所作はどこへやら、机を蹴り倒すようにして除け、ラクスミィを長椅子から強引に引き起こす。

抱え上げられる感覚に、我に返った。

「良い、下ろせ！」

将校の腕をはねのけ、自らの足で床に立つ。彼女の足もとで影が騒めき、石床が揺れ、頭上では火の粉と風が渦巻き始めた。迫り来る敵の気配に、丹妖たちが殺気立っている。アラーニャが敵の手に落ちた。その知らせに、全身が震えた。激情のままに丹妖たちに命じ、宮殿もろとも敵を滅ぼさん。そんな衝動に駆られたが、理性を掻き集めて胸中の業火を消す。今の己が為すべきは、この危機をなんとしても脱することだ。帝都を出て態勢を立て直す。ジーハを討ち滅ぼし、アラーニャを救い出す。そのためには今、無闇に戦うべきではない。

「道は」ラクスミィは鋭く訊いた。

「こちらへ」ムアルガンは窓の外、奥ノ院の庭を指した。兵が続々と集まっている。「陛下をお守りせんと集まった者たちです。この場を突破し、帝都の西門を目指します。〈青洲〉には、私の部隊が待機しておりまする。彼らのもとへ合流いたしましょう」

ラクスミィは頷くと、大部屋の隅に向かって「ナーガ！」と声を張り上げた。彼は稀有なる水使い、彼までジーハに渡してはならぬ。

喧騒に紛れて、やや聞き取りにくかったが、返事が聞こえた。目の端に、少年の藍色の衣が見えた時、大部屋にムアルガンの兵たちがなだれ込んできた。

「駄目です、破られます！」

「陛下、お早く！」

将校が腰の太刀を抜く。柄で窓の玻璃《はり》を叩き割ろうとするが、ラクスミィの方が早かった。壁が歪み、玻璃が粉々に砕け散る。石床が舌のように伸びて、庭に下りる階段となった。

「そなたは道を示し、兵を率いよ。一人でも多く逃がすのじゃ」

呆気にとられているムアルガンに、ラクスミィは命じた。彼は術士ではない。剣技と兵法に長け、帝軍の所有する仙丹器をひと通り扱えるため、将には能《あた》うが、彼女を守る力はないのだ。それを踏まえたまでだが、将校は満足げに微笑むと、太刀を収め、石の階段を駆け下りた。

「これより、帝都を突破する！」ムアルガンが高らかに言う。「陛下に続け！」

それに応えて、兵たちが鬨《とき》の声を上げた。

ムアルガンはよく導き、よく率いた。兵もよく戦った。先陣を切るラクスミィに寄り添い、襲い来る敵を一糸乱れぬ攻撃で退け、果敢に道を切り開く。後方の陣も追手を上手くいなし、隊列をよく守った。一陣の風さながらに宮殿を走り抜け、市内に躍り出れば、都の要所に置かれていたムアルガンの各隊がすみやかに合流する。ラクスミィたちは力強い奔流となって、帝都の大通りを駆け下りた。

彼らを止められないと敵は判断したようだ。坂を下るにつれて、追跡は明らかに緩まった。西門まで、あと少し。鼓舞するように雄叫びを上げる兵士たちに囲まれながら、ラクスミィはそこはかとない心地悪さを抱き始めた。

覚えのある違和感だった。こちらの予測通りに相手が動き、するすることが運んでいく。不自然さのない不自然さ。何かを見落としているような頼りなさ。

そう、上手く行きすぎているのだ。

「〈角《つの》〉よ」と将校を呼ぶ。「帝都にジーハの隊が迫っていること、気づいたのはいつぞ」

答えは至極単純、敵襲直前というものだった。直前？　立后により混乱と造反を誘ったとはいえ、瞬《またた》く間に帝都と宮殿を掌握《しょうあく》するほどの軍勢だ。そんな大軍が帝都に迫っていると、何故誰も直前まで気づかなかったのか。ムアルガンが帝都の守りを怠るはずなく、全土に潜伏するイシヌの臣からも警告はもたらされなかった。大人数による行軍となれば、それだけ足も遅くなる。兵たちを休ませなければならぬし、食糧もいる。どこかで必ず、町に立ち寄る。たとえ目眩《めくら》ましの術をかけようとも、隠しきれるものではない。

——目眩まし。

その言葉に行き当たった時、ラクスミィの脳裏に一つの絵が甦《よみがえ》った。

風の丹妖が見せた帝都の情景。人ならざるものの目を通した景色は朧げで、大きさは曖昧、そして何より、色がなかった。風の眼を通し、ラクスミィは逃げ惑う帝都の民を確かに見た。しかし確かに見なかった。彼らがいったい何を恐れ、道を空けたかを。

もしや。

ラクスミィが式を唱えると、風と光の丹妖が現れた。宿主から離れ、兵たちの頭上を飛翔する彼らの五感に、自分の五感を繋《つな》げる。途端、怒濤《どとう》の如く流れ込む人外の感覚。自身と丹妖の三つの視界が重なり合い、激しく揺れる。

これではいったい何を見ているのか、皆目分からない。しかし彼女には今、丹妖たちの目がどうしても要るのだ。こみ上げる吐き気を押して、考えを巡らせる。彼女の体内を奔り回る、この無秩序な丹の流れを正すことはできまいか。

丹の乱れを正す式。

ぱんっと何かがラクスミィの脳裏で弾けた。気づいた時には、彼女は高らかに唱えていた。幼き日に負いし秘文《ひぶん》。敬愛してやまぬ師の編み出した、〈水封じの式〉を。

凛《りん》とした調べが、咽喉を震わす。その涼やかな震えに触れるや、入り乱れていた三つの像がすっと分かたれ、彼女の脳内で整然と並べられた。耐え難い吐き気、肌の粟立つおぞましさは遠ざかり、丹妖たちの五感が身体にしっとりと馴染んでいく。

何故もっと早く思いつかなかったのだろう。清涼とした心地に身を浸しつつ、ラクスミィは苦笑した。丹の干渉を断つ、水封じの式。術を使う際に、丹が必ずその式を通り抜けるよう、〈下丹田《しもたんでん》〉を挟むようにして、背中と下腹に彫られている。それがあるからこそ、彼女は数多《あまた》の丹妖たちを整然と操れるのだ。ならば妖《あやかし》から返ってくる丹も、まず水封じに触れるよう図るべきだった。丹妖たちの感覚から己の意識を保つ術を、彼女は初めから持っていたのだ。

タータの式が守ってくれている。そう思うや、ラクスミィの身の最奥で熱いものが迸《ほとばし》った。熱が身体中を満たし、指先までがぽうっと温まる。久しくなかった心地である。先ほどまでの嵐の如き怒りが遠ざかり、澄みわたった心で丹妖たちの感覚を受け入れた。

隊列の後方を、光ノ蝶の目が眺めている。石畳の道を埋める黒甲冑《くろかっちゅう》の群れ。秩序正しく並ぶ筒先から放たれる、閃光《せんこう》と黒煙。全てが毒々しいほど鮮やかに彩られ、しかしながら、全くの無音だった。改めて感覚を繋いでみて、光ノ蝶は音を聞く耳を持たぬらしいと知った。

次に風の丹妖へと、意識を移す。曖昧模糊《もこ》とした、無色の世界が広がっていた。火筒の音、具足の石畳を蹴る音、怒号と喧騒が溢れかえり、だがどういうことだろう、大通りは空っぽだ。

誰もいない道に向かって、兵たちがしきりに火筒を撃ち放している。なんとも滑稽《こっけい》な図。

――そうか。ラクスミィはようやく悟った。

これまで彼女は、視覚は視覚、聴覚は聴覚として流れ込んでいると思っていた。それが誤りだったのだ。例えば風の丹妖は風丹術《ふうたんじゅつ》の原理通り、振動と波動と圧を操り、また察している。大気の振動は、即ち『音』である。風の丹妖は、人の目のようにものを見ていたのではなく、闇夜を舞う蝙蝠《こうもり》さながらに、音を見ていたのだ。ゆえに、風の見る世界には色がない。対して光ノ蝶は光丹術《こうたんじゅつ》から生み出したもの。光を放ち、受け止める。目とは光の受け皿であるから、光ノ蝶は、より鮮やかにではあるにせよ、人のようにものを見ている。

では光の丹妖に見えて、風の丹妖には見えない黒具足の群れは、何を意味するのか。

ラクスミィは高らかに式を唱えた。それに呼応し、彼女に宿る丹妖たちが一斉《いっせい》に歌い出す。突然聞こえ始めた複雑な調べに、兵たちが戸惑《とまど》うように足を止め、あっと声を上げた。

彼らを追っていた集団が、霞《かすみ》の如く掻き消えたのだ。

「これは」ムアルガンが喘ぐように尋ねた。

「幻影じゃ」ラクスミィは唸るように答えた。「光丹術と風丹術の合わせ技。目と耳を惑わす、攪乱《かくらん》の術ぞ」

天候と地形に鑑《かんが》みながら、巧みに式を組み換えていく大技だ。式が固定される丹導器によるものではない。これを行ったのは式詠《しきよ》みに違いなかった。仙丹器を至上とするジーハも、実はかように優れた術士集団を有していたのだ。

つまり、ラクスミィたちはありもしない襲撃に踊らされ、まんまと宮殿を明け渡したというわけだ。しかし、今更とって返しても遅い。既に宮廷人の多くが造反した。幻を解き、襲撃は見せかけだったと示しても、事態は好転しない。ラクスミィたちは狼狽える彼らを捨て置き、真っ先に逃走を図った形になったのだから。

「ナーガ」

ラクスミィは唐突に気づいた。少年の姿が見えない。

「ナーガ！　どこにおる。答えよ！」

返事はない。

初めからいなかったのではないか。あの喧騒の中で聞いた返答と、ちらと目にした藍の衣。相対して言葉を交わしたわけでも、ましてや彼の手を取ったわけでもない。丹妖たちの五感と照らし合わせもしなかった。ラクスミィはあの時点で、既に敵の術中に嵌まっていたのだ。

なんということだ。アラーニャが攫《さら》われたと聞かされ、懸命に冷静さを保っていたはずが、ラクスミィはほんの一刻足らずの間に、宮廷と水使いの少年を失った。湖に毒を流された時と同じ、いやそれ以上の失態だった。

「陛下」ムアルガンが、なだめるように耳打ちする。「今は、御身のことをお考えください」

女帝敗走。

その一報が、火ノ国全土を駆け巡った。

第四章

一　天《てん》ノ金環《きんかん》

背中が焼けるようだと、アナンは思った。

背中だけではない。痛みが全身を包んでいる。鉄の棒でえぐられるような、鈍く永い痛み。途切れそうな意識を繋《つな》ぎとめているのは、ただ一つの名だった。アラーニャ。彼女のもとに戻らなくては。

柔らかな苔《こけ》に爪を立てるようにして、上体を持ち上げる。腕を覆う手甲《てっこう》はずたずたに裂け、血と痣《あざ》が刺青《いれずみ》を潰していた。裾がばさりと地に落ち、肩に大気が触れた。そよ風に触れられただけで、肌に燃えるような感覚が奔《はし》った。

それでも彼は構わなかった。起き上がれる。歩ける。目が見え、耳が聞こえる。幻は解け、帰るべき道が彼の前にあった。水撃ちを杖にして、彼は歩み出した。愛弓はまだ生きている。まだ戦える。戻って、彼女を守るのだ。断じて渡しはしない。もう二度と失うものか。

アナンは血を流し、足を引きずって進んだ。

霞《かす》む視界に、累々と転がるものがあった。水蜘蛛《みずぐも》族《ぞく》の亡骸《なきがら》、とぼんやり考え、違うと悟る。ここは西ノ森ではない。火ノ山だ。彼らは水撃ちで倒れた敵の術士だ。敵は死んでいるのか、昏倒《こんとう》しているだけなのか。歩くのに精一杯のアナンには確かめようもなかったが、一人だけ、もがいている者がいた。アナンと同じく全身に痣と傷を負いながら、なんとかこの場を離れんと苔の上を這っている。

亀の如き歩みでも、地を這う者よりは速い。アナンはゆっくりとその者に追いついた。抜きざまに、ちらりと視線を落とすと、敵もこちらを見上げていた。

若い男。どこかで見た顔だ。うっすらとそう思ったが、術士の顔はすぐさま伏せられ、見えなくなった――

目を開くと、布の壁があった。

ここはどこかと考える前に、痛みがアナンを襲った。夢でも感じた激痛が、生々しく全身を打つ。思わず呻いて、後悔した。声を出すだけで背中に響いた。

身体が熱い。汗まみれなのは、痛みのせいだけでないようだ。この気だるさに覚えがある。少年の頃、意に染まぬ〈朱入れ〉を受けた時のものだ。緑や藍の彫りが足されず、力の出口を与えられないままに丹《たん》をそそぎ込まれ続けた。身の内側を喰い荒らされる感覚、意思に反して身体が作り変えられていく屈辱に、肉体を脱ぎ捨てたいと願い、死による安らぎを乞うた。

タータの式を斬られたために、水が練れず、丹が溜まっているのだ。詰まりそうになる息をゆっくりと吐き出しながら、アナンは記憶をたぐり寄せた。水撃ちを放つことで、かろうじて敵から逃れたが、隠れ家はもぬけの殻だった。彼は間に合わなかったのだ。あの得体の知れぬ敵が、王女を攫《さら》って行った。

何故、彼女から離れたのか。

彼は叫んだ。叫ばずにはいられなかった。丹よりも、自身への怒りが、より狂おしく身体を苛《さいな》んだ。強い痛みが跳ね返ってきても、彼は叫び続けた。自らを罰するように。

そんな彼の目の中に、光が差し込んだ。

黙れと言わんばかりの強い日差し。アナンは虚をつかれ、口を閉ざした。戸布が持ち上がり、一人の女性が入ってくる。

「目を覚ましたか、アナン」

アラーニャと同じ声が、冷ややかに彼の名を呼んだ。漆黒《しっこく》の衣を纏《まと》う女人が床の傍に立つ。

「ミミ、さま」

そうだ。この布の家は、ラクスミィの率いる陣営の天幕だ。帝都から退いた彼女は〈青洲〉の西端、草と砂の領境に後退し、陣を構え直していた。そこへイシヌの臣が、瀕死のアナンを運び込んだのだ。朧《おぼろ》げながら、臣たちの必死に励ます声を覚えていた。

「……申し訳ございません……」

咽喉《のど》を絞るような彼の言葉に、若き女帝はぴくりとも表情を動かさなかった。淡々と「何があった」とだけ問う。

「申し訳ございません」とアナンは埒《らち》もなく繰り返した。「アラーニャさまのお傍を、離れてしまいました。目を封じられ、幾重にも縄をかけられ、斬りかかられ……。秘文《ひぶん》を断たれては、舞うこともできず……」

「玉砕覚悟で水撃ちを放ったのであろう」見ればわかるというような物言いが返った。「何故、離れたのかと聞いておるのだ」

アナンは三度、詫び言を口走りかけたものの、ぐっと言葉を呑み込んだ。自分を見下ろしている女人の双眸《そうぼう》は、冷酷なまでに落ち着いていた。彼は責められているのではない。純粋に、何が起きたか詳《つまび》らかにするよう、求められているのだ。

「敵は、奇怪な技を使いました」アナンは激しい眩暈《めまい》を押して、若き女帝を真摯《しんし》に見つめた。「本物と見まごうような、惑わしの術です。まぼろし、とでも申しましょうか。鳥のさえずりまで聞こえてきました。術中に嵌《は》まっていることにすら気づかぬまま、アラーニャさまの居場所を、見失ってしまったのです」

「〈幻影〉じゃな」女帝は呟く。やはり、といった声音だった。「式詠《しきよ》みでないそなたに、よう見破れたものじゃ」

「匂いがなかったのです」アナンは己の鼻に触れた。「いつもは薫り高い〈酋《おさ》の木〉が――」

途端、ラクスミィの瞳が鋭く光った。

「〈酋の木〉。今、〈酋の木〉と申したか」

「はい」アナンは戸惑《とまど》いながら頷いた。「〈地ノ門〉の近くに。うろの中に〈オルガ像〉が」

それで十分だったようだ。ラクスミィがふと目を閉ざすと、彼女の足もとの影が、じわりと濃くなった。静寂が、天幕を満たす。呼吸すら憚《はばか》られる沈黙の中、アナンはじっと待った。

「さようか」

やがて、ラクスミィがぽつりと呟いた。緩やかに開かれた瞳は、天幕の布壁を越え、はるか東を眺めていた。

「見つけたのだな。我らが祖の降臨せし〈地ノ門〉、イシヌ王家の始まりの地を……」

その声音に滲《にじ》む色の意味を、アナンは捉え損ねた。

「して、アナンよ。水撃ちで〈幻影ノ術士〉どもを討ったのであろう。奴らの姿は見たか」

ラクスミィは既に、いつもの冷徹さを取り戻している。アナンは慌てて「はい」と答えた。

「どのような者たちであった」

アナンは霧の中で目を凝らすように、眉根を寄せて考えた。改めて思い起こしても、凡百の〈外の男〉たちとしか言いようがない。御用商と然《さ》して変わらぬ顔と身体つきだったような。いや、そういえば、ちらりと目の合った若人を、どこかで見たとは思ったのだ。だが水撃ちの衝撃で朦朧《もうろう》としていたので、確かなことは言えなかった。

仕方なく思った通りに述べると、ラクスミィは思いの外、熱心に彼の話に聞き入った。特に御用商衆《ごようしょうしゅう》と区別がつかないという辺りに関心があるようだった。次々と降る問いに、アナンは真摯に答えながら、釈然としない思いを抱いた。どうもラクスミィは〈幻影ノ術士〉を知っているような素振りである。

もしやとアナンが尋ねると、ラクスミィは頷いた。

「帝都にも〈幻影〉を使う術士が現れた。不覚にもすぐには見破れず、帝都を明け渡す羽目になった。……ナーガもな」

アナンは絶句した。

息子は大丈夫だと、彼は今の今まで信じ込んでいた。万骨《ばんこつ》を負ったラクスミィが守っている限り、何人《なんぴと》もナーガに近づけない。ラクスミィが無事なら彼も無事と思い込んでいた。だが、おかしいと思うべきだったのだ。ナーガがこの陣営に匿《かくま》われていたなら、真っ先に父の天幕に駆け込んできたろうに、騒がしい足音も、父を呼ばわる幼い声も聞こえない。

アラーニャを奪われたアナンを、ラクスミィが責めないのは、彼女もまた幻影に惑わされ、ナーガを奪われたからなのだろう。アナンとてラクスミィを責められなかった。あの幻を目の当たりにすれば、逃れられただけでも幸運と言わざるを得ない。

それでもアナンは、悔悟の念に身を炙《あぶ》られた。哀れなナーガ。一族を葬った男に囚われて、どんなに恐ろしい思いをしていることか。やはり離れるべきではなかった。傍にいてやるべきだったのだ。

今すぐ帝都に行き、あの子を救い出さねば。起き上がろうともがくアナンを、ラクスミィは冷ややかに見下ろした。

「水を使えぬそなたが行って、なんになる」

「ですが……！」

「案ずるな。ナーガは生かされる。舞い手の身体は、水丹術《すいたんじゅつ》の書も同然。さらに彼はイシヌの秘術〈万骨〉の彫りをも有しておる。この世のどんな宝物《ほうもつ》より価値のある命じゃ。奴らとて、ゆめゆめ傷つけまいぞ」

アナンは愕然として、女帝を見つめた。水蜘蛛族の舞い手にとって、秘文を暴かれることがどれほどの恥辱か、彼女は知っているはずだ。この世には死よりも耐えがたい苦しみがあるというのに。

父としての訴えは、しかし声にならぬまま潰《つい》えた。ラクスミィの瞳が、彼を押しとどめた。その瞳に宿る静かな闇の奥に、アナンには想像もつかない、深い思慮が見てとれた。

彼女の言葉の真意を汲み取ろうと、必死で考えを巡らすアナンをよそに、女帝はやおら踵《きびす》を返した。そのまま滑るように離れていく。聴き取りはもう終わったようだ。

しかしアナンには、まだ訊きたいことがあった。彼女の背に縋《すが》るように言う。

「アラーニャさまは、……あの方は、御無事なのですか」

自分に訊く資格があるだろうかと思う。それでも問わずにはいられなかった。問いながら、答えはもう分かっていた。聞きたくないという矛盾した思いを抱えながら、ラクスミィの長い沈黙をじっと耐える。

「……アラーニャは生かされる」

ナーガのことを語った時と同じ、底知れぬ静けさを纏いながら、女帝は告げた。

「先日ジーハが事触れを出した。新皇后が、奴の子を身籠《みご》もったそうじゃ。イシヌの気高き血を引く皇后、さらに待ちに待った世継ぎの母ともなれば、残虐王とて殺しはしまい」

アナンは寝具をかき寄せ、顔をうずめた。咽喉から迸《ほとばし》る咆哮《ほうこう》を、掛け布で覆うために。守れなかった。何故、彼女を独りにしたのか。悔悟の念は褪せるどころか、時を追うごとに鮮やかになっていく。ジーハを八つ裂きにしてやりたいと、寝具を引きちぎらんばかりに握りしめる。あの清らかな女性が受けた屈辱の、何十倍もむごい苦しみを味わわせたい。

全身の傷を忘れ果て、爪を剝がさんばかりに床を掻きむしる男に、女帝は興味深げに呟く。

「その悲憤。イシヌの王女への忠義心から来るものか、それとも」

彼女はアナンへと緩慢に歩み寄った。寝具の縁に腰かけ、半ば覆い被さるようにして囁《ささや》く。

「ジーハが即位して、三十余年。数多《あまた》の側室を抱えながら、懐妊の知らせは一度もなかった。それが今になっての僥倖《ぎょうこう》じゃ。巷《ちまた》では女帝派を揺さぶるための噓かと囁かれるほど、誰しもが信じがたく思っておる」

じっくりと舐めるような視線が、アナンの顔に当てられた。

「父親は、そなたか」

アラーニャと同じ声が、密やかに問う。

アナンの脳裏をよぎったのは、彼の恋い慕う女性の、柔らかな眼差しと微笑みだった。あのしっとりとした指先、牡丹《ぼたん》色に染まる乳白の肌。彼の背に回された腕の細さと、温かさ。

彼の沈黙こそが答えだった。ラクスミィが口角を上げ、声無く嗤《わら》った。彼女の影がぞわりと立ち上がり、アナンの身体を伝って、首の周りに纏わりつく。

「……不届き者が」

影の爪先がぎちぎちと首筋に喰い込む。漆黒の手を通して、ラクスミィの憤怒が流れ込んでくるようだった。アナンは影を振り払わず、まっすぐにラクスミィを見つめ返して、乞うた。

「ミミさま。お願いがございます。どうか、私の彫りを検《あらた》めてください。まだ生きている式を示してください」

女帝がわずかに目を細めた。

「それで、どうしようと言うのじゃ」

「新たな舞いを作り上げ、アラーニャさまをお救いに参ります」

「タータとの子を放ってか。父親がかように勝手なものとはな」

なぶるような問いにも、アナンは怯《ひる》まなかった。

「あの子のためでもあります。お腹の子は、ナーガの弟妹です。故郷と一族を失ったあの子にとって、かけがえのない同胞《はらから》となりましょう」

低い嗤いが返った。

「不埒者がもっともらしゅう並べ立ておって」

女帝が嗤うたびに、辺りが暗くなった。影はアナンのみならず、天幕をも呑み込まんとしている。徐々に重みを増す漆黒の闇に耐えながら、アナンは言い募った。

「ミミさま。イシヌのお方々はどうお考えなのですか。アラーニャさまの御懐妊で、帝王派は『皇后と嫡子』という正統性を得た。情勢を引き戻し、ジーハを追い詰め、ナーガを取り戻すためには、まずアラーニャさまを奪還せねばなりません。違いますか」

これまで見聞した事柄を掻き集め、アナンは懸命に考えを巡らせる。火ノ国の内情、帝王派の思惑、イシヌの現状。舞う時と同じように、先を読もうと目を凝らした。もはや男の自分には分からぬなどとは、言っていられなかった。

言葉を重ねれば重ねるほど、首に纏わりつく影の力が強まっていく。骨の軋《きし》む音を聞きつつ、アナンは顔を上げ続けた。

呼吸が止まるというその時、ふっと身体が軽くなった。咳き込むアナンの身体から、漆黒の影がするすると退き、主人の足もとへと還っていく。

「まずは身体をならせ」ラクスミィは淡々と言う。「床の上でも四肢は動かせよう。足を曲げ、腕をしならせ、強張った節々をほぐし、床払いの時には舞えるようになっておくことじゃ」

その言いつけは、アナンに一条の光明をもたらした。床を離れていくラクスミィの背中に、確かめるように問いかける。

「では、私の影りはまだ、使いものになるのですね」

戸布が独りでに持ち上がった。彼女の影だけが、布の端を摑《つか》んでいた。

「そなた次第じゃ。腹の秘文には傷が少ない。背の幾つかの文節は、丹を再び通しつつある。繫ぎ合わせれば使える術もあろう」

ただし、元には戻らない。残った文節を集めて、新しく舞いを組み上げなければならない。どこまで舞えるかはアナン次第、とラクスミィは言う。

「身命を賭して、必ず再び舞ってみせます」

アナンが誓うと、ラクスミィは口角を上げた。

「舞えねば、そなたは丹に喰い殺されるまで。命惜しくばあがくがよい」

漆黒の女人は、するりと戸布の向こうに消えた。


天幕から出ると、ラクスミィは土の丹妖《たんよう》を呼び出した。土くれをぼろぼろとこぼしながら、丹妖は地面と混ざり合い、天幕を守るように取り囲む。こうしておけば、何者かが天幕に忍び込もうと土を踏むや、丹妖の感覚を通じて、宿主ラクスミィに伝えられる。必要とあらば捕えることもできるだろう。

アナンに言った通り、水蜘蛛族の彫りは水の術書そのものである。傷つけられ、丹の通りは途絶えても、秘文を読み取る分には問題ない。タータの最高傑作であるアナンの身体は、水の力を欲する者にとって、一国よりも価値ある宝といえた。

水撃ちを自ら浴び、全身に痣が浮いているアナンだが、背の傷は意外に浅い。おそらく敵は彼の水の力を封じ、生け捕るつもりでいたのだ。御用商の衆頭《しゅうがしら》曰く、この領境の陣に着くまで幾度となく敵の襲撃を受けたらしいが、それもアナンを狙ってのことだろう。敵が陣内に忍び込み、アナンに近づく可能性は十分にあった。

丹妖が地面に溶けると、大地が震えて唸った。兵らが青ざめ、ラクスミィに畏怖の眼差しを向ける。丹妖を目にして平然としているのは、彼らの将だけだ。

「陛下」

ラクスミィを待っていたらしく、ムアルガンは土の丹妖が見えなくなると、彼女の足もとに片膝をつき、口早に述べた。

「急ぎお耳に入れたきことが」

緩慢に人差し指を折り曲げて起立を許すと、ムアルガンは畏《かしこ》まって一礼し、彼女の耳に唇を寄せた。先ほど一人の男が尋ねてきたという。その者の呼称を聞いて、ラクスミィは将の顔を見つめた。

「まことか」

その囁きに、将校は瞬《まばた》きで答えた。

ムアルガンを伴って、ラクスミィは足早に天幕の群れを抜けた。〈青洲〉の領主の館が今の彼女の城である。砂ノ領へと抜ける大公道の上に建てられた館は頑強な石造りで、広い敷地をぐるりと城壁で囲んでおり、砦《とりで》の趣を呈していた。

ラクスミィのために調えられた貴賓室の、敷き詰められた絨毯《じゅうたん》の上に、その者はいた。壮年の男で、中肉中背の身を包む官服は碧《みどり》だ。帝王の身の回りの世話役〈宮中三監〉の長〈内侍《ないし》〉が纏う色である。

男の名はサンヒータ。ジーハとともに草ノ古都に移った阿《あ》諛追従《ゆついしょう》の一人と記憶していたが、彼はラクスミィに気づくと、深々と額ずいた。

「陛下」と、感極まった声が言う。「ようやくお目にかかれました。〈蹄《ひづめ》〉にございます」

イシヌ家の密偵、〈角《つの》〉のムアルガンと双璧を成す〈蹄〉。帝王の膝もとで謀反の機会を窺《うかが》うという大胆不敵さとは裏腹に、並外れた用心深さを持ち、その正体を知る者は伝令役を除いて一人もいなかった。伝令役の死とともにぱたりと消息が途絶えていた謎の人物が、初めて姿を現したのだ。

「生きておったのか」

ラクスミィの言葉に、サンヒータは声を震わせた。

「伝令の者が捕らわれた折は、死を覚悟しましたが、幸いにして今日《こんにち》まで生き永らえることができました」

ではやはり伝令役はジーハの手に落ちていたのだ。〈残虐王〉の名に違わぬ目を覆うような責め苦を浴びたことだろう。

「だが〈蹄〉が無事ならば」ラクスミィは呟いた。「伝令役は口を割らなんだか」

「はい。その後、陛下のもとに馳せ参じるべきか、ジーハのもとに留まり続け、時を待つべきか。ずっと思い悩んでおりましたところ、アラーニャさまが捕らわれ、陛下が帝都を追われ……。これは息を潜めて隠れている場合ではないと、恥を忍んで参上した次第」

サンヒータは碧の袖で目尻を拭いた。

「ジーハはいずれ、砂ノ領を再び攻めるでしょう。当主と湖の双方を奪われたなら、天ノ門はカラマーハのものとなり、イシヌは治水の権威を失う。王家最大の危機です。ジーハの近くにいながら、アラーニャさまを巡る動きに気づけなかった力不足、お詫びしてもしきれませぬ。

本当なら、アラーニャさまをお救いすべきところ、おめおめと一人逃げ落ちて」

密偵は悔しげに肩を戦慄《わなな》かせる。

ラクスミィがちらりと視線を投げると、ムアルガンは椅子を三脚、円を描くように置いた。将校と密偵に着席を促して、ラクスミィはそのうちの一脚に腰を下ろした。

「この苦難の時に、わらわの傍らに居てくれること、心より感謝する」ラクスミィは、二人に囁きかけた。「そなたたちこそ、イシヌのまことの臣じゃ」

「ありがたきお言葉」サンヒータが恭しくこうべを垂れる。

「ゆえに、そなたらには話しておこう。ジーハがこの先、天ノ門を手に入れても、治水の力を得るわけではないということを」

男たちはまず目を見開き、困惑して、互いの顔を見遣った。

「それは如何《いか》なる意味でしょう」密偵は問う。「天ノ門は水使いが操るもの、ゆえに水使いがイシヌの当主となる。ジーハのもとには今、水蜘蛛の子も捕らわれていると聞きます。たとえアラーニャさまが門の操作を拒んでも、その水蜘蛛に強いるということも考えられますが」

ラクスミィは黙したまま、懐《ふところ》にするりと手を差し入れた。手のひらに載るほどの小袋を取り出し、二人に中身を開けて見せる。

黄金の円環だった。環の全面に、比求式《ひきゅうしき》がびっしりと刻まれている。

「これは？」ムアルガンが怪訝《けげん》な顔をした。

「イシヌ王家に伝わる秘宝〈天ノ金環〉じゃ」

「あの、水《みず》ノ繭《まゆ》の技を助けるという」サンヒータが息を呑む。「何故それがここに」

天ノ金環はイシヌの当主が継ぐ。いわば女王の証である。本来アラーニャが持っているべきものだった。

「いえ、おかしゅうございます。囚われのアラーニャさまが、この円環を首にかけられているところを、私はしかと見ました」

サンヒータの言葉に、ラクスミィは微笑を浮かべた。

「それはまがい物ぞ」

「まさか！　水ノ繭を紡いでおられましたぞ。環に刻まれた式は本物でございました」

「そう」ラクスミィは密やかに言った。「仙丹《せんたん》も仕込まれておるゆえ、見た限りは本物と寸分違わぬ。だが、繭の式はそもそも目眩《めくら》まし。この環の真価は目に見えぬ内側に刻まれておる。天ノ門の鍵となる秘められし式。門を開くのも閉じるのも、この環がなければできぬのじゃ」

イシヌの当主が天ノ門を操り、湖と青河の水を支配していることは、誰しもが知っている。イシヌの家臣ならば、天ノ金環を目にしているし、それが世にも珍しい水丹器と知っている。当主が円環を使って水ノ繭を紡ぎ出し、湖に入っていくことは、あまりにも有名だ。

しかし、如何にして門を操るか、それを知る者は、イシヌの代々の当主と、その姉たちだけだ。

「水使いでなければ門を操れない」ムアルガンが独り言《ご》ちた。「ゆえにイシヌの当主は水使いでなければならない。水使いでなければ門に辿り着けぬからという意味だと思っておりましたが、なるほど。天ノ金環を扱える者でなければ、門は動かせぬと」

「別の見方をすれば」サンヒータが唾を呑み込む。「水使いと天ノ金環、両方が揃って初めて、治水の力を得られるということですか」

「如何にも」ラクスミィは密偵に、円環を掲げてみせた。「言っておくが『合鍵』は作れぬぞ。門の鍵たる式は、これを創ったイシヌの祖以来、誰も見たことがないのじゃ。円環を割らねば見えぬが、割れば溶けて読めなくなるよう仕掛けが施されている。ゆえに天ノ金環がこちらにある限り、ジーハに治水の権威が渡ることはない」

サンヒータはよほど驚いたとみえ、その目は円環に釘づけだった。黄金の輝きに魅入られたように、ふらふらと手を伸ばす。彼の指先が触れる直前、ラクスミィは円環を袋に戻し、懐に仕舞った。

「これは御無礼を」我に返ったサンヒータが、深々とこうべを垂れた。

「よい」ラクスミィは言葉少なに告げた。「そなたたちも分かったであろう。イシヌ家はまだ、カラマーハに屈してはおらぬ」

「仰る通り」ムアルガンが力強く頷いた。「勝利を引き寄せるためにはまず、アラーニャさまを奪還することです。サンヒータどの、貴殿が来られたことは幸いでございました。草ノ古都の現状や、アラーニャさまの御様子など、御存じのことは何でも教えていただきたい」

サンヒータはきりりと顔を引き締めると、古都を脱出するまでに見聞したことを、詳らかに語り始めた。古都には今も彼の部下が残っており、様子を逐次知らせてくるのだという。

世間の懐疑の眼差しをよそに、ジーハはアラーニャの胎《はら》の子を自らの血を受けし命と信じて疑わない。懐妊を知った時は文字通り狂喜乱舞し、若き皇后の扱いは国賓にも勝る丁重ぶりとなった。〈残虐王〉とは思えぬ気の遣いようで、アラーニャが彼の訪問を拒もうと、全くお咎《とが》めなしという。ともに帝都に入るよう求めた折などは、皇后が悪阻《つわり》を理由に突っぱねると、あっさり聞き入れる始末とか。

「では現在、ジーハは帝都に、アラーニャは草ノ古都におるのだな」

「今のところは」サンヒータは頷く。「ジーハが帝都入りを急がざるを得なかったのは、帝王と女帝の間に挟まれた官吏たちに睨みを利かすためです。権威を示すには新皇后と連れだって帰還するのが一番でしたが、身重の女人は何かと不調がちなもの。身籠もってすぐの頃は赤子が流れることも多いため、長旅を強いられることはなかった模様です」

「しかし、いずれは移されよう」

「御賢察の通りです。あまり長く離れていると、帝王はまたしても若き皇后に拒まれていると噂されますので」

「いつ頃になろうか」

「遅くとも、下乾季に入る前には」

「狙うなら、その時です」ムアルガンが目を油断なく光らせた。「古都も帝都も守りが固い。落城させるのは容易ならざります。我が方は領境も死守せねばなりません。慎重に陣を敷き、敵の隙をつかねば、たちまちこちらの窮地《きゅうち》となります」

ラクスミィは頷いた。その瞬間が最初で最後の好機だと承知していた。もし逃せばイシヌの命運は絶たれる。

アラーニャの出産があるからだ。

水蜘蛛族の舞い手と、外界の女。その間に生まれた子がどんな姿かは未知数だ。水蜘蛛族は外界の女をまず受け入れない。あったとしてもほんの数例、確証するには至らない。

仮にアラーニャの子が男児で、水蜘蛛族の血を濃く受け、舞い手の姿で生まれれば、それが全てを物語る。ジーハは怒り狂い、赤ん坊もろともアラーニャを惨殺するに違いない。

また女児であっても、その子の命は危うい。カラマーハは男系だ。娘と見てとるやジーハは失望し、斬って捨てるだろう。

殺させてなるものか。その子はイシヌ家の娘、砂漠の玉座を継ぎ、天ノ門の新たな守護者となり得る姫である。ラクスミィが『女人の力』を捨てた今、イシヌの血脈を繋いでいくのは、アラーニャとその娘たちだ。

妹を救い出し、イシヌを繋ぐ――そのためならば、何をも厭《いと》いはしない。母王が万骨ノ術を託して逝った日から、いや、水封じの式を負った日から、ラクスミィはそう誓い続けてきた。

此度も同じことだ。イシヌの家紋に描かれた天竜の子として、彼女はこの世に生を享けた。たとえ四肢を切り落とされ、尾をへし折られ、翼をもがれようと、血の最後の一滴が流れ去る瞬間まで、答えを求め続ける。彼女はそのように生まれついたのだ。

後戻りの許されぬ道に、ラクスミィは今、踏み出そうとしていた。

二　父の文

アナンは目覚めたその日から、新たな舞いに備え始めた。

横になりながら強張った節々をほぐし、縮んだ腱を伸ばす。一つ動くたび激痛が走ったが、この先に再び舞える日が待っていると思うと、喜びすら感じた。

座れるようになると、手足の力を取り戻すことに努めた。重いものを持ち上げ、ゆっくりと下ろす動きを、飽くことなく繰り返す。御用商が差し入れた〈伸び紐〉が、大いに役立った。南の島国に生えるという〈護謨《ごむ》ノ樹〉の樹液を固めたもので、餅のように変幻自在に伸びるが、放せばすぐさま元の形に戻る。引くには相当の力が必要で、初めはなかなか思うように伸ばせなかった。汗だくになりつつ、この紐のもとの樹はやはりよく伸びるのだろうかと夢想し、世界は広いと独り微笑んだ。

努力の甲斐あり、床払いした時には、立って歩くことはもちろん、走ったり跳ねたりできるようになっていた。ラクスミィの言いつけ通りであるが、彼女は至極当然という顔で、回帰を慶《よろこ》ぶこともなく、アナンの彫りを検《あらた》めた。

刺青《いれずみ》はところどころえぐれ、醜い傷痕で分断されていた。全身に刻まれた文節の、おおよそ半数になんらかの欠けが窺《うかが》える。しかし、式が完全に死んだわけではなかった。その事実さえあればアナンには十分だった。ラクスミィの指し示す順序を頭に叩き込む。ひと通りなぞれるようになったら、より速くなめらかに舞えるよう、無駄な流れを削ぎ落としていく。立ち位置、体幹の傾き、足の置き方、手の上げ方。五体に染み込んだ動きを、アナンは躊躇《ちゅうちょ》なく葬った。全てをまっさらに戻し、一から生まれ変わらせる。

中乾季の半ばを過ぎた頃、館を訪れたアナンをひと目見て、ラクスミィは言った。

「間に合うたな」

アナンは微笑み、折敷いた。部屋には大将ムアルガン、内侍《ないし》サンヒータ、御用商の衆頭《しゅうがしら》に鳥使いの首長と、主立ったイシヌの臣の姿があった。彼らを左右に従えて、若き女帝は悠然と椅子に腰かけている。その凛呼《りんこ》とした眼差しに、いよいよ時が来たのだとアナンは察した。

「先ほど知らせが入った。アラーニャが近く、帝都に移されるそうじゃ」

アナンは力強く頷いた。奪還の時である。

策については、この二月余り、幾度となく聞いていた。古都から帝都までの行程では、必ず一度は青河を渡る。乾季の旅において唯一、水に溢れた場所であり、水使いに有利な舞台だ。そこで勝負に出ようと、イシヌの臣は考えていた。そのためにはアナンの舞いが必須であり、ラクスミィの弁の通り、彼は『間に合った』のである。

「カラマーハの〈幻影ノ術士〉たちは、そなたの水の力を封じたと思っておるはず。その隙をついて、青河の水の中から攻撃を仕掛けるのじゃ」

ラクスミィが言うと、御用商の長《おさ》が頷き、話を継いだ。

「この領境に逃れる間、アナンどのは一度も舞われなかった。だからこそ彼らは好機と見て、執拗《しつよう》に追いかけてきたのでしょう。その油断を利用しない手はありませんからな」

「護送の詳しい道程は、このサンヒータが入手済みだ」密偵〈蹄《ひづめ》〉が太鼓判を押した。「ただあまり日がない。護送隊が先に青河を越えてしまえば、勝機は二度と訪れまい」

「では、すぐにでも」

立ち上がりかけたアナンを、ラクスミィが目で押し留めた。

「今夜じゃ。館の北には青河が流れておる。闇に乗じて河に入れ。身を隠しつつ流れを下り、護送隊が通る橋まで向かうのじゃ。河下りは問題なかろうな」

アナンは居住まいを正し、胸を張ってみせた。水《みず》ノ繭《まゆ》は以前と変わらず出せる。青河の底を歩くのは経験済みだ。半年前、アラーニャと彼女の臣ともに、火ノ山まで下った道である。

「前回同様、私が御一緒しますぞ」商人が身を乗り出して言う。「道中必要なものは全て調達いたします。なんなりとお申しつけくだされ。護送隊などの敵の様子は、鳥匠《とりじょう》の方たちが逐次伝えてくださる手筈です」

彼の言葉に、鳥匠の首長が黙って一礼した。肩に止まらせた小鳥に見覚えがある。アナンがイシヌの都を初めて訪れた折に、彼の異質な容姿に慄《おのの》く兵たちを「手出しはならぬ」と言って抑えてくれた人物だ。あの時の朗々とした声とは裏腹に、元来寡黙な男であるらしい。

「〈幻影ノ術士〉たちはまた現れるでしょうか」

アナンの問いに、ラクスミィが答える。

「常におるものとして戦え。幻術の返し技は、御用商衆《ごようしょうしゅう》に伝えてある。御用商衆の多くは風か光の使い手、式さえあれば術を解くことは造作もない。しかし油断するな。己の目と耳に頼りすぎてはならぬ。肝心なことは、その手で触れて確かめよ」

それと、におい。アナンが付け加えると、ラクスミィは「獣のような奴め」と嗤《わら》った。

「本当に困難なのは、アラーニャさまを奪還した後だ」ムアルガンが鋭くアナンを見遣った。「ジーハの軍勢の追撃を躱《かわ》し、この〈青洲〉まで戻って来なければならないが、行きと違って青河は使えぬ。途中に帝都があるゆえ。待ち構えられて捕らわれては、元も子もない。貴殿がどんなに急いで遡《さかのぼ》っても、ジーハ側に皇后拉致の一報が着く方が早いだろう。青河を下るのも避けられよ。草《くさ》ノ港《みなと》には水軍が控えているゆえ」

「帝家も伝令鳥を有していますからな」御用商の衆頭が頷く。「アラーニャさまを奪われたら敵はすぐ各地へ知らせを飛ばすでしょう。もっともカラマーハの鳥使いは〈塔鳩《とうばと》〉一辺倒で、イシヌの鳥匠の方々のように、小鳥から猛禽《もうきん》まで使いこなせはしませんが」

鳥匠の肩の小鳥が、真っ白な胸を膨らませ、ぴるると誇らしげにさえずった。

「つまり、帰りは陸路になるのですね」

「さよう」女帝は頷いた。「我らも兵を動かし、退却路の確保に努める。心してかかりゃ」

アナンは答える代わりに、懐《ふところ》から細長く畳んだ紙を取り出した。

「お願いが一つございます。これをお預かりいただけますか」

掲げるように差し出せば、ラクスミィが怪訝《けげん》な顔で受け取った。

文である。

「そなた、字が書けたか?」

信じがたいという声音だった。水蜘蛛族《みずぐもぞく》をよく知るからこその驚きである。

「アラーニャさまに教わりました。音綴りが精一杯の、拙《つたな》い手ですが。我が身に何か起こった時、どうかナーガにお渡しください」

床に手をつくアナンに、ラクスミィはしばし沈黙した後、「相分かった」と答えた。

「しかと預かった。じゃが、渡すかどうかは保証せぬ。伝えたきことがあれば、そなたが直に申すことじゃ」

アナンはそっと微笑んだ。生きて戻れと、今確かにそう言われた。

面《おもて》を上げて、ラクスミィを見つめる。彼女の瞳は夜天の闇のようだ。星の間に広がる、音も光も凍りついた世界。

この闇をアナンは一度恐怖した。憎い帝王から息子を取り返さんと、傷ついた身でもがいていた時のことだ。彼女は眉一つ動かさず、『彫りがある限り、ナーガは生かされる』などと言い放った。水蜘蛛族の男子にとって彫りを暴かれることが如何《いか》なる屈辱か、よく知っているはずにも拘らず……。彼女はもう人の心を失ってしまったのかと、アナンは思ったものだ。

しかし、ともに新たな舞いを組み上げていくうちに、アナンは彼女の真意を察した。アナンの全身には、タータの水丹式《すいたんしき》が刻まれている。たとえ一太刀浴びた後でも、彼の肌は比類なき水丹術の秘文書《ひぶん》だ。ゆえに〈幻影ノ術士〉たちは、彼を殺そうとしなかった。それが反撃の糸口となり、アナンは幻影を断ち切れたのだ。

ナーガにも同じことが言える。彼の身体には、タータの水丹式と、さらにラクスミィによる〈万骨《ばんこつ》〉の術式が刻まれている。水蜘蛛族の秘文と、イシヌ王家の秘術。それを負うナーガの身体は『どんな宝物《ほうもつ》よりも価値ある』ものとなった。

二人の式が、ナーガを守っているのだ。

アナンはこれまで思っていた。いっそ彫りがなければ、息子はもっと生きやすかったのではなかろうかと。しかし、それは違った。水蜘蛛族である以上、ナーガは狩られる身だ。舞い手としての体軀も、外界では好奇の的である。そんな世界でも生き抜く力を、母タータは授けたのだ。

またラクスミィは、イシヌの秘術をナーガに授けた。思えば、おかしなことだった。秘術というからには秘められてしかるべきだ。子供に彫ればいつ何時、外に漏れるとも分からない。実際、ナーガの身柄が敵の手に落ちた今、万骨の術は既に盗み取られているだろう。そんな危険を冒してまで、彼女は秘術を彫った。師タータの遺志を酌み、ナーガの命を守ろうとしてくれたのだ。ラクスミィの瞳を満たす冷たい闇の奥には、師の後をついて歩いていた、あの心優しい少女がずっといたのだ。

「死に向かうつもりはありません。アラーニャさまは必ずお救いします。ミミさま、ナーガをどうぞよろしく頼みます」

「この橋です、アナンどの」

商人に指し示されて、アナンは頭上を仰いだ。月明かりにきらめく水面越しに、岸から岸へ渡る影が見える。

数刻後、アラーニャを運ぶ行列がここを通る。

アナンたちは水ノ繭に包まれて、青河の水底に立っていた。夜明けまであと少し。下乾季も間近に迫り、陽光は草ノ領でも強く、護送隊は真昼を避けて移動しているという。彼らがこの橋に差しかかるのは早朝、光がまだ柔らかく、大気に夜の涼しさが残る時刻だ。

「いよいよですな」衆頭の声はやや硬い。「それまで岸で休まれますか」

アナンは首を横に振った。幻影ノ術士たちが見張っているとも知れない。河を出入りすればするほど、勘づかれやすくなる。第一、疲れは全くない。初めて舞台に上がった日のように、心は晴れ晴れとしている。

「衆頭どのは休まれますか」

何気なく問いかけ、アナンは苦笑した。相手の名を知らないことを、今になって気づいた。出会った時に教えられたはずだが、当時は外の男の名など気にも留めていなかったのだ。

思い切って改めて尋ねると、衆頭は快く答えてくれた。

「ヤシュムです。ちなみに、祖父もヤシュム、父もヤシュム、私の末の息子もヤシュムです」

これには驚いて、アナンは思わず「なんと紛らわしい」と漏らした。

「そういう習わしなのですな。末の息子は必ず『ヤシュム』と名付けるという」

「はあ、だから、お子さんもヤシュム。しかし、また男の子が生まれたら？」

「その場合は、今のヤシュムは名を変えて、下の子に譲ります」

何故そこまでして。そう思いつつ、アナンは純粋に面白いと思った。部族が違えば習わしも違うものだ。

「そういえば、ナーガくんは今年で九つでしたかな。うちの末息子が同い年でして」

「『ヤシュム』くんですね」アナンは笑って言った。「それは奇遇な」

「上の子とだいぶん年が離れておりましてな。毎日退屈しておるようです。ナーガくんが友達になってくれたら喜ぶでしょうなぁ」

商人の屈託のない笑顔に、アナンは咽喉《のど》を詰まらせた。彼の言葉をありがたいと感じ、そのことに自身で驚いた。舞い手の息子が外ッ子と仲良く遊ぶ。そんな日を願うようになろうとは夢にも思っていなかった。

水蜘蛛族の外婿たちを思い出す。疲労困憊《こんぱい》していたアナンに、子供の世話を引き受けようと彼らは手を差し伸べてくれた。せっかくの申し出を、しかしアナンは素っ気なく断った。外婿なんぞに大事な一人息子を預けられない。舞い手でも彫り手でもない彼らから、ナーガが得るものなんぞ一つもない。心の奥底で、そんなふうに思っていた。

森しか知らぬ者の浅い虚栄と、今なら分かる。外婿たちはきっと文字を知っていたろうし、何より、外の世界を知っていた。この世の広さと多彩さを、あの頃の自分に見せてやりたい。ナーガにも……と考えて、タータも同じように感じていたのかと、ふと思った。

衆頭のヤシュムは商人だけあって、さまざまな土地を訪れ、豊かな見識を持っていた。話もうまい。すっかり聞き入っていると、「お、夜が明けますな」と商人が頭上を仰いだ。見れば、水面が黄金に燃え上がっている。夜の帳《とばり》を一太刀に切り裂く、太陽の剣の色だった。

「いやはや、すっかり話し込んでしまいましたな」

「本当に」

「では、私はそろそろ」御用商は玉石の敷き詰められた河底から立ち上がった。「カラマーハの怪しげな術士どもと、技のかけ合いといきますか」

アナンが武運を祈ると、明るい笑いが返った。

「アナンどのこそ頼みますぞ。勝負は一瞬ですが、その一瞬を捉え損ねれば、ジーハの悪政は続き、火ノ国は遠からず滅びます。この国の未来は貴男《あなた》さまの舞いにかかっているのです」

ヤシュムを岸へと送り出し、アナンは独り水底に留まった。揺れ動く橋の陰影を睨みつつ、時折ゆるやかに舞う。小さなあぶくを繭から押し出し、新たな大気を泡に取り込んでは、繭の中へと呼び寄せた。身体はよく動いた。傷の痛みも全くない。今日の舞いは、生涯最高のものとなるだろう。

それから半刻も経たぬ頃だった。

青河の水の中を、どおん、どおんという低いとどろきが伝わってきた。御用商衆からの合図である。まず二度響き、一拍休んでまた二度。隊列の先頭が見えたという知らせだ。アナンはもう一度、水撃ちの具合を確かめた。問題ない。

今度は三度、少し早めに。隊列が橋に差しかかったのだ。水面に、橋を行く騎馬兵らの影が落ちている。アナンは頭の中で、舞いの動きを反復した。全身の血が滾《たぎ》る。いつでも踊れる。

やがて塔のように大きな影が現れた。反りかえった屋根の端に星のような玉を幾重にも下げ、ゆっくりと進む。それが橋の頂き、アナンの正面に達した時、これまでと異なる甲高い音が、河床に響き渡った。

今だ。

アナンは舞った。腹の丹田《たんでん》に力を込め、指先、足爪まで意識を凝らす。傷痕だらけの身から持てる文節を拾い上げ、素早く丹念に織り上げていく。

最後に残されたのは、どうしても足りぬ一節。それを補う方法を、ラクスミィは編み出してくれた。ただ彼はもとより、その式を持たされていたのだ。我が身の一部の如く扱いながら、そんな使い方があるとは、全く思いもしなかった。

水撃ちを掲げる。琴を鼓するように、その弦をぽんと一つ弾く。

青河の水が打ち震えた。たちまち逆巻き、渦を成す。水ノ繭ごとアナンを呑み込み、清流は立ち上がった。空高く鎌首を奮い立たせ、竜の如き咆哮《ほうこう》を上げながら、橋の上の隊列へと押し寄せる。

白く逆巻く波の上から、アナンは橋を見下ろした。目指すは、あの塔のような屋形車。皇后の乗りものと聞いている。車もろとも水で抱き込もう。そう考えた時、いっとう高いところの窓が、不意に開け放たれた。

現れたのは、金糸の刺繍《ししゅう》の衣を纏《まと》った女人だ。どんな宝玉よりも見事な銅《あかがね》の髪、やつれてなお照り輝く乳白の肌。アナンの姿を認めて、花の如く綻ぶ唇、涙に濡れてきらめく瞳。

アラーニャ。

その名を呼ばわった時、視界が奇妙に揺れた。気づけば、目指す塔が二つ、合わせ鏡の如く建っていた。それがみるみる、三つ四つと増えていく。幻だ。幻影ノ術士が動いたのだ。

どの塔にも、アラーニャの姿が見える。まるでそっくりだ。アナンは焦ったが、その必要はなかった。河沿いから、何十もの歌声が上がったのだ。御用商衆の術士たちである。返し式に触れるや、幻の塔は一つ残らず、霞《かすみ》の如く消え失せた。

アラーニャが窓から身を乗り出している。今にも落ちそうになりつつも、必死に伸ばされた手を、アナンは摑《つか》んだ。柔らかなたなごころ、意外に熱い指先。抱き寄せた身体の華奢《きやしゃ》な線、豊かな髪から立ち昇る香り。間違いなく彼女だ。

大波に叩きつけられ、屋形車がぐらりと傾ぐ。そのまま崩れるようにして河に落ち、水柱を高々と上げた。波に呑まれた兵と馬が木の葉の如く水に玩《もてあそ》ばれる。彼らを尻目に、アナンは王女を抱いたまま、素早く水ノ繭を織り上げた。弓の弦を軽くこすり、先ほどより小さな波を生み出すと、下流へと矢の如く駆け抜けた。

第五章

一　見えざる聞こえざる者

「アナンどの」

滔々《とうとう》たる青河の中、震える声が何度も名を呼ぶ。アナンは強く抱きしめて応えた。すっかり痩せたように思う。もとより頼りなげな身体が鳥の羽根のように軽い。

「お傍を離れ、申し訳ありません」

深い後悔の念とともに囁《ささや》くと、アラーニャは彼の胸で小さく首を振った。

「謝るべきは、わたくしの方です」泣き腫らした目がアナンを見上げる。「アナンどの、ごめんなさい。貴男《あなた》の彫りの覚書、……燃やしきれませんでした」

浅はかでしたと泣き崩れる彼女を、アナンは柔らかに抱き寄せた。以前の彼なら怒り狂って責め立てただろうが、彼の心は今、深山の泉の如く穏やかだった。愛する人が我が身の危機も顧《かえりみ》みず、秘文《ひぶん》を守ろうとしてくれた。それだけで十分だった。

「もう良いのです。息子ナーガも今、ジーハの手中にあります。秘文は既に暴かれました」

アナンは慰撫《いぶ》するように、アラーニャに語りかけた。

「事態はもはや秘文云々にありません。ジーハを倒さない限り、この国に生きる者全てが滅びゆく。そう思うのです」

アラーニャは静かに耳を傾けている。身体の震えは止まっていた。泣き濡れた頬を羅織《らお》りの被りものでぬぐうと、その瞳にはイシヌの当主にふさわしい気高さが戻っていた。

「では参りましょう。この国に生きる者全てのために。わたくしは決して、ジーハのものにはなりませぬ」

アナンは頷き、アラーニャを抱え直した。水面から顔を出すと、風にそよぐ浜荻の中から、人が続々と現れた。前もって潜んでいたイシヌの臣である。岸辺に上がった君主の姿に、皆が歓喜して涙した。

だが本当に困難なのは、ここからだ。敵の追撃を振り切って、ラクスミィの陣営に戻らねばならない。再びアラーニャが捕らわれるようなことがあれば、全てが水泡に帰す。

鳥匠《とりじょう》の首長が進み出て、ぼそぼそと述べた。

「敵は既に帝都と草ノ港に向けて放鳥しました。こちらも鵰鷹《ちょうたか》を放って追わせましたが、敵の伝令鳥を狩り尽くせるとは限りません。やはり陸路で参りましょう」

女官たちに促され、アラーニャが浜荻の陰へと入っていく。きらびやかな皇后の衣装から、長旅にふさわしい装いに着替えるためだ。再び現れた彼女は、結った頭に菅笠を被り、膝丈の上衣に裳裾《もすそ》を着け、草鞋《わらじ》を履いていた。草ノ領の農婦の恰好らしいが、透きとおった肌には衣の黄土色が恐ろしく似合わず、簡素な出で立ちが彼女の高貴さをかえって際立たせている。身分を隠せているとはとても言えなかったが、当人はいたって晴れやかな表情だ。忌まわしい敵から贈られた衣装を惜しげもなく脱ぎ捨て、みすぼらしい農民服に喜んでいる。彼女はどこか誇らしげに「如何《いかが》ですか?」とアナンに向き直り、急にころころと腹を抱えて笑い出した。

アナンが頭からすっぽりと、簑《みの》を被せられていたからだ。

〈稲藁服〉という、葦や稲藁《いなわら》を編んだ、簾《すだれ》のような外衣だ。これも草ノ民がよく身に着けるものらしいが、背の高いアナンが着るとまるで稲草のお化けである。アラーニャと女官らの笑い転げる様子に、この衣を用意した御用商の長《おさ》ヤシュムを恨みたくなる。

ただし文句を言うのは後日だ。ヤシュムは今まだ、アラーニャを奪還した橋の辺りで戦っている。幻影ノ術士たちを足止めし、アナンたちの逃亡を少しでも有利にするために。

「ここ〈下流田園〉はカラマーハの直轄地。急いで抜けなければなりません。さ、お早く」

鳥匠の長は気忙《きぜわ》しく言うと、指を二本咥《くわ》えた。小鳥のさえずりそっくりの色が奏でられる。初めて聞く指笛に驚いていると、河沿いの道に、荷馬車が引かれた。荷台に藁《わら》が山と積まれている。なるほど、これに紛れて身を隠せということか。アナンは納得した。

農民に扮して、アナンたちは南下を始めた。目指すは火ノ山である。イシヌにとって、山が唯一残された道だった。西には帝都、東には草ノ古都があり、どちらも今はジーハの支配下にある。直轄地にほど近い〈灘洲〉〈上草洲〉はもとより、南の〈下草洲〉も帝王派に転じた以上、ラクスミィたちのいる〈清洲〉は遠い。そこで山を抜け、岩ノ国から海に出る策を取った。

「山のふもとには、味方の兵が潜んでおります。彼らと合流できれば一安心です」鳥匠の長が呟くように言う。「窮屈《きゅうくつ》でしょうが、それまでの御辛抱です」

アナンとアラーニャは荷台の上で、藁に埋もれて身を寄せ合った。荷馬車の振動は大きく、胎《はら》の子に障らないかと気を揉んだが、アラーニャはさほど辛そうではなかった。気が高ぶっているのかもしれない。藁の外に漏れないよう声を潜めてはいたが、ずっと語り続け、またしきりにアナンの話を聞きたがる。

アナンは乞われるまま語った。水蜘蛛族《みずぐもぞく》のしきたり、西ノ森での暮らし、舞いに秘文。息子のこと、タータのこと。秘め事はもはやなかった。やがてラクスミィへと向かった。ことに、この二月あまりの姉姫の様子を気にかけているふうだったので、アナンが〈青洲〉の陣営でのあれこれを話し聞かせていると。

「〈蹄《ひづめ》〉？」

アラーニャが突然、声を上げた。女官が耳聡く「如何されましたか」と問う。藁越しに大事ないと伝えて、彼女はアナンに向き直った。

「〈蹄〉が現れたのですか？　どのように言っておりましたか。姉さまはなんと？」

思いがけず熱心に問われ、アナンは若干たじろいだ。

「〈奥ノ院〉の内侍《ないし》サンヒータどのです。伝令役が捕らわれて事情が分からず、なかなか正体を明かせなかったが、イシヌの危機に思い切って参上したとか。ミミさまはたいそう感じ入った御様子で――」

そこまで言って、アナンは思い出した。ラクスミィから言伝てが二つあったのだ。その〈蹄〉に〈天《てん》ノ金環《きんかん》〉を見せたということ。そして「そなたの望むままに」という一言。

「どういう意味かは存じませんが」言われた通り告げて、アナンは首を傾げた。「天ノ金環は、貴女《あなた》さまがお持ちのはずですよね」

答えはなかった。アラーニャは懐《ふところ》に手を当て、じっと空《くう》を見つめている。彼女は一度考えに浸り出すと、深く潜ってしばらく帰ってこない。その澄み切った眼差しと、知の詰まった額を横から愛でつつ、アナンは待った。

「そうですか、天ノ金環を〈蹄〉に」

やがてアラーニャはぽつりと呟くと、いつもの柔らかな笑みをアナンに向けた。

「アナンどの。よろしければもう一度、聞かせてくださいな。ナーガくんのお母上が地ノ門に入った時のことを、詳しく」

アナンは目を瞬《しばたた》かせた。話の飛躍具合に思考が追いつかない。〈蹄〉、ラクスミィときて、何故タータの話になるのか。天ノ金環と地ノ門の結びつきも見えない。しかし、アラーニャの眼差しは真剣そのものだ。何年も前に聞いた話を記憶から掘り起こしつつ話せば、二度三度と繰り返し語るようせがまれた。なかなか寝つかない幼子の相手をしているような気分である。そういえば〈青洲〉にいた時、ラクスミィもこの話に関心を示していたな、と思っていると。

がたり、と荷馬車が止まった。火ノ山に着いたかと思いきや、藁越しに、イシヌの臣たちの緊張が伝わってきた。敵襲か。水撃ちを握りしめ、アラーニャを抱き寄せる。

息を潜めて、様子を窺《うかが》った。慌ただしく駆け回る足音はするが、襲撃を思わせる怒鳴り声や火筒を打ち鳴らす音は聞こえない。そっと藁壁に指を差し入れてみると、仲間の「いない」「何故」という囁き合いが届いた。

アラーニャと顔を見合わせていると、鳥匠の首長の、君主を呼ぶ声がした。

「申し訳ございません、アラーニャさま」藁をどければ、首長の土気色の顔があった。「山に着きましたが、いないのです。ここで待っているはずの、味方の兵が、一人も」

領境の館の窓から、ラクスミィは青河を眺めていた。

先日アナンが入っていった水面が強い日差しにぎらついている。乾季も盛りに入り、大地は草ノ領とは名ばかりの様相を呈していた。青々と揺れていた草の波は消え、からからに乾いてひび割れた大地には、棘《とげ》だらけの低木がぽつぽつとあるばかり。枯れ草が絡まって球になり、風に吹かれてころころ転がっていく。

彼女の手の中には、天ノ金環がある。女の手に納まる程度の大きさながら、ずしりと重い。窓から差し込む陽光にかざすと、いつもより輝きが鈍って見えた。

窓辺に佇《たたず》む女帝の後ろで、大将ムアルガンが独り言のように呟く。

「今頃は、火ノ山に向かっているところでございましょうか」

アナンたちのことだ。ラクスミィは東に視線を流した。ここは草ノ領の西端、火ノ山の影も見えない。

「布陣は」ラクスミィは短く訊いた。

「万事、手配通りに」ムアルガンも言葉少なく返した。「……よろしいのですか」

ラクスミィは答えなかった。彼とて答えは分かっていよう。引き返しようのないことも。

東の地平線を眺め続けていると、ぽつりと黒いしみが現れた。それがじわじわと広がって、枯れ草原を侵食し出した頃。

けたたましい半鐘の音が、城砦に鳴り響いた。

「陛下！　陛下！」

廊下を駆ける足音がして、〈蹄〉サンヒータが部屋に飛び込んできた。

「敵襲です！　その数、五万！」

ラクスミィは素早く遠見《とおみ》ノ式《しき》を唱えた。地平線のしみが大きく引き伸ばされ、目の中に映しだされる。黒光りのする甲冑《かっちゅう》を身に纏《まと》い、双頭の牛の御旗を高々と掲げた軍勢が、領境の館を目指して進軍していた。まだ遠いため、風の丹妖《たんよう》をやるわけにはいかなかったが、光の波長を幾つか変えてみても、軍勢は消えなかった。本物のようだ。

「来ると思っていたが、五万とは」

ムアルガンが唸る。帝王派が現在、攻勢に回しうる最大数に匹敵するという。

「城内の兵は如何《いか》ほどじゃ」

「五千。他はアラーニャさまの退路確保に向かわせましたので。しかし、おかしい。敵軍にも皇后拉致の一報は届いているはず。それなのに引き返すそぶりがないとは」

ラクスミィは唇を噛んだ。

「ジーハめ。皇后と跡継ぎを守るより、政敵を叩く方を選んだか」

事前の評議では、アラーニャの誘拐を知れば、ジーハの軍は東に向かうはずと読んでいた。皇后と胎の子は、帝家の権威と血の象徴、人臣を束ねる御旗である。何に代えても奪還せんとするだろう。

だがジーハの答えは違った。たとえ『御旗』が折れようと、ラクスミィさえ葬れば火ノ国は再び彼のもの。妹を救わんと前のめりになった女帝派を、一挙に叩き潰そうと考えたのだ。

「陛下。急ぎ各隊に知らせを飛ばし、引き返させましょう。それまで籠城《ろうじょう》して耐えるのです」

「しかし、それではアラーニャが」

言い争う女帝と将の足もとに、サンヒータが折敷いた。

「陛下。御提案がございまする。敵に囲まれる前に、この館を出られては如何でしょう」

〈蹄〉は言う。敵の狙いはラクスミィの命だ。援軍が駆けつける前に、なんとしても城砦を落とそうとかかってくるだろう。城壁があっても、五万に対し五千では分が悪い。それよりも館に立て籠もったと見せかけて敵軍の注意を引きつけておき、その隙に最低限の手勢を連れて砂ノ領に抜け出してはどうか。イシヌの都まで辿り着けば、公軍が待っている。態勢を立て直すこともできるだろう。

「このようなこともあろうかと人馬ともに用意してございます」サンヒータは切々と訴える。

「どうかお早く！」

ラクスミィがちらりと見遣ると、ムアルガンは黙して頷いた。

サンヒータの先導に従って、ラクスミィは将校ムアルガンを始めとした側近を連れ、領境の館の裏に回った。急《せ》かされるように馬に跨《また》がり、城門の向こうの景色を眺める。赤茶けた草原の奥に、青と黄金が広がっていた。二度と立つことはないと思っていた、生まれ故郷である。

二色の世界を目指して、ラクスミィたちは馬を駆った。大気は乾き切って殺伐としている。舞い上がる砂ぼこりに咽喉《のど》がざらつき、胸が痛み出す。二度目の敗走の痛みである。

丘をあと一つ越えたら、砂ノ領に入るという時、背後の喧騒がますます大きくなった。敵が館に到達したのだろう。

「いや、おかしい」

ムアルガンが呟き、丘の中腹で馬を止めた。東に顔を向け、切羽詰まった声を上げる。

「しまった。奴ら、館を無視して回り込んできたぞ!」

その声に、ラクスミィと臣らは揃って、今しがた捨てたばかりの砦《とりで》へと振り返った。将校の言った通り、黒い軍勢は城砦を迂回して、砂ノ領に続く大公道に入ってきていた。城壁からは盛んに矢や筒が放たれているが、たっぷりと距離を取られ、当たる様子がない。

見破られたか。誰かが悲壮な声で言った。

「止まってはなりません!」サンヒータが丘の上で叫ぶ。「逃げるのです、それしかない!」

彼が鞭を振るうと、馬はいななきとともに駆け出し、頂きの向こうに消えた。他の臣たちが弾かれたように彼を追う。ラクスミィもまた手綱を打ち鳴らし、馬を進めた。

あと数歩で丘を越えるという、その瞬間。

ラクスミィの背にぞわりと悪寒が奔《はし》った。

ぎらつく陽光のもと、ひときわ濃い彼女の影。それが蛇のように伸び、主と臣に覆い被さるように立ち上がる。直後、胡桃《くるみ》の殻を割るような乾いた音が、何百と鳴り響いた。

火筒である。

影は震えもだえながら、かろうじて攻撃を呑み干した。弾幕が途絶えた頃、力尽きたようにぐしゃりと大地に伏す。漆黒《しつこく》の闇が晴れ、丘の向こうの景色が露《あら》わになった。

整然と並ぶ火筒。その数、千余り。全ての筒先が、丘の上のラクスミィに向けられていた。

無敵を冠する帝軍の代名詞〈火筒上兵隊〉である。その中心に、指揮を執る者の姿があった。

壮年の男だ。痩せても太ってもいない平凡な体躯を、碧《みどり》の官服に包んでいる。

「〈蹄〉よ」

ラクスミィは彼を呼ばわった。

「裏切ったか」

「もとより私は〈蹄〉ではない。しかし、まことの〈蹄〉の忠義心も怪しいものよ。主の危機にも姿を見せず、今もどこかでじっと息を殺しているのだから」

偽の〈蹄〉は口を歪めた。

「イシヌの呪われし姉姫、我らより天の恵みを奪いし鬼女の末裔《まつえい》よ。この乾き切った地に這いつくばって慈悲を乞え。泣き叫んで、我らの目と耳を慰めよ！」

初めて言葉を交わした日、イシヌを想って涙していた両目は、乾季の太陽のような残忍さにぎらついていた。かさついた唇をしきりに舐めるさまは、永き飢えと渇きを思わせた。愉悦《ゆえつ》に打ち震える声には、千年の怨念《おんねん》が垣間見えた。

男を冷ややかに見下ろして、ラクスミィは問う。

「〈蹄〉でなければ、そなた何者ぞ」

「知ってどうする」サンヒータはなぶるように問い返した。「傲慢なイシヌの女どもの目には、我らの姿は映るまい。その耳に、我らの声は聞こえまい。あえて呼びたくば呼ぶがいい、〈見えざる聞こえざる者〉と」

「まるで幻影じゃな。生身の身体を持っておるなら、わらわを力ずくで引きずり下ろし、地に這わせてみや」

「虚勢はよせ。前には火筒の壁、後ろには五万の兵。如何に妖《あやかし》どもを従えるお前でも、どうすることもできまい。終わりだ」

ラクスミィは嗤《わら》った。

「さて、どうかな」

微動だにせず火筒を構えていた兵たちが、わずかにたじろいだ。サンヒータは両目を憎悪に燃え上がらせ、「死の間際まで傲慢な女め」と吐き捨てた。

「ならばそなたはさしずめ、己の死に気づかぬ愚かな亡魂ぞ」ラクスミィは嗤う。「能弁なる幻影よ、その目と耳もまやかしとみゆる。何故『五万の兵』が未だ着かぬか分からぬとは」

一拍の後、サンヒータの顔が凍りついた。唇だけが「まさか」と動く。

丘に阻まれ、彼の目には映っていないだろう。だが耳には届いているはずだ。ラクスミィの背後から届く声は、勝利の雄叫びから、混乱の悲鳴と怒号に変わっていた。帝王派の将たちがわめき散らし、退却を知らせる笛の音が鳴り渡る。

「万事、陛下の御采配の通りに運んでおります」

丘の上から戦況を眺め渡して、ムアルガンが告げた。

「城砦を出でておりました我が方の各隊、総勢八万が戻りました。敵は後方をつかれ、分断されつつあります」

「まさか」今度ははっきりと声がした。「そんなはずはない。八万の兵はアラーニャのために東の各地へ布陣したはず。早文を飛ばしたからといって、全軍が戻るには数日はかかる。すぐ近くに控えてでもいない限り……」

サンヒータの言葉が途切れた。両目だけが雄弁に、大きく見開かれる。

彼は気づいたのだろう。八万の兵を東にやる、というラクスミィたちの弁が、偽りであったということを。ひいては、彼の正体が、初めから見抜かれていたことを。

「まことの〈蹄〉ならば、自ら名乗り出るような、浅慮《せんりょ》な真似はせぬわ。そなたがジーハ側と通じておることを承知のうえで、我らは動いておったのだ」

つまり、ラクスミィたちはあえて、アラーニャを救うべく領境の守りが手薄になると、敵に流していたのである。狙い通り、帝王派はここぞとばかりに大挙して攻め入ってきた。女帝派の部隊八万が、近くに控えていることも知らずに。
罠に嵌《は》まったことを悟ったか、偽の〈蹄〉は眼《まなこ》を血走らせ、歯ぎしりしている。と思いきや、
破れかぶれといったふうに、碧の袖を天目がけて振り上げた。強張った声が「撃て！」と千の
筒に命ずる。
「無駄じゃ」
弾幕は再び影の丹妖に呑み込まれた。整然と並んでいた兵らが青ざめ、じりじり後退し始め
る。一度崩れ出すと早かった。ラクスミィが式を唱え、丹妖たちがそれに追随するように歌い
出すと、名高い〈上兵〉たちは動揺も露わに走り出した。サンヒータが留まるよう大声で命じ
るが、兵たちにとって、彼は君主でも同僚でもない。耳を貸す者は一人としていなかった。
だがその逃亡も、すぐに終わりを告げた。
領境を越えた先、黄金の砂丘の裏から、新たな軍勢が現れたのだ。
天駆ける竜の旗を閃《ひらめ》かせ、金にきらめく粉塵を巻き上げつつ、騎馬兵が砂丘を駆け下りる。
ラクスミィの姿を認めて、彼らは鬨《とき》の声を上げた。イシヌ公軍二万である。先の勢力と併せて
総計十万、ジーハの軍勢の倍だ。
敵はこれで逃げ場を失った。東西からの挟撃に加え、北には青河が流れ、南には険しい山岳
地帯が続いている。敵兵は次々と武具を捨て、両手を天高く掲げて、恭順の意を示した。場は
決したのだ。
サンヒータは突如嗤い出した。

「さすがはイシヌ王家の不吉の娘。勝利のために、妹を囮《おとり》にするとは。だが、そのアラーニャには今この瞬間にも、我が同胞《はらから》が迫っていることだろう！」

ラクスミィの影が滑るように走り、男の足を捉えた。地面がぱっくりと割れ、黙らせようと岩盤の顎で挟む。しかしサンヒータはなおもわめいた。

「予言通り、イシヌはお前の代で絶えるのだ、裏切りの女帝め！」

高らかに言い放つや、彼は顎の奥をぐっと噛みしめた。数拍後、激しく痙攣《けいれん》したと思うと、口角から薄桃色の泡を吹き始める。奥歯に仕込んだ毒を飲んだのだとラクスミィが気づいた時には、既に手の施しようがなかった。

やがて碧の官服の男は、自身を咥える岩盤の顎にだらりと身を預けた。見開いたままの目は虚《うつ》ろだったが、口もとは死してなお、憎悪に歪んだ笑みを湛えている。

ラクスミィは憎しみに殉じた骸から、はるか東の空に目を向けた。枯れ草の大地の果てに、雲を戴く霊山がそびえている。イシヌ王家の始まりの地だ。そこに今、王家最後の当主が向かっている。

裏切りの女帝。ラクスミィは独り呟いた。存外、耳馴染みの良い名だ。むしろ慣れ親しんだ響きといえる。呪われし双子の姉姫。家を絶やし国を滅ぼす、不吉の王女。生まれ落ちた瞬間から、彼女はそう呼ばれ続けてきた。これまでは跳ね除けることばかり考えてきたが、思えばこの名こそ、彼女の負うべき役目だったのだ。

ならば見事、負い切ってみせよう。ラクスミィは心の中で、そう誓った。

二　ともに行く

「駄目だ。やはり、どこにもいない」

火ノ山の裾野に広がる密林に散り、味方の姿を探していたイシヌの臣らが、とうとう諦めて戻ってきた。山に着けば一安心。そう話していたのに、思いがけない事態となって皆、蒼白な面持ちだった。

「〈青洲〉で何かあったのか」「それにしては一報もない」「遅れているだけでは」「だとしたら知らせてくるだろう」「ではなんだ？　裏切ったとでも？」

誰が？　その一言を呑み込んで、彼らはしんと静かになった。昔聞いた話を、アナンは思い起こした。イシヌには『双子は家を絶やす』と言い伝えられているという。とうに葬ったはずの呪いが、今更になって地底から這い出してきたようだった。

「ともかく山に入ろう。我らだけでも南下して、アラーニャさまを岩ノ国にお連れするのだ。火ノ国を出れば、道は開ける」

鳥匠《とりじょう》の首長が言って、荷車の上のアラーニャに許しを得ようと向き直った。

その刹那《せつな》、ぱんっと軽い音が一つ鳴った。荷馬車の近くの土が、ぴしりと跳ねる。

「敵だ！」「撃ってきたぞ！」「追いつかれたか」「早く、山へ！」

臣たちが叫ぶ。アナンは稲葉服を脱ぎ捨てた。弓を扇《おうぎ》のように返して舞えば、透きとおった厚い壁が生まれた。水壁がしぶきを上げて、敵の弾を受け止めている間に、傍らに座る女人を抱き上げる。

密林を掻き分けて、一行は進む。アナンは追撃者を押し流し、行く手を阻《はば》む連中を水撃ちで蹴散らした。しかし敵はどういうわけか行く先々に現れた。幻術なのではと疑いたくなるほどの迅速さで、山道を塞ぎ、火筒を打ち鳴らして、アナンたちを消耗させていく。

三回めに回り込まれた時、首長が歯嚙みした。

「おかしい。早すぎる。さては奴ら、伝令鳥の他にも何か持っているな」

茂みの中から、アナンは敵を窺《うかが》った。凡百の〈外の男〉が数人、黒甲冑《かっちゅう》の帝兵とともに道を陣取っている。おそらく〈幻影ノ術士〉たちだろう。

御用商衆《ごようしょうしゅう》のヤシュムたちは無事だろうか。無理をせず退いてくれたなら良いのだが。そんなことを考えていると、幻影ノ術士らしき一人が懐《ふところ》を探り出した。取り出したのは、丸い砂利石のようなものだ。木洩れ日にかざすと、宝石でもないのに、純白に光り輝く。何に使うのかと思えば、術士は小石を持ったまま、手を結んだり開いたり、手遊びのような真似を始めた。

前に一度、同じ光景を見た。目を眇《すが》めるアナンに、首長が囁《ささや》く。

「ここは駄目です。戦えば、別の隊を引き寄せるばかり。上に登ってやり過ごしましょう」

数少ない山道を断たれ、藪や苔《こけ》の岩場を進むしかない。一行の歩みはのろかった。アナンの胸に、もし自分一人だったらという考えがよぎる。彼ならば白波を呼び出して、アラーニャを抱いたまま、一気に森を駆けられるのだが。

けれども、ここまで苦難をともにした仲間である。足手まといと切り捨てる気には到底なれなかった。彼が今すべきことは身重の女人の体調を気遣い、山歩きに慣れない仲間の代わりに五感を研ぎ澄まし、敵の気配を探ることだ。

茂みが途切れて、細い清流が現れた。岩を割るようにして生える樹に、木通《あけび》の実がたわわに下がっている。イシヌの臣たちは争うようにして実をもぎ取ると、甘い果肉にかじりついた。火ノ山のものは口にしない掟だが、ろくな食糧の備えもないままの山入りとなり、皆が飢えていた。せめて水だけはと、アナンは清水の舞いを踊った。

臣たちの口数は少ない。食事のために座り込んだ後、なかなか立ち上がろうとしなかった。執拗《しつよう》な追跡に思うように進めぬ苛立ち、頼みにしていた味方がいない心細さが、彼らの疲労を濃くしていた。鳥匠の首長が「さあ、少しでも先に進もう」と促してようやく、のろのろと腰を上げる。

そこに、イシヌの君主がおもむろに口を開いた。

「皆の者、ここで別れましょう」

全員が弾かれたように振り返る。

「貴方がたはこれから山を下り、〈青洲〉の姉さまのもとを目指しなさい。二、三人に分かれていけば、敵の目も躱《かわ》しやすいでしょう」

「そんな」女官の一人が叫んだ。「置いていけと仰るのですか。そのような真似はできませぬ！　姫さまが捕らえられたら、イシヌもこの国も終わりなのですから！」

皆が口々に引き留める中、アラーニャは凛然《りんぜん》と言った。

「わたくしは〈地ノ門〉に参ります」

その名を聞いて、巨大な岩壁が、アナンの脳裏に浮かんだ。かつてイシヌの祖が降臨したという封印の門。中には草木も生えぬ死の世界が広がり、人を石に変える瘴気《しょうき》が渦巻いている。

「〈地ノ門〉？」主人の唐突な話に、仲間は狼狽《うろた》えている。「伝説の死の門のことでしょうか？　本当にあるのですか、この山に？　いえ、まさか姫さま、中に入るおつもりでは」

アラーニャは頷いた。

「なりませぬ！」悲鳴に似た制止が上がる。「姫さまがお亡くなりになれば、我ら砂ノ民はどうなるのです！」

「生きなさい」

「君主を亡くして、臣がおめおめ――」

「生きるのです」アラーニャは決然と言った。「この一年わたくしは思い知りました。イシヌは今や天の恵みをもたらす者ではなく、争いの種を蒔く者と化しました。この戦はカラマーハが始めたものですが、火ノ国千年の歴史の間に絶えず続いてきた水の権威を巡る争いの、ほんの一端にすぎません。イシヌ家にも責があるのです」

臣は返事に窮したか、口ごもるばかりで、言葉にはならなかった。アラーニャの言うところに真実を見た証であった。アナンはそんな彼らの横で、水蜘蛛族《みずぐもぞく》にも争いの責があるのだろうかと、ふと思った。

「わたくしはイシヌの当主を継ぐ者として、争いを引き起こした責を負うと同時に、争いに幕を引く義務があります。我が命とイシヌの血を惜しむあまり、この国を滅ぼすわけには参りません。ゆえにわたくしは、地ノ門に入ります」

それでも臣下にとって、主の死は受け入れがたいものだ。皆がなんとか思い留まらせようと食い下がる。あるいはともに地ノ門に連れていってくれと乞う。ある者は、主をここまで追い込んだ者全てを呪った。呪言が姉姫ラクスミィまで及んだ時、アラーニャは強く一喝した。

「間違えてはなりません。イシヌの王史を閉じるのは、次期当主であるわたくし。姉さまではありません。わたくしのためを想うならば、姉さまの良き支えとなってください。この国を沈めようとする荒波は、姉さまでなければ越えられないのですから」

常に物腰柔らかな女性の、厳然とした声と眼差しに打たれ、イシヌの臣は悄然と項垂《うなだ》れる。すすり泣きが渓流の音と混ざって、森の中へと吸い込まれていった。

アナンはただ一人、アラーニャを説き伏せることなく、じっと黙していた。愛する人の死は断じて受け入れがたかったが、どういうわけか、あれこれ問い詰めようとする気にはならなかった。

美しい散り際に酔って、生きる意思を放棄した時の人の顔を、アナンはよく知っている。しかし、アラーニャのそれは違っていた。死に向かわんとする者の目は、これほど凜然と前を見据えてはいない。何か考えがあるに違いない。

心の内を読もうと、じっと見つめるアナンに、アラーニャはふわりと微笑んだ。

「アナンどの。お連れくださいますか」

差し出される華奢《きやしや》な手を、アナンは迷わず取った。イシヌ最後の姫は笑んで立ち上がると、臣に向き直った。

「皆に命じます。生き延びて、姉さまに伝えてください。民が再び天ノ門の守護者を欲する日まで、この国をどうぞ頼みますと」

切り立った山肌に嵌《は》め込まれた、巨大な一枚岩。無数の石像が苦しみもだえ、もつれ合い、祈るように腕を伸ばしている。彼らの見つめる先に立つのは、漆黒《しつこく》の女人像〈はかり得ぬ者《オルガ》〉である。

この先に行けるのは、水使いだけだ。

幾度となく訪れた地ノ門の前に、アナンとアラーニャは立っていた。彼らの周りに、仲間の姿はない。どうしても諦めきれぬ彼らの前で、アナンは王女を抱え上げ、白波を呼び出すと、半ば攫《さら》うようにして、その場を離れた。置いていかれた仲間たちの悲憤の叫び声が、耳の奥でこだましている。

「そろそろ話していただけますか」

アナンの言葉に、アラーニャはばつの悪そうな微笑を浮かべた。

「お気づきでしたのね」

火ノ山に入る前からアラーニャの態度はどことなくおかしかった。荷車の藁《わら》の下での会話が引っかかる。《蹄》天ノ金環、ラクスミィ、タータ、そして地ノ門。

「ことの始めは、わたくしと姉さまがイシヌの都にいた頃に遡《さかのぼ》ります」

アラーニャは語り出した。長い話になりそうだ。立ち通しでは辛かろうと、アナンは辺りを見回した。門の脇の平らな岩の落ち葉を除け、露を払い、彼女と寄り添って腰かける。

イシヌの都が落ちる前、籠城《ろうじょう》を続けていたある日のことだ。ラクスミィの命を狙う刺客が、女官見習いに扮して城内に侵入した。刺客は少年と言っていいほど若く、華奢ではあったが、女官たちは誰一人として、彼を男と疑うことはなかったという。

「おかしいでしょう？　あれほど目敏く耳聡い者たちが、ちっとも妙だと思わないだなんて」

アラーニャの言いようにアナンは思わず笑った。しかしそれ以来、双子の王女は〈幻影〉の使い手の存在を疑い始めたという。

「帝軍の知られざる刺客団をまず考えましたが、腑《ふ》に落ちない点もありました。幻影ノ術士はおそらく式詠《しきよ》みです。状況に応じて見せる幻を変えねばなりませんから。そうした意味では、刻々と術式を変えていく水丹術《すいたんじゅつ》にも匹敵する、難解な術です。長らく仙丹器《せんたんき》を頼みとしてきた帝家に、そのような高次元の式詠みを育成できるとは、とても思えませんでした」

目は光の受け皿であることから、幻影ノ術は〈光丹術《こうたんじゅつ》〉の一種だろうと、姉妹は予想した。とすると、刺客は光丹術士ということになる。

光丹術は、波動と粒子を同時に操るという高等技術でありながら、世間ではややもすると、ただの『灯りとり』と見なされがちで、わざわざ学ぼうとする者は少ない。従って火丹術士《かたんじゅつし》や土丹術士《どたんじゅつし》に比べて、光丹術士の数は限られるのだと、アラーニャは言う。

「そんな中、幻影のような難術を扱うまでになるには、相当な修練が必要なはずです。幼い頃から厳しく教え鍛えられて初めて、使いものになるでしょう。それは光丹術を代々伝える民の存在を示しています」

あくまでも憶測にすぎませんが、とアラーニャは前置いた。

「光使いの民というと、砂ノ領ではまず皆が思い浮かべる名があります。〈風ト光ノ民〉です。かつて西方には〈風ト光ノ国〉という大国があり、素晴らしい風と光の使い手たちが大勢いたそうです。残念ながら、火ノ国の興《おこ》りよりも前に滅んでしまいましたが」

例えば、イシヌの御用商衆《ごようしょうしゅう》は、風ト光ノ民の末裔《まつえい》なのだとアラーニャは言う。アナンは衆《しゅう》頭《がしら》ヤシュムを思い浮かべた。彼らのように、風ト光ノ民の末裔のほとんどは、長きにわたって他の砂ノ民と交わり、穏やかに暮らしている。だが中には、いにしえの大国の記憶を留め続け、イシヌを侵略者として憎んでいる者もいるのだという。

「もしや、十余年前に、ミミさまを攫った連中ですか？」

アナンの問いに、アラーニャは肯定とも否定ともつかぬふうに首を振った。

「〈南境ノ乱《みなみざかいらん》〉の一派ですね。確かに、彼ら〈見ゆる聞こゆる者〉も、風ト光ノ民の末裔ですが……」

彼らはその乱で、カラマーハ家に手ひどく裏切られている。再び手を組むとも思いがたい。さらに、その〈見ゆる聞こゆる者〉は蜃気楼で人の目を欺きはしていたものの、此度の者らのような、現実と見まごうほどの精緻な幻は使わなかった。祖は同じ風ト光ノ民でも、幻影ノ術の記憶を留めている民とそうでない民が、おそらくいるのだろう、と王女は言う。

とはいえ憶測にすぎず、ラクスミィに差し向けられた刺客の正体は、謎のままに終わった。

「ですがもしも本当に、彼らが風ト光ノ民の末裔ならば、砂漠に水を取り戻すため、イシヌの水の力と天ノ門を狙ってくるでしょう。そこでわたくしたちは、イシヌ王家の次期当主、即ち水使いと、天ノ門の鍵〈天ノ金環〉を、別々に守ることにしたのです」

アラーニャは黄土色の上衣の懐から、黄金色の環を取り出した。こちらはまがい物だ。ただし、表側の水ノ繭《みずまゆ》の式はまことで、本物同様、仙丹が仕込まれている。イシヌ家が所蔵する仙丹器から取り出したものを用いたのだという。

「これが完成した時、折しも〈蹄〉の伝令役が消息を絶ちました。おそらく姉さまの刺客から密偵の存在が漏れたのでしょう。その後はアナンどのも御存じの通り、湖に毒が投じられ、わたくしは死を装って落ち延びました。本物の天ノ金環は密かに、姉さまに預けて」

万が一アラーニャが敵に捕らわれても、天ノ金環がラクスミィのもとにある限り、イシヌの治水の力は守られる。如何《いか》な〈残虐王〉や〈幻影ノ術士〉とて、〈万骨《ばんこつ》〉を負ったラクスミィから、天ノ金環を奪うのは至難の業である。ましてや彼らは天ノ金環の真価を知らないのだ。

「私もその環は、イシヌに代々伝わる大事なもの、としか思っておりませんでした」

アナンの言葉にアラーニャはころころと笑って、「秘宝ですから秘密なのです」と言った。

「では、何故その『秘密の宝』を、〈蹄〉に見せたのでしょう。せっかく誰にも気づかれずに、ミミさまがお持ちだったのに」

アラーニャの目が悪戯《いたずら》っぽく細められた。

「姉さまはきっと、〈蹄〉が偽者だと思われたのでしょう」

アナンは驚いて、隣の女人を見つめた。あんなに真摯《しんし》にイシヌ家のためを語っていた男が、敵の回し者だというのか。

「〈蹄〉は、とても用心深い人物です。伝令が途絶えようと、イシヌの湖に毒が流されようと、わたくしの自害が公にされようと、姉さまが嫁いで来られようと、決して動きませんでした。それが何故わたくしが攫われ、姉さまが帝都を追われた段になって、姿を現したとお考えになりますか?」

「いよいよイシヌが危ういと、居ても立っても居られなくなり……」

「まあ、そう申しておりましたか」アラーニャは笑った。駆け引きを語るには、清らかな声音だった。「いいえ、アナンどの。わたくしはこう思います。その〈蹄〉は〈幻影ノ術士〉が寄越した密偵で、手負いの貴男《あなた》を狙ってきたのです。……貴男の彫りを」

アナンは言葉を失った。しかし思い返せば、サンヒータはアナンが領境の陣に運び込まれた数日後に来たと聞く。アナンの彫りはアラーニャが書き起こしていたが、彼女が攫われる前に覚書に火をつけたおかげで式がところどころ焦げて欠け、全貌が分からなくなったのだろう。

「では、サンヒータどのが幻影ノ術士の一員だったとして、何故、金環を?」

「姉さまは賭けに出たのです。ジーハを討つために」

アナンは懸命に、アラーニャの話に耳を傾けた。

得体の知れぬ〈幻影〉の者らは、わざわざアナンを追ってくるほど、水の力を欲している。そこに天ノ金環の真価を明かしたら、どうなるか。彼らはなんとしても金環を手に入れようと目論むだろう。

しかし、〈万骨〉の力を有し、〈幻影〉が効かぬラクスミィの懐から、秘宝をどう奪うのか。

そこで彼らは、アラーニャを『餌』とした。ラクスミィが妹姫を助け出そうと自軍を東方に送ったところを見計らって、帝軍に襲わせる魂胆である。〈幻影〉たちは水使いのナーガを手に入れているから、天ノ金環を持たぬイシヌの次期当主アラーニャはさほど重要ではなくなっており、アナンたちにいったん『奪わせる』も良しとしたのだ。

ラクスミィに全て読まれているとも知らずに。

「今頃〈青洲〉では、姉さまは大勝利を収めてらっしゃるところでしょう」

晴れやかに言って、アラーニャは梢《こずえ》の合間から天を仰いだ。雲一つない青を除けば、姉姫のいる西の地が見えるというかのように。そんな彼女の横顔をアナンは感心しきって見つめた。〈蹄〉と〈天ノ金環〉という言伝てだけで、ここまで読み取るとは。まるで前の主人タータの

〈早読み〉を聞いているようだった。

「次は、わたくしの番です。国と民のため、この戦を終わらせるのです」

アラーニャは毅然《きぜん》と告げて、地ノ門へと向き直った。アナンも彼女に倣って、門を眺める。石のむくろで築かれた、禍々《まがまが》しい封印だ。中は、ひと吸いで死に至る〈山ノ毒〉が渦巻く危険な地である。それでも水蜘蛛族の女たちは上質な顔料を求めて、代々ここに出入りしていた。一族一の術士タータも。

「姉さまのお師匠さまですね」アラーニャはあたかも懐かしむように言った。「タータどのも、この門に入ったことがおありと、そう仰っていましたね」

「幾度も、お若い時にですが。なんと、お独りで入られたこともあります」

「しかも、東側の門を越えて、未開の地〈沼ノ領〉まで旅されたことがおありとか」

「はい。まったく無茶なお人でした」

楽しげな笑い声が上がった。アナンも彼女に続く。二人の明るい声に誘われたか、そよ風が梢をさわさわと揺らした。

「アナンどの」止まりそうにない笑いとともに、アラーニャは言う。「その無茶を、わたくしとともに致しませんか」

アナンは微笑んでみせた。力づけるように、寄り添うように。

幻影ノ術士たちは、二人を追ってきている。またそのように二人は仕向けた。華々しく水を波立たせ、時に水撃ちを放って、自分たちの位置を示しつつ、ここまで駆けてきたのだ。耳をすませば、遠くに黒具足の立てる音が聞こえる。じきに追いつくだろう。

「この戦を終わらせるために、貴女《あなた》さまが為すべきは、彼らに捕らわれないこと。即ち、死すこと。……そういうことですね」

「お胎《なか》の子もろとも」アラーニャは頷いた。「この先に行けるのは、水使いだけ。それを知っているのも水使いだけです。あの者たちが、地ノ門に入ったわたくしたちを目にすれば、わたくしたちは自害したものと見なすでしょう」

「イシヌの臣の方々も」

「敵を欺くには、それぐらいの覚悟で臨みませんとね」イシヌの次期当主は目を伏せた。「そうして、イシヌ王家をいったん絶やすのです」

「……貴女さまは、それでよいのですか」

アラーニャの横顔に沈痛な陰を見て、アナンはそっと問うた。水蜘蛛族に『家』なる考えはない。よって『王家』のこともよく分からないが、絶え間なく続くからこそ意義のあるもののように思う。それを──見せかけとはいえ──断ち切るのに、痛みはないのだろうか。ましてこんなふうに、姉に切り捨てられ、敵に追い詰められるような形で。

アナンが波を呼び続ければ、火ノ山を南に駆け抜け、岩ノ国に入ることも、あるいはできるかもしれない。危険な地ノ門に入り、自らの死を装い、イシヌ王家を断絶させる必要も、またないかもしれない。愛する人が望むなら、海をも越えてみせるのに。

しかし、アラーニャは穏やかに微笑んだ。

「切り捨てられたのではありません。姉は、わたくしの意を酌んでくれたのです」

地ノ門の苦悶する石像の群れを見上げながら、アラーニャは静かに語る。

「わたくしは常々思っておりました。イシヌの名のため血のためと言って、民の犠牲を強いることが、真の王道だろうかと。民の苦しみの上に成り立つ血脈など、繋《つな》ぐ意味があるのかと。その思いが強くなったのは、湖に毒が投じられた時です。イシヌ王家の罪深さを、わたくしはつくづく悟りました。そして思ったのです。この玉座から降りよう。全てを終わらせようと」

アラーニャのまなじりにかすかな自嘲《じちょう》が滲《にじ》む。

「けれども、それは臣に対する裏切りです。ましてや姉は、わたくしが帝軍に降《くだ》るのを決して許しませんでした。自ら〈万骨ノ術〉を負い、宿敵カラマーハに嫁いでまで、イシヌを守ろうとしたのです。……姉は『王家を絶やす不吉の王女』と言われて育ちましたから」

アナンは黙って頷いた。『イシヌの双子は家を絶やし、国を滅ぼす』――外の世と縁遠かった彼ですら、その呪わしい言葉を耳にしたことがあった。ラクスミィは生まれた時から、それを囁かれ続けてきたのだ。

「皮肉なものですね。不吉の子と言われた姉が、イシヌを守らんと戦う中、跡取り子の妹が、イシヌを終わらせることを考えていたのですから。予言の『不吉の王女』とは、実はわたくしのことだったのかもしれません。

それでも、イシヌが絶えた時、人々はわたくしでなく、姉を責めることでしょう。ゆえにわたくしは決断できませんでした。……姉に赦《ゆる》されるまでは」

ラクスミィから託された言伝てを、アナンは今一度思い起こした。〈蹄〉の件の他に、姉姫は確かに言っていた。アラーニャの望むままにせよと——それはこうした意味だったのだ。

イシヌの次期当主は凛然と言う。

「この国と民のため、わたくしは自身の偽りの死をもって、イシヌの王史に幕を下ろします。千年の長きにわたり、くすぶり続ける争いの火が滅するまで。いつの日か、民が再びイシヌを欲するまで。またそれが、我らイシヌの生きる道でもあるのです」

アナンはもう異を唱えなかった。彼女の言葉の隅々まで理解していた。イシヌ王家の終焉によって、この戦は決着する。〈残虐王〉は廃され、民は若く聡明な女帝を得る。朽ちつつあった国は息を吹き返し、再び栄えるだろう。イシヌに取り憑いた〈幻影〉の怨霊たちは、地ノ門に阻まれ、追いすがることはできない。イシヌは千年の時を経て、ようやく自由になるのだ。

地ノ門は、全てを生かす道へと繋がっている。

「けれど」アラーニャの声音がふと陰った。「ひとつ間違えれば、その偽るだけのはずの死が、真の死となるやもしれません。わたくしたちは門に入ったことがない。道を知らず、山ノ毒を防ぎきれるか分かりません。はたして東の門はあるのか、あったとしても、そこまでの道が崩れていたら終わりです。わたくしたちは本当に、この門の中で息絶えるかもしれない。……お胎の子までも……。

それでも、ともに行ってくださいますか、アナンどの」

ともに行く。

その言葉に、アナンはどれほど焦がれ続けただろうか。愛する女人の横を歩くに足る者に、自分はようやくなれたのだ。

「御一緒いたします」と、手を差し伸べる。「貴女さまを、必ずや無事、東の地へとお連れしましょう——我らの子も」

彼が添えた一言に、アラーニャはわずかに目を見開くと、安堵の吐息を漏らした。頬を伝うのは一粒の真珠《しんじゅ》のような雫《しずく》。そのきらめく水の珠の中に、アナンは彼女の痛みを見た。胎《はら》の子の父親はいったい誰なのか。アナンは尋ねなかったし、尋ねたいとも思わなかった。聞かずとも分かっていたし、アラーニャの傷をえぐるような真似はしたくなかったのだ。

しかしその沈黙もまた、彼女を苦しめていたのかもしれない。

イシヌの臣は、アナンとアラーニャの仲を知らず、子の父親はジーハと当然のように思っていた。中には、主君が地ノ門に向かおうとしているのは、胎の子を厭《いと》うてのことではと勘繰る者もいた。そうした者たちの間にいて、何も訊いてこないアナンが内心どう思っているのか、アラーニャは量りかねていたろう。藁車の中で妙に陽気に語りかけてきたのも、アナンの心のうちを探ろうとしてのことか。彼がはたして、アラーニャをまだ愛しているか。彼女とその子のために、命を賭してくれるものかと。

声にして告げるべきだった。そのつもりだからこそ、自分はこの場にいるのだと。

アラーニャを取り戻しに向かったその瞬間から、アナンは覚悟を決めている。生半可な決意ではなかった。彼女のもとに向かうことは、〈残虐王〉ジーハに捕らわれ、助けを待っているであろう息子、ナーガを置いていくことを意味する。

それでも彼は決断した。自分が向かうべきはアラーニャのもと、息子はラクスミィに託す。彼女はタータの唯一の弟子。イシヌの秘術〈万骨〉を授けてまで、ナーガの命を守らんとしてくれた。彼女ならば必ずや息子を救ってくれるだろう。何より、アラーニャを確実に取り戻すことが、ラクスミィの力となり、ひいてはナーガのためとなる。優しく寄り添うだけが父親ではない。愛する者たちをジーハの魔手から守るためなら、どのような道でも迷わず突き進む。そう決めたのだ。

アナンの差し出した手に、アラーニャが触れた。その華奢な手首ごと、押し包むようにして握りしめる。合わせた肌を通して、アナンは語りかけた。大丈夫、地ノ門は越えられる。自分には力と技が、アラーニャには知がある。二人でいれば、できぬことなど何もない。

ともに行こう。

手を固く握り合い、立ち上がった時だった。草木の生い茂る坂の下で、人の声と甲冑の音がした。大勢が茂みを踏みしだきながら坂を上る気配がする。とうとう追い詰めたと思っているのだろう。幻影もなく音も消さず、堂々と正面から向かってくる。

アラーニャが柔らかに歌い始めた。開門の式だ。アナンはゆるやかに舞い、水ノ繭で二人を覆った。水蜘蛛族の女たちは、こうして〈山ノ毒〉から身を守ると聞いている。

石のむくろの壁に向かって、白い手が伸ばされる。かすかに震える白い甲の上に、アナンは己のたなごころを添えた。

追手の先頭が坂の上に躍り出た時だ。

厚い岩が飴のようにぐにゃりと歪んだ。石の扉に丸く空虚な穴が開き、咆哮《ほうこう》の如き山鳴りをとどろかせる。

さながら巨人の咽喉《のど》のように、地ノ門は啼《な》き続けた。凄まじい勢いで熱風が吐き出される。〈山ノ毒〉である。背後で断末魔の悲鳴が上がった。振り返れば、直に瘴気に触れてしまった追手たちが、地に伏して苦しみもだえていた。まるで身体についた火を消そうとするように、無様に地面をのたうつ彼らの、手足の先からみるみる石へと変わっていく。恐怖に顔を歪め、清浄なる空気を求めて咽喉を掻きむしる姿のまま、彼らは物言わぬ石像と成り果てた。それを見て、まだ命ある者たちは、坂を転がるようにして門から離れていく。

水ノ繭は、アナンとアラーニャを穏やかに包んでいた。二人で門の中の世界を眺める。山が火を噴いてより千年、永く封じられた地は薄暗く石だらけで、草木はおろか命のひとかけらも見当たらない。

けれども二人の道は、確かにこの先に続いているのだ。

荒涼とした石と瓦礫《がれき》の世界へと、彼らは足を踏み出した。

第六章　万骨《ばんこつ》の道

「幾たび見ても、心惹かれぬ地じゃ」

帝都を一瞥《いちべつ》して、ラクスミィは呟いた。彼女の率いる軍勢は今、帝都をぐるりと取り囲んでいる。

かねてよりの女帝派・ムアルガンの軍に加え、先の〈領境の戦い〉に敗北して恭順を示したもと帝王派の部隊、さらに各洲各区の公侯たちが寄越した有志の兵たち、併せて二十万余り。それがこの火ノ国の中央部に集結していた。またラクスミィの陣には、草ノ領全土から続々と蜂起の知らせが届けられている。先ほどはついに、帝家直轄地たる草ノ古都と草ノ港において兵乱が勃発し、ともに占拠されたとの一報が入った。もとよりぐらついていた帝王の威光は、皇后と跡継ぎを失い、領境で手痛い敗戦を喫したことで、完全に崩落したのだ。これで、諸侯の心もようやく定まり、こぞって女帝支持を表明し始めた。

ラクスミィの勝利は誰の目にも明らかだった。

しかしジーハは敗北を認めず、帝都の四門を閉ざして立て籠もっている。わずかな手勢と、逃げ遅れた都民とともに。

ラクスミィは改めて、帝都を眺めた。荒涼とした大地に、丘の如く高く築かれた町。何より目を引くのは、その外郭《がいかく》だ。一見して壁には見えない。巨大な人面が表面を覆い尽くしているためである。これらはいずれも歴代のカラマーハ帝とその皇后の顔だが、一つ一つが家ほどに大きいために、巨人の首を積み上げたようだった。通称〈人ノ門〉である。

ムアルガンは言う。

「ここは首都であると同時に、帝家最後の砦《とりで》でもあります。その堅牢さは全島随一です。立て籠もられると容易には落とせませぬ」

喜ばしからざる見立てを述べながらも、彼の声は明るい。〈青洲〉を出陣して以来、彼は影の丹妖《たんよう》さながらにぴったりと寄り添っている。その晴れがましい顔を、ラクスミィは見つめた。

この男は何故、ラクスミィの傍らに留まっているのだろうか。

彼はカラマーハに代々仕える名家の出でありながら、ジーハを国主の器にあらずと見捨てた男だ。勝利のためならば、守るべきものを易々と捨て去る帝王など、仕えるに値せずと断じた。では、ラクスミィのことも見限ってしかるべきだ。勝利のために、守るべきものを切り捨てた——少なくとも、彼の目にはそう映っているはずなのだから。

火ノ山から戻った臣が告げるには、アラーニャはイシヌの血を惜しんで国を滅ぼすつもりはないと言い残し、地ノ門の中へと旅立ったという。それをムアルガンは『自害』の意と捉えており、ラクスミィもあえて正していない。

それこそが、イシヌの君主たるアラーニャの意志だからだ。

火ノ山を封じる、地ノ門。かつてイシヌの王祖が降臨したという古《いにしえ》の門を前にした時、妹が何を思ったか、ラクスミィは手に取るように分かった。何故なら、妹は常々言っていたのだ。臣の死は我が咎《とが》、民の苦しみは我が罪。この戦を終わらせるのに、我が身を惜しみはしない、イシヌの王史を閉じるという禁忌すら、躊躇《ちゆうちよ》しないと。

ラクスミィにとっては、断じて受け入れがたいものだった。イシヌの断絶は敗北そのもの。家を守り抜き、〈不吉の王女〉なる呪言をはねのけるべく、彼女は今日《こんにち》まで戦ってきたのだ。彼女の耳に、アラーニャの言葉は臆病者の弱音に聞こえた。心のどこかで、守られし者の甘えとすら思っていた。

しかし真に勇敢なのは、アラーニャであった。

アラーニャの導き出した答えこそ、この国を破滅から救う『解』である。イシヌ王家につきまとう亡霊を断ち、千年くすぶる戦火を消し、国土に安寧をもたらす『王道』。まことの王者にのみ下しうる、慈愛に満ちた、非情なる決断。

その王道に、アラーニャを送り出す——それが姉たる己の役目だと、ラクスミィはようやく悟った。悟り、そして覚悟を決めた。彼女が恋々としがみついてきたものを捨て、逃げ続けてきたものを負う覚悟を。

予言の通り、ラクスミィは〈不吉の王女〉となる。妹を裏切り、王家を絶やし、国を奪う。

イシヌの君主のために、この世の闇を引き受ける。

もはや恐れはない。道は定まった。その先に答えのある限り、彼女は歩み続けるだろう。

たとえそれが、万骨に埋もれた道であろうとも。

「籠城《ろうじょう》とは援軍あってこそ生きる策」ムアルガンは続けた。「草ノ古都までが反旗を翻《ひるがえ》した今、ジーハに助勢のあてはございません。その日永らえるために閉じこもっているだけの、まさに悪あがき。兵站《へいたん》の補給を断ち続ければ、いずれ自滅いたしましょう」

「食《じき》攻めか」

ラクスミィはかつてジーハの兵が湖に毒を投じた時のありさまを思い出した。〈滅びの水〉となった湖水を飲んだ者はじわりじわりと死に向かい、飲まなかった者は渇きに苦しんだ。やりようによっては食攻めも、それに匹敵し得る酷な攻め手である。もし望めば、人が人を喰らい、屍《しかばね》もろくに残らぬ地獄絵図を見ることができるだろう。

「屍食鬼《ししょくき》の王となるつもりはない」

「御意」満足げに答えて、ムアルガンは笑みを浮かべた。「〈残虐王〉の名を冠するジーハは、その『屍食鬼の王』となるのも厭《いと》わぬでしょうが」

だが、彼のそうした振る舞いが、帝都の壁を内から崩す大槌を生むのだ。

ラクスミィは耳をすました。先ほどから帝都が騒がしい。ラクスミィの兵たちは言いつけの通り、都を囲むだけで、砲も術も撃ち込んでいないにも拘らず、さながら合戦の最中の如くである。人ノ門の内側から聞こえ始めた喧騒は、やがて荒れ狂う音の奔流となって、乾き切った天と大地を揺るがした。

帝都の四門の一つ、ラクスミィの陣に面した西ノ口。幾重もの落とし格子が、内側から一枚ずつ上がり始めた。ものものしい音を鳴らして重い格子が全て取り払われると、帝都を囲む堀に、跳ね橋がゆっくりと下ろされていく。

橋の下りきるのを待ちきれぬように、どっと堰《せき》を切って人の大波が現れた。

帝都の民である。

「女帝陛下、万歳！」「我らが母ラクスミィ、万歳！」

忠誠心を示すべく両手を高々と掲げ、彼らは叫ぶ。残虐王と心中するより、門の外に出て、異郷の女帝に平伏《ひれふ》すことを選んだのだ。降伏すればお咎めなしとの、ラクスミィの発布が功を奏したのだろう。帝都を包囲して七日。実のところ、民が動くまでにはもう少し時がかかると思っていたが、ジーハへの恐怖と不信はよほど強かったとみえる。

「陛下。ただいま、他の三方の門も開かれたとの知らせが入りましてございます」

将校の耳打ちは大歓声に掻き消された。大気の震えに呼応して、ラクスミィの傍らから風の丹妖が飛び立ち、天高く舞い上がる。帝都を俯瞰《ふかん》する絵が、風の目を通して届けられた。常の色無き世界ながら、人々の熱に中《あ》てられ、彩り鮮やかに感じられた。帝都の周囲の枯れ草原は人で埋め尽くされ、恐王からの解放を喜ぶ声に満ち溢れ、気づけば民は誰からともなく、祝いの歌を口ずさんでいた。

新しい世の訪れである。

続々と押し寄せていた人の波が次第に細くなり、ついには途絶えた。民が出終えたようだ。

ムアルガンが一礼し、大きく開け放たれた西ノ口に向けて、誘うように腕を掲げた。

ラクスミィが足を踏み出すと、兵らが鬨《とき》の声を上げた。民がそれに加わる。声が声を呼び、際限なく膨れ上がっていった。さながら大地の咆哮《ほうこう》である。

跳ね橋を渡り、人ノ門を抜けて厚い外郭を越え、都の中に入っても、歓声はいっこうに止む気配がない。ジーハの世の終焉を告げる地鳴りは、都の頂き、カラマーハ宮殿にも届いていることだろう。当の帝王は今、何を思うのか。ラクスミィは大通りの先へと視線を上げた。

磨き抜かれた石材の街道が、まっすぐ丘の上の宮殿に延びている。その坂に人影があった。ラクスミィと随従の兵士たちが近づくと、その者は恭しく膝を折り、胸の前で両手を合わせる最高礼をとった。赤ら顔を覆うもみあげとひげ、はち切れそうな丸い腹。官服が示すのは宮殿きっての高位、だが〈貴き人々〉にふさわしからざる、猪のような風貌の男。

「右丞相《うじょうしょう》モウディン」

ムアルガンが呟く。下級貴族の家に生まれ、若い時分は平民に交じって畑を耕していた成り上がり者の名である。ジーハの宮廷きっての佞臣《ねいしん》だが、モウディンは悪びれるそぶりもなく、ラクスミィの足もとに平伏した。丸い腹が地にこすれている。

「このモウディン、女帝陛下に忠誠をお誓いいたしまする。どうかお慈悲を」

降伏せし者はお咎めなし。そう発布した以上、ラクスミィには彼を罰する道理がなかった。鷹揚《おうよう》に頷いてみせると、モウディンは感極まった声を上げ、大仰な身振り手振りで感謝の意を述べ立てる。その見事なまでの変節漢ぶりにラクスミィが呆れていると。

「陛下！」「女帝陛下！」「どうか我らにもお慈悲を！」

街角からわらわらと現れたのは、帝王とともに宮殿にこもっているはずの官吏らであった。彼らは身を投げ出すようにして跪《ひざまず》き、ラクスミィを女神の如く崇《あが》める。どうやら官吏たちは、モウディンが城を抜け出し、女帝のもとに走ったのを見て、追いかけてきたようだ。

包囲されてからの七日間、都と城には不穏な話ばかりが流れたと彼らは言う。草ノ領各地の相次ぐ謀反。潰《つい》えた援軍の望み。もう早や減り始めた配給の量。人減らしの予感。恐怖が恐怖を煽《あお》り、ついに都で暴動が起こった。そこに駆け巡ったのが、『女帝に帰参せし者お咎めなし』との温情深い発布である。都民は四方の門に殺到し、それを知ったモウディンがいち早く逃げ出した、というわけだ。

ラクスミィは嗤《わら》って、足もとに這いつくばる、成り上がりの右丞相に囁《ささや》いた。

「……そなた、〈蹄《ひづめ》〉か」

「はて」

モウディンはにんまりと笑む。

「なんのことでございましょう」

思えば一度目の帝都占拠のおり、ジーハが疑いもなく草ノ古都へと退いたのは、この佞臣の進言があったからと聞いている。彼はラクスミィから策を聞かされるまでもなく、その思惑を察し、帝王とその取り巻きに不信を抱かせることなく帝都を空けさせたうえ、敵陣のただ中に留まり続けたのだ。いずれ来たる日のために、じっと息を殺して。

この七日間、虚々実々の噂を流して帝都民を煽動《せんどう》したのは、この男なのだろう。しかし彼は名乗り出るつもりはないようだった。あくまでも我が身の保身に走った臆病者といった態《てい》で、卑屈に腰を屈めて媚《こ》びへつらっている。

「女帝陛下。ジーハはわずかな手勢とともに、奥ノ院に立て籠もっております。御成敗なされませ、ささ」

猪のような太い咽喉《のど》から絞り出される声は、くぐもって聞き取りにくい。どことなく剽軽《ひょうきん》な物腰も相まって、正体を悟ってもなお、取るに足らぬ人物に見える。脅威を感じさせぬこと、そんな才がこの世にあるなら、彼は偉才中の偉才といえた。

官吏たちはモウディンに任せ、ムアルガンと彼の兵を伴って、宮殿を目指す。玉と鏡に埋もれた、きらびやかな正門を越え、前庭に入った。ジーハの花嫁として、屋形車に揺られながら眺めた時と、寸分変わらぬ光景が広がっている。白砂利が敷かれ、乾季の盛りにも青々と葉を茂らせる樹々が立ち並び、趣向を凝らした池がちりばめられた、贅を凝らした庭園。

庭の奥にそびえる壮麗な宮殿へと、目を向けた時だ。突如として、紅蓮《ぐれん》の火柱が立ち上り、天空を焦がした。奥ノ院の一角、柘榴《ざくろ》の形をした楼閣が、音を立てて崩れ落ちていく。

兵たちがどよめいた。ラクスミィは手を上げて、静まるよう命じた。風に乗ってかすかに、だがはっきりと、幾つもの断末魔の叫びが聞こえる。きな臭さとともに流れてくるのは骨肉の焼ける臭いか。

「ジーハの奴め、死の世界に逃げ込みましたか」

ムアルガンの見立てに、ラクスミィは頷かなかった。胸のざわつきが、彼女に告げていた。違う。もっと不味《まず》いことが起きている。

一行が本宮に着く頃には、柘榴の楼閣は跡形もなく焼け落ちていた。ラクスミィは風と光の丹妖を解き放ち、一足先に向かわせた。

妖《あやかし》らは窓の透かし格子をすり抜けて屋根に回り込み、低く飛んで奥ノ院を目指していく。しばらくして、辺りに火の粉と灰が降り始め、二体の丹妖は崩れた楼閣の上空にいた。

まだ煙の立ち昇る焼け跡に、幾つもの人影が蠢《うごめ》いている。槍の柄などを使って瓦礫《がれき》をどけ、何かを探しているふうだ。やがて「あったぞ！」という声が上がると、めいめい動き回っていた人々が集まり、一斉《いっせい》に掘り返し始めた。

崩れた石壁の下から現れたのは、折り重なる真っ黒な人々だった。数十人はいるだろうか。焦げた刀剣や煤《すす》けた鎖帷子《くさりかたびら》からみるに、ジーハとともに奥ノ院に入った衛兵たちか。最後まで君主に付き従った忠義者たちが火に巻かれて死すとは、討ち死によりも無念だろう。

彼らを悼むため、熱さを押して探していたのか。と思いきや、瓦礫をどかし終えた連中は、槍の穂先を高々と掲げると、亡骸《なきがら》の山に突き刺した。そのまま強引に引きずり下ろし、地面に転がしていく。そこに手斧を手にした者たちが群がった。亡骸をうつ伏せに返し、背をざっくりと割り開く。

やがて取り出されたのは、わずかに内へと弧を描く、花弁の如き骨。

仙骨《せんこつ》である。

「帝王陛下がお待ちかねぞ。早う〈乳海《にゅうかい》ノ塔《とう》〉にお持ちいたせ」

無色透明な声が朗々と命じる。

それは一人の老人であった。曲がった背を支えるように杖をついている。老いた身体を包む紫の衣が彼の身分を表していた。帝王の〈お声役〉シャウスである。

声音からは、彼の心は読み取れない。ならば表情を見ようと、光ノ蝶に高度を下げさせた時だった。

シャウスが振り仰ぎ、光ノ蝶を鋭い視線で射貫いた。白ひげを蓄えた口が大きく開かれる。老人のものと思えぬ高らかな歌声が、空を打った。亡骸《ぼうとく》を冒瀆していた者たちが、即座に彼に追随する。

ぐにゃり、と光ノ蝶の見る世界が歪んだ。風の丹妖のそれも乱れ、砂嵐に飛び込んだようになった。上も下も分からなくなり、丹妖たちがくるくると埒《らち》もなく回る感覚が、ラクスミィのもとに届いた。

幻影ノ術である。

しかも丹妖にも効くよう式を変えてきた。敵ながら見事である。もう間違いない。彼らは〈幻影ノ術士〉、あるいは〈見えざる聞こえざる者〉。シャウスはその長《おさ》なのだ。

ラクスミィは丹妖たちを呼び戻した。幻影の新式を破ることもできたが、敵に気づかれつつ様子を探るのは難しい。その必要ももはやなかった。彼らの企みは明らかである。

〈万骨ノ術〉を、ジーハに施そうとしているのだ。

施術には、比求式《ひきゅうしき》と仙骨、そして移し植えるための丹が要る。術式は囚われの少年ナーガの彫りから容易に得られる。あの楼閣の火は、仙骨を得るべく衛兵らを焼き殺したものだろう。残るは丹であるが、ジーハが〈乳海ノ塔〉にいるなら、〈仙丹《せんたん》〉を用いるつもりのようだ。

ラクスミィやナーガの負う〈万骨〉は水蜘蛛族《みずぐもぞく》の彫りとの合わせ技。丹は朱の顔料を介して体内に取り込んでいるが、幻影ノ術士たちは彫り道具を持ち合わせていない。その代用として仙丹を考えついたとみえる。不確実ながら、あながち間違った手段とも言えない。事実、イシヌの祖は万骨のために、仙丹を呑んだのだ。

季節は下乾季。天ノ門は開ききっているが、青河の水嵩《みずかさ》が一年通じて最も低い時季である。上澄みぐらいは揃《すく》えるかもしれない。比求式、仙骨、仙丹の三つが揃えば、万骨ノ術は成る。

少なくとも、理論の上では。

ことは一刻を争う。奥ノ院に入ったラクスミィは、まっすぐ〈乳海ノ塔〉を目指した。牡丹《ぼたん》の花の如く幾重にもなった棟を、奥へ奥へと進んでいく。回廊を何十回と曲がり、渡り廊下を越え、長い階段を上り、奥ノ院の中心の高き塔へと続く露台へと至った、その刹那《せつな》。

猛々しい咆哮が天を揺るがした。

露台の間近で閃光《せんこう》が弾ける。目が眩み、轟音《ごうおん》が鼓膜を打つ。白く塗りつぶされた己の視界の代わりに、光ノ蝶を呼び出せば、露台のすぐ横の壁に、ぽっかりと大穴が開いていた。

——遅かったか。ラクスミィは心の中で呟いた。

「陛下、これは」

ムアルガンが緊張した面持ちで問いかける。部下たちは突然の事態に慄《おのの》いているだけだが、丹導学《たんどうがく》を嗜《たしな》む彼は察したのだろう。ラクスミィの術と、これはどこか似ていると。

そんな将校に、ラクスミィは短く命じた。

「下がりゃ」

「陛下！」

「下がっておれ。これはもはや、そなたたちの手には負えぬわ」

「その御命令は聞けませぬ」

ムアルガンの頑迷な口調に、ラクスミィは苦笑した。

「邪魔じゃ」

はっきりと告げてやる。

「ここから先は、術士の闘いぞ。式もろくに読めぬ者が、土足で踏み込むでないわ。とっとと退け。功を立てたくば、幻影ノ術士を一人でも多く捕らえてみせよ」

そう言い捨てて、ラクスミィは足を踏み出した。塔へと続く純白の橋を、独り歩む。彼女を引き留める腕も、追いすがる足音もなかった。聞き分けたようだ。

「お帰りをお待ち申し上げまする！」

将校が怒鳴った。ラクスミィは気だるく腕を振り、早う去《い》ねと示した。

高き塔からは立て続けに、閃光と爆風、轟音が降りそそぐ。しかしいずれも、橋の上を進むラクスミィと見当違いの方角ばかりで弾けていた。攻撃にしてはお粗末な限りである。膨大な力をろくに制御できていないさまが、ありありと察せられた。

再び咆哮が上がる。塔の一角が爆《は》ぜ、壊れた石像が数体、ラクスミィ目がけて落ちてきた。欠けた石像の先端が突き刺さる間際、ラクスミィの腹から、ぴりりと一条の丹が放たれた。丹の筋が彼女の足を奔《はし》り下り、橋の床を滑り、草花を模した欄干《らんかん》へと駆け昇る。すると欄干が高く伸び上がり、石像を捕らえた。そのまま橋の下の奈落へちょいと捨てる。我が手の如く、五体に馴染んだ感覚だった。

気づけば、影の丹妖が傘のように細かな石屑を受け止めていた。さらに細かな屑は、主人を煩わせる前に、風の丹妖が吹き飛ばしている。塔の扉の前に至った時、ラクスミィには傷一つ塵《ちり》一ついていなかった。

扉の隙間に影の丹妖が滑り込み、ゆっくり開けていく。敵はこちらの姿を見るなり襲いかかってくるだろう。そう思って身構えたが、両開きの戸が開ききると、雨あられと降りそそいでいた音と光と熱が、ぱたりと途絶えた。

塔の中はしんと静まり返っている。いや、かすかながら、すすり泣く声が聞こえる。幼い、少年のもの。

ナーガの声だ。

ラクスミィが踏み入ると、部屋の中央に、藍色が見えた。ナーガの衣の色だ。それが小さな悲鳴とともに、ふっと消える。残ったのは、牛の双頭の神像に囲まれた下り階段だった。敵は往生際悪くも、少年を連れて階下に逃げたとみえる。

急ぎ階段へと向かったラクスミィは、ぴたりと足を止めた。呻き声が聞こえたのだ。彼女は緩慢に振り返り、声の主を探した。

床に杖が落ちていた。よく使い込まれている。主を支え続けて幾年か、今日ようやく役目を終えたのだ。なにしろ支えるべき主が、槍のように鋭い岩に深々と腹を穿《うが》たれ、塔の壁に張りつけられているのだから。

紫の衣の老人――シャウスである。

石槍はねじ曲がり、宙で行き惑いつつ、最後にシャウスを貫いている。ジーハがやみくもに放った術だろう。腹から紅い筋を何本も垂らしつつ、シャウスにはまだ息があった。焼け跡で光ノ蝶を睨みつけたのと同じ、いやいっそう鋭さを増した双眸《そうぼう》で、ラクスミィを見下ろす。

「イシヌの、〈不吉の王女〉よ……」

血とともに吐き出される、しわがれた声。そこに色濃く滲《にじ》む憎悪の念に、これこそが彼本来の声なのだろうとラクスミィは思った。

「そなた、〈風ト光ノ民〉の末裔《まつえい》だな」

ラクスミィの問いにシャウスは嗤った。口から血の塊が転がり落ち、白いひげを赤く汚す。

「如何《いか》、にも」

火ノ国の興《おこ》りより千年、腹に溜め続けた怨念《おんねん》をさらけ出すように、シャウスは言う。

「我らから、天の恵みを奪いし、傲慢なるイシヌの、女ども……。西域《さいいき》の水を独占する、汚らわしい水蜘蛛ども……。絶えよ、滅びよ。我ら〈失われし民〉の、恨みの深さ……、その身をもって、思い知るがいい」

狂気の笑みを浮かべる老人を、ラクスミィは眉一つ動かさずに見据えた。

「では、そなたはその身をもって、己の愚かさを噛みしめるがよい」

くるりと踵《きびす》を返した彼女の背を、怨嗟《えんさ》の声が追いかけて来た。

「イシヌの〈不吉の王女よ〉！　伝承の通り、王家は絶えた……。そなたがいずれ、この国を滅ぼすところを、地獄の底から見ていてやろうぞ！」

哄笑が上がり、ぷつりと途絶えた。ラクスミィは振り返らなかった。塔の底に眠る〈乳海〉への道、奈落の入り口へと飛び込む。

暗闇に向かって光と炎の丹妖を放つと、光ノ蝶は何十、炎は何千何百と分裂し、渦のように舞い始めた。真昼のように明るくなった塔の中を見下ろせば、階段の中ほどに人影があった。

藍の衣の少年と、それを呑み込むように抱きかかえる、大きな影だ。

ラクスミィは階段を蹴り、虚空《こくう》へと跳んだ。

彼女の横を、大気がすり抜けていく。しかし、それも一瞬のこと。風の丹妖がすぐさま追いすがり、小さな竜巻を幾つも創り出して、主の身体を支えた。花から花へ飛び交うくまんばちの如く、ラクスミィはゆるやかに宙を下降し、うずくまる宿敵の数段上に降り立った。

青白い顔が彼女を見上げた。帝王ジーハである。

顔を見るのは初めてだった。萎れた瓜を思わせる輪郭《りんかく》、枯れた肌を埋めるしみとできもの。

今にも折れそうな細い首、薄っぺらな胸板。例えば、街角の木陰で椅子に座り、うつらうつらと舟を漕ぐ、そんなのどかな姿が似合いそうな、一人の平凡な翁《おきな》である。これが彼《か》の〈残虐王〉か。国土を荒らし尽くし、人民を虐げ抜いた、カラマーハ家史上最も血に飢えた帝王。

ラクスミィよりも軽そうな身体が異様に膨らんで見えるのは、丹妖たちが彼に喰らいついているからだ。奇怪なことに、丹妖はどれ一つとして、まともな形を成していなかった。影でも風でも光でも土でも、何でもないものたちが、自重によって崩れ落ち、どろどろに融け合い、支えを求めてジーハに縋《すが》りつく。

当の主人は、彼らを望む姿に留めることも、彼らにあるべき姿を与えることもできないようだった。ただ獣のように唸り、時折、咆哮を上げる。すると彼の高ぶりに応えて、無形の丹妖たちから力の塊が飛び出し、見境なく辺りを打ち壊すのだ。着弾した場で、丹が火に転ずるか風に転ずるか、はたまた岩となって飛び出すかは、神のみぞ知る。

無秩序な丹の嵐と化した帝王を、ラクスミィは冷ややかに、だが興味深く眺めた。いったい何がこの現象を引き起こしたのであろう。術式を違えたか、手順を損ねたか。じっくりと観るうち、彼女のきんと冴えた頭脳が答えを割り出した。

ジーハの糧とされた、哀れな近衛兵たち。塔に閉じ込められ、火をつけられ、無残に死んでいった男たち。ジーハは彼らの生前に、指一本とて触れたことがなかったのだ。いや、御簾《みす》に隠れ、〈お声役〉シャウスに全て語らせていた彼のこと。素顔を見せたことも、自ら声をかけたこともなかっただろう。肌を通した丹の拍動も、声を介した丹の震えも一切交わすことなく、ただ命を奪い、亡骸を暴いた。それでは丹が仙骨に馴染むはずもない。ジーハの丹と、死者の骨に残る丹が、互いに反発し合い、乱れに乱れ、嵐の如く暴れ回っている。——他者を拒み、見下し、虐げ続けてきた者の、これが末路だ。

「醜いのう」ラクスミィは嗤った。

ジーハが咆《ほ》えた。丹妖たちもこの世ならざる叫び声を発して、躍りかかってきた。

始めの一体の手がラクスミィの咽喉にかかるという瞬間、かまいたちが奔った。一刀両断に切り伏せられ、無形の丹妖がぐしゃりと石段に散る。それを飛び越えようとした次の一体は、石の矢に穿たれて、塔の底へと落ちていった。丹妖が散るたび、ジーハが身もだえ絶叫する。

ジーハの妖たちは遮二無二に突進してくる。例えるならば、飢えた人々が肉に群がるような浅ましさ。彼らを粛《しゆく》々《しゆく》と払いのけるしもべたちを介して、ラクスミィはジーハの人丹に触れ、彼の心に触れた。

荒れ狂う嵐。虚《うつ》ろな深淵。一切を灰燼《かいじん》と化す業火。時をも凍てつかせる闇。それらが分かちがたく溶け合う混沌の世界が広がっていた。醜悪な臭気を漂わせる禍々《まがまが》しい景色は、けれどもラクスミィにとって馴染みのあるものだった。

彼女の心にも、同じ情景が広がっているからだ。

ぬぐいがたい劣等感、それを上回る自愛心。そのどちらも認められぬ極度の虚栄心。それらの狭間で揺れ動く浅ましい存在。それがジーハであり、またラクスミィである。目的のために何をも切り捨てることを厭わず、また悔いもしない。融けることのない氷の芯を、心の中枢に持っている。そんな己を誰よりも恐怖し、また、そうと見抜かれることを恐れている。自身の唯一絶対の支配者であろうとし、御しきれぬ心を拒絶し、無きものとする。

なんと醜いことか。

「丹妖たちを拒むな、ジーハ」

唸り続ける翁を見下ろし、ラクスミィは告げた。

「彼らの肉はそなたの肉、彼らの骨はそなたの骨ぞ。与えられる感覚を受け入れ、彼らの声に耳を傾けよ。全てはそなたの人丹が見せる幻。彼らはそなた自身じゃ」

言葉が届いた様子はなかった。

丹妖たちが金切り声を上げ、どろどろに混ざり合って一体と化した。さながら巨人の顎門《あぎと》の如くとなって、ラクスミィをひと呑みにせんと襲い来る。

石段が立ち上がり、盾となった。泥の巨人が喰らいつき、石の盾がひび割れる。激痛が丹を介して、ラクスミィの中に流れ込んできた。ぐっと歯を食いしばって耐え、彼女は自らに言い聞かせるように呟いた。

「この痛みは我がものぞ」

石の盾が砕け、泥がせり上がる。今度は影の丹妖が迎え撃った。大きく膨れ上がり、相手を押しつぶそうとする。泥もまた膨れて、影を呑まんとする。蛇の喰らい合いのように、漆黒《しっこく》の闇と無形の泥が絡まり、もつれる。影のぎりぎりと絞めつけられるさまが、主に伝えられた。

「この苦しみは我がものぞ」

影と泥の丹妖は互いに嚙みつき合い、一歩も引かない。骨の軋《きし》む感覚に膝が折れそうになりながら、ラクスミィは全身全霊で立ち続けた。先に屈したのはジーハだった。彼は怒りと困惑の叫びを上げ、身を引いた。すると泥が呼応してぐしゃりと潰れ、石段をずり下がった。

しかしジーハと彼のしもべたちが鎮まることはなかった。敗北を拒絶するように、ジーハが咆哮する。無形の丹妖たちが沸騰するように騒めいて、丹の砲弾をでたらめに撃ち出した。

再び、閃光と爆音の嵐が始まった。塔の壁に穴が穿たれ、亀裂《きれつ》が入っていく。ラクスミィの立つ階段が、細かに震え始めた。このままでは塔が崩落するだろう。

ラクスミィは塔の中を照らすために旋回していた火の粉を呼び寄せた。きらきらと星屑の如く舞っていた輝きが、見る間にひとところに集まり、巨大な紅蓮の河となる。火竜のように宙を泳いで、炎の丹妖がジーハのそれに襲いかかった。

断末魔の叫びが上がった。火を払おうとのたうち回る丹妖たちは皆、人の姿に戻っていた。骨肉の焼ける臭いが漂う。泥の身が溶けて、小さくなっていく。そのさまは楼閣の焼け跡の、哀れな衛兵たちを思わせた。それでも炎の丹妖は容赦しない。唸り声を立て、舌なめずりしながら、帝王の忠臣たちを喰らうさまは、激しい憎しみと復讐の悦びを感じさせた。

「この憎しみもまた、我がものぞ」

ラクスミィは嚙みしめるように呟くと、荒れ狂う自身の丹妖を見据えた。

苦しみも憎しみも全て預かると、彼女は死にゆく者たちに告げた。その言葉に安堵の笑みを浮かべ、臣たちは逝った。そう、彼らはもういない。竜脳香《りゅうのうこう》の煙に乗り、天に還っていった。

ラクスミィは独りになったのだ。

預かったものの重さに、独りになってから気づいた。気づいて慄き、拒絶した。与えられる痛みも苦しみも、植えつけられた異質のもの。そう思い込むことで、我が身を守ろうとした。己の弱さを断じて認めたくなかった。認めたら終わりと思っていた。その醜さが、丹妖たちの乱れとなって表れたのだ。

「もう良い」

ラクスミィは己に呟いた。ジーハの丹妖たちは黒く縮れ、力無く伏している。もう十分だ。彼らは今も生前も、帝王の操り人形にすぎない。憎しみをぶつけても、何にもならぬ。するとと火竜は我に返ったように、灰と煤を残して消えた。塔に静寂が戻り、光ノ蝶たちだけが、軽やかに舞い続けている。

くすぶる灰の塊が、階段にうずくまる老人へと這っていく。丹妖を通して、全身を炙《あぶ》られるような痛みを受けたのだろう。ジーハは呼吸をするのも苦しそうに呻いている。そのしなびた身体の下に、藍の裾が見えた。ナーガである。

ラクスミィが歩み出すと、翁が突如、絹を裂くような悲鳴を上げた。身体の下からナーガを引きずり出し、盾のようにして突き出す。枯れ木のような指が、少年の首に絡まった。

「来るな来るな来るな来るな」

初めて聞く彼の声は、羽虫の鳴くようにか細かった。

ジーハはずるりずるりと階段を下りていく。首に爪が喰い込み、ナーガは嗚咽《おえつ》を漏らした。

藍色の衣はずたずたに裂かれ、戒《いまし》めの縄によって申し訳程度に引っかかっているのみだ。秘められているはずの彫りは無体にさらけ出されており、しかしながら、ラクスミィの見る限り、その肌に明らかな傷はなかった。

瞬《まばた》きもせずこちらを凝視しつつ、階段を後退っていくジーハに、ラクスミィは穏やかに語りかけた。

「その者を放せ、ジーハよ。さすれば、わらわはそなたを追わぬ」

しかし彼女が語れば語るほど、翁の恐怖は黒々と深みを増していった。なだめるために差し伸べた手に、剣を突きつけられたかの如く慄いて、彼は奇声を上げた。彼女を凝視したまま、帝王は階段を駆け下り、踊り場で足を滑らせた。

老体が宙に浮く。

水蜘蛛族の少年もろとも。

「ナーガ!」ラクスミィは駆け出しつつ、叫んだ。「舞え!」

突如として訪れた浮遊感に見開かれていた目が、きらりと光った。戒められた身をよじり、少年は翁の腕から抜け出す。空中で体幹をひねり、不恰好に、しかし懸命に手足をねじると、するりと袖が外れ、右腕が縄から抜けた。

瞬時にナーガが腕を閃《ひらめ》かせる。

どこからか、馬のいななきが響いた。

ぽんっと虚空に水の塊が生まれ、次の瞬間、そこから馬の首、四肢、尾が生えた。ナーガの愛馬ヌイの姿である。たてがみを奮い立たせ、水の馬は宙を蹴ると、波打つ透明な背に小さな主人を乗せ、階段目がけてもう一度大きく跳ねた。

あともう少しで、踊り場に辿り着くという時だった。水の丹妖は力尽きたように、ぱんっと霧散した。

ナーガが息を吞む。

ラクスミィは階段を駆け下りたところだった。影で己の身を支え、腕を伸ばす。少年の細い指が彼女の手にかかり、死に物狂いでしがみついてきた。その手をしっかりと摑《つか》み返し、渾身の力で引き上げる。

二度と落ちぬよう、影でナーガをくるんでやってから、ラクスミィは苦笑した。初めから、丹妖を使えばよかったのだ。こうした時咄嗟《とっさ》に動くのは、やはり生身の身体なのだろう。

深々と息をついて、二人は階段の下を覗いた。翁の姿はどこにもない。丹妖たちもいない。落ちていく老王を、灰の丹妖が追いかけていくさまが、ラクスミィの目の端に残っていた。光ノ蝶を一頭飛ばし、階段や塔の底の水面を丹念に探させた。風の丹妖にも塔全体を撫でるようにして探らせた。見えたのは、塔の底の水面を揺らす波紋と、ぷくぷく浮かぶ泡ばかり。

水に落ちたのだろうか。だが水底を探るのは難しい。さてどうしたものかと思っていると、ぷかりと白いものが一つ、泡とともに浮かび上がってきた。波間に見え隠れするそれを、光の丹妖の目を通して丹念に確かめる。

内に弧を描く花びらのような形。

仙骨だ。

そう確信した時、あちらに一つ、こちらにまた一つと現れ、やがて数十の白骨が水面に漂うさまとなった。まるで嵐に散った白百合のようである。

丹妖たちが仙骨に返った。それは即ち、宿主の命が尽きたということだった。

ジーハは悲鳴もなく落ちていった。火ノ国史上最も悪名高い帝王の、実にあっけない終焉であった。

「……参ろうか」

ラクスミィが立ち上がって促すと、放心した様子のナーガがこくりと頷いた。ぼろのようになった藍色の衣の上に、漆黒の外衣をかけてやる。彼はのろのろとそれを纏《まと》うと、階段を一つ一つ上り始めた。

どうにも覚束ない足取りである。また階段を転げ落ちられては敵わない。ラクスミィは仕方なく、ナーガの手を取った。少年にとって、ラクスミィは秘文《ひぶん》を暴いた仇、ジーハと同じ憎き相手だ。嫌がって、暴れるだろうか。そう思ったが、少年は意外や手を引き抜かなかった。

軽く握れば、かすかに握り返されたような気がした。

第七章　幻影返し

カラマーハ宮殿の大広間に、かつん、かつんと音が響く。

玉座の肘掛けを叩く爪の音である。

美しく磨かれた爪はラクスミィのものだ。指に光るのは大粒の緑玉、だが額に下がる緑石の雫《しずく》はさらに大きい。額飾りの鎖は彼女の髪と同じ銅《あかがね》色、その豊かな髪は編み込まれ、どんな宝冠よりもまばゆく輝く。芳《かぐわ》しい肢体を包むのは涼しげな羅《ら》織《お》りの衣、乱の最中に纏《まと》っていた漆黒《しっこく》の外衣は役目を終えた。

ラクスミィは悠然と広間を見下ろす。玉座の右手に帝軍の長・元帥ムアルガン、左手に文官の長・宰相モウディンが跪《ひざまず》いている。彼らを先頭にずらりと並ぶのは新旧の官吏たちである。発布通り、先帝派であろうとも帰順の意を示せば不問に付し、元の官位を保障した。そのため多くの者がすみやかに彼女に忠誠を誓い、抵抗する者はごくわずかに終わった。

新しい君主のもと、政《まつりごと》は滞りなく行われている。

若き女帝の名は先帝の死とともに、全島にあまねくとどろいた。七ツ国連邦は火ノ国への野心を封印し、国境を脅かすことはなかった。南の岩ノ国は残虐王からの解放に歓喜し、新たな世を祝福した。友好を望む外ツ国《とくに》に、女帝は兵を退くことで応えた。

彼女の即位を哀しむ地があるとすれば、それはイシヌの都だ。主を失った民は、しかし今もイシヌの臣と兵たちによって守られ、平穏な日々を送っている。

ジーハの死より二月余り。地固めは成りつつあった。ラクスミィの双眸《そうぼう》は過去の血塗られた日々ではなく、これからの世へと一点の曇りなく見開かれていた。

「術士を集めよ。そう仰るのですか」「〈式詠《しきよ》み〉を？　全島から？」「〈異民〉を、陛下直々にお抱えになると？」

女帝の意を量りかねたか、官吏たちが騒めいている。帝都生まれの彼らにとって、丹導術《たんどうじゅつ》は仙丹器《せんたんき》と同義である。古めかしい式詠みなど何の役に立つのか、そう言いたげだ。

口々に上がる問いかけに、ラクスミィは答えなかった。じっと彼らを見下ろして、かちり、かちりと肘掛けを打つ。彼女の沈黙に気圧され、官吏たちの口は次第に重くなり、さざめきは小さくなり、やがて途絶えた。

大広間に困惑が広がる中、宰相モウディンが君主の意を即座に察し、膝立ちで進み出た。

「素晴らしいお考えと存じまする」長ったらしい賛美が始まった。「此度の戦いで、丹導術が如何《いか》に深く、多岐にわたるか、皆が痛感したことでございましょう。ことに先帝が極秘に抱えていた、あの〈幻影ノ術士〉たちをみても——」

抱えていたのか、抱え込まれていたのか。結局、術士の多くは逃げ失せ、捕らえられた者は残らず自害した。先帝ジーハも死した今、真相は闇の中である。

「――彼らのような者たちが、敵になっては厄介です。先んじて囲ってしまうのが良策というもの。いや、賢策と申し上げるべきでしょう。さすがは、我らが聡明なる女帝陛下」

徹底して媚《こ》びへつらう宰相の弁舌に、官吏たちはうんざりした様子である。しかしこれほどくどくど語られれば、時勢を読み違えようもない。彼らはこぞって、女帝の施策に賛同した。いずれも、荒みに荒んだ先帝の世に生まれた者たちだ。せっかく永らえた命を、女帝の不興を買って手放すような真似はしなかった。

ラクスミィは思う。彼らのこうした保身と権勢欲が〈残虐王〉ジーハを生んだのだと。だがまたジーハ帝自身も、彼らのような佞臣《ねいしん》を好んだに違いない。我欲に満ちた狐狸《こり》の輩《やから》の方が、君主に物申す忠臣よりも御しやすいものである。

玉座の右手を見遣れば、元帥ムアルガンがどこか楽しげに、右往左往する官吏らを見物していた。彼は以前「術士を重用するな」と彼女に諫言《かんげん》したものだが、口を挟む様子はない。女帝の視線に気づくと、満足そうな微笑を浮かべて一礼する。まるで今の彼女ならば、この施策に能《あた》うと言っているかのようだ。

この男のこうした、主を試すような振る舞いはこれまで、ラクスミィの猜疑心を煽《あお》ってきた。彼の思うところの『王道』を踏み外したが最後、彼はジーハに対してと同じく、ラクスミィも裏切るだろうと思っていた。アラーニャが門の向こうに去った時はことに――だが結局、彼はこうしてラクスミィの傍らに留まり続けている。

乳海《にゅうかい》ノ塔《とう》においても、そうだった。

ジーハと相対する前、ラクスミィはムアルガンに退くよう告げ、幻影ノ術士たちを捕らえに向かえと命じた。彼は聞き分け、来た道を戻っていった。そう思っていたが、ナーガとともに塔を出ると、吹き曝《さら》しの露台の上に跪く将校の姿を認めた。露台はジーハの放った丹によって半ば崩れかかっており、もう少しで塔の下の奈落に落ちるところであった。

『そなた、何故ここにおる』

呆れ半分、驚き半分に問うと、ムアルガンは至極当然のように答えた。

『ここに陛下がおわすゆえ』

『心にもないことを』

ラクスミィは嗤《わら》った。忠義の士を演じたつもりか。しかし彼はイシヌの家臣ではない。国士たらんとするうえで、彼女を女帝に祭り上げただけのことだ。

計算づくの媚びは、ラクスミィの最も嫌うものである。彼女の影がぐにゃりと歪み、漆黒の腕がずるりと伸び、ムアルガンの具足を這い上がった。だが首もとに黒い爪先がかかっても、彼は身じろぎ一つせず、ラクスミィを正面から見つめ続けた。

『確かに、私はイシヌの家臣ではござらぬ。陛下がお連れの妖《あやかし》たちに比べれば、力無き生身の男にすぎませぬ。ですが私は、初めてお会いした日から、陛下の第一の従者たらんと願って参りました』

ムアルガンは微苦笑を浮かべた。

『陛下はお忘れでしょうが、私は十余年前、貴女《あなた》さまにお会いしているのです。私は当時、少佐に成り立ての若造。敬愛する大帝ジーハの命を受け、砂の南境《みなみざかい》ノ町《まち》へと兵を率いて行きました。水の神に愛されたがゆえに不遇の身の上となった、イシヌの姉姫をお救いするという、青い使命に燃えて』

ラクスミィの脳裏に古い記憶が甦《よみがえ》った。

南境ノ乱の最中、捕らわれの彼女は敵の手から逃れるべく、町一高い建物から飛び降りた。高い館の屋根から見下ろす、空っぽの町並み。強い風に煽られ、ふらふらと揺れる自分の身体。彼女を呼び止める、東の兵士の姿。

そう、彼は確かに、少佐と呼ばれていた。

『当時、貴女さまはまだ八つ。しかし、あの場の誰よりも国のありようを見抜いておられた。あの時の私の驚きがお分かりでしょうか。守られし者であるはずの幼い少女が、家を守るべく高みから飛び降りたのです。しかもそれは命をなげうったのでなく、生きて城に帰り、争いの火種を自ら消すためでした。どのような時も大局を見据え、自ら道を切り開く……そのようなお方にこそ、お仕えしたいと思ったものです』

重い影に纏わりつかれた腕が、ラクスミィの漆黒の外衣に伸ばされた。彼女が身を引くと、その手は宙を掻いた。

『その少女はもうおらぬ』ラクスミィは無感動に告げた。『イシヌ家は絶えた、予言通りにな。

わらわはいずれ、国をも滅ぼすやもしれぬわ』

将校は満足そうな笑みを返した。

『陛下、今一度この国を御覧ください。お見えになりませぬか。この国がようやく動き出したことを。お感じになりませぬか、この国が息を吹き返しつつあることを。陛下は何一つ誤っておりませぬ。たとえ、イシヌの血や妹姫のお命、御自身が何よりも重んじられるものが危うくなろうと、陛下はより多くの者を生かす道を選ばれた——それが貴女さまの、真の執政者たる証です』

漆黒の闇に半ば呑み込まれつつ、ムアルガンが再び身を乗り出した。聖剣を押し戴くようにラクスミィの外衣の裾を持ち上げる。影の丹妖《たんよう》を通して、彼の身の熱さが、ラクスミィの中に流れ込んだ。その、骨の髄《ずい》まで焼かれるような狂おしさ。

『陛下のおわす地こそ、我があるべき地。陛下の歩まれる道こそ、我が道です。どうぞ迷わずお進みくださいませ。我が身が万骨《ばんこつ》の一つとなりて、おみ足に踏み砕かれるその日まで、このムアルガン、お供いたしまする』

黒衣の裾が、ムアルガンの額に押し当てられる。

ラクスミィは此度、身を引かなかった。

十余年前の若武者の、泉の如く澄んだ瞳は確かに、彼女の前に跪く男のものだ。崇高な夢を追い続ける者だけが持つ、身が切れそうなほどの清らかさに覚えがあった。

思えば彼は初めから、この眼差しをラクスミィに向けていたように思う。

しかし不信に支配された彼女の心はそれを映さず、主人を値踏みする不遜な臣という虚構を描いていたのだ。これもまた丹妖たちと同じだ。心の乱れを鎮めた先に、まことの姿が眠っている。

ラクスミィは今や丹妖を完全に支配していた。得体の知れぬ妖を従える女帝を、臣は早くも畏怖している。〈残虐王〉を屠《ほふ》った女人のこと、彼を上回る残忍さと冷酷さを秘めているはずと思っているのだろう。彼女の影が揺れるたび、官吏たちは飛びあがるように驚く。彼女が声を発すれば、大岩に押しつぶされたように平伏《ひれふ》し、黙せば湖の中に沈められたように声を失い、やがて喘ぎ出す。

この宮殿で、ラクスミィに刃向かう者はいない。

ただ一人を除いては。

「覚悟!」

評定が終わり、奥ノ院の〈女帝ノ間〉に戻るや、幼い怒鳴り声が響き渡った。閃《ひらめ》く藍の衣。生み出される水の剣。その切っ先はまっすぐ女帝に突き出され、けれどもあっさりと、岩の盾に阻《はば》まれた。

ぱあんと水の破裂する音。「あーっ!」という聞き慣れた叫び声。宙を舞う少年の身体。石床に叩きつけられる直前、彼は咄嗟《とっさ》に舞い、己の身体を水の盆に受け止めさせた。多少は上達しているようだが、どうも泥臭い。

ラクスミィは冷ややかに、異形の小姓を見下ろした。

「舞い手たるもの、もっと上手く水を使わぬか」

彼女をきっと睨みつけるナーガの目は、相も変わらず敵愾心《てきがいしん》に燃えている。以前のように、「森に帰る」と喚き散らすことはなくなったが、かと言ってラクスミィに懐くわけでもないのだった。

ナーガは跳ね起きると、再び舞おうとした。そんな彼に、走り寄る者がいた。ナーガよりも一回り小さい。ふくふくとして愛嬌のある、砂ノ民の少年だ。

「駄目だよ、ナーガ！」

砂の少年は止めようとしてか、慌てた様子で水浸しの石床に足を踏み入れ、つるりと見事にもんどりうった。急に足もとに滑り込まれ、ナーガもまたひっくり返る。水しぶきが上がった。

「何するんだ、ヤシュム！」

ナーガが怒鳴った。砂の少年はそれには答えず、先に起き上がると、ラクスミィに向かってぴょこんとこうべを垂れた。

「ごめんなさい！　すぐ、床を拭きます！」

口早に言って、「さ、早く」とナーガの袖を摑《つか》んだ。布巾《ふきん》を持ってくるふうを装っているが、ばたばたと必死に廊下を駆けていくさまは、ラクスミィから逃げているようにしか見えない。第一、ナーガは曲がりなりにも水使い。床の水を乾かすぐらいは、舞えばできるのだ。

遠ざかる二人のやりとりが、床に忍ばせた石の丹妖を通し、ラクスミィの耳に届けられた。

「なんで邪魔したんだ！」「助けてあげたんじゃないか！」「勝手なことするな！」「あのねぇ、

ナーガ。相手は女帝陛下だよ？」「関係ない。お前が来なきゃ、絶対に勝ってた！」「無理だと思う」「分かんないだろ！」「無理だよ」

そんなかけ合いをしつつ、彼らは本宮の東端の離宮を目指す。そこにはラクスミィが砂ノ領から呼び寄せた、イシヌの家臣たちが詰めている。ヤシュムは御用商の衆頭《しゅうがしら》の末息子で、最近よく、ナーガと一緒のところを見かける。初めこそ父親の意向があったらしいが、存外に気が合ったようだ。姿の違いや部族の垣根を越えた、得がたい友となるだろう。

一方の大人たちは、ナーガに冷たい。異形を嫌う〈貴き人々〉はもちろん、イシヌの臣にも彼を疎《うと》む者がいる。アラーニャを逃がそうと、火ノ山に分け入った者たちだ。彼らはナーガの父アナンが、イシヌの次期当主を攫《さら》い、胎《はら》の子もろとも地ノ門に引き込んだと話している。

水蜘蛛《みずぐも》族《ぞく》を滅ぼしたジーハに復讐するために。

婿を取らぬイシヌでは、跡取り子の父親は問われない。むしろ父方の血筋を子に見ることは禁忌とされる。アナンがジーハ憎しのあまり、イシヌの跡取り子に手をかけたならば、それは王史最悪の大罪だった。

アナンは永遠の咎人《とがにん》、イシヌが絶えたのはひとえに彼ゆえである。イシヌの臣は、今やそう信じ込みつつあった。信じたがっているというべきか——君主とその子を救えなかった悔悟が行きどころのない恨みに転じ、真実をねじ曲げたのだ。

父の咎を子に見ることは許されぬ以上、イシヌの臣はアナンの子ナーガをあからさまに責め立てはしない。しかし割り切れない者もいて、陰で恨みごとを漏らしている。

言葉とは人の口を渡るにつれ、巧妙に姿を変えていくものだ。ラクスミィは先日、奥ノ院の侍女らが噂するのを耳にした。曰く、水蜘蛛族のアナンを差し向けて、先帝の皇后を弑逆《しいぎゃく》したのは、皇后の姉であり現女帝であるラクスミィなのだと。

侍女たちの声は姦《かしま》しい。この噂は、ナーガの耳にも否応なく入ったことだろう。彼が父親をどう思っているかは想像にかたくない。先日、ラクスミィがアナンからの文を渡したところ、ナーガは文をくしゃくしゃに丸め、石壁に叩きつけていた。文は今、ラクスミィの書机の引き出しに眠っている。ナーガは、破りはしなかった。ならば時が来るまで預かればいい。

父のまことの働きを教えるのは容易《たやす》い。父は生きているかもしれぬと囁《ささや》いてやれば、ナーガの絶望を薄れさせてやれるだろう。地ノ門の東側〈沼ノ領〉まで、アナンたちを探しに、人をやることもできる。そうすれば、ラクスミィの汚名もぬぐえる。

しかし、それはしないとラクスミィは決めていた。

ラクスミィが探すそぶりをすれば、二人の生存を仄《ほの》めかすことになる。命を賭けて己の死を装った彼らに対して、それはまことの裏切りだ。たとえどれほど案じていようと、彼らの無事を知りたかろうと、ただじっと待つのみである。

〈幻影ノ術士〉たち、イシヌへの怨恨を抱えた風ト光ノ民の亡霊は、まだこの国に巣くっている。先帝ジーハの代には、第一の側近〈お声役〉や、帝王の世話役〈内侍《ないし》〉を始め、宮殿の中枢部まで喰い込んできていた。新女帝の時代となっても、どこに彼らが潜んでいることか。

ラクスミィがすべきは、この国に真の和平をもたらすことだ。それが成るまで、妹恋しさに浅慮《せんりょ》な真似をしてはならない。ナーガを哀れんで、秘密を明かすわけにはいかない。

その代わり、彼の怒りをこの身で受け止めよう。

それが、ラクスミィの出した答えだった。

「こちらでございます」

ムアルガンが銀の盆を掲げ、ラクスミィの長椅子の前に置いた。つややかな面に乗るのは、小石である。砂利石のようにつるりと丸く、白いものと黒いものが一つずつあった。

これらは〈幻影ノ術士〉のものだ。ムアルガンの兵に捕らわれ、奥歯に仕込んだ毒を飲んで自害した者らの懐《ふところ》から出てきた。一見して何の変哲もない石のため、その場に捨てられそうになったところを、鳥匠《とりじょう》の首長が「待った」をかけたのだ。

「これを〈幻影〉の者が使っていたと申すのか」

その問いに、鳥匠の首長は頷いた。寡黙な男だが、ラクスミィを見る目は清々しい。イシヌの臣の中には、火ノ山の一件でラクスミィに不信を抱き、あるいはカラマーハ家の傘下に入ることを拒んで、彼女のもとを去った者もいる。故郷の山岳へと帰っていった鳥使いも多い中、この男はラクスミィのもとに留まることを選んだ。思うところはないかと尋ねる女帝に、彼はぽつりと「アラーニャさまのお望みですから」と呟いたのだった。

鳥匠の首長が短く「御免」と言って、銀盆に手を伸ばした。白玉を摑み上げ、天窓から差し込む陽光にかざす。すると。

「ほう」

光の当たっていないはずの黒玉が、ぽうっと蛍《ほたる》のように光った。

「火ノ山で、奴らはこのようにしておりました」

鳥匠は白玉を持った手を、結んだり開いたりと閃かせた。握ると陽光が絶たれ、開くとまた光が当たる。それに合わせて、黒玉の蛍火もついたり消えたりするのだった。

「おそらく、これで暗語を送っていたのでしょうな」

御用商の長が唸った。彼は光使いだが、この陰陽《いんよう》の光り石の話は聞いたことがないと言う。

ラクスミィは黒玉を手に取った。こちらならば、彼女はよく知っている。水蜘蛛族の彫りに用いる顔料のうち、緑の色は、これを砕いて水に溶いたものを使うのだ。彫り手たちはこれを〈光ノ原石〉と呼んでいた。丹を解き放つ作用を持つとされるが、こうして光を放つところを見ると、確かにその力を宿していると感じる。

「アナンどのは、これを見たことがあると言っていました」

鳥匠の言葉に、ラクスミィは黒玉のことだろうと思ったが、よくよく聞けば白玉のことで、手遊びのような動きにも覚えがあると言ったらしい。それも西ノ森でのこととか。

これは妙なことだった。ラクスミィの知る限り、水蜘蛛族は白玉に関心がなかったはずだ。〈光ノ原石〉は西ノ森の中でも採れる。急流に削られて、むき出しになった崖の地層から掘り出すのだが、より黒の強いものを好んで持ち帰り、少しでも白の混じったものは捨てていた。あるいは、誰かが気まぐれに持ち帰り、子供の玩具とした可能性もあるが……。

「そう、見たことがあると言えば」鳥匠は思い出したように付け加えた。「アナンどのは、この光り石を使っていた者にも、見覚えがあると仰っていました」

それも妙な話だ。森で一生を過ごすはずだったアナンが、何故〈幻影ノ術士〉の一人を知り得るのか。

しかし思えば、アナンは以前にも、幻影ノ術士の一人に、どこかで見た顔があったと言っていた。火ノ山で、玉砕覚悟で水撃ちを間近に放った時のことだ。地を這う若人と目が合ったが、朦朧《もうろう》としていたので、確信にはいたらなかったと述べていた。

「なんでも、故郷の森にいなすった〈外婿〉の一人とよく似ていたようで」鳥匠は言う。「もとはイシヌ兵だった若者だそうですが」

「しかし」ラクスミィは眉根を寄せた。「水蜘蛛族は外婿もろとも滅びたのだ。そやつだけが森の外に逃れ得たとでも?」

鳥匠は曖昧《あいまい》に頷いた。アナンも『似ている』と言っただけのようだ。彼は外の人間の容姿に疎い。見間違いかもしれなかった。いずれにせよ、その者の行方は知れず、これ以上、真実を追求する術《すべ》はなかった。

「時に陛下」御用商が言う。「件《くだん》の〈紺碧《こんぺき》の水使い〉ですが」

ラクスミィの胸が高鳴った。ムアルガンから以前ちらりと耳にしたものの、その後〈幻影〉により帝都を追われたため、詳しいことは分からずじまいであった。戦乱が終わったのを機に、御用商衆《ごようしょうしゅう》に砂ノ領の南端を探らせていたが、何か分かったのだろうか。

ラクスミィは手中の黒玉から視線を上げず、あくまで平静に「申せ」と命じた。しかし商人の返事は、彼女の胸の高鳴りを瞬く間に萎《しぼ》ませた。

「南区や南端地方の町々を探させておりますが、それらしき人物は見つかりません。噂ならばちらほらと流れてくるのですが、それを頼りに向かっても、何の手掛かりもなく」

「しかしながら」沈黙する女帝に代わり、ムアルガンが口を開いた。「南部の民の咽喉《のど》を潤《うるお》している者がいるはずなのだが」

「それが、南部の民は先の厳しい乾季を凌ぐため、国境《くにざかい》の山岳から水路を引いたようでしてな。どうも、その話が転じたものかと」

「ほう。七ツ国連邦との国境から水路を。それはまた大掛かりな」

「さようです。争いがちな南部の連中にしては、よくまとまったものだと思いましてな。ああそれから。砂ノ領を探るうちに、別の噂も」

御用商はラクスミィに、続けるべきか問うた。指一つ折り曲げて、彼女は発言を許した。

「覚えておいででしょうか。西ノ森の戦いで、兵に仕立てられた子らがおりました。なんでも彼らは上手く逃げ出して、親もとに帰ったとか」

「それは重畳《ちょうじょう》」と珍しく鳥匠が声を上げた。「まことならば、ですが」

砂ノ領一の辺境について興味をそそられないでもないが、今のラクスミィは耳を傾ける気にならなかった。引き続き砂ノ領の南部に目を光らせるように告げ、三人を下がらせる。

静かになった部屋で、ラクスミィは陰陽の光り石を手に、独り苦笑した。

彼女はどうしても、タータが死んだと認めたくないのだ。どうして認められようか。最期の瞬間に居合わせたわけでなし、亡骸《なきがら》を目にしたわけでなし。帰ってこなかったと聞かされただけで、そうかと呑み込めるものか。

だがまた、西ノ森での戦いの凄まじさは、アナンの口からありありと察せられた。ことに、水蜘蛛族の最期は、生々しいほど鮮やかに語られた。焼けてねじれた同胞《はらから》の四肢、肉の焼けるにおい、燃えさかる炎の熱。幻影ではない、まことの滅びの瞬間である。

幻影。

光り石を玩《もてあそ》ぶ手が、ぴたりと止まった。

仮に、本当に仮の話ではあるが。見覚えがあるとアナンが言っていた、この白石の手遊びをしていた外婿。彼が〈幻影ノ術士〉の密偵であったなら。その手遊びをもし、タータが目にしていたならば。〈早読み〉の才を持つ彼女は気づかなかったろうか。石を閃かせる手の動きが、文を成していることを。何者かが一族を狙って、その暮らしを探っていることを。

先のイシヌの女王が崩御して、ジーハの野望が明らかとなった後、ラクスミィは一度だけ、水蜘蛛族の長ラセルタと湖底で会った。その時、族長は言っていた。水蜘蛛族は、伝説の民であり続けるべきだった。存在を知られたがために、狩人たちが森にやってくるのだ。願わくは、外の世界が水蜘蛛族を忘れてくれたらと。

一度その存在が知られたら、消し去るのは難しい。しかし、滅びたならばどうか。水蜘蛛はもういないとなれば、水荒れ狂う森にわざわざ入ろうという輩はいなくなる。軍は退き、森に静寂が戻る。

例えばアラーニャが、見えざる聞こえざる者を欺くべく、地ノ門に入ったように。タータたちならきっと考えたはずだ。押し寄せる狩人どもに、水蜘蛛族は滅びたと信じ込ませる。そのために、密偵を逆手に取る。

幻の使い手に、幻を見せるのだ。

密偵をあえて泳がし、彼の目の前で、一族が残らず死んだように見せかける。そのうえで、森の外に帰し、一族の滅亡を帝軍に報告させる。不可能なことではない。水蜘蛛族は水使い。水使いは術士の頂点に君臨する者、全ての力を統べる者だ。幻影に使う光も風も、彼らの支配するところである。幻影が大掛かりであればあるほど、式を詠む術士が数多く必要になるが、彫り手は皆、式詠みだ。幻影ノ術士たちに勝るとも劣らぬ幻を編み出す資質は、十分にある。〈早読み〉のタータなら、一人でもきっと可能だ。

初めから解せなかった。子供兵とともに忽然《こつぜん》と消えたタータ。彼女はどうなったのか。砂の南で囁かれる紺碧の水使いの噂と、子供兵の奇跡の生還が意味するところは何であろう。

もしやタータは敵を欺き、子らを連れて森を出て、南の砂漠に渡ったのではあるまいか。

アナン曰く、タータは出陣の折、彼女のことは忘れるように、と言い残した。まるで永遠の別れだが、死の別れとは言い切れまい。例えば、子供たちを帰すべく外界に姿を晒《さら》した後で、タータが森に戻ればどうなるか。同胞《はらから》がいないはずの故郷に何の用があるのかと、狩人たちは訝《いぶか》しがるだろう。それでは全てが水の泡だ。一族の滅亡を疑われては元も子もないのだ。

いったん森を出れば、どれほど恋しかろうとも、二度と帰ることはできない。ラクスミィが妹を探せないように。また、策をアナンに話すこともできなかった。アラーニャが死を装うべく、己の臣をも騙したように。だからこそ、タータは永久の別れを告げたのではないか。

解せぬと言えば、もう一つ。アナンは帝軍の火砲によって、一族は滅んだと言った。確かに火砲の力は凄まじい。だが、アナンの話から聞いた威力と、ラクスミィがイシヌの都で実際に見たそれとは、やや乖離《かいり》しているように思える。水蜘蛛族が浴びた砲弾は、ほんの数発。それで一族は一掃されたという。一族から離れていたアナンとナーガを残し、綺麗に皆が消え失せたのだ。……本当に？

彼は言っていた。確かに同胞の屍《しかばね》を見たと。しかし触れてはいなかった。

肉の焼けるにおいとも語っていた。しかし人肉とは限るまい。

炎も熱も、水使いならば練り出せる。本物の火を。まことの熱を。

真実の中に潜ませた幻。幻影を上回る幻影。

〈幻影返し〉。

では、もしや――

ぎりぎりと耳障りな音に、ラクスミィは我に返った。光り石が固く握りしめられて、軋《きし》みを立てていた。脆《もろ》い石のため、こすれ合う箇所から細かな破片がぼろぼろとこぼれ落ちる。

再び、独り苦笑した。やはり自分はどうしても、タータが死んだとは思いたくないようだ。水蜘蛛族もアラーニャも、きっと皆無事でいて、今はただ会えないだけ。そう信じたいのだ。

丹の操り人形にすぎぬ丹妖に死者の魂を見出して、激しく拒絶しつつも、独りではないと安堵する、そんな甘えと弱さに似ている。

もし本当にタータが無事で、砂漠を自由に旅しているなら、逢いに来るはずだ。一人息子のナーガに。ただ一人の弟子ミミに。タータを阻むものは何もない。彼女を力ずくで止められる者など、この世にはいないのだから。

しかし、タータは来なかった。つまりは、そういうことだ。

ラクスミィは微笑んで、二つの小石を銀の盆に置いた。

明け方、ラクスミィは寝台の上に腰かけていた。

広々とした綿雲のような寝具で、くぅくぅと寝息を立てているのは、ナーガである。寝具をかき寄せて丸まり、頬は赤く、額には汗の玉が浮かんでいる。熱があるのだ。

このところ彼はよく臥せる。決まって、水妖ヌィが暴走した後だ。今日は主の意志に反し、ヌィが言葉を発した。慄《おのの》いた少年は、ところ構わず暴れ回った後、糸が切れたように倒れた。こうなると、数日は起き上がらない。

ナーガの水の丹妖ヌィは、未だ形が定まらない。それが彼の心の乱れを表していた。完全な馬の形を成したのは、〈乳海ノ塔〉での一度きりである。生きたいと強く願う心が丹妖に力を与えたのだろう。その一度があるとないとでは雲泥の差だが、道行きは遠い。道を踏み外さぬよう、しっかりと導いてやらなければならない。

熱を確かめようと額に触れれば、ナーガが身じろぎした。目を覚ますかと思いきや、小さく一言呟き、再び寝息を立て始めた。顔の下の寝具が、涙でじんわりと濡れていく。

呟いたのは母の名だ。

タータ。ラクスミィもまた呟いた。

話したいことが山とある。ナーガのこと、万骨のこと、――水封じの式のこと。かつて満天の星のもと、水を封じた先にある新たな丹の世界をともに見ようと誓い合った。その後二人の道は分かれ、タータは森に、ラクスミィは城に戻ったが、たとえどんなに離れていても、丹の探求を続ける限り、二人はともに歩んでいるのだと信じていた。

それなのに、タータは消えた。まるで幻のように。ひとときの夢のように。

生きているならば、何故来ない。死んだのならば何故、勝手に死んだ。なんという、ろくでなし――腹立たしくも懐かしい師の呼び名を、ひとり宙へと小さく放つ。

今宵は昔のことばかり思い出す。ラクスミィは苦笑し、寝台に横たわった。夜明けまでもうしばらく。少年の熱は高いが、丹妖は大人しい。このまま少し微睡《まどろ》んでおこう。

閉じかけた目の端に、ちらりと懐かしい色が動いた。突き抜けるように高い砂漠の空の色。紺碧の衣。それが青河の流れの如く、ゆるやかに宙を揺蕩《たゆた》う。

静かな足音がし、寝台がたわんだ。紺碧の衣の女人が腰かけたのだ。しなやかな腕が伸び、ラクスミィの頬を柔らかく撫でる。

良い夢だと思った。

――やっと来たか、タータ。そう言えば、微笑み返されたような気がした。

「遅くなってごめんなさいね、ミミ」

耳もとに囁かれる、生きた声。

はっと瞼《まぶた》を見開く。

目に飛び込んできたのは、忘れがたき貌《かんばせ》だった。熟れた果実のような紅い唇、明るい栗色に輝く髪。以前と変わらぬ涼やかな眼差し。

幻か。それとも丹妖の悪戯《いたずら》か。だが頬に触れる指は確かに脈打っており、紺碧の女人を形作る丹妖は一つもなかった。

「タータ、そなた」

震える四肢を叱咤して身を起こせば、唇に指先が当てられた。明るい瞳が、そっとナーガに向けられる。もう少し寝かしておいてあげましょう。そう言っているのだ。

「まあ、泣いているの」

タータが囁く。ナーガのことだろう。確かに彼は今、夢に枕を濡らしている。

と思えば、ラクスミィの膝に、ぱたたっと雫が降った。

夜着を濡らすしみは、見る間に広がっていく。頬や首を、しきりに伝っていくものがある。

これは、どうしたことだろう。目頭は熱くない。声も出ない。霧雨のようにしとしとと、涙が音もなくこぼれ落ちていく。

「相変わらず、泣き虫なのね」

紺碧の被衣《かつぎ》が、頬に当てられた。タータは声を殺して笑っている。からかうような眼差し。ラクスミィの全身に、かっと怒りの炎が燃え上がった。今更やってきて、泣き虫と笑われる謂《いわ》れはない。これまで、自分は一度も泣きはしなかったのだから。

裏切りの女帝と呼ばれても。

臣に憎まれ去られても。

妹が門の向こうに旅立っても。

イシヌの名を捨てた時も。

ナムトたちを失った時も。

水蜘蛛族の滅亡を聞いた時も。

タータの死を告げられようと。

少年をこの手で屠ろうと。

母がこの世を去ろうとも。

泣かなかった。決して。涙の一滴も出さず、また出なかった。

そう、出なかったのだ。

思えば自分は十余年前、水の力を封じると同時に、涙も封じていたのかもしれない。

怒りの炎が通り過ぎ、今度は激痛が全身を襲う。心の奥底から迸《ほとばし》る、鈍く熱い痛みだった。顔を歪め、身を引き絞るようにして啼《な》き出したラクスミィを、タータのしっとりと温かな腕が引き寄せた。

終章

涸《か》れた渓谷が、どこまでも続いている。

ここは山のはずだが、上りもしなければ下りもしない。同じような石と瓦礫《がれき》の道が、延々と延びている。谷間に覗く天は燃えるように朱かった。曙光《しょこう》のようだが、何日も歩き続けているはずなのに、いつまでも同じ色に染まっている。ここには昼も夜もないようだ。

アナンは歩き続けた。初めはおかしな道だと思っていたが、今は平らなことがありがたい。ひたすらにまっすぐ続く谷も、分かれ道で迷うことはないと思えば、かえって気が楽だった。目が霞《かす》もうと頭が鈍ろうと、ただ前に足を踏み出せばいい。そうすれば、いつかは着く。

東の〈地ノ門〉へ。

片腕を崖肌に当て、もう片方でアラーニャの肩を抱く。彼女もまた腕をアナンの腰に回していた。こうして支え合えば、まだ立っていられた。

まだ、もう少しだけなら。

ふっと世界が暗くなる。咄嗟《とっさ》に伸ばした腕が、ごつごつした岩に当たった。倒れてしまったのだろうか。眩暈《めまい》で地面が分からない。立ち上がらねばと、手で岩を探れば、奇妙な触り心地だった。この冷たさは石そのもの、だが形は人の顔のよう。目があり、耳があり、頬がある。肩や腕もあるような。少しずらせば、別の顔らしきものに触れた。

回る視界に目を眇《すが》めれば、それは確かに人の顔だった。

石像である。

渓谷の道に立ちはだかる、巨大な一枚の岩の門。その壁に、アナンは倒れるように寄りかかっていた。西の門と同じく、一面に無数の石像が塗りこめられている。石壁の中心で微笑むのは、漆黒《しっこく》の女人像。

着いたのだ。

アラーニャが歌を口ずさみ出した。開門の式だ。声はひび割れ、かすれていたが、今までに聞いたどの歌声よりも美しく聞こえた。

門が咆哮《ほうこう》を上げて、虚《うつ》ろな口を開けた。まばゆい光が差し込む。目がくらんだが、アナンはアラーニャを抱えると、その光に迷わず飛び込んだ。

二人を守り続けた水《みず》ノ繭《まゆ》が、ぱんっと弾けた。揃って、柔らかな土の上にくずおれる。一つ息を吸えば、清らかな大気が肺に流れ込んだ。朝露に濡れる草木の匂いを、暖かな風が連れてくる。頬に当たるのは、昇ったばかりの柔らかな日差し。

光の残像が消え、眩暈が少し遠のいて、アナンは瞼《まぶた》を持ち上げた。

間近に、地に伏せる女人の顔があった。土の香りを楽しむように息を吸い込むと、ゆっくり目を開ける。アナンと視線を絡め、微笑んだ。気だるそうに。幸せそうに。

越えましたね。唇だけがそう囁《ささや》いた。

アナンは痺れて重くなった腕を伸ばした。蜘蛛《くも》の足の如く節くれだった手を、アラーニャが愛おしそうに握る。互いの温かさに安堵して、どちらからともなく息をついた。

生きている。

その喜びの吐息だった。

解説

三村美衣

妹の剣となる。

末娘が王位を継承するイシヌ王家に双子の姉として生まれたミイア。早熟で聡明な彼女は、八歳という幼さながら、自分の存在が国の分断の原因になることを知り、ひとり王宮を離れた。しかし災禍《さいか》は身を寄せた水蜘蛛族《みずぐもぞく》にも及び、逃げているだけでは解決しないことを悟った彼女は、国と妹の支えとして生きる決意を固めてイシヌの王宮へと戻った。

あれから十年。

十八歳に成長したミイアの元に、カラマーハ帝国挙兵の一報が届き、物語は再び幕をあける。

本書『幻影の戦《いくさ》』は、第四回創元ファンタジイ新人賞優秀賞を受賞し、本文庫より刊行された『水使いの森』の続編である。

ミイアをはじめとする登場人物それぞれが、苦しみや悲しみをのりこえ、自分の為《な》すべきことに向かって一歩踏み出す決意を固めた前作。物語はきれいに終わっているが、多くの読者からその後の物語を望む声があがった。というわけで、待望の続編なのだが、しかし前作同様、物語は容赦なく、そして良い意味で読者を裏切り続ける。最低でも三度は叫び声をあげることになるので、覚悟してお読みいただきたい。

前作『水使いの森』を読んで圧倒されたのは、その丹念に作り込まれた世界観だ。深い森に光線が差し込み、滝音があたりを圧する。その滝壺の上空に水から練り出した糸で作られた繭家《まゆや》が浮かぶ。水から練り出した糸という不思議な言葉に疑問を覚える暇もなく、水に浮かぶ卵のような建造物の姿が眼前に出現する。この鮮やかで幻視的な世界を支えているのが、丹導学《たんどうがく》という力学だ。自然やエネルギーの流れを術式として解読し、それを再構築することで風や水を操作する。手足の長い異形《いぎょう》の姿を持つ水蜘蛛族の男はその術式を身体に刺青《いれずみ》として彫り、舞うことによって、文節を組み合わせ、滝という巨大な水をも操作する。刺青を施した異形の肉体が踊るという始原の荒々しさと、アインシュタインやオイラーやラグランジュといった物理方程式が分解され、文字列が踊りながら並びを替え、新たな真理にたどり着く数学的な思考アプローチが重なる。

さらに世界の設定も実に巧みだ。

物語の舞台は、〈火ノ国〉と呼ばれる島だ。小ぶりなオーストラリアみたいなイメージだろうか。中央から西は砂漠が広がり、東には豊かな穀倉地帯を有する。〈砂《すな》ノ領《りょう》〉をイシヌ王家が、〈草《くさ》ノ領《りょう》〉をカラマーハ帝家が統治している。もちろん豊かさにおいては〈草ノ領〉が圧倒的だが、平野を潤《うるお》す青河《せいが》の源《みなもと》が〈砂ノ領〉にあるために、両者の関係は対等だ。イシヌの都は砂漠の湖に浮かぶ島にある。湖底には滾々《こんこん》と水が湧き出る〈天ノ門〉と呼ばれる水門があり、水丹術士《すいたんじゅつし》でもあるイシヌの女王だけが、この水門を制御できる。つまり〈草ノ領〉の豊かさは、イシヌの女王に依存していると言ってもよい。農耕に基づいた安定を背景に進歩する〈草ノ領〉にとって、他国の女王の判断によって自国の安定が揺らぐこの状況はもはや看過できるものではない。

八歳の姫君の冒険物語としての側面を持っていた前作とはうってかわり、ミイアは〈火ノ国〉という世界を相手に、厳しい決断を下し続ける。前作との落差は『ホビットの冒険』と『指輪物語』にも似ている。

新人賞の最終選考で『水使いの森』の応募原稿を読ませていただいているのだが、実はこの応募原稿と書籍版もかなり読み心地が異なる。筋立てに関わるような大きな改稿はないのだが、今回、『幻影の戦』を読んで合点がいった。先程の『ホビットの冒険』の喩《たと》えをそのまま使うとすれば、応募原稿は小説版『ホビットの冒険』であり、書籍版はピーター・ジャクスンが「ロード・オブ・ザ・リング」に繋がるように調整した映画版の「ホビット」なのだ。最終選考会の席で、描こうとしている世界と語り手の幼さに齟齬《そご》が生じていると指摘されたのだが、書籍版はその問題を微塵《みじん》も感じさせず、そのうえ細部に本作への伏線が巧みに埋め込まれているのだ。

短い期間でこの改稿をやってのけ、さらに続編も完成させる、なんとも凄い新人の登場である。

プロフィールをご覧の方はお気づきと思うが、庵野《あんの》ゆきは、愛知県出身の医師と、徳島県出身のフォトグラファーの二人の女性による合作ペンネームだ。個別のペンネームがないので、ここでは仮にドクターをアンノさん、フォトグラファーをユキさんと呼ばせていただく。

このお二方、出身地も年齢も異なるというのを担当編集者から聞き、筆もたつし、小説投稿サイトで意気投合して合作を始めたのではと想像していた。SNSで知り合って意気投合したまでは当たっていたが投稿サイトではなく、おまけに、合作を始めるまで二人とも小説を書いたこともなかったという。それまで熱心な読書家でもなく、小説家志望でもなかった二人をファンタジー創作へと導いたのは、ゲームのFinal Fantasy XIIだった。

アンノさんはFinal Fantasy XIIが好きで、ゲームを終わらせることなく何百時間も遊び続けていた。システムやストーリーを細かに分析、さらに日本語版だけでは飽き足らず、英語版にも手をだし、プレイしながら脳内ではサイドストーリーが生成されていく。あるときゲームの話になり、アンノさんがそのストーリーを滔々《とうとう》と語り始めた。口を挟む余地もなく延々と聞かされたユキさんは、それがFFの正史ではなくアンノさんの空想であると知って唖然とし、「小説を書いたらどう?」と言ったそうだ。軽い気持ちからの提案だったが、アンノさんはその気になって筆をとる。ところが書き始めたはいいが、ネタもキャラクターも詰められず、ユキさんに助言を求めた。その相談に乗っているうちに、ユキさんの方も夢中になり始め、合作が始まった。

作品には二人の職業から得た知見と、合作のスタイルが色濃く反映されている。

本作の冒頭にも登場する腑分けはもちろん、水蜘蛛族の秘文《ひぶん》の刻み方やその影響、舞い手の体型などの描写は解剖医であるアンノさんが得意とする。ラセルタとタータの衣の色の対比や、風景描写をはじめとする視覚的な表現は写真家のユキさんの持ち味が発揮されている。

執筆はユキさんがテーマを出すところから始まる。

それは「女同士のライバルと書いて友と読む」だとか、一枚の写真といった、イメージの断片として提示される。アンノさんはそこに、キャラや世界設定をつけて、その断片に至る経緯を空想する。さらにユキさんがそれを膨らませて投げ返すといった作業が幾度も繰り返された後、アンノさんが飛び交ったパーツを回収、関連を付けてプロットに組み上げると、ユキさんが伏線や見せ場の指定を加える。それを元にまずアンノさんがたたき台となる原稿を執筆する。その日に書いた原稿をユキさんがチェックし、改稿を行った原稿と共に、翌日分のストーリーラインやイメージの指示を加えて戻す。時に改稿がプロットから逸脱することもあるが、それも組み込みながら続きを執筆する。おのずと、完成した第一稿には破綻も多い。それをユキさんが何度も読み返し、削りたくないとごねるアンノさんを押さえ込み、冷徹に推敲作業を繰り返して完成させる。

博識で多才で感情豊かに空想の翼を広げるアンノさんを、ユキさんが客観的な編集的センスで抑える。写真がそうであるように、読む人が考え、想像する余地を残したいのだという。善悪や正邪の判断は読者に委ねればいいのだという、どこか達観したような物語の姿勢もこの二人の書き方から産まれるのだろう。

作中にも幾組もの魅力あるバディが登場する。息のあった無二の親友のタータとラセルタ、欠けている部分を補い合うハマーヌとウルーシャ、それこそ「ライバルと書いて友と読む」タータとカラ・マリヤ、太陽と月にも喩えられるミイアとアリア。個性の異なる二人が、互いを理解し、その才能を引き出しあう姿が、庵野ゆきという作家と重なる。

イラスト　禅之助

検印
廃止

著者紹介　徳島県生まれのフォトグラファーと、愛知県生まれの医師の共同ペンネーム。『水使いの森』で第4回創元ファンタジイ新人賞優秀賞を受賞。

幻影の戦《いくさ》
水使いの森

2020年9月11日　初版

著者　庵《あん》　野《の》　ゆ　き

発行所　(株)　東京創元社
代表者　渋谷健太郎
162-0814/東京都新宿区新小川町1-5
電　話　03・3268・8231-営業部
03・3268・8204-編集部
URL　http://www.tsogen.co.jp
萩原印刷・本間製本

ISBN978-4-488-52408-1　C0193

第1回創元ファンタジイ新人賞優秀賞受賞

〈真理の織り手〉シリーズ

佐藤さくら

*

魔導士が差別され、虐げられる国で、
孤独な魂の出会いが王国の運命を変える

魔導の系譜

魔導の福音

魔導の矜持《きょうじ》

魔導の黎明《れいめい》

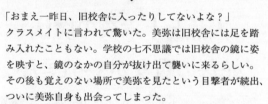

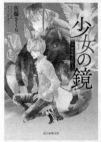